U0899604

醉如烟华，不为他嫁

盛世清歌 / 著

金城出版社
GOLD WALL PRESS

目录

目录

056

拉弓射箭

那个男人话音刚落，有力的胳膊就搭上了沈安陵的肩膀，顺势勒住了他的脖颈。直接跟勒小鸡似的，把他往前带着走。沈安陵全身都不能动，只有被动地身体前倾，然后两条腿在那男人带动下朝前迈着步子。

沈安陵身后跟着两个小厮，虽然都会些拳脚功夫，可是男人手法太快，他们根本没有瞧清楚。此刻看到沈安陵与那人勾肩搭背的模样，心里头还甚是奇怪，什么时候世子与这野蛮人如此相熟了？

两个小厮虽是心中诧异，当着男人面，却又不好问出口。况且沈安陵是背对着他们，二人自然瞧不见沈安陵脸上那惊诧的神情。

那个男人一路上始终笑嘻嘻的，插科打诨倒是一把好手，就没几句正经话。沈安陵就这么被他带了出去，直接向一辆马车走去。那车帘上面用金线绣了一个大大的“封”字，沈安陵轻轻眯起眼，瞧见了那个“封”字，心底才安定了下来。

整个大秦能坐得起这样奢华的马车，并且姓“封”的人家，也就那么一家了。当今北定侯就姓“封”，并且北定侯府世代出武将，瞧着一见面就对他动粗的这个男人，可不就继承了封家人君子先动手后动口的祖训么！

待沈安陵被扔上了车，那人才在他肩膀处轻轻一点。他身体忽然不能动了，不由得挑了挑眉头，有些不解地看过去。

“对不住了，今儿我是一定要将你带回府上，为了避免你挣扎受伤，所以还是禁止了你的行动。现在你能说话了，如果要叫喊的话请便，但是我手下没个轻重，万一把跟在你后面的那两个小厮弄死了，可就不好了！”那人说出来的话虽然极其无赖，但是脸上神色却十分坦荡，丝毫没有感到羞耻的地方。

沈安陵脸上露出一抹无奈的笑容，他清了清嗓子，低声道："难得北定侯府的人瞧得上我，封世子若是想请我去做客，只要知会一声，安陵自当拜访，何须如此兴师动众使这非常手段？"

封逸听了他的话，连忙摆手摇头，脸上露出几分不以为然的表情，稍稍扬高了声音道："不是我要见你，你这副身板还不够我两拳头打过去。是我幺妹要见你！"

他话音刚落，沈安陵脸上就闪过几分惊诧的神色。只听闻封家男儿走四方见识广，不拘小节，难不成封家的姑娘们也是如此放荡不羁？直接让兄长绑男人回去见面？

沈安陵脸上神色有些复杂，如果真是这般，那可就不好办了。既然可以绑着他去，那么逼迫他娶了那姑娘也在封家人正常的思考范围内。

封逸一瞧他这模样，便轻轻挑起眉头，似乎有什么烦心事儿一般。他抬手摸了摸后脑勺，脸上露出几分不耐的神色，急声道："就说不能跟你这种满肚子花花肠子的公子哥儿打交道，我刚说什么，你就开始胡思乱想。绑你去府上，是我一个人的主意，幺妹并不知晓。她只是随口提了你一句，我便放心上了，想着把你绑过去给她看一眼，她要是看上你，那是你天大的造化，她若是对你死了心，那正好万事大吉！"

封逸明显是有些焦躁了，他是在军队里长大的男儿，即使北定侯府在京都之中，算得上百年世家。不过府上男儿大多擅长打仗，怕遇见的就是像沈安陵这种舞文弄墨的。

封逸在战场上，也算是诡计多端，但是回了京都，却极其不愿意猜度人的心思。他觉得麻烦，此刻瞧着沈安陵这副模样，就知道这位心思缜密的状元郎，可能又逐一将北定侯府上下人都估量了一下。

沈安陵露出了几分苦笑，看样子这位少将军打心底里讨厌他，不过是为了自己疼爱的幺妹，勉为其难地走了这一遭。

北定侯府中，封茜正坐在后花园石凳上，手撑着下巴有些心不在焉地看着远方。她轻轻蹙着眉头，似乎有些烦躁情绪涌上心头，便站起身来走到一旁的莲花池旁。

现在还未到夏季，所以并没有莲花开放，不过水面上野鸭倒是成双成对地游着。她慢慢蹲下身从地上捡起一个石块，猛地一扬手便投进了水里。顿时水花四溅，不少野鸭都被惊得飞了起来。

不过飞了没多远，又落到水面上，头碰头地表现出一副相亲相爱的场景。封茜眉头皱得紧，她再次挑了个石头，放手中掂了掂，这回她可是专门挑了个大的，显然分量很重。

她把石头拿起来，对着湖面上比画了几下，然后再次使出全身力气扔了过去。

这回倒是没有砸到水面上，而是直接把一只野鸭砸进了水里。顿时一片惨叫连连的鸭子声，湖面上野鸭纷纷扑棱起翅膀，飞散到四处。湖面上也重归平静，一只野鸭的身影都瞧不见了。

封茜脸上的烦躁这才尽数褪去，涌上几分满意的神色。她从衣袖里将锦帕掏了出来，慢慢地擦干净手指上的尘土。封家那是将军产地，虽说她是一介女流，武艺什么的一窍不通，骑射方面却是十分了得。特别是射箭，当今北定侯爷曾经夸过，她若是男儿身，定能百步穿杨！

“姑娘，世子爷带了个男人进来了，听说是沈世子。”一个丫鬟匆匆跑了过来，脸上带着几分焦急的神色。

封茜嘴角轻轻上扬了几分，她轻吸了一口气，将脸上狡黠的笑意收敛得干干净净，变成了一副惊诧和歉疚的神色。

“让哥哥把人带过来吧！”封茜低声吩咐了一句，她面对着湖面，低下头看了看湖中的倒影，觉得自己周身并没什么差错，心里头才算是安定了些。

封逸就这么推搡着沈安陵到了后花园，只见自己幺妹背对着他们，倩影窈窕。他再扭头看了看身边的沈安陵，不由得咂了咂嘴巴。瞧这小子有多傻，还认为自己聪明呢！幺妹若是嫁给他，当真是一朵鲜花要插牛粪上了！

“小妹，我把人带来了。虽然你不跟哥哥说，但是哥哥也知道，你是留心了这小子。赶紧转过头来看看这沈家世子，看完了好死心！”封逸猛地扬高了嗓音，急声地催促道。

封茜脸上闪过几分不快，却又很快隐去。她低声道：“哥哥，你怎么又如此鲁莽？小心爹爹知道后，扒你的皮！”

封逸不由得冷哼了一声，对她的警告置若罔闻，直接转身坐到了石凳上，显然是不准备理会他二人的话了。

“沈世子，真是对不住，家兄一向随性。他也只是听我说了几句，毕竟你拔得此次殿试头筹，我便在他耳边念叨了几句，要他也好好学学文才，哪知他竟把你绑了来！”封茜声音越发柔和，她低低地向他致歉，却不曾转过身来，始终背对着他。

沈安陵一听这声音十分悦耳，而且封茜三言两语便解释清楚了，并没有封逸所说的那种暧昧情愫。沈安陵安心的同时，对这位封家姑娘倒是有几分刮目相看。

“没事儿，能得姑娘夸赞，我深感荣幸。”沈安陵冲着她的背影拱了拱手，脸上带着几分和气的笑意。

“我说小妹，你回头看他一眼啊！瞧着到底中不中意，哥哥好给你安排啊！”封逸轻哼了一声，听着他二人的对话，顿时觉得胃里直冒酸水，牙都被酸掉了。他早就猜到了这幅场景，明明都不是什么好人，摆什么好人的谱！

“哥哥！”封茜语调稍微扬高了些，显然对这个兄长感到一阵无力。

“沈世子，让你看笑话了。真是对不住了，既然是误会一场，就这么作罢了。心儿，送沈世子出府！”封茜再次放缓了声音，和声细气地对沈安陵说道。

她话音刚落下，立刻就有一位娇俏的丫鬟走了出来，规矩十足地冲着沈安陵行了一礼，并且低声说了一句：“沈世子，请。”

“封姑娘不用挂怀，告辞了！”沈安陵再次拱了拱手，便在那丫鬟的带领下往外走去。

直到沈安陵身影消失不见了，封茜才猛地转回身，脸上带着几分娇嗔神色。

“哥哥，这次见面险些就被你毁了！”封茜有些不满地开口，不过语气里倒是撒娇意味十足。

封逸对于如此会变脸的幺妹早已习以为常，轻嗤了一声，才低声反驳道：“我又怎么了？我可都是按照你的吩咐来的，先对他晓之以理，然后再绑上车，并且告诉他是我自作主张要带他进府见你。坏人都我做了，你还想怎样？明明这个诡计就是你想出来的，还偏偏要当个仙女似的，背对着他。”

封逸对于封茜的表现，明显也是十分不满意，一开口就一改以往说一不二的性格，碎碎叨叨地倒像是讲价大娘似的。

“还有，你知不知道男人皆好色。你不露俏脸给他看，他怎么迷上你啊！”封逸一提起来，心里头就有火气。这好容易才见一次面，好嘛，封茜连个脸都不露，当真让他白忙活一场！

“这你就不用管了。”封茜不由得撇了撇嘴，脸上露出几分狡黠的笑意。她方才让心儿送沈安陵出去，可是有几分用意。

她刚刚派出去送客的心儿原本就长得貌美，而且体态轻盈，十分规矩。一看便知是大家贵族里培养出来的丫鬟，从这个丫鬟身上就能窥见其主子的脾性，肯定是比这丫鬟要强上百倍。封茜岂会白白让这个机会从手中溜走，既然沈安陵已经成为了她的夫君候选人，封茜自然不会放过这只鲜美的大肥鸭，只等她开弓射箭将他纳入囊中了！

沈安陵这几日过得颇不如意，就像是火上浇油一般的状态。也不知怎的，那日他被绑去了北定侯府的消息，竟然一下子就传遍了整个京都。不过却是传得半真半假，只说他上了北定侯府的门，还隔着屏风与侯府小姐说了话，颇有几分私订终身的意味。

沈安陵真是百口莫辩，一起共事的同僚，每日只拿着暧昧的小眼神往他身上飞，跟带了一把刀似的。毕竟北定侯府这位嫡姑娘，名声甚好，而且家底丰厚。祖祖辈辈出来的男儿都是将军统帅，皇上倚重的良将纯臣。就连齐钰这样难搞的皇帝，遇到封家的男儿，偶尔还会客气地称兄道弟，足见封家的雄厚根基。

当他回了沈王府，则是更加难过。那些媒人虽然不来了——谁敢跟北定侯府抢人啊，里头随便一个男人出来，都能把旁人一家挑了——不过沈王爷的应酬却是越来越多，好多人都指责他，既然有了嫡长儿媳，为何还遮遮掩掩的，害得众人请媒人上门，险些把北定侯府的人给得罪了。

沈王爷每天被灌得烂醉如泥，清晨上朝之时，总会接收到皇上白眼一枚，外加人身攻击数句。因为他实在像个酒鬼，偶尔神志不清，齐钰问话都反应极其迟钝。

“沈爱卿，你这又是为了怡香阁里的哪位姑娘黯然神伤呢？朕问你话都听不见，身上是不是又痒了，想挨板子了？”齐钰轻吸了一口气，脸上不耐的神色更甚，显然已经处于爆发的边缘了。

说说这酒囊饭袋一般的沈王爷，是如何生出淑妃和沈安陵的。啧啧，多好的儿女啊，竟有这么个不争气的爹！

沈王爷立刻回神，连忙下跪求饶。皇上不由得抬起手轻轻捏着眉头，脸上露出几分无奈的神色。对付这老匹夫，连打板子都不管用了，谁让他皮厚呢！

下了朝之后，沈王爷特地跑去吏部替沈安陵告了假，然后便把自己的儿子领回家了。

“唉！”沈王爷一路叹息着回了王府，直到进了沈安陵的院子，抬头看了看天，又是一声长叹。

“爹，您以后早些回府休息，别再去那些乌七八糟的地方了，免得又被皇上抓住把柄！”沈安陵瞧见沈王爷这副模样，以为他是因为皇上今日的训斥而忧愁着，便轻声劝慰了几句。

哪知正是这几句话，把沈王爷给惹恼了，他猛地扭过脸来，异常愤怒地注视着沈安陵，扬高了声音呵斥道：“你个小兔崽子，我这副倒霉样儿还不都是因为你！你说说你既然相中了北定侯府的嫡姑娘，还扭捏个什么劲儿，让外头那些人不死心地找了那么多的媒婆来，空欢喜一场。要是我家有姑娘要找你说媒，就这副吊着人胃口的德行，早把你腿打断了！”

沈王爷训斥起沈安陵来，倒是一点不含糊。总归是他养的儿子，再怎么有出息，他也是训得的。沈安陵只是紧抿着嘴唇，眉头轻蹙，脸上露出几分思考的神情，却并不接话，显然有他自己的考量。

“赶明儿挑个黄道吉日，带上聘礼去北定侯府提亲！”沈王爷见他不反驳，脸上的神色稍微缓和了些，直接冷着声音下了决定。这流言都传成这样了，再不去提亲当真是说不过去。

沈安陵一下子抬起头来，脸上带着几分不赞同的神色，他低声道：“爹，人家北定侯的姑娘还不一定愿意呢。您这贸贸然前去，不是硬逼人家么？得先瞧瞧姑娘家的意思，免得到时候惹来不快。”

沈安陵想起那日停驻在湖边的倩影，心里头不由得一软。又有些淡淡的愧疚涌了上来，毕竟那日纯粹是个误会，还把她一个姑娘家牵扯进来，险些辱了好名声。

“你真是要气死我啊！总之我也不管了，以后这未来儿媳妇要不是北定侯府的嫡姑娘，你就别带进家门了！直接扯上你那先进门的妾，三人该上哪里就去哪里，别在我面前晃悠，也别耽误了你妹妹大好的前程！”沈王爷冷哼了一声，面对沈安陵，他这个做父亲的虽然甚少关心，不过脾性却还是了解的。

沈安陵若是认定了一件事儿，就很难更改，无论旁人怎么劝。沈安陵一听沈王爷提起沈妩，心头又泛起了一丝犹豫。正如沈王爷所说，若是他成了北定侯府的乘龙快婿，那么沈妩在后宫里，无形之中又多了一道助力。

他的脑海里很快便闪过了封茜的背影，立刻就摇了摇头。阿妩虽然很重要，但是他不能把封茜的亲事牵扯进来当作筹码。

沈王爷见他仔细思考之后还是摇头，心里头的火气更甚，肝火一旺他就想着该去怡香阁了。直接甩手走人了，单独留下沈安陵一个人纠结。

只是沈安陵这内心的纠结没几日，就又被人堵住了。来人正是几日前刚见过面的封逸，这个皮肤黝黑的男人，脸上的神色越发阴沉难看，看见沈安陵出来，就像是见到了仇人一般。

“小子，过来！”封逸手臂交叉在胸前，就这么大剌剌地站在门口，语气阴冷地冲着沈安陵说了一句话。

沈安陵对于还能见到这位封世子，感到无比的惊诧。脸上的惊讶也只是稍纵即逝，细细一想又觉得合情合理，任谁自家妹妹的名声若是被外人毁了，都会想着前来寻仇的，更何况是这位脾气火暴的少将军。

沈安陵没有多少犹豫，便直接走到他的面前。哪知他还没站定，前襟已经被人抓住了。封逸直接猛地一扯就把他往马车上拖，身后跟着的两个小厮还没反应过来，就被封逸带来的侍卫给拦住了。

封逸把沈安陵往马车上一丢，将赶车的车夫扯了下来，自己朝车上一跳，拿起鞭子便朝前头的两匹马身上抽了两下。马立刻就飞快地往前跑，沈安陵双手扶住车壁，才勉强稳住身子。

感受着这马车的一路狂奔，不时轧到小石子上引起了震动。沈安陵暗自想着，这位封世子似乎有暴走的预兆，待会儿他会如何报复？自己是要留下胳膊还是要留下腿，甚至一条命都搭在那不知如何传出来的流言之中？

马车猛然停住了，沈安陵还没反应过来，车帘已经猛地被掀开了，然后一只手伸了进来直接把他扯下了马车。

他还没反应过来，忽然“叮”的一声，一把锋利的匕首便扔到了他的脚边。

“娶我妹妹，和割掉裤裆里的宝贝进宫当太监，自己选一个！”封逸冲着他努了努嘴，脸上一副不耐烦的神情。

沈安陵虽说不是什么目光短浅之人，但是被人这么吓唬，还是头一遭遇到。果然先前他预想的逼婚桥段，还是发生了！

“这么看着我作甚，我们封家虽是世家大族，不过告诉你一句实话，封家人实际上都是土匪霸王！得不到的就抢，抢不来的就毁掉，眼不见心不烦懂不懂？我家幺妹多好的姑娘，正值婚嫁年龄，媒婆都快把门槛踩塌了，自从跟你扯上关系之后，侯府里都不见提亲人的踪影了！”封逸这几句话倒是说得异常顺溜，想他幺妹在他心目中那就是招人疼的，怎么就瞎了眼瞧上这傻小子了呢。

虽说这小子长得好看点，脾气好了点，本事也有点，不过也不是什么好东西啊，怎么偏要挑上他！封逸虽然猜不出封茜的心中所想，但是为了小妹的幸福，他还是愿意豁出脸来的。

“这的确是安陵思虑不周，待明日我好好查查究竟流言是从哪里传出来的，到时候一定会给封姑娘一个交代！还请——”沈安陵总算是回过神来了，暗自想着难怪文臣武将总是爱互掐，瞧瞧这根本就说不到一处。

“查个屁！”还不待沈安陵说完，封逸就打断了他的话。当然不能让沈安陵去查，因为这流言就是从北定侯府传出去的。

小妹就是被惯坏了，胆子大得很，还美其名曰逼状元郎就范！这不就是耍阴招吗？封茜肚子里究竟有多少鬼主意，封逸最清楚了。

“流言都传出来了，你查到了又如何，已经无法改变了。我爹知道这事儿之后，直说若是沈世子来提亲，一切皆好，若是不来提亲，为了杜绝这种有辱门风的流言，绝对要把小妹送去尼姑庵做姑子去！你到现在还给我摆谱呢，我小妹要是去当了姑子，我头一个就饶不了你！”封逸继续怒骂道，从见到沈安陵之后，他就没一句好话。

沈安陵一听说封茜因为这件事儿，竟要受这样大的委屈，心里头的愧疚又增添了几分。他最终还是答应了封逸，尽早去提亲，并且在封逸匕首的逼迫下，发誓要一辈子不让封茜受委屈。

封逸咂了咂嘴，瞧着沈安陵认真发誓的模样，心里乐呵呵的。嗯，这傻小子其实还不错，幺妹的眼光依然那么毒辣。

待他刚回了北定侯府，就被封茜派人请了过去。

“哥，他同意了没？”封茜见到封逸的人影，立刻从椅子上站了起来，有些急切地问道。

“废话，老将出马哪会有失败的时候。你就等着做美娇娘吧！”封逸抬手拍了拍封茜的头顶，脸上露出几分灿烂的笑意。

封茜松了一口气，唇角上扬也跟着露出了几分欢愉的笑容，像是忽然想起了什么似的，又急忙问道：“你没打他吧？可不带屈打成招的，我宁愿嫁不出去，也不要你打他啊！”

“得了，我打他作甚，一根指头就能捏死他。况且临走之时，你千叮咛万嘱咐的，我能不听你的话打他吗？”封逸似乎有些累了，朝一旁的椅子上一坐，对于封茜的问题不由得甩了个白眼过去，语气里也颇有几分不耐。

这还没嫁给沈安陵呢，就处处帮着他，日后总有哭的时候。

不过这椅子还没焐热，封逸就被北定侯爷叫过去狠狠地骂了一顿。至于原因，当然是他没分寸地带男人进府，害得妹妹名声受损呗。可怜封逸，想要保住好哥哥的地位，就得替妹妹这些阴谋诡计顶缸，反正从小到大他都当替罪羊习惯了！幺妹本来就是他宠大的！

沈安陵的亲事很快就定了下来，沈妧对于自己这个未来嫂嫂倒是知之甚少。不过既是沈安陵自己上门提亲的，她也就无须担心。

今年夏季的天气虽然十分燥热，但是由于大皇子年岁小，无法舟车劳顿，所以齐钰直接取消了避暑之行。经常去锦颜殿看沈妧逗孩子。

这都七月了，大皇子也满八个月了。别人家的孩子到了六个月大，基本上就能独立坐着了，但是大皇子的平衡性很差，左腿几乎不能使用，仅靠一条右腿，往往刚坐起来又会往一边倒过去。

沈妧便找了个大球给他，让他抱住了平衡着自己的身体。齐钰每回来了，都是直接躺到床上，沈妧便会把大皇子抱在他的面前，让皇上看着大皇子抱着球摔来摔去。偶尔他会好心地扶上一把，大多数都是看这个十分安静的孩子，跟怀里的球一起摔得满头大汗。

“阿妧，这娃他身上都是汗，抱走吧，贴在朕的身上很难受！”齐钰稍稍扬高了声音喊道，语气里带着几分不满。

沈妧就坐在殿内的椅子上，她手里捧着碗绿豆汤，根本一动都不想动。大皇子在内殿，所以冰块放得并不多，生怕将他冻到了。这也就苦了皇上和沈妧这两个大人了。沈妧听到男人的控诉声，不由得抬起头，瞥了一眼。方才她把大皇子抱过去的时候，正好离皇上比较近。所以在大皇子不停地摔倒的过程中，身后的齐钰自然成为了最好的人肉垫。

“咚”的一声闷响，大皇子坚持不懈地坐起来之后，又是直接栽了下去，这回他的大脑袋恰好砸到了齐钰的脸上。

内殿里猛地寂静了一下，就连外面吵闹的蝉鸣声似乎都顿了一下。沈妧也愣住了，她完全没想到大皇子这么会摔，一旁的奶娘连忙走了过来，匆匆忙忙地将大皇子抱走了。

哪知却忘了拿他的大球，大皇子便不干了，一下子哭喊起来。直到那个球再次被塞到他的怀里，他才止了哭声。

齐钰的面色十分阴沉，他的鼻子恰好被砸到了，到现在还抽着疼。他抬起一双沉郁的眼眸，直勾勾地看着沈妩，慢慢地冲着她勾了勾手指。

“过来。”男人的声音压得有些低沉，眼眸轻轻眯起，带着几分蛊惑的意味。

沈妩轻轻地挑了挑眉头，端起桌上的碗慢慢地喝了几口绿豆汤。然后抬起头来，冲着齐钰摇了摇头。

“臣妾不过去，两个人挤在一起热得很。”她的声音里带着几分明显的不情愿，而且面对此刻的齐钰，她心里有几分怵得慌。

男人一旦用一种沙哑的嗓子跟她说话，就有要发情的前兆。这么热的天，就连靠近都热得要死，更何况是要剧烈运动。她根本就提不起一点兴致来。

齐钰瞧着她不配合的模样，不由得紧紧蹙起眉头，脸上露出几分不满的神色。

“你知道朕让你过来做什么吗，你就如此地不愿意！”齐钰猛地从床上坐起，声音里透着几分质问的神色，眼神里也带着警告。

沈妩正热得很，听见皇上如此逼问的语气，她的心底也闪过几分焦躁。她伸出舌头舔了舔略显干燥的嘴唇，再次开口的时候，便带了几分赌气的意味。

“做什么都不要紧贴在一起，热得很！”沈妩的口气有些不善，她秀气的眉头始终紧蹙着。

齐钰的目光越发深沉，他重新躺了回去。气氛一时有些僵持，候在门外的明音不由得擦了擦额角的汗水，暗自想着最近这些日子，淑妃娘娘都忙于照顾大皇子，对皇上可不是一般的冷落。这回好不容易皇上愿意要亲近一回，淑妃娘娘竟然摆出这副嘴脸来。

果然还是被皇上惯坏了，连点分寸都不想着拿捏，直接开始甩脸子看了。

“李怀恩！进来！”皇上忽然扬高了声音，猛地喊了一声。

候在外殿的李怀恩，听到这声震天吼般的呼唤，连忙丢下手头的活计，连滚带爬地走了进来。临进来之时，他冲着明音瞧了一眼，明音对他做了一个“祝你好运”的表情。李怀恩不由得心肝一颤，方知里头的两位主子又要作死了。

“皇上，叫奴才何事儿啊？”李怀恩匆匆走了进来，一下子跪倒在地，冲着齐钰行了一礼，声音里带着几分小心翼翼。

他明显察觉到内殿的气氛有些僵硬，皇上侧躺在床上，眼神森冷地看了李怀恩一眼，然后又把目光投到了沈妩的身上，带着几分笃定的意思。

李怀恩察觉到皇上这样的眼神，不由得抖了两下。皇上这是又要做什么？他忽然就感到有一个惊天大折磨，要向他袭来！

“带着人去把寒玉床抬到锦颜殿里来，越快越好，淑妃快要被热晕了！”皇上的吩咐声传来，带着几分不容置疑。

李怀恩整个人都愣住了，果然是一个晴天霹雳。即使寒玉床十分凉爽，但是这一路要搬运过来，这不是要人的命吗？寒玉床此刻在龙乾宫，离锦颜殿可不近啊！

不过面对皇上的吩咐，即使李怀恩心里头不愿，也只得认命地应承下来。李怀恩是笔直地抬头挺胸进入内殿的，结果却是垂头丧气步履蹒跚地走了出去。

听到皇上的吩咐，沈妩明显愣了一下。那寒玉床传闻是极寒之地出产的寒玉所雕成的睡床，寒凉无比。之前曾听皇上炫耀过，不过也只是远远地瞧上几眼，并不曾触碰过。如今皇上却要把这宝贝抬到锦颜殿来，沈妩的心里不由得冒出了诸多疑问来。

“皇上把寒玉床抬过来作甚？臣妾又受不住那样的寒凉。”沈妩因为心头的好奇，便轻声问了一句。

哪知床上的人翻了个身，平躺在床上，甚至还跷起一条腿来搭在曲起的膝盖上，十分惬意。但是对于沈妩的问题，却是置若罔闻。

沈妩不由得撇了撇嘴巴，知道他是在为方才自己的语气不好，而心里堵得慌。不过又拉不下脸来劝慰，就想着总之等那寒玉床搬来了，就能知道皇上究竟有何用意了。

过了小半个时辰，李怀恩才气喘吁吁地爬了进来，后背佝偻着，整个人像是刚从水桶里捞出来一般，全身都是汗。虽然这寒玉床的确不需要他亲自上去抬，但是这一路上走走停停，他得寸步不离地跟着。那些抬床的小太监们更加可怜，明明外面的天气就快要将人烤化了，偏偏那寒玉床要冷死个人。一边是炙热，另一边是冰寒，险些被冷热冲撞出神经病来。

瞧着李怀恩这副狼狈的模样，齐钰嫌弃地皱了皱眉头，不过心思已经不在这上面了，只是挥了挥手让他退下。

寒玉床面积较大，主殿这边放着碍事儿，便被放到了偏殿之中。齐钰直接起身穿鞋，几步便走到了沈妩的身边。

沈妩放下手中端着的茶盏，抬起头来有些傻愣愣地看着他，不知道他究竟要做什么。男人慢慢俯下身来，冲着她勾了勾嘴角，脸上露出几分阴冷的笑意。

沈妩的心底“咯噔”了一下，暗想着肯定是有不好的事情要发生，只是还不待她有所反应，男人的双臂已经缠了上来，直接将她从椅子上拽了起来，猛地朝上一甩，就把她扛到了肩头上。

“皇上，这是要去哪儿？您先放臣妾下来，臣妾自己走过去！”沈妩下意识地就要挣扎，嘴里面开始小声地叫喊着。

都怪这天气热的，让她大脑不正常地竟然顶撞了皇上，现在报应就来了吧！

“啪啪！”哪知男人并不开口回话，而是抬起手就对准了她的屁股，狠狠地扇了两巴掌。

沈妩立刻就闭上了嘴巴，皇上已经扛着她出了内殿，外面守候的几个宫女都看到了这幅场景，不由得一脸惊悚地目送着二人的背影。

李怀恩正拿着锦帕擦汗，已经拧干了三回，每一次都是滴滴答答的汗水。待他看到皇上扛着淑妃出来的时候，心里涌出一阵无力感。皇上让抬着寒玉床，无非就是要哄淑妃娘娘开心，可怜他们这帮人在大太阳地里，晒得跟条狗似的，直吐舌头。

到了偏殿，寒玉床已经被人摆好了位置，齐钰直接将肩头上的人往床上一放。立刻床上的寒凉之气就直逼而来，甚至有侵入骨髓的预兆。沈妩惊呼了一声，连忙站起身来开始跳脚，似乎想要跑下床去。

还不待她迈出脚步，整个人已经被皇上的手一把捞住了，然后男人强壮有力的身体就压了下来。她的后脑勺撞到了寒玉床上，发出一声闷响，沈妩轻吸了一口气。

整个后背如此紧贴着寒玉床，当真是像坠入了冰窖一般，四肢都开始发麻僵硬。

“爱妃方才说太热了，不想腻在一起。那么此刻不热了，要不要紧贴在一起呢？”齐钰的大腿一下子夹住了沈妩乱踢的两条腿，整个人在她的身上慢慢磨蹭着。

沈妩已经冻得开始打哆嗦了，男人的身体很热，几乎是下意识地她立刻伸出双臂紧紧搂住他的脖颈。腰肢也慢慢抬起，只想着与这股热源贴得更加紧密。

齐钰已经不需要沈妩说出来，此刻也明白了她的答案。

057

旧事重提

“皇上，臣妾错了，这里太冷了。换一个地儿吧！”沈妩的双手死死抱住齐钰的脖颈，嘴里哆哆嗦嗦地开始讨饶。

她此刻脑袋都被冻得有些神志不清了，只是下意识地开口妥协，却并不知道自己说的是什么。

齐钰伸出一只手按住她的肩膀，自己却从她的怀里慢慢抽离。沈妩哪里肯让他离开，双手把他抱得更紧。齐钰一时挣脱不开，不由得轻轻地笑出声来，带着几分显而易见的欢愉。

“现在后悔了，晚了！朕说在哪儿就在哪儿，这寒玉床上挺好的，可以让阿妩与朕离得更近！”男人的话音刚落，手已经伸进了沈妩的衣衫里。

皇上的情欲涌了上来，沈妩自然不再嬉闹，一阵缠绵。

“来人哪！”齐钰扬高了嗓音，李怀恩立刻带人走了进来，身后的人手里头都捧着干净的衣裳。

齐钰随手从中挑了一件外衣，往身上一披就去了汤池那边。

皇上被大大地满足了一回，也不像原先那么缠着沈妩了。今年要秋猎，所以早早地就开始准备，与各部核对围场和官员调动的情况，自然后宫里头的妃嫔也少不了。

沈妩悠然自得地待在锦颜殿，兴致高昂地逗弄着大皇子。

这日她刚得了闲，就见明心一副行色匆匆的模样冲了进来，对着她行了一礼，便急声道：“娘娘，九王妃递了宫牌进来，说要见您！”

沈妩的眉头不由得轻轻挑起，她这位二姐姐一向是与世无争的性子。在闺阁中一起玩闹的时候，沈清就甚少加入姐妹之间的争斗，即使自己的亲姐姐沈娇吃了亏，她也是

沉默不语。

不过却没人敢招惹这位二姑娘，沈清一向是以牙还牙以眼还眼的角色，并且还是好几倍地偿还。她与沈妩的关系不远不近，只是和睦相处罢了。后来沈妩入宫，也只是在宴会上偶尔见到沈清，没想到这次却会主动求见她。

“快传！”沈妩收敛起面上诧异的神色，轻轻挥了挥手，便让明心前去接人。

“见过淑妃娘娘。”沈清婷婷袅袅地走了进来，仪态万千，她嘴角噙着一抹淡笑，冲着沈妩慢慢地俯身行礼。

沈妩已经站起身来，一下子搭上了她的手腕，将她搀扶起来，轻声笑道：“你我乃是姐妹，何来这些虚礼，这里又没有外人，姐姐这礼可是寒碜我了！”

沈清见她不摆架子，脸上的神色越发柔和，跟着沈妩的脚步，慢慢地坐到了一旁的椅子上。大皇子已经被奶娘抱了出去，此刻内殿里也只有她们姐妹俩和明心三人。

“娘娘几次高升，我都没来恭贺，此刻再说那些客套话就显得虚伪了。其实这次我来，是娘亲托付了我一件事儿，硬要我亲自来一趟，否则她吃不好也睡不好。她的身子本来就是一日不如一日了，我不好推拒，才上门来叨扰四妹妹了！”沈清还是那般会说话，一开始就先表达了自己以前疏离的歉意，之后又将自己的来意说清楚，以免沈妩猜错了，弄得尴尬。

沈妩不由得点了点头，脸上的笑意更甚，她亲自倒了一杯茶递给沈清，轻声道：“二姐姐这是客气了，虽说这后宫里局势不明朗，不过你进宫来，倒是无碍的。况且皇上和九王爷经常一处待着联络感情，我们姐妹自然也是可以的！”

沈清捧着茶盏，慢条斯理地喝完了一杯，才开始说话。

“娘亲让我传递的话，有些唐突，事关婉妹妹早产的事儿。实际上这话由我来传当真是不合适，不过娘亲病成了那样，也不好亲自过来。”沈清在传话之前，再一次给沈妩做了个心理准备，显然下头的话不是什么好的。

沈妩轻轻挑了挑眉头，当她说出事关沈婉早产的时候，沈妩的脸上就闪过几分阴沉。当初查到的就是贤妃指派人所为，难不成沈王妃还要替贤妃翻案？

沈清瞧着沈妩脸上的神情，便心知沈妩在思考着，她的脸上露出几分踌躇的神色。即使会把握分寸的她，面对沈王妃让传的话，也有些拿捏不准。

“我就单刀直入地说了，娘亲说她在拜访贤妃的时候，两人为了彰显各自的诚意，便拿自己的秘密来交换。娘亲当时所提的问题，便是婉妹妹小产之事。贤妃并未曾隐瞒，她曾收买过婉妹妹身边的大宫女，名唤青儿的。让青儿找准时机，装作不小心让婉妹妹摔倒。”沈清脸上的神色有些不自在，毕竟沈王妃究竟为何要拜访贤妃，以她的智谋，定是能看得透的。

偏偏她此刻说的，还是沈王妃与贤妃探讨沈婉早产之事，整个就是沈王妃胳膊往外拐的罪证！

“贤妃说如果娘亲不信，可以向你求证。你当时已经探查完了婉妹妹早产之事，只是没有涉及你自己的利益，所以并未出手报复。不过她还提到你曾探查到的猫草一事，那披风并不是她让人动的手脚，那只肥猫也不是她派人放进宫的，一切另有其人！”沈清轻咳了一声，再次忍着心中的怪异感，将剩下的话说完。

沈妩的眉头皱得越发紧了，当初放猫草的那个宫女早已上吊自缢了，后来又查出了青儿，青儿只供出贤妃一人。所以沈妩理所当然地便认为，前后这二人都是被贤妃收买的，双重保险罢了。没想到今日竟是通过沈清的口，再次甩出个疑问过来。猫草一事，贤妃根本没有参与，只是后来才知道的，那么又与谁有关呢？

“娘亲这些话当真够危言耸听的，我就这么一说，四妹妹也就这么一听便罢了。若是觉得有可能是真的，如何处置，一切还请自便。只是娘亲身子已经大不如从前了，还请四妹妹别再恼恨她犯下的那些糊涂事儿。”沈清见她迟迟未开口接话，也没有尴尬，只是总结性地说了这么几句。

最后一句话却是隐隐在让她高抬贵手，别再往沈王妃的身上整出事儿来。沈清一切也只是猜测，沈王妃和贤妃，一个卧病在床终日昏昏沉沉，一个已经归西了，实在是太过巧合。这两人前段日子，又是凑在一起紧锣密鼓地商量着什么，显然这病因和死因都是出自后宫。

沈清若是不往沈妩的身上想，那才是怪事儿。不过她手头又没有证据，与后宫的娘娘们相处得也不是很好，所以才没有贸贸然趟这浑水。

“二姐姐说笑了，不看着王妃是本宫的嫡母分儿上，就看着她今日让你来传话的分儿上，我都不会对她怎么样啊！毕竟是帮了我和婉姐姐的大忙了，王府里头还是多请几个大夫瞧瞧，兴许就能治好了！”沈妩轻轻地勾了勾嘴角，脸上的笑意十分欠扁，语气里也带着几分不善。

沈王妃让沈清来传信，恐怕大部分的意思，是想要给沈妩添堵吧。毕竟原本认定的事情，却一下子全变了，任谁知道了这潜在的威胁之后，心里都会惊慌的。

不过沈清却没恼怒，她生性凉薄，对于整日要与那些小妾斗，始终想着留住沈王爷的亲娘，她所能付出的感情交换非常有限。这回能来宫中传信儿，已经是意料之外了。

对于沈妩这几句带刺儿的话，她一点反应都没有，相反还露出几分淡淡的微笑。规规矩矩地站起身，冲着沈妩行了一礼，低声道：“那我就告辞了，娘娘一切保重！”

直到沈清的背影消失在门外，沈妩才长长地松了一口气，她的脸上带着几分深思的神色。原本以为已经解决的问题，再次浮出水面。她此刻唯一后悔的，就是贤妃身死那日，她没能亲自送贤妃上路。

若是当时她站在贤妃身旁，或许能够得到更多的线索。那只肥猫究竟是谁带进宫的？抑或者是有宫人偷偷养着？自杀的宫女又是效忠于谁？竟是不惜损了自己的性命，也要把这个秘密带走。

沈妩长长地叹了一口气，虽说这背后的真凶当时并不是针对她，但是大皇子此刻就养在她的身边，难保那人不会再次出手冲着她来。到时候她能否抵挡得住，就难说了。

沈清带来的这个疑团，沈妩思来想去无果之后，还是决定先丢到一边。秋猎的日子就在眼前，皇上这次为了把沈妩带上，特地批准将大皇子也捎上了。寿康宫那边也传过话来，太后这次也要跟着。

后宫里头的事情，就交给了德妃和斐安茹。这回跟着的妃嫔也只有三个，除了沈妩之外，还有许衿和崔瑾。

为了避免无聊，皇上提前就把他和沈妩安排在同一辆马车上，大皇子则被奶娘抱在后一辆车上。

围场就在京都的郊外，并不是很远，小半日的路程便能到。偏生还是得骑马，李怀恩就骑在马上，各种心惊肉跳地被折磨着。

沈妩歪在榻上，还不等她适应了这摇晃的马车。齐钰便从怀里摸出一本书册来，“啪”的一声扔到了小桌上。沈妩下意识地偏过头，漫不经心地瞧了一眼。只这么一瞥，她顿时感到胃一阵抽搐。

那书册自然不可能是旁的，还是《地方童谣两百句》。很显然皇上已经钻研过很多次了，书册都有些泛旧了。

沈妩不由得打了个哆嗦，她下意识地往后缩了一下。《送别》那首歌她快唱烂了，偏生齐钰就喜欢听。

“皇上，你喜欢听臣妾唱歌，是不是因为臣妾的声音动听啊？”沈妩轻拧着眉头思考了片刻，心里头就冒出了一个点子。

她的话音刚落，齐钰就猛地抬起头，有些诧异地看过去。沈妩先前脸上的惆怅和不情愿已经消失得无影无踪，只剩下一脸的浅笑，瞪大了眼睛十分期待地看向皇上。

齐钰轻咳了一声，避开了沈妩太过热烈的眼神，过了片刻，才慢慢地点了点头，低声道：“算是吧。”

沈妩得到了她想要的答案，脸上的笑意逐渐扩大，她猛地拍了一下手，似乎是庆贺一般。

“皇上，臣妾唱歌不算好听的。臣妾读书的时候，声音才叫好听呢。这样，臣妾把最熟悉的《女则》背给您听，您意下如何？”沈妩抬起头冲着皇上眨了眨眼，脸上充满了兴奋的神色，显然是准备要背书了。

“朕不想听你背书的声音，相比而言你唱歌的声音更好听！”皇上轻轻挑了挑眉头，脸上露出几分似笑非笑的神色，显然对于沈妩的敷衍并不为所动，相反还讥诮地反讽了回来。

沈妩皱着眉头看向他，明显是一脸的不愿意，轻哼了一声扭过头去不作理会。

李怀恩骑在马上，正处于注意力高度集中的时候，马车里忽然传来了歌唱声。当然还是那首耳熟能详的《送别》，他轻叹了一口气，最终淑妃娘娘还是没拗过皇上。

对于沈妩的歌声，许衿早已习以为常了。她已经听了不知多少遍了，几辆马车靠得比较近，又是逆风，隐隐约约的歌声恰好就被带了过来。崔瑾虽是第一次听，却也没多问什么，毕竟那样挑剔的皇上都没发火，证明唱歌的人真是征得了皇上同意。

太后的马车就跟在皇上和沈妩的车后面，因此她听的也最为清晰。忽然有歌声传来，太后自然是有些不习惯。便有些不解地问道："是谁在外头唱歌，别扰了皇上的清静！"

春风就跟在马车旁边，歌声从皇上的马车内传来，她自然听得出来。此刻太后问话，她便往马车旁靠近了几分，轻轻压低了嗓音道："回太后的话，是淑妃娘娘在唱歌。"

太后一下子就沉下了面色，现在只要一提起沈妩，太后的心情就会变得十分糟糕。就连许嬷嬷亲自来劝，都架不住太后闹脾气。显然她对沈妩已经忍耐到极限了，春风也知道太后的气性，只说了这么一句，便紧紧闭上了嘴巴，不肯再多说一个字。

"红颜祸水，魅惑君主！"太后阴冷的声音从马车内传出来，任谁都能听出其中夹杂的怒气。

几个宫人都听到了，却是一句话都不敢说，只低着头小心翼翼地跟在马车四周。好在这周围都是寿康宫的人，也无人敢去皇上和沈妩那边告状。

行驶在最前面的马车内，依然是歌声阵阵，偶尔还能听见男人低沉的声音。只不过齐钰的声音太小，后面的人根本听不清楚，只知道他在和淑妃娘娘说着什么话。

春风抬起头看着前面马车周围守着的那些宫人，一个个都是喜笑颜开，脸上的神情十分放松。显然是坐在里头的主子心情甚好，这才让龙乾宫和锦颜殿的两帮奴才跟着欣喜。

再一看这边，寿康宫里往常耀武扬威的宫人们，却都跟犯了弥天大错一般。一个个缩着脖子，显然也是因为马车里的主子心情阴郁。春风不由得长叹了一口气，还真是极其讽刺的对比。

总算到了围场这边，附近也设有行宫。因为还在京都，所以这里的行宫建造得比较奢华，器皿装饰等一切物什都十分齐全。甚至为了让主子们住得顺心，还提前把内殿改造了一番。

此刻沈妩一进她住的宫殿，就感到一阵熟悉感。里外的构造与锦颜殿都有几分相似，不过却又透着几分心意，显然是费了不少心思。

叁 THREE

齐钰带着人过来的时候，沈妩正和几个人守在浴桶边上，小心翼翼地替大皇子沐浴。小奶娃一点儿也不害怕，一副十分镇定的神色，只是他的双手却死死地抓住浴桶边缘，眼睛四下打量着，直到看到沈妩一脸甜笑地蹲在旁边的时候，他眼神里那种害怕才没了。

大皇子伸出手对着沈妩的方向抬了抬，似乎要抓住她一般。沈妩的脸上露出几分惊喜的神色，连忙伸出一根食指，让他一只小手抓住。小孩子的掌心十分柔嫩，这样全部攥紧了沈妩的食指，就像是抓住了全世界一般。

"哦——"大皇子抓着她的食指来回晃了晃，嘴唇轻张，竟是发出一声长长的音节，就像是有意识地在与沈妩说话一般。

"敬轩。"沈妩脸上的笑意更甚，大皇子已经九个多月了，能独自坐着了，不过爬行还是不行。但是最近沈妩发现，他越来越喜欢发出这种单音节，有意识地在与周遭的人互动。

沈妩此刻伸出另一只手，指着自己，轻声教他念"母妃"那两个字。

"哦——"大皇子抬起头，冲着她的脸瞧了两眼，一开口还是这个音节。

一旁的奶娘怕沈妩尴尬，便低声开解道："奴婢瞧着大皇子前几日似乎都开始长牙了，孩子说话都有早晚，有些直到一岁半才会说些简短的话。大皇子现在与娘娘这样，估摸着已经要说话了。"

沈妩轻轻笑了笑，抬起手在大皇子的脸上捏了捏，脸上的笑意十分柔和，就像平凡的母亲一样。齐钰就站在不远处瞧着，沈妩和奶娘背对着他，所以都没瞧见，其他几个宫女倒是看见他了，只是被他的眼神示意，皆纷纷地闭上了嘴巴。

齐钰虽然瞧不见沈妩脸上的神色，但是听见她不停夸赞着大皇子的声音，思绪却有几分飘远，像是在专心思考着什么一般。

直到沈妩发现对面几个丫头的面色不对劲，才想起来转过头看，一下子就瞧见了面色正经的皇上，正站在门口微微失神。

"皇上。"她将手从大皇子的掌心里抽离出来，慢慢站起身走到他的面前，脸上带着几分无奈的笑意。

"怎么来了也不说话，只在门口站着？旁人皆道臣妾性情高傲刁钻，若是让她们知道皇上来了这里，不进屋里只站在门口瞧着，恐怕会把臣妾传得更加可恶吧！"沈妩快步走到他的跟前，慢慢地俯身行了一礼，嘴里说出来的话却是带着几分娇嗔，脸上的笑意依然十分明媚，显然方才逗弄大皇子的好心情，还未消散。

齐钰专注地看着她，沈妩今日穿着一件藕色的罗裙，头上也只插了一支玉簪。当她快步小跑着过来的时候，衣摆浮动，让他猛然想起，沈妩入宫已经一年半了。这个女人，也陪在他身边一年半的时间了。此刻看着她翩然靠近的身影，心里头并没有厌倦的情绪，相反越来越欢喜，也越来越柔软。

“陪着朕走走吧！”皇上的心头似乎堵了千万句话，最后都汇成了这么一句。他的话音刚落，就转过身带头往前走。

沈妩有些搞不懂皇上的心中所想，却也跟着他在后面走着。两人一前一后，离得很近，只有小半步的距离。只要前面的男人稍微走得慢些，或者跟在后面的女子快上半步，就可以牵到对方的手。但是两人始终保持着各自的速度，慢慢地一步步地往前走，并不曾为对方做出调整。

李怀恩他们几个知道他二人有话要说，便都远远地跟着。

“朕很久以前曾经问过的问题，当时你和朕都没有当一回事儿。现在朕认真问你一次，至高无上的皇后之位，和未来太子的亲母妃，你选择哪一样？”齐钰猛地转过身来，声音轻轻压低了些，但是任谁都能听出他语气里的认真。

沈妩心头一惊，立刻抬起头来，与他对视。四目相对，沈妩似乎已经深陷在他那幽深的眸光里不能自拔一般，一时忘记了该如何回答。

“沈氏阿妩，回答朕。只要你此刻说出其中一样，朕立刻就给你！当然你的荣宠不变，直到有一日，你拢不住朕的宠爱为止！”齐钰瞧着她这副傻呆呆的模样，不由得往前跨了半步，头微微低下，专注地盯着她的眼睛，似乎透过那双略显迷茫的眼眸能一直看到她的内心。

沈妩的眼眸一下子瞪大了，她脸上的难以置信的表情十分明显，落在齐钰的眼中，有些刺眼。男人抬起双手，一下子握住了她的肩头，慢慢用力握紧，一种无言的催促。

“臣妾——”她慢慢地开了口，只是带着几分犹疑，停顿了片刻又像是坚定了一般。脸上的迷茫和怯懦消失不见，只剩下一片镇定。

“两样都要！”沈妩再次开了口，眼神中迸溅出的势在必得，似乎要灼伤对面男人的眼眸。

一年前沈妩的回答，两人都印象深刻。皇上愿意给哪样，她就要哪样。如今不过一年的时光而已，沈妩便已经换了个答案，与原来的那个相差十万八千里，而且就此刻来瞧，根本就是一个不可能实现的幻想。

去母留子这条宫规，是大秦后宫第一条，任何一个妃嫔都不敢对它视而不见。相反为这条宫规葬送了性命的女人，更是不计其数。但是沈妩此刻的回答，却是要完全践踏这条宫规。

“一年前，你心中的答案是不是就是这个？”齐钰咽了咽口水，有些艰难地开了口，像是对于沈妩的回答有些无所适从一般。

沈妩仰起脖子，安静地注视着他。她动了动嘴唇，却是没有挤出一个字来。她此刻早已心乱如麻，不知道自己方才选择坦白心中的答案，究竟是对是错。

若想把母仪天下的皇后和安享晚年的太后皆收入手中，这其中绝对少不了皇上的支持和认可。这次面对齐钰的问题，她依然可以选择逃避，或者随便选择其中一样，然后再徐徐图之。

但是这两种方案都被她否决了，她不想欺骗皇上。这两样，原本她就都想要，缺一不可。此刻挑明了也罢，让皇上有个心理准备。大秦的后宫里，的确出了一个贪心不足的疯女人。

“回答朕，你一开始就想着两样全要，是与不是？”齐钰却是十分坚持，他的声音猛然提高了，其中隐含的暴躁让谁听了，都觉得心里发颤。

几个宫人虽然隔得远远的，但是齐钰那样气急败坏的声音，像是带了魔力一般，一下子就穿透了几个人的耳膜。李怀恩不由得颤了颤，下意识地抬起头看过去，只见那两人相对而立，脸上的神色都带着几分严肃，皇上的脸上甚至写满了不耐。

李怀恩不由得闭了闭眼眸，抬手捂住了正打战的心肝儿。完了，这是又要吵架的节奏。显然这次要比上一次严重得多。气氛也要紧绷许多，像是纠结在什么重要的事情上。

“是，臣妾就是两样都想要！”沈妩的语调虽然没有抬高，但是语气却是十分坚定和认真，她不存在一丝犹疑和茫然，显然这两样东西在她的心里头，早已扎根发芽。

齐钰看着眼前无比认真的沈妩，心里头忽然涌上一阵复杂的感觉。大秦建国几百年来，后宫实行这个宫规也有十分长的一段时间了，若是要彻底地废除，谈何容易。

更何况眼前这个立志要废除宫规的人，沈氏阿妩，还是一个在后宫中横行霸道的女人。皇上几乎可以想象，到时候群臣攻击的场景，那会是一种怎样的灾难场面。

但是他又十分不甘心，他的母妃也是死于这个制度。他许久之前就在心底发誓，要让这所有的东西都能顺着他的心意来，包括这条该死的宫规。

“你让朕静一静，此刻还无法给你一个答复。不过阿妩，你真够狠的。永远都把难题丢到别人的手中！”齐钰的脸上闪过一丝颓败，方才猛然涌起的震怒已经完全消失了，像是对沈妩妥协了一般。最后一句，他说得极其感叹，又带着几分无可奈何。

沈妩依然平静地注视着他的眼眸，轻轻地摇了摇头，脸上浮现出一抹轻嘲的笑容，低声道：“怎么会呢？若是皇上同意了的话，生孩子的人是臣妾，走上中宫皇后那个位置的人也是臣妾。臣妾也必定是那个众矢之的，即使皇上要遭受无数的控诉反驳言论，但是您是九五至尊，谁敢真的对您说上一句重话。所以，皇上您就点头吧。”

沈妩的话音刚落，她便往前迈了一步，伸出手拉住了男人的衣摆，脸上带着几分恳求的神色。方才她的语气就像是哄孩子一样，前路艰险，她想要的不过是皇上的点头应允。

她也曾想过，要凭着一己之力咬牙走下去，但是前提是皇上得愿意配合。

齐钰低下头，看着轻轻扯住他衣摆的柔荑，曾经有多少次，他拉着这双柔荑，一起调笑、欢爱。如今他却只有抬起手，挥开她的柔荑。

“就因为朕是九五至尊，所以不能应允了，却放你一人去面对那些阴谋诡计。你再让朕想想，都彼此冷静一下，或许你的想法就变了。阿妩，你还年轻，鱼和熊掌你都要，但是前路的坎坷并不是此刻的你就能承受的！”齐钰伸出手摸了一把她的面颊，然后便转身离开了。

男人的声音直到最后都是极其温柔的，这次本以为会引发巨大的争吵，却是心平气和地以彼此冷静终结。沈妩站在原地没动，抬起头一直盯着男人高大的背影看。

李怀恩几个宫人脚步匆匆地跟了上去，他们从沈妩的身边走过，脸上都带着几分懊恼的神色。

皇上和淑妃娘娘明显是谈崩了，但是两人却都没有争吵，他们也不知道二人究竟为何事闹了别扭。

“娘娘，您赶紧回吧，外头冷。”李怀恩的声音压得有些低，在经过沈妩的时候，悄悄扔下了一句话。

无论皇上和淑妃娘娘闹成什么样子，目前淑妃在皇上的心中地位不变。他不敢多加安慰，心里头也只盼着两位主子能过得好，这样他们底下这些宫人，也能好过些。

直到他们的身影都逐渐远去，沈妩才动了动脚。她吸了吸鼻子，努力不让自己心头的阴郁涌上来，但是眼眶还是红了。

她和皇上曾经彼此猜疑，在与对方相处的时候，并不想涉及太深，只想着自己过得安稳就行。皇上贪恋和她在一起时的欢愉，她贪恋有皇上宠爱撑腰的畅快感。现如今，在这个问题上，他俩却都明白彼此的难处，但是皆无法妥协。

沈妩慢慢地转过身，视线模糊了一片，但是男人那渐行渐远的背影却始终萦绕心头，挥散不去。这样彻底摊牌也好，她将自己心中的底线全部告诉了皇上，即使她再如何改变，也不会有比这个更让他感到惊诧的地方了。

当沈妩回到殿内的时候，所有失落、阴郁的情绪已经收敛了起来。脸上带着几分若有似无的笑意，一如往常她和皇上玩闹过后的模样。殿内的宫人都是行色匆匆，向她行完礼就各自忙起了差事。

从锦颜殿带过来的东西，还都未收拾。更何况这院子里可是住着两位主子，稍有差池，说不准就让那有心人钻了空子。

大皇子正坐在床上啃着小拳头，刚换洗好的衣裳，已经被他嘴角拖下来的口水濡湿。此刻听见外头人说话的声音，他便转过头来。一瞧见是沈妩的身影，他便将小拳头从嘴边拿开，冲着沈妩的方向抓了抓，似乎想要她过来一般，嘴角的口水连成丝拖了好长。

沈妩瞧见他这副模样，不由得轻笑出声，方才阴郁的心情被她小心翼翼地藏起，慢慢地坐到了床边，伸手抱起大皇子。从衣袖里掏出锦帕细细地替他擦拭着嘴角，脸上装模作样地露出几分嫌弃的神色。

“敬轩，看你这口水啊！是不是要浇花呢？”沈妩的上半句还是十分正常的语气，说到下半句的时候，她忽然伸长了脖子，凑到大皇子的肩膀旁边，语调怪异。

“咯咯！”大皇子响亮的笑声立刻传了过来，显然很喜欢这样的游戏。嘴巴轻轻咧开，一大波口水再次袭来，这回连沈妩放在他腰间的手都未能幸免。

沈妩就来回重复这句话和这个动作，大皇子也一直十分给面子地笑。怀里的孩子十分柔软，当她凑近的时候，她甚至可以嗅到孩子身上淡淡的奶香味与花瓣香，两种味道混合在一起，竟是那般的好闻。

孩子，她真的非常想要一个自己的孩子！曾经她舍弃了皇后之位，同时也拿着自己的性命在赌，却终究未能如愿以偿。

奶娘和几个宫女都在外屋忙碌，此刻整间屋子里，就只剩下沈妩和大皇子。她原本逗弄得异常开心，最后却是声音里打战，生怕外头的人发现她的异样，连忙闭上了嘴巴。

她再次凑到大皇子的肩头上，将脸轻轻埋在他的颈窝处，脸颊蹭着孩子脖颈处嫩滑的皮肤，以及他身上所穿的柔软的衣裳，似乎她的心都融化了。

“唔——”眼泪终于还是忍不住了，一滴滴落在小娃娃的脖颈里，与他的口水一起濡湿了衣裳。

058

太后谋略

大皇子似乎是察觉到脖子里有水落入，便抬起头看向沈妩。沈妩的眼泪还在“吧嗒吧嗒”往下落，但是为了不吓到他，脸上慢慢地露出了一个轻柔的笑意，只是眼眶里的泪水却越发汹涌。

“哦——哦——”大皇子看着她，脸上露出一种似懂非懂的神情，抬起手摸在她的脸上。他还不知道眼泪究竟是如何流出来的，虽然他每隔几日几乎都要流泪。

只是他的一条腿无法动弹，扭过身来帮沈妩擦眼泪，就显得十分吃力。整个人也栽倒在床上，立刻里屋就响起了孩子尖锐的哭闹声。

待奶娘匆匆跑了进来的时候，沈妩已经抱着大皇子在轻声哄着，只是她是背对着门口。因为落入熟悉的怀抱里，大皇子也停止了哭闹，只是小声地抽噎着，像是受足了委屈一般。

“你去忙你的吧，大皇子只是自己摔倒了。”沈妩平静的声音传来，她抱着大皇子慢慢地摇晃着，掌心在他的后背一下下轻轻地拍着，显然是在安慰这个小娃娃。

奶娘轻声应承了一句，便又匆匆地退了出去。

到了围场，皇上并没有急着让群臣狩猎，而是每日让他们身边带够了人手，自由活动。既可以探查一番围场内的情况，又可以稍作休整。当然围场在晚上是不开放的，等这些王公贵族、随行官员都出了围场之后，就会有好多侍卫进去检查是否有不妥之处，以免有人在围场内设下陷阱。

这几日，不少人都察觉到皇上的不对劲来。皇上虽然每日看起来都十分忙碌，必去围场转悠，偶尔还专门让人设立靶子练习弓箭，但是除了那两三个时辰之外，他就一直窝在屋子里，经常会目光游离地发呆。甚至有大臣来求见，正说着话，他都会不经意间走神。

李怀恩把这些都看在眼底，经常叹息连连，一瞧皇上这副心不在焉的模样，就知道肯定是与淑妃娘娘有关。那日他俩在一起，究竟说了什么呢？最重要的是，这几日皇上根本没去找过淑妃，也未曾召幸任何一位妃嫔。

倒是太后的屋子里，许衿也凑在里头，两人正捧着茶盏，悠然地品着进贡的上等好茶。许家教养出来的姑娘，自然皆是品茶高手。两人凑在一处谈着茶道，倒是将先前的小疙瘩解开了不少。

“衿儿，哀家瞧着皇上这几日都不再找沈家那只狐狸精了，不如你去试试看？”既然话题都说开了，太后就直奔主题了，语气里带着几分劝诱。

许衿的口中正含了一口茶水，此刻舌尖感受着茶香萦绕的滋味，觉得心情无比顺畅的时候，却听到太后说了这句话，顿时失去了原本的好心情。她慢条斯理地将口中的茶水咽下，脸上露出几分无奈的笑意。

“姑奶奶，不是我不愿意放下身段去，而是皇上的心思根本就不在旁人的身上。伺机钻空子说不准反而弄巧成拙，让我成为皇上发泄心头不满的靶子。”许衿在说这几句话的时候，脸上的表情从无奈变成了叹惋。

对于后宫的女人来说，沈妩就像是一道无法跨越的鸿沟，只要有她挡在面前，后宫中所有的妃嫔都失去了魅力。在皇上的眼中，也始终只留下她一人的身影，甚至是所有的人都无法超越的存在。无比残酷的现实。

许衿的话音刚落，太后的眉头就紧紧蹙起，显然对于她的回答十分不满。

“哀家就不信，皇上真的把心都给了沈妩吗？心心念念着她，瞧不见其他人的身影？哀家可把丑话说在前头，沈妩来势汹汹，很有可能就要夺了这中宫皇后的位置！到时候你哭都没处哭去！”太后的声音猛然扬高，语气里带着显而易见的怒气。

她因为身体不适，所以去年并未跟着皇上前去避暑。实则她错过了一个观察沈妩与皇上之间亲密关系的好机会，即使后来从旁人的口中听到了，她也多半认为是流言之中夸大其词了。

许衿不由得轻轻笑开了，脸上的嘲讽十分明显。后宫之中，现如今沈妩的位分最高，不就相当于中宫皇后的待遇吗？只不过差一个名分罢了。若不是她身边有大皇子拖累，恐怕皇上早就把后宫的执掌权交到她手中了。大皇子眼看着一日日长大，后宫的凤印迟早有一日会交到沈妩的手里。

“太后，不是嫔妾不想，而是真的无能为力。这回跟着皇上来的妃嫔，统共就那么三个。若是淑妃出了事儿，谁能逃脱得掉！嫔妾入宫一年多，什么都没学会，唯独这眼力长进了不少。皇上如今不痛快，嫔妾是不敢去叨扰他的。感谢您的茶，嫔妾告退了！”许衿放下手中的茶碗，慢慢站起身，冲着太后行了一礼，便直接屈身退了出去。

太后的脸色直接变得苍白、难看，从许衿方才的话语里，就可以听出她的抵抗情绪。方才还亲热地叫着“姑奶奶”，如今已经以“嫔妾”自居了，身份一下子就疏远开了，这是直接在拒绝太后的建议。

直到许衿退出了屋子，太后的火气还没消。她扬起手大力地拍打着桌面，手边的茶盏被震动得不停地抖动着。

“一个两个都是烂泥扶不上墙，难不成还真的怕了那个狐媚子托生的小妖精了！许衿她还是许家教养出来的嫡女，竟然会如此惧怕沈妩那个小妇养的！”太后此刻正在气头上，说出来的话语就有些不堪入耳了，而且越来越过分。

许嬷嬷候在一旁，张了张口却不知如何劝慰。脸上露出几分苦涩的笑意，太后在辱骂沈妩的娘亲是小妇的时候，似乎完全忽略了那个小妇是太后的亲侄女，许家曾经教养出来的嫡姑娘。

“看样子只有哀家亲自动手了，只要计划得好，就不怕没有替罪羊。上回的事儿，那个狐狸精还不是都把账算到了贤妃的头上。她再如何高明，也敌不过哀家！这大秦的后宫里，可一直都是哀家的天下，从前是，以后也是！”太后深吸了一口气，心头的火气似乎逐渐消了下去。

她的话音刚落，脸上就露出了几分甜腻和得逞的笑意。似乎想到了什么愉快的事情一般，太后整个人都沉浸在一种沾沾自喜的氛围之中。

许嬷嬷的眼皮猛地一跳，心中暗暗叫了一声“糟糕”。她自然也想起了先前的事情，再一对比围场，不由得担忧起来。

“太后，先前是在后宫之中，一切宫人都还好收买一些。这边是围场，外头的人都不是平日里所熟识的，他们也没有致命的把柄攥在手里头，恐怕很难控制。况且围场里面看守得那么严格，根本就不好钻空子。”许嬷嬷试图说服太后，不要在围场这里对沈妩不利，否则吃亏的只有自己。

太后却是满脸不在乎地挥了挥手，她的脸上露出几分冷笑，此刻瞧着甚是狰狞。

“只要真心想做，没有不成功的事情。哀家这大半辈子，都是在不可能之中谋求着那一丝可能，否则你认为当初先皇怎么会舍得下黎妃那个贱人，最后将皇后之位许了哀家？”太后的嘴角露出了几分自信的笑容，她根本就没把沈妩放在眼里。

先前对沈妩一直忍耐，是因为她不想和身为庶女的沈妩斗，这样只会显得她掉价。如今沈妩已经爬到了淑妃的位置，并且成功抚养大皇子，她的心里自然容不下了，不想斗也得斗！把沈妩拉下来，势在必行。

许嬷嬷一听她提起前尘往事，不由得闭紧了嘴巴。先皇当时那样宠爱黎妃，先后让黎妃生下了皇上和九王爷，最终也在太后的骗术之下，一度心灰意冷不相信黎妃，才让旁人有机可乘。

虽然许嬷嬷不再开口反驳，但是她的眼神里却透着深深的担忧。毕竟淑妃不是当年那个纯良和善的黎妃，沈妩的手段也极其高超，甚至连贤妃都落了下乘，最后就这么不明不白地死了。

而且太后年岁已高，沈妩才十六岁而已，正值青春年华。究竟谁能赢，还说不准。

“这围场里什么都不多，唯一多的就是各种凶禽猛兽。虽然每晚都有人进去检查，但是也难保不会有那么一两只凶猛的野兽躲了起来，待到淑妃娘娘进去的时候，就恰好出现在她的身边，准备将她连皮带肉都吞进腹中！”太后根本没有在意许嬷嬷脸上的神情，而是沉浸在了自己的世界之中，兀自兴奋地开了口。她的声音里夹杂着几分颤抖，显然是过度期待导致的。

许嬷嬷依然没有说话，只是看向屋子外，慢慢地发呆。太后想的倒是容易，但是实施起来恐怕困难重重。

几日后便是皇上与百官狩猎的日子，太后和沈妩几人都出来助阵。皇上一袭黑色劲装，牵着缰绳骑在马背上，显得精神抖擞。他的身后跟着不少打扮利落的侍卫，李怀恩也骑着马跟在后面，只不过他佝偻着后背，嘴巴一开一合，似乎在跟身底下的马说话，一看就是炁气爆棚的模样。

狩猎以一个时辰为限，当沉闷的鼓声响起的时候，那一拨挤在一起的人，就立刻甩着手中的缰绳冲了出去。沈妩她们几人就在外头等着，下面的位置上还坐着不少命妇和官家小姐。

皇上一马当先，骑着马飞快地冲进了丛林之中。几名护卫也是策马扬鞭，紧跟其后。只有李怀恩一人，明明身下是高头大马，但是被他骑着之后，就觉得他变成了张果老倒骑驴，那马悠闲地迈着小碎步正在散步。

“嗖嗖”的箭声传来，隐隐可以听出里头正在进行一场真正的狩猎。候在外头的女子们却是三三两两凑在一处说着话，不少人都在讨论这次的狩猎，究竟谁能拔得头筹，得皇上垂青。

沈妩几人正坐在一起，一旁的崔瑾忽然凑了过来，压低了声音靠在她的耳边道：“右边第三位穿湖蓝色罗裙的姑娘，就是北定侯府的嫡姑娘。也就是沈王府未来的世子夫人。”

沈妩微微一惊，下意识地抬起头来，细细瞧过去。封茜是随着北定侯夫人一起来的，此刻乖顺地坐在那里，脸上并没有露出太多的表情，手托着腮有些失神地看向远方。

沈妩不由得皱了皱眉头，按理说封茜与沈安陵定了亲事，就不该再抛头露面了。此刻却堂而皇之地坐在这里，让她有些费解。不过瞧着封茜那副心不在焉的样子，显然并不是很情愿来这个地方。

沈妩并没有再猜测下去，而是举起手边的茶壶，替自己的茶盏斟满了，又将崔瑾手边的杯子续了茶水。拿起自己的杯子对着崔瑾的碰了碰，便扬起头将那一整杯茶水慢慢倒入口中，就像是在饮酒一般。

沈妩碰杯的动作做得十分隐秘，也只有坐在她身旁的崔瑾瞧清楚了。崔瑾自然知道她是在庆贺上回将贤妃和沈王妃处理掉的事情，便也不推辞，端起茶杯几口喝干。

一个时辰总算是到了，林子里的男人们也陆陆续续回来了。依然还是一袭黑衣的皇上打头阵，跟在他身后的几个侍卫，带回来不少猎物，显然都是皇上猎杀的。

齐钰稍作收拾，便坐到了主位上。男女席是分开坐的，因为只是为了比赛男人猎物多少的，所以中间也未用屏风遮挡。太后的位置就设在皇上身旁不远处，她偏过头面上带笑，似乎在跟皇上说着什么。齐钰的眉头微微皱着，显然并不怎么赞同，不过却还是耐着性子听。

待众人的猎物清点完毕，李怀恩才骑着马慢慢地走了出来，面色惨白，好容易哆哆嗦嗦地下了马，立刻就有小太监把狩猎的结果呈了上来。

“李总管，就等着您来宣布呢！”那个小太监点头哈腰的，双手托着圣旨伸得老长，举到他的面前。

瞧着李怀恩那副半死不活的模样，就没有多少人敢靠近，生怕他吐别人一身。

李怀恩身上直冒冷汗，他压抑着胃部的翻涌，颤抖着接过了圣旨，扬高了嗓音将里头的前三甲名字以及赏赐念了出来。待听完了，四周俱是一片恭贺声。皇上和太后还在说着话，两人的交谈声压得很低，不过从两位的面色看来，进行得并不是很顺利。

沈妩她们几个也发现了，便下意识地看过去，脸上皆带着几分探究的神色。究竟是什么事儿，让太后和皇上在这种场合就开始讨论了起来。

最终是太后轻咳了两声，脸上带着几分笑意，像是要开口说话的模样。众人瞧着这副样子，也知道肯定是皇上妥协了。

“其实是这样的，方才哀家与皇上说，总是男人们狩猎比试，让诸位女子等着，总觉得不尽兴。不如让女子们也来一场狩猎比试，几位妃嫔也跟着参加，这样才算是来过围场一圈了！”太后脸上的笑意越发明显，她轻声建议了几句，眸光十分明亮，慢慢地扫了一圈周围坐着的命妇、小姐们，眼神最终停留在沈妩几人的身上。

太后的话音刚落，底下就议论开了，这可真算是一次创新了。虽说不少命妇都有些心动，毕竟对于骑射这样的新鲜事物，接触一回，日后回去了，也好当作炫耀的资本。不过需要担忧的地方，也着实不少。围场里面的安全问题，以及她们大多数人都未接触过射箭，骑马也只是略微懂一点。

“如果诸位有兴趣的话，围场里面自然会清理，里头只留下兔子、山羊一类温驯的动物，也会留几日让诸位学习骑射。”太后见那些人议论纷纷，眼眸里皆带着几分兴奋的意味，可是面上却露出为难的神色，自然是顾虑太多。

她便再次扬高了声音开口，颇有几分安抚的意味。这回不少女子便都点头了，甚至还嘻嘻哈哈地在说些什么。讨论的气氛变得越发热闹起来。

沈妩、崔瑾和许衿三人的眉头都皱了起来，脸上的神色也变得严肃些许。太后口中的妃嫔也要参加，可不就指的她们三个吗？太后好端端地要来一次女子狩猎大赛，原本就惹人怀疑。或者只是单纯地想让她们进入树林之中，在骑马射箭之中接受折磨？

虽然她们猜不出太后的心中究竟是如何想的，但是几乎已经断定了，这凭空冒出来的女子狩猎，绝对不是什么好玩意儿。

“上回进贡上来的东海珍珠，有不少足有小娃娃的拳头大小，若是将那些磨成了珍珠粉，想来定是效果极好的。就拿那些东海珍珠做彩头好了，三日后将再次举行狩猎！”太后的脸上始终都是一副笑吟吟的神色，她的声音温和，摆足了慈祥亲和的模样。

沈妩不由得冷笑起来，太后为了搞这个东西，可真是煞费苦心啊。连这样好的彩头都拿了出来，东海珍珠每年出产的全部进贡到宫里头，一向都是由太后和妃嫔们拥有。这些命妇、小姐们哪怕腰缠万贯，也无法享用到。此刻太后拿出来当彩头，自然是一项极具诱惑力的赏赐。

看着底下这些女人一脸心花怒放的神色，齐钰的脸上闪过几分不耐。他的眉头皱得紧紧的，眼光下意识地往沈妩那边瞥，毕竟上回去避暑的时候，就是临时冒出了个什么赏花寻人的新玩法儿，才被人钻了空子，导致沈妩受了伤。这一次，他不想惨剧重演。

沈妩抬起头，下意识地看向主位上坐的人，两人四目相对，皆是一怔。平日里腻在一起不觉得，此刻刚有几日刻意地回避着不说话，竟是如此的别扭。

太后将这两人的互动看在眼里，脸上的笑意猛然僵了一下，眼眸里闪过几分阴狠，转而又很快地调整了一下情绪。

“皇上其实不必太担心，若是怕她们有谁落了单，不如一开始就把她们两两分组，到时候也好有个照应。”太后轻声开了口，顺势阻断了皇上和沈妩的眼神交流，装模作样地好心建议道。

皇上的眉头一挑，慢慢扭过头来看向太后，心里慢慢一松。兴许是太后这个建议，让他心头的不安降低了些。毕竟两个人的话，外加身边跟着的人，目标变大也就增加了安全感。

“好，那就依母后的办法来好了，依朕瞧，不如就让淑妃和远贵嫔一组吧！”皇上当场就定了下来，并且直接指定了沈妩与许衿一组。

太后的心里一惊，呼吸也跟着滞了一下。不得不说，皇上的警觉性还是十分高的。并且把沈妩和许衿安排在一起，明显是防备着太后耍阴招。太后再怎么狠毒，也不至于对许衿出手。若真的出手了，被查出来的话，恐怕许家第一个就不会饶过太后。

“皇上对淑妃可真是用心良苦啊。那就这么定下了，到时候还请皇上给她们三个找几位教骑射的先生！”太后的面色阴沉了几分，皇上如此做，分明就是不给太后面子。

把沈妩和许衿安排在一起，若是有心之人，定会想到这就是赤裸裸地在提防着太后一党人耍诈。

齐钰也没顾太后脸上难看的神色，直接轻笑着点了点头，低声道：“母后就放心吧，骑射方面朕会找人教好她们的！”

这事儿很快便决定了下来，众人皆回去准备了。毕竟这里的命妇、小姐们可都是京都之中的贵妇，甚至还有三位娘娘也要一起，若是能争口气，当真够耀武扬威上一阵的。

刚散了没多久，就有一位太监模样的人到沈妩面前报到，说是皇上派来指导她练习骑射的人。听着身边的人，扯着尖细阴森的嗓音，不停地念叨着那几句话，生怕她从马背上摔下来，沈妩的头都有些大了。

这匹马还未成年，所以即使沈妩上了马背，距离地面也并不是很高。她按照那人所说的，努力抓紧了手中的缰绳，脸上的神色逐渐变得严肃认真起来。骑马她还能勉强合格，至少不会像李怀恩那样，因为缺个蛋就完全变尿了。

第二日，当她来到特定的地方，开始练习拉弓射箭的时候，身体却如何都不协调。

“娘娘姿势站稳了，手端平，眼睛直视前方。用力拉扯弓弦，然后猛地放开手中的箭。”那个小太监似乎也有些着急，他不断地说着动作的注意点，脸上都冒出了些许的汗水，一抬衣袖擦干净，还得认命地低声指导着。

不过这个太监兴许是被皇上叮嘱过了，在教导的过程之中，距离沈妩都至少隔着一步，就好像她是洪水猛兽一般，根本不敢往前。即使此刻沈妩的姿势摆了半晌，连一支箭都没射出去，这个小太监还是口观鼻鼻观心，硬是不敢靠近半步。

沈妩或许对这方面天生欠缺，她似乎无论怎么摆姿势，都不是标准的。最后双臂举着也变麻了，索性直接松开了手。弦上的箭的确射了出去，不过还不到两步远，就掉到了地上，离远处的靶子隔了好一段。

那个小太监也是急得满头是汗，他陪着沈妩练射箭，其实也不过一个时辰而已，中途还休息过几次。不过他身上的衣裳，已经汗湿了好几回，又都被风吹干了。

沈妩连续试了好几次，却都以失败告终，最后她气得将手上的弓箭直接扔到了地上。完全自暴自弃了，脸上恼恨的神色显而易见。

“学什么弓箭，还不如用石头砸来得快一些！只给三日，怎么可能学会！”沈妩稍稍扬高了声音，几乎是怒骂道。

被扔出去的弓箭与地面接触到的时候，发出一声沉闷的声响。

后面做指导的太监，以及周围等候的宫人们，都立刻垂下头来，脸上露出几分无奈的神色。

这太后的确太不是东西！搞什么女子狩猎，这些娘娘、贵妇原本都是养在深闺里的姑娘，十指不沾阳春水，更何况是大男人们喜欢的射箭。而且还要让她们学会狩猎？这也太高估这些柔弱女子的能力了，除非是生在将门之家，从小就接触这些，否则就这样的水平，猎物射她们还差不多！

“娘娘，淑妃娘娘，这是皇上特地让人给您做的新弓箭，量身定制的。可好用了，就连奴才这样的废物用着都觉得顺手。”李怀恩小步地跑了过来，满脸堆着笑意，带着十足的谄媚。

他边说还边示范性地拉开了那张弓，然后双手捧着弓箭，往沈妩的面前放了放。

沈妩此刻就蹲在地上，正盯着原来被她摔在地上的弓。此刻听到李怀恩的声音，便下意识地抬起头瞧了一眼。李怀恩手里的弓箭的确更加精良，尺寸也小了好多。

“你这样的废物用着都顺手，本宫用着怎么可能会觉得顺手？本宫又不是废物，不要！到了比试的时候，本宫直接认输就好了，反正又不稀罕那几个破珍珠！”沈妩依然双手抱膝地蹲在地上，她连碰都没碰那张弓，就直接扭过头去。

沈妩抱怨赌气的语调扬得比较高，十分清晰地传到了众人的耳中。明音几个只低着头，默默地在心底为李总管祷告。

李怀恩苦着一张脸，得，他那“废物”两个字无非是调侃自己，顺带着想把淑妃娘娘逗乐而已。结果适得其反，淑妃娘娘听出了旁的弦外之音。他瞬间感到了后颈发寒，下意识地回过头，一下子便对上了一双幽深阴冷的眼眸。

“皇上。”他轻声唤了一句，不由自主地缩了缩脖子，生怕齐钰怪罪到他的头上。

周围几个宫人也都纷纷行礼，只有沈妩一人依然倔强地蹲在地上，头埋在膝盖上，像是个耍赖的孩子一般。

“成了，你们都下去吧。朕有话跟淑妃说。”齐钰挥了挥手，便轻声撵他们下去。

李怀恩连忙双手将弓箭呈给了皇上，然后立刻跟着大部队的脚步，麻利地滚了。

直到人都走了，齐钰才往前迈了几步，走到她的跟前。

“起来，朕教你射箭！”男人的语调十分平稳，没有一丝起伏，让人听不出他的情绪来。

沈妩似乎是铁了心要赌气，就是蹲在地上不起来，纹丝不动。

皇上见到她这副鸵鸟一般的模样，心里涌上几分不耐的情绪。不由得“啧”了一声。忽然伸出脚，用脚尖在她的屁股上猛地往上一挑。沈妩一个不慎，便直接往前栽去，双手下意识地往前撑，两只手掌便直接按在了泥地上，这才好不容易稳住了平衡。

“起不起来？”男人低沉的声音再次传来，他的脚继续往前伸着，这回改成了轻轻地踢过去。

沈妩膝盖弯曲，险些跪倒在地，连忙站了起来。两只手掌上都沾了一层泥土，她连忙使劲儿拍了拍，脸上不高兴的神色越发明显。甚至直接抬起头来，一脸沉郁地看向他。

“过来学射箭！”齐钰扬起手冲着她晃了晃，手里紧紧握住的弓箭也在不停地摇晃着。

沈妩悄悄抬眼看了他一下，脸上露出几分挣扎的神色，最终还是冷着脸慢慢地往皇上面前挪去。

齐钰瞧着她跟乌龟爬似的速度，不由得再次“啧”了一声。他一向是没有耐心的，只除了面对沈妩的时候，还能耐着性子些，只不过这耐心也是极其有限的。此刻瞧见沈妩如此慢条斯理的，心里头就堆着一股子邪火。

他伸出手臂来，猛地抓住了沈妩衣裳的前襟，微微用力一扯，就将她扯到怀里来了。

“怎么回事儿，磨磨蹭蹭的！你先前不还是说鱼和熊掌兼得的吗？就这么一点儿小挫折就直接妥协了，以后即使你生下了皇子，他跟着你这个母妃能过上好日子吗？朝堂之上和后宫之中的斗争，可是比射箭难得多，你也这般轻言放弃吗？还是你之前跟朕说的，都是在放屁？”齐钰显然有些气急败坏，眉头紧紧地拧着，整张脸上的神色也越发难看。

他的薄唇轻抿，看都不看沈妩脸上露出的委屈神色，只是将她掉转了个身，背对着自己。把弓箭塞到了沈妩的手中，分别用手掌包裹住她的手背，猛地拉开了弓弦。

“朕说放箭，你就放箭！”男人的声音在耳边响起，他温热的嘴唇几乎就贴在沈妩的耳朵上，甚至说话时的吐息都能感受到。

沈妩轻吸了一口气，显然在调整情绪，轻轻地点了点头，沉声道：“嗯。臣妾知晓了。”

齐钰握住她的手，将弓箭又细微地调整了角度，冷着声音道：“放箭！”

伴随着他话音的落下，沈妩立刻张开了手掌。手中的箭像一条直线一般，一下子飞了出去。不过那箭到了最后却有些软绵绵的，没有力道，最终也只是浅浅地插进了靶子里，还不待沈妩欢呼雀跃，又立刻掉落了下来。

皇上倒是比她放松些，见到箭终于能射出去了，原本脸上紧绷的神色也稍微缓和了些。男人的手掌还贴在她的手背上，来自掌心的温暖，源源不断地传向她。

“自己试一次！”齐钰轻轻拍了拍她的手背，便往后退了一步。

沈妩再次深呼吸了一次，脸上的神色越发认真。从皇上方才出现到此刻，她还没瞧过皇上脸上的表情。她慢慢地举起了手上的弓箭，慢慢拉开了弓弦，只是那种男人带着她射箭的感觉却不在了。她的眉头轻轻皱着，有些不确定地瞧了瞧，直接用力便撒手了。

这回的箭都没有出去，直接往下坠落，掉在了她脚边的不远处。

“啧！”齐钰不耐烦的声音立刻就响了起来。

“你怎么这么蠢！”皇上轻声吼了一句，瞧见沈妩缩了缩脖子，又把到了嘴边的呵斥咽回了肚子里。

皇上本身就喜欢练武，骑射更是充斥着日常生活。前一阵子心血来潮，他还特地又巩固了一遍，恰好当时沈妩惹恼了他，他就拿着弓箭对准了沈妩射过去，只不过他手下留情，两次都把箭射进了柱子里。此刻教一个丝毫没接触过射箭的沈妩，他自然是头疼。

“一定要用力，肩膀放平胳膊伸直了。其实射箭并不难的！”齐钰降低了语调，尽量缓和着自己心头的烦躁，用一种温和的声音去指点她。

男人的双手再次覆了上来，胸膛也慢慢贴近了她的后背，她此刻就靠在皇上的怀里。齐钰紧握住她双手控制弓箭的这个动作，瞧起来就像是将她紧紧地圈在怀里一般。

“放！”皇上稍稍扬高了的声音再次传来，沈妩的手立刻松开。

箭再次射进了靶子里，这回皇上手上的力道加大了许多。所以那支箭此刻便牢牢地扎进了靶子里。

“注意力集中！”皇上刚说完，又往侧边站了几步，显然是要沈妩自己来。

沈妩轻吸了一口气，眼神越发专注认真，她瞪大了眼睛瞧着那红色的靶心，似乎要瞪出一个窟窿来。

她按照皇上之前所说的动作要领，一点点慢慢地调整着，直到做出了自己满意的姿势为止。她轻轻抬了一下手臂，然后猛地松开了手中的箭。

“咻”的一声，弓箭直接射了出去。一下子便射到了靶子的边缘，箭头虽然插入了靶子里，但是摇了两下，又掉了下来。

齐钰轻轻点了点头，对于沈妩这样的表现，还是比较满意的。

“阿妩，若是比试的时候，你能凭借自己的箭法，狩猎到一头羊，证明你可以战胜这些困难，朕便许了你鱼和熊掌！”皇上看着沈妩的侧脸，压低了嗓音轻声说道。

射箭对于沈妩来说，是一件极其困难的事情，但并不是办不到的。但是狩猎可就难上许多，当然若是皇后和太子都要，那日后要面对的艰难险阻将比狩猎更加困难。皇上要的也不过是沈妩咬着牙往前冲，不畏艰险！

沈妩既然敢做就要敢当，就像手中这箭一样，射出去的箭是回不了头的。皇上不希望，到时候遇到了困难，沈妩会退缩或者打退堂鼓！

059

狩猎遇狼

沈妩拿着弓箭的手猛然一抖，因着皇上这句话，着实让她呆住了。待她反应过来转身的时候，却只看到了男人宽厚的背影。齐钰一句多余的话都没有，便迈着大步子往外走。

看着男人渐行渐远的背影，沈妩心底似乎涌起了几分异样的情绪，她也不知从哪里冒出来一股勇气，竟是一下子扔掉了手中的弓箭，迈开了脚步就往前奔跑着。

齐钰听到后头传来脚步声，不由得挑了挑眉头，却始终没有回头，脚步也未曾停下。

只是当他的腰被人紧紧抱住，后背也贴上了女子柔软胸脯时，他抬起的腿一步都迈不出去了，又慢慢地收了回来。

沈妩整个人都紧紧地贴在他身后，两只手交握在他肚子前面。两个人就这么紧贴在一起，久久地站立着，谁都没有多说一句话。直到沈妩慢慢地松开了手，齐钰才迈开了步伐继续往前走。而她也转身往靶子方向移动，两人背道而驰，脸上却都带了一抹清浅的笑意。

他们最终都各退一步，当鱼和熊掌一人不可兼得时，那么两个人就可以收入囊中。皇上愿意给她承诺，只是要她完成一个非常困难的任务。

这三日来，沈妩每日都是起早贪黑地训练骑射，即使因为骑马骑得太多，导致整个屁股都有些酸痛，拉弓射箭的时候，也经常会将手指割破。但是这些她根本不在乎，完全忽视了。眼神越发坚定认真，一心只想着要狩猎。

转眼便到了狩猎的日子。分组名单也交到了各自手中，沈妩低下头看着手中的字条，上面只有三个字，那就是“远贵嫔”。她下意识地抬眼看了看坐在主位上的皇上和太后，脸上露出几分了然的笑意。

一众女眷骑上马之后，神态动作之间，瞧起来还真像那么一回事儿。沈妩今儿也穿了轻便的衣裳，头上只留了一支玉簪固定住发髻。眼神严肃，一本正经的模样倒是让人不可小觑。

齐钰仔细地盯着她瞧了两眼，心里稍微安稳了些，才冲着一旁的小太监挥了挥手。

“咚！咚！……”沉闷而有节奏的鼓声立刻就传了过来，沈妩根本没有思考，直接挥起马鞭就准备冲入丛林。

哪知身后却传来许衿惊慌失措的声音：“啊，淑妃姐姐等一下！”

沈妩连忙勒紧了缰绳，让马停了下来。她扯着缰绳，小心翼翼地带着马掉了个头，凑到许衿身边，仔细查看她那边的情况。

许衿十分倒霉，她的箭袋竟然散架了，一支支羽箭全都落在了地上。比试规则之中就有规定，两个人为一组，双方不能离开队友，必须一起行动。所以此刻许衿遇到了问题，沈妩也必须得留下来等着。

其他人早已骑着马走远了，只剩下滚滚尘土依稀可辨。

皇上和太后都瞧见了许衿这边的突发状况，齐钰眉头紧紧蹙起，他脸上闪过几分阴冷而不满的神色。这么重要的比试，许衿箭袋竟然会坏掉，她身边整理东西的宫人是干什么吃的！

太后轻轻挥了挥手，立刻就有小宫女抱着装满了羽箭的箭袋走过来，小心翼翼地替许衿换上了。

“弓箭、马匹、箭袋这些东西，都有备用。就怕出现这种情况，远贵嫔日后可要小心哪！”太后轻声地叮嘱了几句，语气里谈不上热络，倒透出了几分轻微的苛责来。

“是。”许衿重新上了马，面对太后的指责她也只有点头应承着。

“去吧，时间对于你们来说，可并不充裕！”皇上挥了挥手，脸上露出几分不耐的神色，语气里也显得不怎么友善。

许衿不由得缩了缩脖子，她下意识地看向沈妩。却见沈妩脸上丝毫没有烦躁责怪的神色，相反还是非常平静。此刻见她看过来，便抬起头恰好与她对视上。

“走吧！”沈妩冲着她点了点头，便直接掉转了马头，再次扬起了鞭子，飞快地冲进了树林里。

这回许衿没有再出什么差错，紧紧地跟在她身后。两人背影在丛林里逐渐看不见了，齐钰才把目光收了回来，他眉头轻轻地蹙起，眼眸里明显闪过几分不安。

围场里动物还真不少，似乎专门为了这些女眷准备，一路上飞驰而过，已经瞧见了不少小兔子。但大多太过敏捷，还未从箭袋里抽出羽箭来，那些“胆小鬼”便都飞似的躲了起来。

沈妩眼眸瞪得大大的，对于这些长着两只长耳朵的小兔子，她明显是一点兴趣都没有。但是目光始终锐利地扫视着周围，不放过任何一个角落。她要找皇上所说的羊，只要猎到一头羊，她就离自己梦想更加靠近一步了！

倒是许衿低下头，看着满袋子羽箭，觉得不用白不用。经常拉弓射箭，虽然没有猎到一只兔子，不过看她此刻脸上的表情，显然对狩猎越发感兴趣了。

忽然一只体积比较庞大的白色物体从眼角余光中掠去，沈妩立刻偏过头看去，果然是一头羊。她精神为之一振，立刻就伸手去箭袋里摸出一支羽箭来。

许衿也被她的动作所吸引，自然看到了那头羊。不过她也知道那是沈妩的猎物，所以一直屏住了呼吸盯着瞧。那头羊站在一棵树下，此刻正低头吃草，露出了大半个身子，若是箭术不赖的人，应该是能射到。

“嗖”的一声，沈妩松开了手，羽箭一下子飞了出去。却落在了羊蹄子附近，那头羊显然被惊到了，立刻撒腿就跑。

沈妩心情有些急躁了，她怎么可能让要到手的猎物飞了呢！何况这次狩猎对于她来说，可是非同小可，所以她格外发奋和认真。既然已经被发现了，沈妩索性也不管了，只是不断地从箭袋之中摸出羽箭来，稍微瞄准一下就放箭出去。

她技术毕竟很烂，只是能把羽箭带些力道地射出去而已，却从来没有中过靶心。何况此刻她坐在马背上，十分颠簸，甚至感到五脏六腑都跟着摇晃起来。

“嗖——”“嗖——”沈妩却依然坚持不懈地射箭，只是那么几个动作，摸出羽箭来，稍稍瞄准一下，然后便猛地放开手上力道，这样羽箭便能射出了。只是那么多箭射出去，却没有一支射到那头羊身上。

只有偶尔那么几次，沈妩射出去的羽箭，十分幸运地擦着羊身体滑了过去，所以此刻也能瞧见那头羊身上依稀带了伤。

看着沈妩如此努力，许衿似乎也受到了感染。她虽然紧紧跟在沈妩身后，但是眼神一直没忘记紧盯着周围环境，伺机寻找猎物。

那头羊或许被沈妩这样强烈的攻势给吓到了，竟一下子撞到了一棵树上，直接昏了过去。沈妩轻轻张开了嘴巴，脸上是惊讶的神色。她嘴角忍不住上扬，这是老天爷都要帮她！

守株待兔，没想到今日她竟守到一头羊！沈妩跳下马，牵着缰绳走到了被撞晕的羊面前，举起手上的弓端详了一下，脸上露出几分狡黠笑意。她直接摸了摸箭袋，却是一下子摸了个空。方才那样狠力地射箭，没想到竟全部被她用完了！她有些无奈地笑了笑，连忙回过身想向许衿要一支箭过来。

一转身便瞧见许衿搭着弓，眼神十分专注地看着前方，姿势也摆得像模像样。“嗖”的一声，她猛地一松手，箭便直接飞了出来。

沈妩扭过头去一看，那只躲在草地里的兔子，竟然真的被她射中了。只不过是射在了腿上，箭掉到了旁边，兔子根本就跑不了。许衿连忙牵着马小跑了过去，脸上露出几分真心的笑容。

待许衿抓着兔子耳朵，把兔子从地上抓起来的时候，沈妩才向她要了几支羽箭。她就这么站在羊的附近，拉起了弓弦，一下子松手之后，“噗”的一声，钝器戳进肉里的声响，显得有些沉闷。不过听在沈妩耳朵里，却显得异常动听。

沈妩这一箭恰好就射在了羊肚子上，并且戳得挺深，血液一下子从箭射入的地方流了出来。沈妩轻轻蹙了蹙眉头，她没想到会有如此浓重的血腥味，便别过头去，准备找出麻绳将羊绑起来，待会儿回去之后，好拖着羊出去见人。

只是她刚准备弯下腰，忽然就听见一阵嘶哑的喘息声，似乎是从嗓子眼里抠出来似的，听着根本就不像是人所发出的。

正摆弄小兔子的许衿也注意到了，两个人都转过身，待瞧清楚距离五米外的东西时，两人瞳孔都猛地缩了一下。

那是一只狼！此刻正伸着舌头，龇牙咧嘴地发出那种吓人的声音，只见那两排尖锐的牙齿，在阳光照射下，透着寒光，让人汗毛都竖了起来，根本就是难以想象。

重要的是，这只狼似乎是头饿狼，身上并没有多少肉，而且看向沈妩和许衿身边的猎物，它眸光里带着显而易见的贪婪。显然这便是争夺的预兆，它十分想要沈妩身边的羊，以及许衿怀里抱着的兔子。

许衿看了看那只狼，又看了一下怀里的兔子，最终乖乖地将兔子扔到了地上，与一旁受伤的羊一起。那头饿狼立刻就把目光偏向了已经受伤的猎物身上，对许衿和沈妩二人显然并不怎么在乎。

许衿连忙往后面跑去，当她与那只狼的距离拉开之后，才下意识地回过头来。沈妩依然站在那里与狼对视着，显然对于她猎杀到的羊十分执着，根本不愿意离开。

“淑妃，你作甚？不要命了，赶紧走啊！离那头畜生远一些！”许衿见她这副样子，不由得着急地跺了跺脚，脸上带着几分焦急的神色。

许衿十分想一个人离开，可是她又怕两人一组，她却独自回去，若是沈妩丧生在狼口之下，她几乎可以预见到皇上的怒火。所以许衿并不敢真的抛下沈妩一人，独自离开。

“猎物没了还可以再找到的，时间还够，赶紧回去向皇上和太后汇报，说不准……”许衿妄想着劝服沈妩，只是当她看到沈妩的手摸向一旁的箭袋里，再次取出一根箭拉开弓弦的时候，她便紧紧地闭上了嘴巴。

那只饿狼显然是等得着急了，迟迟不见沈妩离开，口中的喘息声越发加重。它也不顾沈妩还待在那里，便直接狂奔了过来。

沈妩两只手臂端平，箭尖直对着往这里奔跑的饿狼。即使此刻放弃猎物，可以保得她一条命，但是有狼在丛林里出没，她和许衿必定得返回去告知皇上，那么狩猎比试肯定要中途停止。皇上好容易才愿意对她许诺那句话，明明离成功只有一步之遥，她又怎么可以放弃？

沈妩的眼眸紧紧地盯着饿狼发绿的眼睛，她在不断地深呼吸，压制住心底的恐惧，暗自安慰着自己。别怕，只不过是一头畜生罢了。她的箭术不好，只有等狼靠近了才能放箭，这样才有射中的可能！

饿狼的身影越来越近，那双凶狠而贪婪的眼睛也越发清晰，沈妩努力抑制住双臂因为麻木而引起的轻颤，成败在此一举！

就是现在！沈妩的眼睛猛然睁大，手一下子松开羽箭，箭尖直指着狼的左眼飞了出去。那支箭不偏不倚恰好就射进了狼的眼睛中，鲜血一下子流了出来。哀戚的狼嚎声传来，震得不远处的许衿心里发寒。

沈妩放下弓箭，松了一口气，手心里全都是冷汗。

“小心！”只是还不待她完全放松下来，许衿惊呼的声音就传了过来。那只狼就在近乎晕厥的疼痛之中，猛地跃起身子向着沈妩扑过去。

沈妩脸上的神色也难看至极，脑子里一片混乱，根本无法做出任何反应。她原本就是等着饿狼靠得很近才射箭，此刻它这么狠力一扑，沈妩根本无从闪躲，只能眼睁睁地看着那只畜生越来越靠近她的身体。

“嗖”的一声，一支箭从远处射来，一下子便插在了饿狼的脖颈上，鲜血喷涌而出。原本狼扑过来的动作，也因为中途失了力气，而直接摔在了沈妩的脚边。那人的箭法十分高超，直中饿狼的咽喉，几乎是直接就咽了气。

沈妩整个人都被吓傻了，饿狼就躺在她的脚边，嘴巴半张着，尖锐的牙齿还露在外面。饿狼绿色的眼睛也瞪得大大的，沈妩甚至都可以感觉到其中的凶狠。她的鞋子都被狼血浸染了，甚至裙衫上都被喷溅到了好多血。

“娘娘，你没事儿吧？”伴随着马蹄声的靠近，一道略显担忧的女声传来。

沈妩有些傻愣愣地看过去，便看见封茜一袭红色骑装，已经从马背上跳了下来。面色有些苍白，快步跑到沈妩的身边，拉着她的手往后面退了几步，远离那头已经死掉的狼。

“没事儿，没事儿啊！那头畜生已经被我射死了，不会再吓唬人了！”封茜一直轻声安慰着她，不过声音里也有些哆哆嗦嗦的，显然她也是十分紧张。

封茜的箭术很高，当然也是在封家练出来的。不过猎杀狼这种凶残的生物，还是头一遭。她平时性子再怎么恶劣，也至多是让下人头顶着苹果，用弓箭吓唬一下而已。

沈妩依然没有从惊吓之中清醒过来，眼神有些放空。封茜生怕她魔怔了，不由得抬起手来在她的脸上拍了两巴掌。

“咝——”沈妩轻吸了一口气，脸上疼痛的感觉让她回过神来。不由得抬手摸了摸脸颊，有些幽怨地看了一眼封茜。这厮胆子真大，连淑妃娘娘的脸都敢拍！

“没事儿就好，吓死我了。”封茜见她这副模样，又仔细打量了一番，见沈妩并没有受伤，便抬手拍了拍自己的胸脯，像是替自己压惊一般。

“还好你没什么事儿，我这回过来参加这劳什子秋猎，可都是因为有人要我守着你！说什么上次避暑的时候，就出了意外，这回狩猎正好我的箭术不差，就让我注意着些，没想到还真被他的乌鸦嘴说中了！”封茜凑近了沈妩几分，轻轻压低了嗓音，向沈妩说明了其中的原委。

当然最后一句话她的声音十分低沉，就像是自言自语一般，沈妩并未听清。

不过封茜这几句话的意思，她倒是听得一清二楚。封茜此次不顾她已经定亲的身份，专门过来参加这秋猎，显然就是为了沈妩。她明显是被沈安陵安排了重要任务，一定要在必要的时候保护好沈妩。

“围场后山有个专门关押这些凶狠畜生的地方，估摸着是被谁把狼放了出来，寻着血腥味找了过来。”封茜见沈妩没有大碍，便慢慢走到了死狼那里，皱着眉头说了两句。

封茜因为被沈安陵交代过，所以特地找了封逸问过，她从来不做无把握之事。这围场封家人自然十分熟悉，几乎每个子弟上战场之前，都曾经被扔到这丛林里，猎杀到一定数目的猛兽，才允许出来。

难得幺妹对这方面感兴趣，封逸足足讲了大半个时辰，这围场里里外外的事情，都被他说完了。

因为是女子狩猎，所以这些猛兽被驱逐到了后山关押着，肯定是有人看守的。封茜虽然没有明说，但是沈妩和许衿却都听出了她的弦外之音。皇上亲自叮嘱的要看管好猛兽，却还在这里出现了狼，显然是有人恶意为之。

封茜蹲下身来，慢慢地凑近了饿狼的尸体。她的眉头不由得皱了皱，连忙又站了起来，眼眶竟是红了。

“这血腥味怎的如此浓？”她边说边咳嗽了两下，似乎被呛到了。

已经缓过劲儿来的沈妩，被她这么一说，显然也发现了。眉头下意识地皱起，沈妩快走了几步，凑到了一旁堆放兔子和羊的地方，那只羊的身上伤痕累累，显然是被沈妩先前的猛烈射击所致，快变成筛子了。她大着胆子从羊的身上拔下了向许衿讨的那支箭，又从狼的脖子上将封茜的那支箭拔了下来。

许衿见到这边平安无事，也凑了过来，瞧见沈妩的举动，眉头一挑。她从马驮着的箭袋里，摸出一支新的箭，和沈妩方才拔出的两支箭放在一起。

封茜走了过来，刺鼻的血腥味显然将她折腾得够呛。她一一拿起地上的羽箭进行对比，眉头皱得越来越紧，又将那支新的羽箭放在鼻尖嗅了嗅，脸上的神色变得极其难看。

“这箭头上应该是被抹了什么东西，带着一股怪味儿。估摸着是让血腥味变得更加浓重，否则这头饿狼也不会单单找到你们两个人。”封茜的声音越发低沉，她看着三支箭的目光越发深沉，显然是陷入了思虑之中。

“不可能，这箭是太后给我的！”封茜的话音刚落，许衿便跳了出来，尖声惊叫道，似乎被踩住了尾巴一般。

不过待她说完这句话之后，整张脸都变得苍白如纸，嘴唇打着哆嗦，讷讷不成言。许衿脸上的神色透着一种难以置信，她皱着眉头仔细回想着太后让人给她箭袋的场景。

要出来狩猎，原本让人准备好的箭袋竟然会断掉，正好太后就派人送了过来，这一切太过巧合，让人不得不怀疑。

“她可是我嫡亲的姑奶奶啊！怎么会如此歹毒！”许衿似乎是想明白了，声音里的颤抖清晰可辨。

后宫之中，党羽倾轧并不可怕，最怕的就是本以为是同盟的人，却倒戈相向。现如今太后为了要铲除沈妩，竟然丝毫不介意把许衿也拖下水，甚至怕沈妩太过谨慎怀疑，直接在许衿的身上大做文章。

“就为了一个淑妃，她竟然歹毒至此！难怪能当上太后，好狠哪！”许衿显然是被刺激到了，一时之间有些语无伦次，她的身体晃了两下，一副摇摇欲坠的模样。

封茜也不理会她，直接丢了麻绳给沈妩，让她自己把羊拴在马背上。她则把那只狼拴在了自己的马背上，最后又提着那只死透了的兔子，慢慢塞进了许衿的怀里。

“别伤心，她狠毒你比她更狠就行了！这世上，不就是聪明人折磨糊涂蛋嘛！把兔子抱好了，待会儿到皇上那里领赏去！”封茜边轻声劝慰着她，边扶着她上了马。

“快离开这里，血腥味还没散去，免得到时候又有别的猛兽过来！”封茜的话音刚落，便甩起了鞭子策马向前冲去。

三人刚快跑了几步，就瞧见骑着马过来的崔瑾。崔瑾一眼就看到了三人的猎物，脸上露出惊诧万分的神色。

“哎，怎么你听见狼嚎声过来一趟，就把狼给弄死了！那我呢？就我一人没猎物？”崔瑾的语气里带着几分嗔怪，她与封茜被分到了一组，想来也是皇上看她病歪歪的样子，怕没走几步就被马给颠坏了，所以才把她跟将门出身的封茜分在一起。

封茜冲着她挥了挥手，示意她赶紧跟上。因为此事毕竟关系到太后，所以封茜也不好解释。崔瑾也只是发几句牢骚而已，待她的眼神从沈妩和许衿的脸上拂过之后，便闭上了嘴巴不再多问了。

沈妩的表情带着几分凝重，显然是一副心事重重的模样。许衿则是有几分蔫蔫的模样，像是刚受过无数的打击一般。崔瑾心底猜测着，肯定是她二人遇到了什么危险的情况，便冲着封茜使了个眼色，跟在她们身后一起疾行着。

还没出丛林，便瞧见皇上带着一队侍卫冲了过来，显然是听到了先前的狼嚎声。皇上骑在马背上，面色极其阴沉，瞧见沈妩四人过来，才稍微缓和了些。只是当他的眼神扫过沈妩被血染脏的裙衫时，眼眸不由得轻轻眯起。再一偏头，他一眼便瞧见了，封茜骑的马背上驮着一只狼的尸体。

他的脑子里“嗡”的一声，心跳猛然加快。

“阿妩，过来！”皇上低沉的声音传了过来，眼神里带着几分不可抗拒的意味。

沈妩骑着马过去，她刚靠近了皇上的身边，还想着要向他显摆她射到一只羊了。哪知男人强有力的手臂已经抱住了她的腰，直接把她从马上拖了过来，坐到了他的身前。

“回去！”皇上并没有再多说什么，只是下了道回去的命令，便掉转了马头往丛林外走去。

他们出来的时候，外头的人也到了七七八八。太后瞧见与皇上同乘一匹马的沈妩时，不由得皱了皱眉头，眼中闪过几分惊诧的神色，又很快收敛了下去。

齐钰刚下了马，就有个大太监走了过来，跪倒在他的脚边，颤抖着声音道：“启禀皇上，看着后山的那些人都说看得严严实实的，一只苍蝇都没飞出来过。所以并不知为何有狼出没！”

皇上在听到狼嚎声的时候，立刻便派人去后山质问，没想到竟是丝毫进展都没有。齐钰丝毫没有理会这个跪在脚边的太监，相反慢慢抬起头，看着坐在马上的沈妩，伸出手来直接将她抱了下来。

沈妩脚上那双被血色染透的绣鞋，自然也映入了他的眼帘之中。齐钰的身体不由得一僵，这种怕失去她的感觉，甚至比前一次在洛阳避暑的时候，更加明显。

“真的是从他们的口中一丁点儿都问不出来？”男人的声音再次压低了些，脸上的神色越发难看。

那个身体近乎匍匐在地面上的太监，根本不敢有丝毫旁的动作，自然瞧不见皇上的面色如何。不过面对皇上的问话，身体却控制不住地抖了两下。

“奴才无能。”他只说出这四个字，就再也说不出一句话了。经常伺候皇上的人都知道，皇上最讨厌办不成事儿最后还求饶的人了，还不如就这么硬扛着，说不准能留条贱命。

“既然不说的话，留着他们在世上也无用，看些畜生都看不住！全部杖责至死，一个不留！”齐钰就这么抱着沈妩往前走，声音清冷地下了命令。

跪趴在地上的太监应承了一声，连忙站起身退了下去。好在皇上留了条命给他。

众人的目光都跟着皇上的身影移动，瞧见他一直把沈妩抱到妃嫔的位置上，轻声安抚她几句，才慢慢地离开了，这些人的目光里都带着几分审视的意味。封茜也下了马，她将狼的尸体从马背上解了下来，交给一旁的小太监拿去清点猎物。

待瞧见这只狼的时候，全场都安静了一下，才几个人凑在一起交头接耳起来。看样子淑妃娘娘真的是遇到狼了！

许衿的面色也不大好，她在丫鬟的搀扶下，坐到了沈妩的身边。两个人刚凑到一起，就成了全场的焦点。

“淑妃是怎么了？可是受伤了？要请太医过来诊治一番吗？”太后略显关切的声音传了过来，她瞪大了眼眸，仔细地打量着沈妩和许衿二人，似乎想从她二人脸上的表情里，看出些许情绪来。

哪知沈妩只是偏过头来，冲着太后笑了笑，低声道：“无碍的，多亏了封姑娘及时赶到！”

沈妩的话音刚落，一旁的许衿就冷笑出声，不由得嘲讽道：“当时明明能够跑掉的，姐姐你非要那只羊，猎到就是了，不一定要带出来。却死活不肯走，害得那头饿狼险些把你我二人也当成了猎物！”

许衿的话音刚落，底下的议论声再次消失了，大半人的注意力都投射到这边。

沈妩的眉头一挑，显然对于许衿这样的说法十分不满，反唇相讥道：“妹妹当时跑得挺快的，一转眼就跑了好几步下去，那个时候回过头来呼喊我，我当然反应不过来！”

这二人竟是你一言我一语地掐了起来，而且言语犀利，丝毫不让着对方，似乎恨不得即刻将对方掐死了才好。众人的眼神里都闪过几分兴奋的神色，这是把围场当成了后宫吗？如此不顾脸面，直接开掐了。

倒是坐在对面姑娘中间的封茜，脸上闪过一丝错愕。这两人互相指责对方的错误，满脸都是嫌弃的神色，却是一句不提那箭袋的问题，更加没有往太后的头上扯。她不由得挑了挑眉头，显然对面那掐得正欢的两位，已经商量好了对策。

封茜端起茶盏，猛地往嘴里灌了两口冷茶，不由得眯起眼睛看向太后。太后也是一副看好戏的神色，显然对于沈妩和许衿互相埋怨，是处于乐见其成的态度。

许衿之前所骑的那匹马也被人牵走了，上面的箭袋也被偷偷地换过了。

“够了，两位爱妃都受惊了，是底下那帮奴才太不中用了！”齐钰的眉头突突地跳着，他稍稍扬高了声音说了一句，及时制止了她二人的争吵。

沈妩和许衿对视了一眼，在旁人看来，这两人肯定都是目光冰冷，互相仇视着对方。其实只有她们二人自己知道，对方的眼神里带着几分笃定，即使以前弄得十分不愉快，但是面对这样的太后，许衿是不会干涉沈妩对太后做出什么罪大恶极的事情的。

“先伺候着淑妃和远贵嫔回房吧，把太医召到身边瞧瞧，别吓坏了身子。”太后也轻声开了口，脸上关切的神色十分明显，装模作样的慈眉善目倒是骗过了不少人的眼睛。

沈妩和许衿都不愿意再待下去了，两人扶着宫女一前一后往外头走，中间的距离隔了老远，颇有一副老死不相往来的架势。太后一直看着那两人的背影，对那么一段距离，倒是心里舒坦多了。

为了避免太后派人跟踪，一路上沈妩和许衿都是脚步匆匆，距离也一直保持着。只是这二人眉眼间痛苦的神色都遮挡不住，在一旁搀扶的宫女都吓得不轻，生怕自己的主子得了什么病抽风了。

直到回了自己的院子，沈妩才松了一口气，立刻小跑进里屋，让人守着门外，才把衣袖里的半截羽箭拿了出来。太后一向过于狡猾，今日没抓住她的把柄，即使掏出羽箭，说是许衿后来的箭袋有问题，估摸着也没人相信，说不准还会被太后反咬一口。为了不打草惊蛇，所以今日她才和许衿上演了那一幕互掐的场景。

所以沈妩便让封茜将羽箭弄断，只带了箭头回来。待日后回了宫，她定要找人来查验一番。若是真如封茜之前所说的那般，是这箭上抹了东西才招来饿狼，她一定会谨记在心。太后今日所耍的手段，来日她要千倍百倍地奉还！

当然许衿那边也是，这箭头一直塞在袖中，行动极其不便。偶尔动作大了些，还会戳到手臂，当真是折磨死个人。

太医过来诊了脉，两个人都没有皮外伤，太医也只是开了副安心养气的方子，便离开了。

皇上一直坐在主位上，等着李怀恩将获得赏赐的人名念完了。他的眉头紧蹙，显然是十分不耐烦。

不出众人所料，封茜因为猎得一只狼，再加上救了淑妃和远贵嫔，自然是功不可没，她拔得头筹。

待这边的事情好容易弄结束了，齐钰才匆匆地赶往沈妩的院子里。里里外外的门都敞开了，显然是专门等他的到来。齐钰迈着大步走进去的时候，一眼便瞧见坐在铜镜前的女子。

他的脸上露出几分惊诧，原本以为受惊的人应该躺在床上等着他来哄。却没想到此刻的沈妩背对着他，手里正拿着胭脂轻轻点在腮边，手指慢慢地抹匀了。

她的头上梳着飞仙髻，身上的裙衫也是金光闪闪。只瞧着她的背影，齐钰都觉得心头一软。

齐钰慢慢走近，一直到挨近她的后背。铜镜里也映出了男人挺拔的身姿，沈妩不由得抬起头来与他对视。

060

乐极生悲

芙蓉面，柳叶眉，粉腮红唇俏佳人。沈妩手撑着下巴，满脸笑意地看着他。

很显然她梳妆打扮妥帖了，专门就等着皇上过来，来兑现他之前的承诺！她要漂漂亮亮地等着这个好消息！

齐钰慢慢地俯下身，凑近她的耳畔。两人紧挨在一起的面容，就都在铜镜中映了出来。一个眉眼间都带着笑意，另一个却是面色平静，不过就这样凑在一起，却丝毫不觉得突兀。

“朕方才已经当面问过北定侯府的嫡姑娘了，她只说了后半段。你把之前的也说给朕听听！”皇上的下巴抵在她的肩膀上，脸上的神色不变。

沈妩的眉头一挑，脸上露出几分诧异的神色，轻声问了一句：“她将箭袋的事情也跟你说了吗？”

她的话音刚落，齐钰的眉头就紧紧蹙起，眸光渐渐变得幽深，冷声道：“谁的箭袋出了问题？你的东西是朕让人亲自准备的，自然不会有问题，是远贵嫔的！”

皇上的脸色越发阴沉，颇有几分山雨欲来的模样，他怒极反笑，讥诮地说道：“朕倒是忘了，太后可是连自己的庶妹都能置之不理的人，更何况是差了两辈儿的许衿呢！”

沈妩轻轻地往后靠了靠，就变成她倚在皇上怀里了。在皇上面前要把太后咬出来的这事儿，沈妩最在行了。以前的她偶尔也会装装柔弱，顺带着委屈地说几句。这会儿运用得更是纯熟，连委屈都不必装，只要稍微提一下，凭皇上的脑袋自然能够猜出来这幕后黑手。

“臣妾也不敢确定，只是猜测的。”沈妩慢慢直起了身子，边说边伸手从一旁的木匣子里摸出一个东西，正是之前从围场上带出来的箭头。

皇上直接从她的掌心里抓了过来，拿起箭头凑到鼻尖嗅了嗅，脸上的神色变得越发僵冷。

“都不用找人来探查了，这箭头上的确被抹了东西。男人们狩猎的时候，专门要抓凶残的猛兽，就会在箭头上抹这些药，射猎之时增强血腥味，吸引那些猛兽靠近。朕的每支箭上都抹了这种药！”齐钰近乎咬牙切齿地说道，太后这一环扣一环，当真是不计把许衿的命搭进里头，也要把沈妩给弄死。

沈妩并没有附和他，而是轻声细语地将封茜来之前的事情，大概地说了一遍。

“当时你为何不跑？那只羊在你的眼里，真的比自己的生命还重要吗？”齐钰的声音依然十分平和，语调也波澜不惊，只是最后一句的颤音还是暴露了他内心的激昂。

沈妩的头稍微歪了歪，面颊就直接蹭在了男人的脸上。两个人都是好吃好喝地供养大的，面皮子都滑得很，碰在一起倒是觉得有几分舒服的感觉。

“如果臣妾见到饿狼，就吓得把好容易猎到手的羊丢了，恐怕皇上以后都不会再给臣妾机会了吧？不努力地尝试一次，怎么知道不会成功！臣妾若是真的想要两者兼得，以后的日子恐怕就是烈火烹油了，臣妾到时候一样不会退缩的！”沈妩的声音也稍稍扬高了些，既是表明自己的立场，又是在向皇上表明决心。

男人久久没有说话，只是抬起双臂，搂住她的纤腰，下巴埋进沈妩的脖颈里轻轻地蹭了蹭。那是一种无言的安慰，就像是彼此取暖一般，让人感到一阵安心。

“你这么拼命地证明给朕看，朕如何还能拒绝？一切都是你该得的，皇后的位置也只有你能坐上去，太子也只会是朕和你的孩子！”皇上坚定的声音就在耳畔响起，说话时喷吐出来的热气，吹在耳郭上，带着几分轻微的酥痒。

沈妩的脸上露出几分淡笑，她轻轻地闭上眼眸，眼眶发酸发胀。她终于还是让皇上许诺了她那两个位置！

“此事不能操之过急，还得从长计议。”齐钰见她不说话，以为她是被激动和恐慌的情绪填满了，便轻声地说了一句。

沈妩立刻点头，她的声音压低着说道：“的确，后宫里瞧起来似乎风平浪静，众人皆不敢动我的模样。但若是臣妾真的被查出了喜脉，或者皇上有意将皇后之位许给臣妾，恐怕那些妃嫔就要前仆后继地耍阴斗狠了。而且还有太后在，臣妾只怕有了皇上的支持，也无法斗过全后宫的女人！”

沈妩的语调越发严肃起来，再没有人比她更了解后宫中的女人团结起来，只为了对付一个人的时候，有多么恐怖。

皇上毕竟还得专注于前朝，即使力挺沈妩，也不可能保证沈妩每次都能躲得过那些明枪暗箭。

伴随着她话音的落下，齐钰脸上的神色也越发难看。他搂着沈妩腰肢的手，下意识地收紧了些。

“别怕，朕前几日就想出了法子，只不过先得把太后她老人家给安排了，才能实施这个方法！”齐钰的声音里带着几分柔和，显然透着安抚的意味。

沈妩听到他这么说，脸上不由得露出了几抹笑意来。皇上之前还和她冷战，原来这几日在她心头堵得慌的时候，他已经开始设想计谋了。

齐钰就这么搂着她，压低了嗓音将他之前想出来的法子，细细说了一遍。偶尔沈妩也会发表意见，将这个计谋更加完善了些。待二人商讨结束的时候，心里顿时松了一口气，脸上皆带着几分笑意。

他们二人原本便是满肚子坏水的人，这凑在一起为了同一个目标想主意，自是将能利用的人和物都考虑在内。最后是二人都觉得这主意妙极了，甚合他二人的心意。

“皇上，娘娘，该用膳了！”直到外面传来明音的催促声，齐钰二人才回过神来，一扭头看向窗外，已经是傍晚了。

齐钰双手按着她的肩头，想要从地上站起来，结果由于蹲了太久，猛地站起来自然是讨不了好处。直接往后面摔去，他下意识地就抓紧了沈妩的肩头。沈妩此刻还坐在铜镜前的花梨木凳子上，后面又没有椅背撑着，哪里禁得住他这么猛拽，直接顺着这个力道就往后倒去。

两人都在心里暗叫了一声“糟糕”，沈妩就连人带凳子都砸在了齐钰的身上。即使平日里练武的皇上，也禁不住这么一砸，最重要的是那凳子还偏偏砸到了他左腿的小腿骨上。

好嘛，任皇上自认为是个顶天立地的汉子，也痛得叫出了声。

“啊——”他的声音充满了痛苦，虽然是刚开了口，就立刻反应过来，紧紧地闭上了嘴巴。但是之前那声短促又哀痛的叫喊，还是传到了外面去。

立刻门外就响起了嘈杂的人声和脚步声，李怀恩带头冲了进来，他生怕皇上和淑妃娘娘吵架。前几日还闹冷战来着，听着这么痛苦的声音，比他当年割了蛋还要疼！莫不是淑妃娘娘看不惯皇上，耍诈扒了皇上的裤子，给了皇上裆下那宝贝一剪子吧！

那样，可真是后宫群众喜闻乐见啊！

他正这么想着，所以浑身跟打了鸡血似的，一定要冲在第一个。好去瞧瞧皇上没蛋之后的狼狈样，哪知待瞧清楚里头的场景时，他心中的一腔热血立刻冻成冰。

皇上没蛋什么的，都是他一相情愿吧！淑妃娘娘才不会做那种事儿呢！估摸着以后她还得靠着玩皇上的蛋活下去吧！

只见齐钰躺在地上，沈妩躺在他身上，当然两人中间还夹了个凳子。皇上脸上那副痛苦的神色还没来得及收起来，显然被砸得不轻。

明音几个连忙冲上前，小心翼翼地要拉沈妩起来。哪知沈妩的腿一用力，就势必会挤压到板凳，皇上的闷哼声再次传来。沈妩有些不敢用力起来，脸上的神色也甚是纠结。

这就是乐极生悲吧，还没庆贺想出了好主意，就已经摔倒在地上了。

明音她们几个，心里头也直犯嘀咕。这之前究竟是发生了什么事儿，才会摔成这样。

好容易拉拉扯扯的，才把这沈妩搀扶起来，又把凳子拿开了，齐钰才得以喘口气。立刻有太监走过去，小心翼翼地将他搀扶起，齐钰整张脸都是阴沉无比。

方才蹲在那里的时候，他就觉得腿脚有些不舒服，不过当时和沈妩商量计策，正到了关键时刻，也就浑然不在意。哪晓得这一站起来，就明白腿脚麻痹的痛苦了。

两个太监一边一个架着他，就像他是伤残人士一般。沈妩跟在他身后往外屋挪动着，瞧着他那样一瘸一拐的模样，脸上不由得露出了几抹笑容。齐钰似乎也发现这样的自己实在太过难看，便挥退了身边两个搀扶的小太监，自己翘起了左腿，右腿一下一下地蹦到了外屋。

沈妩终于还是没忍住，直接笑出了声。齐钰的背影猛地一僵，扭过头来狠狠地瞪了她一眼，便又困难地转过头去，身体一下子有些摇晃，他也不敢耽搁，连忙蹦到了木桌旁，双手撑着桌边，好容易才坐到了软垫上。除了左腿之外，浑身都累得够呛。

沈妩就坐在他身边，这还是两人冷战之后，头一回在一起用膳。小厨房也抓紧了讨好的机会，各种精美的菜式都让人垂涎欲滴。

李怀恩似乎为了让皇上心里头硌硬着，特地跑去小厨房又要了骨头汤来。

齐钰看着桌上摆好的骨头汤，脑仁一阵阵地抽着疼，额角的青筋毕露。脸上的神色十分僵硬，沈妩却是拼命地劝他多吃一些，齐钰也只有低着头接过她递来的碗。暗中对于李怀恩这多此一举的举动咬了咬牙，冷眼瞥了他一下算是警告。

李怀恩并不害怕，反正今儿有淑妃娘娘在，相当于保驾护航的挡箭牌，皇上不可能在刚和好的时候，就找别人的茬，在淑妃娘娘面前添堵。所以对于他这么一点儿小调侃，皇上绝对不会放在心上的！他先是自信满满地点了点头，认为自己的想法与皇上的肯定是神同步。

哪知偏偏有人来扫兴，只见沈妩抬起手来将那还剩下的一碗汤全部推到了皇上的手边，柔声道："皇上，这可是李总管特地去小厨房要来的。您可得喝完了，免得众人担心你！"

齐钰直接绿了一张脸，隐忍着却不好发作。幽冷的眼神再次投射过来，跟刀子似的刮过李怀恩的脸。

李怀恩原本自信满满的神色，一下子就蔫了。他的想法依然与皇上神同步，只不过这回皇上是怀着一种想杀他的心思。

晚上，皇上自然是留宿在这边的，大皇子也被抱去了西边的侧屋去和奶娘睡。皇上的东西都拿了过来，随行的太医特地送了药膏过来。当一旁的小宫女将皇上的裤脚挽起来的时候，沈妩一眼便瞧见了左腿膝盖下面，青紫了一大块。

沈妩脱了绣鞋坐到了床边，伸出食指抠了一块药膏，亲自替他抹在腿上。沈妩一开始手掌的力道十分轻，慢慢加重，像是做惯了这种伺候人的活儿一般。齐钰只感觉那个伤处，虽然有些痛，却又在她手掌的按摩之下，带着些许的痒，便轻闭着眼睛靠在床头享受着。

两个人并排躺在床上，同盖着一床被褥，两只胳膊紧紧贴在一起，一点缝隙都没有。这样的靠近让沈妩有些恍惚，她还从来没有想过，有一日能与皇上同衾而眠。

“明日再去一次围场吧，朕亲自教你猎杀猛兽！”男人低低的嗓音就在耳边响起，在乌黑的夜晚中显得尤为低沉，带着几分蛊惑的意味。

沈妩的手指慢慢地往他那边摸索着，直到触碰到他的手指，然后一根根交握，形成了十指相扣的状态才算是安心。

“皇上的腿伤怎么办？到时候能骑马吗？”沈妩低柔的嗓音传来，她的语气里带着几分担忧。

“今儿不过是走几步路而已，皇上都费力地单腿跳来跳去的，更何况要骑马射箭。既然是猎杀猛兽，那么骑马跟在后面狂奔自然是少不了的，依皇上这副状态，肯定是不行的。”

“没事儿，睡一觉就好了，朕没有那么娇贵的。当初在斐家的时候，虽说朕是皇子的身份，但是毕竟不是在皇宫里，偶尔有什么错漏之处，练武时经常磕着绊着，第二日便也好了。”齐钰的头朝她这边凑了凑，两个人头碰头，手拉手，脚钩脚，一眼看过去，好得就跟一个人似的。

对于皇上幼时在斐家发生的事情，曾经的沈妩是一概不知。因为皇上很少提及，她也从来不会主动去问。如今他这般开了口，倒是勾起了沈妩的好奇心。

“皇上在斐家能见到许多皇宫里看不到的东西，这是一段经历。”她低声附和了一句，像是宽慰一般。

齐钰愣了一下，转而摇了摇头，低声道：“虽说如此，朕也不希望以后的皇子再去旁人家养着。”

两人说了一会儿话，就都进入了梦乡之中。今儿狩猎累得够呛，更何况沈妩是完全受惊了，皇上则是被狼嚎声吓到了，生怕沈妩遇到了那畜生。

第二日，原本说好要去狩猎的两人，却一直睡到日上三竿才起来。李怀恩也不敢催促，只带着一大帮伺候梳洗的宫人们在门外候着，直到里头传来动静，他才小心翼翼地推门而入。

齐钰左腿上的青紫果然消下了很多，几乎看不到了。显然是太医送来的药膏药效很好，再加上沈妩又按摩了片刻，他今日走路便恢复了正常。

两人匆匆梳洗了一番，随意地用了早膳，便相携着走了出去。李怀恩早早地便吩咐人准备好了马匹和弓箭，他昨儿晚上可没怎么睡好，睁着一双乌青的眼侍立在一旁。

皇上昨日震怒，一下子就让人把后山看守的几个太监都弄死了，人员调动，今儿早上又把几只猛兽放出来，让那些畜生去丛林里找吃的，确保皇上和淑妃进入丛林之时，那些猛兽最好撑得跑不动了，才是最好！

一直忙到现在，李怀恩才有机会喘口气，此刻皇上和沈妩已经准备妥当了。他也只有咬着牙上了马，搭上这条老命也得跟上。

皇上拉着沈妩走到最前面那匹健壮的黑马前，他先扶着沈妩上了马，然后直接踩着马镫坐到了沈妩的背后。男人两只手臂十分自然地往前伸去，一下子便把缰绳抓牢在手中，呈现一种把沈妩紧紧搂在怀中的状态。

身后跟着的侍卫都不敢往前看，皇上一向对淑妃娘娘与众不同，这是众人都知晓的。今日更是特地带着淑妃娘娘进入丛林中，猎杀猛兽，看样子是要一雪昨日之耻。

“驾——”男人一下子挥舞起鞭子抽在马屁股上，带着沈妩直接冲进了丛林之中。身后是一片凌乱的马蹄声，显然这次皇上为了给沈妩长脸，带了不少人跟着，估摸着猎不到猛兽，就这架势也能吓死那帮畜生！

皇上带着她冲在最前面，沈妩的后背贴在男人温暖的胸膛上，昨日初进丛林时的恐惧，在今日根本就察觉不到。甚至她的注意力除了放在身后男人的身上，尚有余暇欣赏这丛林里的美景。

能将这些动物养活，自然是草木肥美，生机勃勃。光影斑驳，透过树林投射到人的身上、脸上，带着一种别样的温暖。惬意的风吹到脸上，伴随着耳边嘈杂的声音，形成了冲击的美感。

皇上忽然猛地勒紧了缰绳，身下的黑马一下子降了速度，改为慢慢地往前踱步。身后跟着的人也慢下来了，片刻之后，就有一只正在撕咬着羊的野狼出现在视野里，皇上立刻将弓箭拿了出来，依然像之前教习沈妩一般，手把手调整她的姿势。

两人贴得十分近，都小心翼翼地屏住呼吸，瞪大了眼睛朝着那只吃得正欢的饿狼看过去。眼神里都透着几分阴狠和志在必得，此刻就把这只畜生，当作日后他们将要遇到的艰难险阻。

“嗖——”的一声，皇上没有开口，两人就已经同时松开了手，羽箭直接脱离了弓弦，朝着饿狼飞了过去。

箭头一下子便插入了饿狼的脖颈里，直接贯穿，鲜血喷涌而出。那只狼还没有反应过来，便直接倒地不起了。它的嘴巴上还沾着血，瞪大的墨绿色眼睛里依然透着贪婪而凶悍的光，只是沈妩今日已经敢与它对视，丝毫不再畏惧。

皇上根本没有理会倒地不起的狼，而是收起了弓箭，直接一扯缰绳，继续往前飞驰。身后自然会有人来收拾这具畜生的尸体。

陆陆续续又遇见了不少猛兽，沈妩已经习惯了这样拉弓射箭的动作，也越发习惯了她的手背被皇上的掌心紧紧包裹住。男人的掌心无疑是温暖的，甚至带着一种温烫的触觉，一直通过手背传遍她的全身。她的情绪也越发稳定，根本不再有任何畏惧的感觉。

所有对未来的恐慌，都化成了一股坚定的信念：瞄准、放箭、射杀。

这种势如破竹的态势，一直持续到皇上掉转了马头出了丛林。沈妩的后背逐渐放松，像是瘫软在他的怀里一般。

“有朕在，就一定会赢！”皇上慢慢低下头来，凑近到她的耳边，轻声说了一句，恰好风吹了过来，将这句话清晰地传到她的耳朵里。

沈妩脸上的疲倦一下子便消散了，脸上露出清浅的笑意。皇上话语里的意思，她自然十分明白。无论是狩猎还是朝堂后宫，只要他们二人同心协力，就都不在话下，胜利就在不远的地方。

皇上带着淑妃娘娘耗费了大半日的时间，在围场里将猛兽狩猎得七七八八，那发狠的程度就像是要替淑妃娘娘报仇一般。如此兴师动众、大张旗鼓的举动，自然是逃不过众人的眼睛。

傍晚时分，大部分人就都收到了消息，虽然当时短暂地错愕了一下，细细一想又觉得在情理之中。淑妃娘娘如今这般得宠，皇上为她做出任何事情来，都是能够想象的，只要不超出一定界限。

但是太后那屋却是响起一阵“乒乒乓乓”的声音，守在外头的宫女们，面色不变，丝毫没有任何诧异或者惊慌的神色。她们都已经习以为常了，自从这次秋猎跟出来，只要皇上和淑妃缠绵恩爱的消息传来，太后那边都必定暴跳如雷，摔东西泄愤更是常见的事儿。

虽说太后身份非比寻常，不过小厨房那边也因为寿康宫宫人经常去要碗碟，而甩了脸色。这回本来预备得不少，可是三天两头这么要，也受不住啊！

“依哀家看，淑妃就是狐媚子托生的，尽把皇上勾得三魂六魄都没了！”太后一边抬手把桌子拍得“乒乓”响，一边气急败坏地叫骂道。

显然对于沈妩，她是恨到了心底，咬牙切齿的模样，像是要把沈妩生吞活剥了一般。可惜桌上的茶盏、点心都被她扫落在地了，碎成了渣渣，此刻她再如何怒吼，都营造不出那种杂乱的声响了。

许嬷嬷和春风就站在不远处，看着地上这些碎片，脸上露出几分叹息。太后要铲除淑妃娘娘的决心已经越发明显了，一计不成再来一计。可惜淑妃娘娘似乎冥冥之中总有人帮助，每次都能化险为夷。

即使因为一时误会，与皇上闹翻脸或者冷战了，但是不出三五日，便又和好了。而且和好之后的两人，关系反而更近了，羡煞旁人。

这也难怪太后生气，原本刚到了围场，皇上与淑妃闹掰了，是个人就能看出来。偏偏太后这个时候出手了，没想到偷鸡不成蚀把米，淑妃娘娘不仅平安无事地回归了，还因为这件事儿，与皇上那点小疙瘩一下子就解开了。等于是太后帮了淑妃的忙，这让太后如何不气。

“不过好在这回衿儿那傻丫头，与淑妃闹得不可开交，淑妃也未怀疑到旁人的身上，只是互相责备而已。待回了后宫，哀家还得从长计议，一定要把这红颜祸水弄出宫，或者直接送她归西！否则后宫里旁的女人，一辈子都别想翻身！”太后越说越生气，似乎是想起以前自己的遭遇，也如这些女人一般，得不到先皇的宠幸，整日只能看着黎妃巧笑盼嫣的神色，背地里暗自咬牙。

许嬷嬷在心底轻叹了一口气，太后显然已经快要魔怔了，无论谁劝，她都不听信，只是一味地要整治沈妩，不死不休。她看着坐在小桌旁的太后，生气的时候，脸上的纹路已经那样明显了，岁月不饶人。只这么一个瞬间，她好像看到了太后失利的模样。

皇上休息了两日，便吩咐大部队收拾回宫。沈妩似乎有些不愿意回去，这两日赖在床上，抱着大皇子悠闲地逗弄着，倒是觉得有趣得紧，也不用按时去晨昏定省，还不用去看太后的脸色行事。

回去的马车上，皇上终于不让沈妩唱歌了，却是自己歪在车壁上，手里捧着那本书册认真地看着，偶尔还能看到他的嘴唇一张一合，似乎在嘀咕什么，却是一丁点儿声音都没发出。沈妩也没在意，只是躺在榻上养精蓄锐。

总算是到了皇宫，淑妃坐上了自己的轿辇，抱着大皇子回了锦颜殿，没有直接跟着皇上去龙乾宫。后宫里头不少主子听了这个消息后，都是一脸喜色。

虽然这也只是一个晚上而已，皇上不和淑妃待在一起，但是被众人听到了，还是自欺欺人地高兴了一下。

坐了大半日的马车，沈妩近乎瘫倒地躺到了床上休息。大皇子明显也困了，就窝在她的怀里睡着了。

一大一小睡得香甜，直至清晨还迷迷糊糊的，根本没有要起床的预兆。明音她们几个都在商量究竟是要进去叫醒沈妩，还是直接去寿康宫告假，让沈妩睡到自然醒。

只是还不待她们纠结结束，就已经有人来解决难题了。李怀恩一脸倦容地走了过来，看到兰卉彼此见了一礼，然后毫不客气地冲着明音几人打了个哈欠，显然是困顿得很。

这趟秋猎，实则他被折腾得最惨，皇上只要进入丛林里狩猎，他这个有晕马症的人就必须得跟上。哪回从那里头出来，他不是晕喘得只剩下半条命了！

淑妃娘娘受惊了，还有皇上整日想着法子安抚，他是活生生地受罪了，连个屁都没有！同样都是没有蛋的人，凭什么有如此大的差距？这天下究竟是怎么了？

“李总管，这是昨儿没睡好？您老一大早就过来作甚？我们主子还没起呢！”明语捂着嘴，嘻嘻地笑出声，语气熟稔地问了一句。

李怀恩不由得丢了个白眼过去，脸上明显是一副不想多说的神色，捏着嗓子说道：“圣旨到了，各位小姑奶奶可否通传一下。你们锦颜殿又要飞黄腾达了！”

尖细的嗓音传来，他的声音里虽然是装出几分不情愿，不过脸上的笑意却是如何都止不住。明语一听“飞黄腾达”这四个字，立刻就变得喜笑颜开起来。身边的几个人都互相对视了一眼，心一下子提了起来。

不用再升位，淑妃都是这后宫里最高位分的妃嫔。如今皇上又来了圣旨，这是还要把沈妩的位分往上抬。

几个人都愣住了，心里都激动满满。李怀恩特地等她们惊喜了片刻之后，才轻咳了一声，抬手拍了拍鼓鼓囊囊的衣袖，依然尖哑着嗓音道：“怎么说，几位姑奶奶不让领旨是怎么着？”

兰卉几个人连声反驳，带头进了内殿，伺候沈妩梳洗。明音被留下来与李怀恩说话，她的眼光一直停留在他的衣袖上头，脸上带着几分蠢蠢欲动的神色。

“哎，李总管，这会儿没旁人，你倒是说说，我们主子究竟升到了什么位分？不会是平级升位吧？贤妃的位置可不稀罕！”明音朝着李怀恩的身边凑了凑，语调压得极低，声音里却带着十足的讨好，显然是想先知道位分，不然这心里头就像是百爪挠心一般，难受得很。

李怀恩斜眼瞥了她一下，大部分眼白都对着她。最终从鼻子里冷哼了一声，伸手摸了摸袖子里的圣旨，也朝着明音的旁边凑了凑。

“瞧你这小样儿，还贤妃的位置不稀罕，你活腻了？”李怀恩满脸的嫌弃，这二人都已经十分熟识了，所以光两人说话的时候，就随意得多。

“若说这位分，你瞧我这被虐成狗的模样，皇上会给时间让我先瞧吗？他巴不得我变成一只鸟，直接飞到锦颜殿，向淑妃娘娘报喜呢！”李怀恩冲着她翻了个白眼，越说语气越重，最终停下了话头长叹了一口气。

不想再说了，说多了都是泪！

“李总管，娘娘梳洗好了，传您进去呢！”明语一溜小跑冲了出来，脸上的喜色是遮也遮不住。

李怀恩连忙端正了脸上的神色，低着头大步跨进了内殿。沈妩已经站起身来。待他拿出来圣旨，一身水蓝色曳地长裙的沈妩，盈盈拜倒在地。

“沈氏阿妩，入宫一年半，常伴朕左右。秀外慧中，风华绝代，在朕心中独一无二，无可取代。特升位为正一品皇贵妃，钦此！”李怀恩尖细的唱喏声，在大殿内久久回荡着。

“臣妾谢主隆恩！”沈妩清脆的声音立刻响起，她双手举过头顶，接过圣旨。

殿内听旨的宫人们，都是一脸欣喜的神色。皇上每回给主子的圣旨都是与众不同的，里头的话语虽然直白露骨，却让锦颜殿的人听着心神激荡。全后宫，也唯有沈妩一人得此殊荣。

“贵妃娘娘，司衣司待会儿就把贵妃品阶的衣裳首饰送过来。皇上让您换上之后，再去寿康宫请安，想来太后娘娘也定是极其期待看见那身贵妃衣裳的！”李怀恩冲着沈妩行了个大礼，嘴里将临走时皇上叮嘱的话，一句句说了出来。

沈妩的眉头一挑，似是想起了什么，脸上也带着几分促狭的笑意，轻轻点了点头。让人送了李怀恩出去，她就真的进了内室，床上的大皇子已经醒过来了，嘴里流出来的口水早已将床弄湿了一片，她便坐到床边逗着他玩儿。

后宫之人皆知，当今太后在做妃子的时候，爬到皇贵妃的时候，就一直没爬到皇后这个顶点，当了七八年的皇贵妃，直到黎妃弥留之际，太后才在皇上面前露了脸。所以这宫里头，对于皇贵妃的一切用度，最熟悉的人应该是太后了。

沈妩果然依着皇上的意思，等到司衣司将衣裳首饰送了过来，明音几个立刻上前来替她换装。一身淡黄色云烟衫拖地，白色宫缎素雪卷云形千水裙，头发梳涵烟芙蓉髻。顾盼生辉之间，花容月貌，出水芙蓉。

她的轿辇也换成了正一品规格的，从此再无人能望其项背。一路招摇地抬到了寿康宫的门口，门外早已没了排列整齐的队伍，显然都已经进去请安了。

“皇贵妃到——”太监尖细的通传声，像是一把剑扼住喉咙一般，方才还热闹非凡的议论声，一下子就停了下来。

众人都扭过头来伸长了脖子，往门外瞧。当那道嫩黄的身影婷婷袅袅地出现在视线之中时，不少人都感叹出声。沈妩一向艳丽逼人，此刻穿上了皇贵妃的衣裳，倒多了几分高贵端庄，而且她的位分越往上升，那身装扮穿在她的身上就显得越美。

沈妩的脸上始终带着娇俏的笑意，一颦一笑都是仪态万千，吸引着众人的目光。包括坐在主位的太后，也只能咬着牙看向越走越近的沈妩。周身的打扮，无一不在刺激着太后的神经，特别是沈妩嘴角边那若有似无的笑意。

此刻，众人的心里都清楚，沈妩成了后宫第一人，无论是容貌、身份，还是在皇上心目中的地位！

061

底下动作

太后气得手不停地发抖，沈妩身上的衣裳明明只是嫩黄色，却已经把她的眼睛刺瞎了一般。一幕幕不堪的往事袭来，始终只差一步的不甘与痛恨，口里就像是含了黄连一般，苦涩异常。

“臣妾见过太后。”沈妩走到大殿中央，微微一福身，便盈盈拜倒在地。声音温润，端的是雍容华贵的气度，比之前多了几分矜持。

太后双手仍然不停地抖动着，她面色苍白。皇上这一次的圣旨，显然未跟任何人商量，就把沈妩抬到了这个位置上，打了个措手不及。她一丝心理准备都没有，正想着沈妩无故迟到，要趁此机会，打压一下沈妩的气焰。哪知道这沈妩一出面，就把太后给镇住了。

太后张了张嘴，却是发不出一个字来，她嘴唇在发抖。面对如此大的冲击，任她在后宫摸爬滚打了这么些年，也依然架不住心头极度恐慌和愤怒，导致此刻严重失态。

殿内妃嫔眼眸，渐渐地从沈妩身上移到了太后身上，脸上皆闪过一丝愣怔，转而又化为一丝了然。

“太后。”一旁的许嬷嬷连忙过来救场，伸手倒了杯热茶塞到了太后手中，触碰到滚烫的温度，才让她心底的恐慌逐渐散去了，发抖的手和嘴唇也逐渐趋于平静。

“起来吧！”太后终于恢复了过来，她轻咳了一声，掩饰方才的失态尴尬，低声说了一句。

沈妩依然是笑颜如花，莲步轻移，慢慢地挪到了第一把椅子旁，悠然自得地坐了下来。她对面就是德妃，两人四目相对的时候，都轻轻点了点头算是打过招呼了。

“皇上昨日也没跟哀家说要封位，否则今儿一早定是要准备贺礼给贵妃！”太后手里还是紧紧抓着那盏茶，茶水滚烫，透过青花瓷制的茶盏，源源不断地有热源涌过来。她手心都被烫得发痒，但是却迟迟不肯松手。

太后这句话说得有些突兀，毕竟贺礼这种事儿再补就是了，偏偏太后却要明说出来。众人就琢磨话里头的意思，是点出皇上没有提前通知她，擅自决定了？按照往常惯例，虽说皇上升谁位分不必经过太后同意，但是总得知会一声，表示对太后的尊重。这回却是非常突然就来了这么一道圣旨，不只太后，其他妃嫔心里也直犯嘀咕。

沈妩丝毫不以为意，脸上的笑意依然灿烂，她伸出手来捏了一小块糕点，放嘴里慢慢地咀嚼着。直到众人议论声小了下去，她才咽下口中吃食，拿出锦帕将嘴角擦了擦。

“太后您莫恼，其实臣妾之前也不知晓，接旨后才有人告诉臣妾，这是皇上要给臣妾一个惊喜呢！”沈妩连眼睛都不眨一下，里头笑意十分明媚，这瞎编的话说得跟真的似的。

殿内人都陷入了一片死一般的寂静，对于沈妩所说的话，她们已经无心去辨别真伪了。皇上做事儿一向随着性子来，这完全是有可能的。所以沈妩这两句话，无形之中又是拿把刀往她们心窝子上戳。

太后暗自咬了咬牙，将手中茶水朝一旁小桌上轻轻一放，脸上带着几分嘲讽笑意，低声道：“皇上喜欢随性子来，皇贵妃这位置还是坐得稳妥一些的好！”

太后话音刚落，殿内人脸上就露出了几分惊诧的意味。太后这话是要当着众人面，就来羞辱沈妩了。

沈妩眉头一挑，眼中闪过几丝不耐的神色，却也努力控制住脸上的神情，低低地哼了一声，道：“臣妾虽然无能，也不期望着能像太后当初那样，把这个位置霸占个七八年，臣妾只要安稳些日子过把瘾就够了。至于皇上若是改了主意，臣妾自然只有遵守的道理！”

沈妩话音刚落，太后整个人就跟着抖了一下，她简直要被气炸了。沈妩这是哪壶不开提哪壶了，她嚅动了一下嘴唇，似乎要放出狠话来。

一旁的许嬷嬷连忙走近了几步，又倒了一杯热茶推到太后手边，若有似无地喊了她一声。

先前那两句交锋，太后和沈妩两人都已经有些出格了，若是太后这回再开口，恐怕真成了众人笑柄了。

“哀家身子不适，退下吧！”太后被许嬷嬷这么一提醒，总算是恢复了些神志，轻轻一挥手直接撵人离开了，她是再也不能多看沈妩一眼了，否则一定会闹得更加难看。

待太后被人搀进了内殿，沈妩才慢条斯理地站起身，理了理鬓发，悠哉地出了寿康宫大门。直到她身影不见了，殿内其他人才回过神来，跟着站起来，陆陆续续出了大殿。

只不过关于皇贵妃的流言却是一下子就流传了出来，沈妩比原先变得更加张扬，也有资本张扬。

太后似乎是真的被沈妩气到了，第二日便卧倒在床上，免了一切晨昏定省。沈妩只是派人送了些许东西过去，并没有亲自前去。

太后这回病，无论是真的还是装的，沈妩都不打算探究。不过暗地里，这后宫中的人却都感觉到锦颜殿势力一下子扩大了不少，沈妩开始对后宫里事宜慢慢掌权了，就连六局二十四司中，也有不少人纷纷向这位皇贵妃投诚。

众人心里不断打鼓，以前有贤妃挡着，所以沈妩从来没有插手后宫事宜。这回却是趁着太后病倒的时机，大规模揽权，不得不让人心生警惕。

太后躺在床上，听着穆姑姑汇报来的消息，险些气得晕过去。这沈妩当真是一刻都不让人安生。太后是真的有些病了，昨儿晚上发热不止，此刻浑身发软。都拖了好几日，还不见好转的迹象。

原本许嬷嬷和穆姑姑准备瞒着她，但是沈妩的手段越发厉害，这几日太后烧得迷迷糊糊的，她俩就拦着消息没报给太后，结果手里头势力明显就少了许多。再不说话，恐怕这整个后宫都要成了沈妩的天下了。

“那个上不得台面的狐媚子，当真认为自己是这后宫的主人了？哀家爬上皇后之位用了那么多年，她能例外了？”太后气得近乎咬牙切齿，却又无可奈何。

以她现在的身子状况，做什么事儿都是心有余而力不足。虽说许嬷嬷和穆姑姑看着人前风光，却也是看她这个太后面上，况且她们毕竟都是奴才，如何争得过身为皇贵妃的沈妩。

“太后莫要动怒，小心伤了身子。依奴婢看，皇贵妃背后肯定是有皇上的授意。不然皇贵妃从来不理会这些事儿，如今一出手就如此纯熟，根本没绕弯路，而且还一打一个准儿。德妃几人也曾暗中使过小手段，皇贵妃却都没上当，依然按着自己的路数来。”许嬷嬷往前走了几步，轻声地将心中的想法说了出来。

太后脑子里混沌一片，但是对于沈妩的恼恨却是越发清明，像是无数根针刺进心脏里似的，难受异常。

“让许老夫人进宫一趟，哀家有事儿要和她商议！”太后稍微想了想，脑子里就是一片天旋地转，根本容不得她想出反击的对策来。

沈妩比她想象中还要精明强干，平日里沈妩给人的印象大多是在纠缠圣宠上，丝毫不碰后宫中的权柄。即使她身居淑妃的时候，旁人心底，她也顶多算是个宠妃，皇上一时兴起喜欢的玩物罢了。

可是这回却不同了，沈妩当了皇贵妃之后，便直接把权力往手里头捞，颇有几分大权独揽的意味。后宫里所有女人才明白过来，皇贵妃这是要驾驭后宫之中所有的女人，若是她成功了，那么与皇后有何区别？只是一个位分罢了，但是手里头权力却是一分不少。

太后自己无法想出一个周全的法子，便琢磨着要把许老夫人请进宫来，一起商议。总能有法子整治这个小贱人！

许嬷嬷应承下来了，亲自派人出宫去许侯府。太后这才安心了下来，再次闭上了眼睛，沉沉地睡去。

只是她迷迷糊糊之中，却是被身边的交谈声弄醒。虽然声音被压得很低，但是太后此刻神经极其敏感，却还是听到了。

许嬷嬷看着她的眼皮动了动，知道是要醒了，便连忙闭紧了嘴巴，不再说话，走了几步凑到太后身边。

“太后，可是口干了？”她问了一句，便伸手倒了杯热茶，轻轻吹了几下才扶起太后，慢慢地喂着她喝了小半盏。

太后睡过一觉，精神似乎好多了。待许嬷嬷扶她躺下，她却是一把拉住许嬷嬷的衣袖，低声问道：“许老夫人说了什么时候来？”

太后声音仍然十分沙哑，即使喝过水了，还是像被什么碾过一般，晦涩难听。

许嬷嬷脸上闪过几分忧愁的神色，她张了张口，却如何都说不出一个字来。

太后原本不以为意的神色，看到许嬷嬷此刻的模样，直接变了脸色。她有些震惊地问道：“她不愿意来？怎么会？”

太后还从来没想过这个问题，有一日她成了这副模样，火急火燎地召许老夫人入宫，竟然会得到一个拒绝的答案。

许嬷嬷深吸了一口气，面对太后如此震惊的模样，她心里跟着一叹，低声道：“许侯府近来不太平，老夫人似乎有许多事缠身，一时脱不开，所以……”

许嬷嬷话没说完，她也不好再说下去了，不用说这回复也是敷衍话语。侯府里事情再怎么重要，都不会比太后这边还重要。除非是许老夫人真的不想来，才让人随便胡编了个借口。

太后平躺在床上，眼睛陡然瞪大了，当心中的猜想被证实的时候，她整个人有些虚脱无力。

“许侯府这是要舍弃哀家吗？”太后愣怔了半晌，才颤着声音开了口，语气里夹杂着十足的嘲讽。

她脑袋里一下子有点乱，根本就无法理解为何许侯府忽然有这样的态度。她是太后，这后宫里哪怕有了皇后，她的地位仍然无可撼动。只要保护着她，许侯府始终都有翻身的机会。究竟是什么原因，让许侯府选择了漠视她的传召。

“难不成沈妩那个小贱人又耍了什么阴狠手段？她拿什么买通了许家人吗？”太后

开始胡乱地猜测着，她根本毫无头绪。

沈妩即使现在是皇贵妃，却也没有那个能耐能够买得动许家人的意愿，不会让许家这般不理会太后，留太后一人在后宫里自生自灭。

她皱着眉头，脸上神色越发难看，眉头紧锁着，显然是绞尽脑汁地思索着其中的缘由。

一旁许嬷嬷实在不忍心看着她在病中，还如此愁思，便将心底原先的猜想说了出来："太后病倒这几日，远贵嫔也没有过来看您，只是安排了人送东西过来。"

太后喃喃自语的声音一下子停了下来，她所受到的震惊又多了几分。脑子里"嗡"一声像是要炸开了一般，明明想要集中精神去思考其中的联系，却又力不从心。

她竟是又晕了过去，一帮人等都慌了手脚，连忙让人去请太医来瞧。许嬷嬷脸上神色越发凝重，一波三折，太后莫不是要被活活气死吧！依凭她在宫中多年的经验，太后颓势已现。

沈妩收到了太后病情恶化的消息，嘴角不由得往上扬了扬。当她招揽后宫势力的时候，司药司是她头一个伸手的地方，仅这几日时间，虽说没有全部渗透，但是拿到个消息，还是非常容易的。比如此刻太后又招了太医，病到什么程度了。

"敬轩，过来！"沈妩并没有对太后做出多余的动作，只是收集消息罢了。此刻她坐在床尾，不时拍两下手掌，发出声音来。

大皇子就趴在床头，右腿蜷缩着抵在床上，那条不能用的左腿伸直了，他两只小手也死死地撑在身下。沈妩锻炼他能够学会爬，可是一条腿的娃娃怎么可能如此容易。

眼看着初冬已经来了，十个多月的大皇子此刻就像一只癞蛤蟆似的，撅着屁股，嘴里咿咿呀呀地说些什么。偶尔用单手撑着自己的身体，另一只手朝沈妩的方向抓了抓，显然是想到她身边去，偏生又动不了。

"敬轩过来，过来母妃给你吃鸡蛋！"沈妩依然坐在那里，丝毫没有挪动的意思，只是嘴巴里说出诱哄他的话，也不知道那么点儿的孩子听不听得懂。

大皇子如今还小，虽说不再单独吃奶娘奶水了，不过沈妩不敢给他吃别的。每回也只让他吃小半个蛋白，大皇子却似乎对这种口味情有独钟，每次吃到软嫩蛋白时，他都表现得十分开心。

或许是这种动作僵持了太久，又或许真是鸡蛋起了作用，大皇子终于决定努力一把。双手抓着身下床单，右腿猛地用力蹬，就这样拖着那条不能动的左腿往前移动了一步。对于这样的移动，他显然感到很新奇，不由得抬起头来，黑葡萄似的眼睛就看向了沈妩，嘴里又开始发出声音，像是对着沈妩炫耀一般。

"敬轩真厉害，来，母妃就在这里！"沈妩的脸上也露出了笑意，看着大皇子爬过来这一步，她眼眸里闪过几分欣喜。

大皇子又往前挪了一步，但是他毕竟力量不多，怎么都不肯挪动第三步，朝着沈妩招了招手，见原本与自己亲近的母妃，还在床尾坐着，根本就不过来，便一下子开始“哇哇”大哭起来。

沈妩像是铁了心似的，只是在床尾坐着，一直说着鼓励他的话。大皇子泪眼蒙眬间抬起头来，眼睛往四周瞥着，平日里只要一听到他的哭声，总会冲进来的奶娘和宫女，今日竟然一个都没瞧见。

沈妩鼓励的话依然说着，语气坚定，显然她这次不准备向大皇子的哭闹妥协。大皇子见没人理会他，哭声渐渐止住了，他不停地抽噎着，却还是伸出双手往前抓住了床单，继续往前爬。

直到他靠近了，沈妩才伸出双手一下子掐住他的胳肢窝，将他抱进了怀里。重回到沈妩温暖的怀抱里，大皇子继续扯开了嗓子号起来。沈妩抱着他站起身，轻轻地摇晃着，嘴里轻哄着他。

太后没有什么精力折腾了，许嬷嬷也一直劝着她，要想从皇贵妃手中再把权力夺回来，肯定是得把身子养好了，才有精力去想法子。

沈妩也乐得清闲，十月初的时候，便是沈安陵和封茜成亲的日子，沈妩自然是派人送了不少东西过去。可惜她身在深宫，无法看见兄长娶新娘子的场景了。

十一月底的时候，京都迎来了第一场大雪，外头又是白茫茫一片。大皇子一周岁也到了，小家伙虽然吃得多，却是一点儿都不显胖，就连沈妩有时候捏着他的小胳膊小腿，都觉得自己是个名副其实的后娘，要不怎么就不长肉呢！

好在唯一让她感到欣慰的是，大皇子终于会说些简单的话了。当他那奶声奶气的一句“母妃”传来时，沈妩心跳总是会震颤地加快。看着大皇子一日日长大，她心里头就感到无比满足，更加期待自己以后也有个孩子。

“阿妩。”皇上撩着帘子走了进来，屋子里炭火烧得很旺，他在门边站了站，将身上的寒气彻底去除掉才慢慢挪了过来。

沈妩正坐在床上陪着大皇子闹腾，听到男人的声音，笑得正欢的大皇子连忙扭过脸来，瞪大了双眸看向皇上。

“父皇。”清脆而稚嫩的声音响起，这两个字本来十分难念，沈妩花了好几日工夫，才把大皇子教会了。

齐钰原本被冻得难看的脸，因为这声“父皇”变得缓和了些，他走到床边，头一回抬手拍了拍大皇子脑袋，动作之间透着几分亲昵。

沈妩眼眸一直没有移开过，皇上对于大皇子向来不亲近，即使沈妩有时候制造机会，他也从来不伸手抱，甚至都很少触碰大皇子。这声“父皇”可能是让齐钰记起自己已经当了父亲，心头一软便下意识地做出了这个动作。

对于这样亲近，大皇子有些懵懂地抬起头，眼神纯净地看向站在面前的这个男人。一下子对上这双过于干净的眼眸，齐钰显然有些愣怔，他轻轻挑了挑眉头，便收回了手掌，直接坐到了一旁的椅子上。

沈妩挥了挥手，一旁奶娘立刻识趣地走上前来，将大皇子抱了出去。

没有了小孩子咿咿呀呀的学说话声，殿内一时陷入了寂静之中。齐钰手里端着茶盏细细地品着，沈妩则倚靠在床头，双眼有些失神地看向燃烧的炭火。

“尽量年前将太后弄出去吧，免得又横生枝节。她老人家若是痊愈了，那狠毒的手段，真是花样百出！”终还是齐钰打破了沉默，他将茶盏盖打开，手指轻轻地拨动着水面上漂浮的茶叶，像是看见新鲜玩具一般。

男人声音有些低沉，却又透着坚定。这是他们二人之前就商量好的，太后不可久留。不过相比于直接将这个老人家弄死来说，把她送出宫更为稳妥些。毕竟若是太后去了，皇上还得意思性地守孝，沈妩想要短期内有身孕的话，会成为天下人诟病的理由。

“就送到庵堂里好了，为大秦祈福，为皇上祈福，为子民祈福？”沈妩轻蹙着眉头想着以什么借口送走太后。

听了她这话，齐钰脸上露出几分淡淡的笑意，嘴角扬起的弧度中，是嘲讽和讥诮。

“怎么能那么便宜她！朕和她可是有好几笔账要算，给她如此好的头衔去庵堂，不是更加增添了她在朝臣心目中的地位？”男人声音里显然带着几分不满，眉头紧蹙，脸上神情也阴沉了些许。

上回秋猎的时候，太后可是险些就要了沈妩的命，若说这位皇贵妃如此就放过太后，齐钰还真不相信。

沈妩轻轻地笑出声，脸上带着几分愉悦，她冲着齐钰眨了眨眼睛，扬声道：“臣妾知道了，定会让太后余生都在庵堂之中度过，永远都不可能踏进后宫半步！这样，皇上可否满意了？”

齐钰挥了挥手，脸上带着几分疲惫，又要到年关了，事情纷至沓来。他低声道：“反正都交给你，最好这几日便办了！依朕看，太后那边也在蹦跶了！”

沈妩轻轻点了点头，她的目光逐渐变得深沉，抬起手摸了摸自己的下巴。脸上的笑意逐渐变冷，眼神里带着几分势在必得。

太后的身子经过这一个多月调养，总算是好了许多。她整日愁眉紧锁，心里头都是害人的主意。所以这身体迟迟未能痊愈，虽然不再发热，可是一直感觉全身酸软无力。

好几个太医前来轮番诊治，最终得出的结论都是忧思过度，要放宽心胸，心病自然尽除。太后虽然脑袋晕晕乎乎的，但是琢磨恶毒的方法却还是有一套的。

还真被太后想出来了，沈妩如今地位这般高，一般小手段根本无法撼动她，只有涉及一些底线，皇上都保不了她，才能把沈妩给拉下来。若是诬陷沈妩暗害旁的妃嫔的话，肯定不好使。

太后思来想去，还真被她想到了。这后宫里，若是查出沈妩害了一个人，被抓住的话，沈妩就彻底完了，这个人便是大皇子。大皇子与沈妩整日腻在一起，表面上看跟亲母子似的，但是这两人的身份偏偏十分尴尬，伪造一些证据实在是太容易了，而且还容易使人信服。

太后越想越觉得这法子好，便经常把许嬷嬷召到床前来，显然是在密谋什么。太后每回说的话都是那么几句，这法子若是能成功，还有七八分的把握把沈妩扳倒，可是不说现如今大半个后宫都被沈妩握在手里，就此刻太后这还没全好的身体，如何能费心费力地害人？

恐怕还没害成功，先把自己害倒了。当然许嬷嬷嘴边这些劝慰的话，已经说了不下上百次了，嘴皮子都快磨破了，太后仍然一意孤行。

这事儿说得多了，难免就露出了端倪。现如今的寿康宫早就不是当初的铜墙铁壁了，太后身边几个贴心的人自然收买不到，不过别的宫女可就难说了。太后一味地只想着要施行巫蛊之术，将大皇子的生辰八字写在人偶上，然后用针扎。最后将这被针扎的人偶放到锦颜殿里便成了，这样若是被抓到了，沈妩即使跳进黄河也洗不清了。

太后就这么拉着许嬷嬷的手，絮絮叨叨地说了好几日。每次都必然重复，只要一提起能够害死沈妩的事情，她的眼眸里必定是极其光亮的，可见她对沈妩是恨到了极点。

许嬷嬷总是不断地叹气，这样的太后倒像是魔怔了。甚至都不需要许嬷嬷答复她，只是不断地诉说着施行巫蛊之术，然后就想象着沈妩未来悲惨的下场。

“若是被皇上发现了那个浑身扎满针的人偶，哈哈，那个浪蹄子的下场肯定会很惨。断肠草、砒霜、鹤顶红、情花……这些毒药都要给她喝，哀家亲自喂她。哈哈！”太后就这么躺在床上，声音不断地扩大，瞳孔猛地散开，显然十分兴奋，不由得拍手称庆。

她脸上的笑容十分狰狞，由于病容未退，此刻瞧着就甚是难看。太后每日的乐趣，就是在幻想着沈妩失利之后的下场。这些恶毒的话在许嬷嬷看了，更像是诅咒，但是恐怕永远没有实现的那一日了。

沈妩治理后宫很有一套，先前因为恭贺大皇子满月时送礼出岔子的妃嫔，被沈妩一个个料理了之后，她的威信早就深深地建立在众人心中。以前沈妩虽然明面上从来不插手后宫之事，实则从很早之前开始，沈妩就一步步蚕食众妃嫔的势力。

拉拢不了就狠狠地打压，沈妩能如此控制住后宫，与她先前在众人面前流露出来的张扬跋扈密切相关。此刻许嬷嬷已经感觉到了，寿康宫也快变成沈妩的地盘了。

外头那些宫女，若是不能为她所用的，都被以各种借口调开了。专门被分派去干那些脏活累活，太后此时所有的计谋也不过是痴人说梦，迟早是要传到沈妩的耳朵里。但是拦都拦不住，太后整日都以诅咒沈妩过活。

“对了，在她服下这些毒药之后，哀家还不能让她这么被毒死。哀家要让她用三尺白绫挂在房梁上，活活被勒死！死后张大了嘴巴，吐着舌头，浑身发着黑紫，皇上再也瞧不见她漂亮的地方了！”太后似乎又想到了新的折磨沈妩的法子，一把拉住了许嬷嬷的衣袖，脸上的笑容越发狰狞和古怪，显然是兴奋到极点，都变得扭曲了。

笑声也是极其怪异，像是从嗓子眼儿里抠出来的一般，根本就不像从人的身体里发出来的。

许嬷嬷每日只是叹息着，与穆姑姑和春风一起，整日守着太后，替她擦洗。太后这几个月老得十分快，头发都有些花白了，渐渐呈现出了老态。御膳房那些地方的奴才，都是踩低捧高的，对于寿康宫的饭食经常送来得很晚，还要春风亲自跑去催上好几遍，待拿回来，饭菜也常常是冷掉的。

三个人跟着太后过惯了锦衣玉食的日子，走到哪里捧到哪里，何时遇到过这种情况，心里都有些不习惯。

太后辱骂的这些话，最后还是传到了沈妩的耳朵里。她当时正教大皇子说话，听到寿康宫的眼线传来这些话的时候，她的脸上露出了几分冷笑。

“敬轩，跟着母妃说‘不自量力’！”她伸手摸了摸大皇子的脑门儿，一个字一个字地说道。

“不自量力！”小孩子甜糯糯的嗓音传来，大皇子眼睛瞪大了，直盯着沈妩手中的勺子。勺子里放了一小块鱼肉和一小口米饭，沈妩答应他的，学会说一个词就有一口饭吃。

一旁的明音侍立着，暗想着瞧瞧沈妩这架势，分明就是后娘的节奏！

“明音，上回让你打探的朗月庵的情况如何了？”沈妩将手里的勺子递到大皇子的嘴边，小家伙便立刻张开了嘴巴，一下子将勺子里的饭菜吞进嘴里，用前面长出来的几颗小牙齿慢慢地咀嚼着。

明音一听，立刻收敛起旁的情绪来，专心致志地应对沈妩的问题。

“启禀娘娘，这朗月庵在京都顶多算是小有名气，世家贵妇们不大信奉这家，不过这家庵堂在百姓中，倒是口碑尚好。目前的住持师太法号月浊，传闻为人十分和善，经常将香火钱拿出来施舍给外头的乞丐。”明音轻轻挑了挑眉头，脸上带着几分不解的神色。

她实在不明白，这京都里出名灵验的庵堂不在少数，为何沈妩单单选中这朗月庵。若不是沈妩提起来，明音这个久居深宫的人，恐怕都不会知道这一家庵堂。

沈妩的脸上带了几分笑意，她轻声呢喃了几句：“朗月庵。”

“朗月庵。”一旁等着吃饭的大皇子，立刻跟着学起来。不过他嘴里的饭食还没咽下，所以此刻就有些唇齿不清。

沈妩正陷入深思之中，根本没有注意到他。朗月庵现如今的住持师太，还不是前世害死她的清风。看样子此刻的住持师太，都把香火钱施舍给乞丐了，并没有修筑扩建庵堂，更没有花言巧语地欺骗那些贵妇。

她不由得轻轻地“啧”了一声，低声道：“这月浊师太若是太心善，也是个坏事儿，恐怕本宫交代过去的人，还会在那里养好了呢！”

沈妩的话音刚落，明音的眼皮就跳了一下。交代过去的人，交代谁过去？听着沈妩这口气，明显是不想让去朗月庵的人养好身子，倒有几分期盼着越来越差的意味。她这么一细想，心里就有了几分猜测。看样子太后的归处，八九不离十就是这朗月庵了。

“你先去派人把月浊师太请进宫，顺便打听一下朗月庵如今有没有一个法号为清风的人，若是有的话，顺便一同请过来！”沈妩的脸上露出几分沉思的神色，她不假思索地说出这几句话。

明音连忙应承了下来，沈妩的眉头紧锁，眼神还处于放空状态，哪知手中的勺子却忽然动了两下。她连忙抬眼瞧过去，便见大皇子显然是等不及了，直接伸着脖子张大嘴过来要吃勺子里头的饭。

“敬轩，母妃还没教你说过一个词呢！”沈妩下意识地要往回缩，不过勺子已经被大皇子的牙齿叼住了，她自然不敢用力拽，生怕把他那几颗刚长出来的乳牙给拔掉了。

大皇子将饭菜都吃进嘴里，鼓着腮帮子，瞪大了眼睛瞧向沈妩，也不知有没有听懂她说的话，而是重复了一遍先前学到的一个词：“朗月庵。”

大皇子的口齿十分清晰，他学说话总是很轻松。沈妩的脸上露出了几分笑意，眼神无意识地扫到了他那条几乎被废掉的左腿，笑容微微僵住了。或许是因为身体的残缺，大皇子在说话方面很有天赋，而且还是个好动的孩子。平日里总会若有似无地讨好沈妩，特别是用膳的时候，总是盯着膳桌上的饭菜不停地咽口水。

“敬轩真厉害，好了，差不多了！”沈妩伸手拍了拍他的额头，将勺子朝碗里一放，不再喂他吃了。他虽然已经能吃些饭食了，但是一般都三两口，不宜过多。

大皇子瞪大了眼睛，瞧着那个落在碗中的勺子，又偏过头来看了看沈妩。忽然张开了嘴就开始号，嘴巴里面的饭菜还没吃完，嘴巴一张就开始往外面掉。

“呜呜，嗯——”他停止了大声地哭号，先嚼两下嘴里的饭菜，再哼唧两声，那模样甚是滑稽。

062

强弩之末

大秦的后宫之中，最近出了一桩稀奇事儿。往常不信奉鬼神传说的皇贵妃，请了朗月庵的师太入宫讲授佛法，说什么要平心静气。

京都里的妇人不少都开始打听这朗月庵，一听是个没什么名号的，不由得撇了撇嘴。暗自琢磨着贵妃娘娘找的这个可真不怎么样，一看就是个穷酸的破地儿，能说出什么好的佛法来！

沈妩是在锦颜殿召见她们的，月浊师太果然把人带来了。沈妩当时坐在椅子上，让月浊师太坐在旁边，茶水糕点都是一应俱全。清风就站在月浊的身侧，轻低着头，整个人显得有些拘谨。

沈妩的眼神若有似无地扫过她，脸上带了几分冷笑。没想到当初的清风，竟有这般上不得台面的时候，与曾经要逼死沈妩的恶毒狠辣的女人简直判若两人。

月浊十分负责，她当真给沈妩讲了许多能够安心静气的佛法，而且对于沈妩所提出来的问题，有问必答，一点都不见慌乱。

“今日多亏了师太，本宫受益匪浅，颇有几分茅塞顿开的感觉。只是要请师太在宫里留宿几日，我有一事相求！”沈妩的脸上露出柔和的笑意，她的声音压得有些低，语气也十分和善。

月浊面色一肃，轻声回道：“娘娘有何事？请说！”

“其实是这样的，太后最近总爱说胡话，神志不清醒。本宫怕她是被鬼魅缠身了，师太可否陪着本宫一起去瞧瞧她？也好看看她究竟是不是如传言中那般。”沈妩放下手中的茶盏，脸上露出几分担忧的神色，口气里也是哀叹满满。

月浊明显一愣，她对于后宫之中的事情并不了解，听得沈妩如此说，以为太后的状况十分严重，便立刻起身要前去。

沈妩看着她这副着急的模样，脸上闪过了几分笑意。待到了寿康宫，还没进殿门，就已经听到太后的哭号声。

“老天爷，为何还不收了沈妩那个妖孽！竟然还让她爬到了皇贵妃的位置，那个小贱人怎么配得上！”太后的诅咒声十分凄厉，显然她的确有些魔怔了。

太后只能在床上躺着，基本上不下床，整日来来回回面对的都是那几张面孔。再加上她明显能感觉到自己的行动受限，似乎无论她做什么，都有人窥视一般。为此她有时候火气涌上来了，直接骂沈妩更是不在话下，也越发频繁。

沈妩就站在殿外，静静地听着，还阻止了门口要通传的小宫女。里头的人浑然不知，被骂的正主儿就在外头候着，也并未阻拦太后。若是不让太后骂几句，恐怕这一整日都难伺候。

月浊师太和清风二人，脸上都带着几分尴尬的神色。这太后看起来倒不像是被鬼神缠身，根本就是跟皇贵妃有过节吧？

沈妩抬手摸了摸下巴，脸上依然还是一副浅笑，她低下头看了看周身的装扮，完全对得起皇贵妃的名头，才迈着小碎步，悠然地走了进去。

太后正骂到兴头上，猛然瞧见一身富贵逼人的沈妩走进来，两只眼眶都红了，显然是被气的。

“小贱人，你还敢来？哀家要撕了你这张脸，让你再不好勾引旁人！”太后猛地从床上坐了起来，双手往前伸着，做出要抓沈妩脸的动作，声音里充满了愤恨。

这么些日子以来，自从沈妩当了皇贵妃，太后就被困在了寿康宫，犹如困兽一般。没有许侯府那个外援，此刻的她也不过是一介普通老妇人而已，根本就不是沈妩的对手。

一旁的许嬷嬷和穆姑姑连忙冲了过来，拦住猛然发狂的太后，脸上的神色早已苍白如纸。在这后宫里，沈妩无论是对付谁都不曾给旁人留过面子，此刻太后如此辱骂她，定是得不到好果子吃的。

太后虽然被拦住了无法冲到沈妩的面前来，不过她的嘶喊声却始终没有停下来。越骂越难听，声嘶力竭的模样，似乎是沈妩杀了她全家一般。

“去把皇上找过来，就说太后魔怔了！”沈妩挥了挥手，将明音召到跟前来，声音扬得不大不小，足够殿内的人听到。

“哀家才没有魔怔，你胡说八道，过来让哀家撕烂你的嘴！”太后一下子就变得激动起来，仍然使了大力气似乎要冲破几人的阻拦。

明音抬起头来，恰好与沈妩对视了一眼，沈妩悄悄抬起手捏了她一把，脸上闪过几分冷意。

在皇上到来之前，沈妩就这么站着，根本不理会太后的喝骂。太后原本已经骂累了，但是碍于沈妩就在眼前，她硬是咬着牙撕扯着嗓子，颇有几分死磕到底的意味。

只是她毕竟年纪大了，而且身子又不济事，此刻这般一刻不停地骂人，只觉得心中的火气顿生，喘不过气来，心跳还越来越快。

月浊和清风等在后头，面上的神色越发惊疑不定，她们不知道皇贵妃究竟要做什么。拉着她们过来，明明就是要帮太后瞧瞧身子，结果这会儿又不让人近太后的身，还派人把皇上请了过来。

“皇上驾到——”隔了老远，就能听见李怀恩的唱喏声。像是得到了什么口令一般，一直站在沈妩身后的明心和明语等人立刻冲到了前头，将穆姑姑和许嬷嬷拉开，顺带着连太后都一起往床尾拖。

“你们要做什么，你们要造反吗？”太后自然是死命地挣扎，声音喊叫得更加用力，只是先前的嗓子已经哑了，此刻听起来也甚是怪异。

沈妩快走了几步，一下子就揭开了床上的枕头扔到了地上，赫然露出一个人偶，那个人偶身穿着嫩黄色的衣裳，都扎了针，衣服上还写了生辰八字。

沈妩刚拿起人偶，明心几个人就退到了一边。太后有些傻呆呆地看向沈妩手里的人偶，脸上明显是一副难以置信的神色。一旁的许嬷嬷和穆姑姑也是不敢相信的神色，太后的枕头下面怎么会出现这种东西？

皇上进来的时候，恰好就瞧见了这一幕。沈妩立刻双手捧着这人偶，快步走到了皇上面前，一下子跪倒在地，将人偶托在掌心间高高举过头顶。

“皇上，臣妾方才在太后的枕头下发现了这东西，上面写着臣妾的生辰八字，这厌胜之术分明就是要咒臣妾死啊！”沈妩的声音悲戚，语调却是扬得极高，摆明了就是要到皇上面前告状的样子。

太后这才反应过来，她是被沈妩摆了一道，而且还是这般明目张胆的。今日这场戏，明显就是沈妩早就预谋好的，收买了寿康宫在内殿伺候的宫人，将这扎满针的人偶放在她枕头底下，又请来皇上看戏，根本就是针对她的。

许嬷嬷也一下子明白了，难怪一向睚眦必报的皇贵妃，面对太后这样的辱骂，却能忍上好几日，原来是早就准备好了后招。只等着今日将怒火全部发泄，让太后翻不了盘。

齐钰的面色冷了冷，看向沈妩手心里捧着的人偶，暗暗咬了咬牙，神情僵冷。

沈妩等了片刻都没见皇上开口说话，便抬起头瞥了他一眼，男人的神色十分不高兴，显然对于沈妩设置的这个局感到不满意。

“皇上，臣妾这几日总是感到心里不安，才想着把月浊师太请进宫里来。方才臣妾也是担忧太后最近表现反常，就想着让师太来瞧瞧，哪知竟发现了这种腌臜东西！”沈妩可管不了那么多，只有硬着头皮继续哭诉。

这法子可是她琢磨了好几日，原本有无数好计谋，可以让太后神不知鬼不觉地犯错。但是这巫蛊之术，乃是太后叫嚣着要陷害沈妩的，此刻让太后亲自尝试一下这样被人诬陷的滋味，或许会让太后更舒服！

“沈妩你个小贱人，竟然用这法子对付哀家！你可真不怕这东西应验到你身上，哀家今儿若是认了，一定诅咒你活活被针扎死！”面对沈妩在皇上面前颠倒是非的模样，太后再次像发了狂一般，声嘶力竭地叫喊着。

早有人挡住了太后，不让她近身。

看着如此丧心病狂的太后，齐钰的眉头紧紧蹙起，脸上露出几分不满的神色。

“母后真的是魔怔了，或许是年纪大了，怎能做出如此的事情来？后宫一旦查出巫蛊之术，都是要灭其家族的！因为皇贵妃没有受到多大的影响，为此就不牵连许家了，但是母后最近发热，看样子是烧糊涂了！”齐钰终于开了腔，但是话一出口，就完全是站到了沈妩那边，而且言辞甚是犀利。

太后的叫骂声一下子停住了，她傻呆呆地看向皇上，双眼圆瞪，似乎要从他的脸上盯出个窟窿来。脸上的神色从震惊到平静，再到最后开始仰着头狂笑，无比狰狞。

“皇上为了这个贱人一步步舍弃了后宫的其他女人，这回终于轮到了哀家。皇上直接站在了她那边，根本就是把孝道摒弃一边。好个沈妩，当真是厉害！”太后因为皇上这几句话，似乎又恢复了几分神志，不再像先前那样胡搅蛮缠，只是她脸上绝望的神情，让瞧见的人都知道太后已然放弃与沈妩争斗了。

因为她已经彻头彻尾地输了！

一旁的许嬷嬷在心底叹了口气，脸上原本惊讶的神色已经褪去了。皇上根本没有询问事情的经过，就直接判定了对与错，显然这是一条早已预谋好的计策。皇上和皇贵妃乃是同一阵营的人！

面对太后如此讽刺的话语，齐钰眉头再次皱紧，他不由得“啧”了一声，脸上露出了几分不耐烦的神色。

“母后当真是糊涂了，整日里胡言乱语。依朕瞧母后还是搬去庵堂里，免得留在后宫这杀伐之地，病情更加严重。而且也会影响到旁人！”皇上声音变得越发冷硬，语气也十分不客气，根本就不顾太后脸面了。

他话音刚落，眼角就扫到了站在角落里的月浊师太，随手一指低声道：“就到这位师太的庵堂里好了，朕待会儿就颁布旨意！”

齐钰说完之后，便直接转过身退了出来，显然是一刻都不想多待。沈妩轻声叮嘱了一旁的宫女几句，便快步追了出去。

她出来的时候，男人已经在门口等着了。只等到听见她脚步声靠近，他才再次迈开了步伐，并没有回头。两人一前一后这么走着，积雪还没有融化，沈妩就这样踩着他的脚印，一步步走下了阶梯。待到了后几个台阶，她还没有跨下来，整个人已经被男人结实有力的臂膀箍住了。

她被皇上搂住了腰，从那台阶上抱了下来。

“等到春暖花开，你会不会就有了朕的孩子？”男人浑厚的嗓音在耳边响起，里头带着几分期盼的意味。

沈妩将脸埋在他怀里，听到他这样略显傻气的问话，不由得轻笑出声，尾调却是极其愉悦。

“这得看皇上了，臣妾反正是随时准备好了！”她慢慢地抬起头，伸出手来轻轻地抚摸着男人轮廓分明的脸颊，嘴角的笑意始终没有退散。

齐钰看见她脸上的笑意，总觉得是在嘲讽自己，忍不住抬起手来一下子弹上了她的脑门儿。

“以后小心着些，太后这事儿你做得可不厚道，好歹别对自己下手。那厌胜之术虽说不可全信，但宁可信其有不可信其无。下回不可再拿自己做诱饵！”皇上一想起方才沈妩给他瞧的布偶，就觉得浑身直起鸡皮疙瘩。

虽然他知道那巫蛊之术是要经过一定的步骤，诅咒才会形成。但是只要想起那个布偶上密密麻麻插着的针，他就觉得心里发寒发冷。那种失去沈妩的滋味，之前避暑之行还有围场之时，他都曾体会到了，并且到现在都心有余悸。所以此刻哪怕一丁点儿风吹草动，都会惊到他。

沈妩冲着他狡黠地眨了眨眼睛，脸上露出几分没心没肺的笑意，低声道：“臣妾自然没有那么傻，布偶上头的生辰八字不是臣妾的，臣妾略有改动。谁让当时太后认定了就是我陷害她，所以根本没有要把布偶拿过去瞧瞧，就直接认命了！”

沈妩边说边耸了耸肩，装作很遗憾似的叹了口气。齐钰听了这番话，脸上神色才缓和了些。

第二日清晨早朝时分，皇上便将要把太后送去朗月庵的旨意告知众臣，朝堂上一片哗然。当皇上搬出太后对皇贵妃使用厌胜之术的理由时，底下议论声才逐渐小下去。

“众爱卿有什么意见要提吗？太后最近连续发热，朕恐怕她是烧得神志不清了，皇贵妃又没出什么大事儿，所以朕就不追究许家罪责了。母后毕竟年事已高，朕不能在她身前侍奉，虽然十分遗憾，但是此种病症，去了庵堂说不准还能平心静气下来，若是留在后宫恐怕更加严重！”难得皇上能说出这么长一段话来，明显是要将其他人择干净，只着重突出他要送太后出宫的决心。

不少朝臣自然还是有些不同意，只是身为许家人的许老侯爷却是一句话都没说，没有表现出有异议的模样。众人这心里头难免有些打鼓，怎么个意思，许家真准备放弃太后了？

既然许老侯爷都表态了，其他人也不好狗拿耗子多管闲事儿了，只是心里头都有些堵得慌。

太后都被扳倒了，这后宫里还有谁能与皇贵妃作对？恐怕谁都没那个胆子再兴起什么风浪了，毕竟沈妩狠辣的手段，众人都已经体会了不少。

锦颜殿之中，沈妩才刚刚起身而已，从此以后再也不用巴巴地去寿康宫晨昏定省了，她这心里头就像是少了一块石头似的，无比舒爽轻松。

守在门外的几个人听到里头的动静，立刻就端着洗漱物什走了进来。大皇子还在睡，沈妩小心翼翼地绕过他下了床。

“娘娘，清风小师父已经等在外头了！”明音挑着帘幕走了进来，轻声地通传了一句。暗想着贵妃娘娘究竟是有何事儿，竟然越过了月浊师太，直接找上了一个小师父。

沈妩轻轻点了点头，想起曾经见到清风时候的场景，不由得攥紧了拳头，脸上闪过几分冷意。

“让她外面稍等片刻，本宫梳洗好了再传召她进来！”沈妩轻轻地挥了挥手，低声吩咐着明音。

待明音回来的时候，她整个人都在发抖。外面又下着大雪，冷得够呛。她是一刻都不想在外面待着，偏生沈妩让清风外头候着，想来主子是要磨磨这位小师父的性子。

果然被明音猜中了，沈妩平日里不用出门的话，对于妆容都是简单化，而今日却是挑三拣四，一会儿让修修眉，一会儿又让补补粉。这时间就被耽搁了，待清风被传唤进来的时候，整个人都冻得发僵了，嘴唇是紫色，脸皮也泛着苍白，瞧着还有些吓人。

她身上的衣裳根本抵不住这样的严寒，站在回廊里候着，身上都被雪花覆盖了。清风刚一走进内殿，就不停地打战，里头实在太暖和了。可怜那些覆盖在衣服上的雪花，遇到这样的暖气一下子便融化了，反而让衣裳呈现出一种湿漉漉的感觉。

明音领着她进了内室，奶娘早已抱着大皇子去了侧屋，沈妩挥了挥手，将其他几个丫头也撵了出去，只留下她和清风二人。

“见过贵妃娘娘。”清风手放胸前，微微弯腰行了一礼，低声地说道。

沈妩挥了挥手示意她起身，眼神在她周身扫视了一圈，瞧见清风手被冻得发紫，此刻被内室的热气这么一蒸腾，竟开始发红、发肿。沈妩脸上露出几分笑意，看样子这只手是要被冻肿了起来，这一个冬天都不大灵活了。

“清风小师父，坐吧。本宫方才忙着梳洗又要照顾大皇子，所以才让你外头候着，竟是忘了让你进屋来。”沈妩轻声地客气了几句。

对面清风连忙诚惶诚恐地摇头，面对沈妩让她坐的吩咐，她却是一步都不敢动，只轻声地说道：“贵妃娘娘言重了，贫尼惶恐！”

面对如此谨慎的清风，沈妩不由得挑了挑眉头，难怪清风成为师太之后，能够带着朗月庵成为京都贵妇们追捧的对象。清风十分懂得讨好这些权贵！

沈妩屈起食指轻轻地敲击着桌面，脸上神色逐渐变得凝重起来。前世的时候，清风敢于指她腹中胎儿为妖孽，想来太后一定从中出了不少力，花费了诸多心思。此刻她也要好好地利用一把清风，让太后也尝尝这位恶毒尼姑的手段。

清风一直小心翼翼地观察着沈妩，此刻瞧见她忽然停下了手，不再敲击桌面了，立刻便收回了视线，低头敛目地站着。

“其实本宫是想拜托你一件事儿，这件事儿还不能被你师父月浊师太知晓。”沈妩轻声地开了口，她眼睛始终盯着清风。

清风身子一颤，她脸上露出几分欣喜的神色，又很快掩去了。

“贵妃娘娘尽管吩咐，贫尼一定竭尽所能！”她声音里透着几分底气十足的意味，显然是愿意为了沈妩放手一搏。

“是关于太后娘娘。待她去了朗月庵，还请清风小师父对她多加看顾了，可不能早早地就去了。若是让皇上黑发人送白发人，本宫可该心疼了。但是太后身子极其不好，神志也不清醒，想来那日你也瞧见了，本宫想着伴随着年纪增大，她这样的病症是该恶化的。”沈妩轻轻甩了甩手，被凤仙花汁染红的指甲十分惹眼，她脸上带笑，嘴里说出来的话语却是极其骇人。

清风明显是愣了一下，她腿一抖，竟是直接跪在了地上。“扑通”一声闷响，显然是用了全力。

沈妩等了片刻，清风却是一个字都没说出来，沈妩耐性也被磨光了，她稍稍扬高了语调道：“原本本宫要求月浊师太带你入宫，就是听人说你聪慧有加，将来必成大器。本宫还想着，日后要把这朗月庵变成大秦护国庵堂，就和那护国寺是同等地位了。和尚能够傍上后宫，师太自然也能！不过现在瞧你这样子，似乎要让本宫失望了！”

她声音十分平缓，不过语调却极其僵冷，带着几分不怒自威的气势。

“贫尼只是想跪下来谢恩，有了皇贵妃这样的许诺，贫尼一定办到！而且小心翼翼不会让旁人知晓！”清风显然是受到了鼓动，连忙头碰地行了个大礼，脸上欣喜的笑意越发遮掩不住。

沈妩轻轻扬了扬下巴，居高临下地看着她，脸上闪过几分狠厉的神色。

“既然你如此说，本宫就放心了，注意把握这中间的平衡，可不能失手让太后西去了！”她再次叮嘱了几句，脸上阴狠的神色收敛了起来，完全变成了温和的表情。

太后走的时候，已经是腊月初了。寿康宫的宫人跟过去的寥寥无几，因为太后的离开，整个后宫都显得沉寂了下来。竟然连太后都被皇贵妃扳倒了，很显然后宫的格局经历了一次翻天覆地的变化。

晨昏定省的地点也从寿康宫改成了锦颜殿，沈妩除了位分之外，完全就是这个后宫的女主人。逼近年关了，后宫之内早已忙作一团，沈妩丝毫没有新上手的姿态，她的表现完全就是一位熟悉后宫运作的掌权者。六宫二十四司在她的手中互相配合，又互相制约。

皇上与沈妩也有许久未见面了，他们二人各自忙着手头的事情。一切都为了年关准备着，大年三十儿的晚上，按照惯例都是在宫中宴请朝臣和命妇，分为前朝和后宫两个地方的宴席。不过与往年不同，今年的宴席很早便结束了，看着皇上行色匆匆的样子，似乎有很重要的事情一般。

前殿刚散了不久，后殿也跟着散了。沈妩坐在轿辇上，裹紧了身上的披风，脸上的神色有些凝重，像是即将要面临一场重要的战争一般。

她的轿辇到了锦颜殿，里头已经是一片灯火通明，她眼睛一扫，就瞧见了停放在外殿里的龙辇，秀气的眉头微不可见地皱了皱。

待进了内殿，明音接过她脱下的披风，却是等在外室，并没有跟进去。只让沈妩一人独自进去，内室里有些昏暗，只小桌上点了一根蜡烛勉强照亮，炭火十分旺盛，一身黑色龙袍的男人就侧躺在绣床上，手撑着侧脸目不转睛地看向沈妩。

沈妩轻轻打了个哆嗦，她的眼睛有些不习惯地瞪大了些。屋子里头太暗了，她连周围的环境都瞧不清楚，就站在门口不敢往里面走一步。

“爱妃怎么不动了，先前可是说好的。快到床上来，让朕临幸！”男人低沉的声音响起，在这昏暗的环境中，似乎都已经形成了回声一般，直往她的脑海里钻，他顺势拍了拍床边，颇有几分扫榻相迎的趋势。

沈妩的眉头再次皱了皱，她伸出双手往前慢慢地挥舞着，脚下也是小心翼翼地试探。眼睛已经有些习惯了如此黑暗的环境，她的手刚摸到了床边，手腕就被人抓住了，猛地用力一扯，她整个人就往前扑去。

皇上的另一只手及时扶住她的肩膀，顺着后背摸了下去，直到纤细的腰肢，然后猛地托住她的腰，一下子将她抱上了床。

沈妩还没反应过来，整个人已经躺在了床上，男人坐在她的腿根处，双腿紧紧夹住她的腰肢。

“先前的避子汤药效应当过了，前一阵子为了专心对付太后，后来又准备年关之事，朕都没碰你。争取明年的这个时候，朕已经能抱着你和朕的孩子玩儿了！”男人的声音越压越低，他的手已经伸进了沈妩的衣襟内，不轻不重地揉搓着沈妩胸前的浑圆。

沈妩听得他如此说，脸上露出了几分无奈的笑意。以前是为了取悦皇上来上床，此刻却是为了能留下龙种而欢好。当然这也只是更好听的借口罢了，是可以让皇上荒淫无道却有正当理由的途径。

因为两人很久没行过房事了，所以这次皇上就显得比较激进。他的手不停地在沈妩的身上游走，力道十分大，甚至都把沈妩捏疼了。

“嗖——啪！”殿外忽然响起了烟花的声音，今儿个是除夕，家家户户都在守岁。难得皇上能放这些朝臣早日回府与家人团聚，夜空中的烟花此起彼伏，五颜六色的，甚至连皇宫这边都能瞧得见。

李怀恩双手紧握在小腹前面，轻轻抬起头有些哀伤地瞧着夜空。多么美好的烟花啊，多么动听的声音啊，可惜他却无暇欣赏，还得专心听着里头的动静，免得待会儿又出了什么幺蛾子。

今年刚开始，后宫里的其他妃嫔就感到了一阵绝望，皇上连续召幸皇贵妃数日。而身为后宫最高位分的皇贵妃，非但没有让皇上雨露均沾，相反心安理得地享受着这荣宠。

每日晨昏定省的时候，就是这帮妃嫔们最难过的时刻。成天看着皇贵妃面色红润精神倍爽，再瞧瞧自己一脸麻木的神情，形容枯槁，再红的胭脂都无法让脸色变得好看，简直就是一黄脸婆的预兆。

不过这心底虽然不满，脸上却不敢表现出来，也没有任何一个人在沈妩面前提过，甚至连侧面提醒都没有。皇贵妃是什么人，后宫里的妃嫔心底最是清楚了，睚眦必报心眼比针尖还小的人，所以任谁的胆子再大，都没有敢在沈妩面前造次。

沈妩这两三个月的日子却过得无比惬意，后宫里的势力已经完全都被她掌握到手里头，每日除了看看那帮怨妇的嘴脸，有事儿没事儿都要跟皇上脱脱衣裳，翻滚翻滚，虽说是体力活，不过却是身心舒畅。

“今儿是什么日子了？”沈妩刚刚起身，精神却十分萎靡，这几日她越发地困乏了，根本就爬不起来。就连大皇子都穿好了衣裳，坐在床上盯着她瞧，她才慢慢地有了些意识。

明心早就候在一旁，听得她如此说，立刻回道：“今儿三月初十了，外面的花儿都开了许多，御花园里肯定更漂亮。主子这几日有些倦怠，不如挑个日子出去走走！”

沈妩抬起手揉了揉眼睛，她的眉头轻轻蹙起，忽然从床上坐了起来，瞪大了眼睛看向明心几人。

“这个月本宫的癸水似乎还没来。”沈妩的声音里带着几分惊疑不定，她的眼神里透着几分严肃。

063

确诊喜脉

沈妩的话音刚落，明心几个人便都回过神来看向她。

“是，娘娘上个月是月初来潮的。”明音边回答边往前走了几步，凑到她的身旁准备替她穿衣裳。

沈妩的眉头一挑，重新躺回了床上，显然准备要赖不起身。

兰卉几人互相看了看，脸上皆露出几分无奈的神色。

“娘娘是不要起身了吗？那奴婢去通知外头候着的妃嫔主子们，免了今日的请安？”明心在心底轻叹了一口气，低声询问了一句。

沈妩却是摆了摆手，慢悠悠地从床上坐起，她慢慢地伸了个懒腰，红着眼眶道：“还是传她们进来吧，若是突然让她们回去，待会儿请了太医过来，恐怕也要被探询好久。”

她整个人都有些蔫蔫的，好在胭脂抹在脸上，就能遮住眼角的疲惫。

“见过皇贵妃！”当沈妩坐在主位上的时候，底下立刻传来行礼问安的声音。

沈妩低下头看着底下一片弯腰行礼的人，不高兴的神色方才消散了些，心底也涌起了几分欢喜。没法子，她就是这么没出息。眼看着曾经让她身死的人，此刻却一一拜倒在她的脚下，心中的那股子喜悦总是难以掩盖的。

她挥了挥手，轻声让她们起身。亦如在寿康宫请安那般，分为两排人，秩序井然地坐到了自己的位置上。锦颜殿和当初沈妩刚住进来的时候相比，实在是好得太多了。曾经一座普普通通的宫殿，如今伴随着主人的节节高升，里头的摆设都换了个样儿，金碧辉煌，奢华至极。

虽然构造还是当初的模样，但是在那样精致的摆设的陪衬下，简直已经认不出了。

气氛有些冷清，虽然想要讨好沈妩的人无数，但是真正能说上话的却少之又少。

沈妩只轻眯着眼眸，手里端着茶盏，有些老神在在地看着下面的人，脸上露出几分怜悯众生的神情。她将茶盏盖揭开，轻轻地吹了吹上面的热气，才抿了一口。

平日里香醇的茶水，这会子到了口中，舌尖刚触碰到略苦的茶叶味儿，心底竟是涌上了一股恶心，险些将口中的茶水吐出来。她的脸色猛地一僵，整个人都有些紧张。

底下坐着的妃嫔们好容易才找到了一个话题，此刻正说得热火朝天，不过话题却不是围绕沈妩转的，所以不少人都没有发现她的异样。

“本宫有些身子不适，你们散了吧！”沈妩当机立断地站了起来，轻飘飘地扔下这句话，就站起身往内殿走去。

她不能再久待下去，否则真的会吐出来。曾经她也是有过身孕的人，自然知道这很有可能是怀孕前期的孕吐现象。她若是真在那些人面前吐了，恐怕先前所有的计划都要功亏一篑了。

底下正谈论得热火朝天的人，还不知道发生了什么事儿，就只能瞧见沈妩的背影了。待她们想要开口追问的时候，明音已经站在殿门口，轻轻行了一礼，脸上带着几分笑意，显然是在无声地撵她们出去。

众人心里头虽然有些疑惑，却还是三三两两地散了。暗自琢磨着，皇贵妃一向以看她们出丑为乐，兴许方才的举动只是为了落下她们的脸面，并没有多少特殊的含义。

沈妩刚进入内殿之中，就开始呕吐起来，本来清晨起晚了就没吃什么东西，此刻吐出来的也都是水。明语已经去请太医了，兰卉小心翼翼地搀扶着她，似乎生怕她跌倒一般。

片刻之后，杜院判便到了，他一手搭在沈妩的手腕上，一手捋着胡须，脸上露出几分认真的神色。

“老臣恭喜贵妃了，得偿所愿，乃是喜脉！”杜院判仔细诊断之后，便站起身拱着手向沈妩道贺，那张老脸上难得地露出了几分笑意。

殿内的人听到他这句话之后，脸上都露出了几分喜气。皇贵妃总算是有喜了！

杜院判仔细开了些方子，又叮嘱这些宫女去御膳房多拿些补品炖给沈妩食用。事无巨细，他一一叮嘱了一遍。一旁的明语一听他说了好长一段儿，自己又记不住，直接拿了纸和笔过来，让杜院判写下来才算罢休。

“阿妩！”外头传来皇上的呼唤声，他已经撩开帘子进来了，脸上带着几分紧张的神色。

他的身上还穿着朝服，头上的顶冠都未来得及拿下，显然是刚下了朝就匆匆过来了，一刻都没有停歇。

杜院判已经离开了，皇上扫视了一圈内殿，没瞧见那老头儿人，脸上露出几分不满意的神色。他的眼神重新回到了沈妩的身上，脸上露出几分期盼的神色，显然是要沈妩给他一个答案。

明音几个也十分有眼色地未开口恭贺，只等着沈妩亲口向皇上说出这个好消息。

“恭喜皇上了，要第二次当父皇了！”沈妩轻轻偏了偏头，眼睛有些狡黠地眨了眨，声音轻柔语调却微微扬起。

“恭喜皇上和皇贵妃！奴婢等告退！”沈妩的话音刚落，兰卉几人就一起俯下身冲着齐钰行了一礼，然后站起身快速地退了出去，脸上都带着几分喜气洋洋的笑意。

殿内的人都退了下去，只剩下皇上和沈妩二人。齐钰似乎是反应了片刻，才回过神来，立刻大步走到了沈妩的面前，猛地坐到了床边，张开双臂轻轻搂住她，额头在沈妩的脖颈里轻轻蹭了蹭，一时竟是沉默相对。沈妩有些愣住了，完全是被皇上这个轻蹭的动作吓到了，她还是头一次看到皇上做如此温情的动作，像是无声地安慰或者奖赏一般。

“朕一定会保护好这个孩子，疼爱他宠爱他，若是男孩儿，朕必然许他以太子之位！若是女孩儿，朕也会给她无上的荣耀！”齐钰轻轻侧过头，嘴唇贴着她的耳朵，轻声说道。

他的声音被故意压低，语调透着几分沙哑，显然是极度兴奋所致。

沈妩伸出手来轻轻抱住他的腰，脸上的神情极其柔和。她拼了这么久，才让眼前这个男人说出如此的话来，心里头顿时百感交集，却是欢喜居多。

“朕也许你以皇后之位！”皇上慢慢地抬起头，双手捧住她的面颊，像是许诺一般，语气郑重地说出这句话来。

沈妩的眼眸和他对望着，因为他这么一句话，沈妩甚至感觉到自己的呼吸都跟着停顿了一下。从被她半是胁迫地同意，到现在皇上主动承诺这句话，沈妩心头激动的情绪根本无从宣泄，像是波澜壮阔的海浪一般，让她的身体都不由得开始打战。

“臣妾先谢皇上赏赐了！”沈妩的手无意识地抓住了皇上的手腕，似乎只有和他的手握在一起，才能相信自己不是在做梦。

齐钰反握住她的手，碰她都是小心翼翼。为了让沈妩有喜，这位堂堂大秦的九五至尊，竟是终日惶惶不安，日夜不能寐。经常把杜院判召到跟前来，从房事到吃食，一一请教，就为了能让沈妩成功受孕。

当然，皇上在她的面前，是不会把这些丢脸的事情说出来的。

自从那日皇贵妃耍性子，在请安之时甩下众位妃嫔，自己进去内殿之后，第二日就有锦颜殿的宫女前来通知，最近的晨昏定省全部取消，皇贵妃觉得心浮气躁，要好好静心养气。

众妃嫔也不知这位皇贵妃又发什么疯，不过朗月庵的月浊师太，却是再次被召入后宫之中，而且依照着皇贵妃的安排，似乎这位月浊师太是要经常造访后宫的，就连平日里入宫出宫的马车都一并安排妥当了。

不过这些人的注意力，很快便从沈妩这一系列古怪的举动之中移开了，投向了别处。皇上再次去了奇华殿，召幸婉修媛！

当初因为大皇子，险些被打入冷宫的婉修媛，竟然有要复宠的势头！

不少人都暗自咬了咬牙，早知道皇上还记得这号人物，当初就该趁着沈婉落魄之时，将她置于死地，也没有今日的复宠一说了。

沈婉不仅被赦免了禁足，皇上还赏赐了她不少东西。这一回不少人的眼光，是再也挪不开了。

原本沈家出了个沈妩，就已经够招眼了。不过好多人都对付过沈妩，甚至背地里使些小手段，却都被沈妩反将一军，最后落得个坏下场，比如贤妃和太后。众人拿沈妩没办法，不代表就会饶过沈婉。

奇华殿曾经出过不少问题，当初沈婉早产还不就是身边的宫女出卖的，为此不少妃嫔都想买通她身边的人。不过这沈婉倒是学得精乖了，吃一堑长一智，她身边那些宫人，身家性命都被她掌握在手里头，就连祖坟的位置都调查得清清楚楚。

那些自称是孤儿的宫人，都被她让人调到了别处去，没有把柄在她手里头的人，沈婉是坚决不用的。一时之间，这奇华殿倒像是铜墙铁壁一般，任谁都没有找出破绽来，就更别提给她使绊子了。

对于后宫的暗流汹涌，每日明音都来汇报给沈妩听。无奈这位皇贵妃娘娘，经常是没听几句，就开始大吐特吐起来，没一刻消停的时候。

沈妩的反应很严重，有时候甚至连喝口水都会吐出来。皇上隔几日就会过来一趟，几乎都听不到沈妩说几句话，光看着她拼命地吐，这心里头也着实不好受。

“阿妩，你还好吗？”齐钰看着沈妩的下巴越来越尖，脸上露出了严肃的神色，亲自倒了一杯热茶递过去，低声说道。

沈妩听到男人的问话，并没有什么特殊的表现，她依然趴在床边，一个丫头站在一旁，手里捧着个痰盂，显然是伺候沈妩孕吐的。

“臣妾——”她顿了顿才开口，想要回复皇上的话，哪知道她刚一开口再次大吐特吐起来。眼眶都红了，视线直接被模糊了，眼睛里也闪着泪光，鼻子酸酸的，浑身都难受异常。

齐钰瞧着她吐成这样，心里头更加揪了起来，他的两只手不停地紧握在一起，十指交叉用力地扣紧又松开，手心里都渗出了无数的冷汗。

正因为沈妩吐得这么厉害，他才不想过来，每次来了都帮不上什么，还要让沈妩顾忌着他在，怕皇上洁癖犯了，吐都吐得不自在。可是下了朝之后，若是不来瞧瞧，那一整日他都会觉得身上不舒服，脑子里始终盘旋着一件事儿没做，睡觉都觉得不安稳。

李怀恩和明音站在殿外候着，好在中间的殿门关上了，里头让人难受的呕吐声才没有传出来。李怀恩不由得叹了一口气，来来往往的锦颜殿宫人，都轻皱着眉头，主子身上不舒服，他们自然也不会好受，就怕出了什么差池。

“皇上快要喜当爹这事儿，必须得严密保守，锦颜殿清理过了吗？别再出现张成坠儿之流！”李怀恩见外头宫人行色匆匆的模样，不由得皱了皱眉头。

沈妩诊出了喜脉之事，全后宫上下都瞒得严严实实的，只有少数人知道。这锦颜殿的宫人们此刻就成了重中之重，若是有谁走漏了一点儿风声，恐怕皇上和皇贵妃的计谋就要功亏一篑了。

明音顺着李怀恩的视线看过去，几个粗使宫人走在一起，手里拿着扫帚，显然是要去清扫殿外的地面，明明往常在一处混熟的人，此刻却是连一句交流都没有。

“李总管就放心好了，都安排妥当了。贵妃娘娘如今有些心情烦躁，所以才找了月浊师太入宫讲佛法，众人都不得私底下议论有关贵妃娘娘的事儿，若是到时候被抓住了，惹到娘娘心情沉郁，采取连坐惩罚的方式！”明音的眉头一挑，将先前就说过无数次的说辞，再次搬了出来。

李怀恩脸上的神色缓了缓，明音这小丫头真是越来越有执掌姑姑的风范了，竟连这种瞎话都编得理所当然。

除了留在沈妩身边贴身伺候的宫女之外，其余的人都是隐瞒着的，并且被明音用这种说辞恐吓，估摸着也没人敢造反。

外加月浊师太被请进了内殿，只是待在侧屋里，至今也没见到皇贵妃的面。不过每日都有人呈上佛经给她瞧，说是皇贵妃独自在内室静心养气，抄写了经文供她过目。并且让她保守在锦颜殿的一切见闻，每次月浊师太回去的路上，也都有皇上派的人盯着。

在沈妩怀有身孕这件事儿上，绝对不能出现任何差错！

一晃到了五月中旬，夏季已经快要来了，天气也逐渐炎热起来。沈妩的孕吐反应早就过了，皇上也恢复了每日都来探望的频率。

待沈妩能吃下东西的时候，他曾抓着沈妩的手，一脸认真地看着她，低声道：“阿妩，你只要一吐，朕就没办法了！女人怀了孩子为什么会吐得如此厉害？”

他问这句话的时候，手里正拿着银筷子，小心翼翼地挑着桌上沈妩爱吃的菜，夹到她的碗里。浓黑的眉毛紧紧蹙起，脸上也露出几分疑惑的神色。

自从沈妩有了身孕之后，皇上经常把杜院判召到身边来，问东问西的，俨然一副孕妇专家的模样，不过杜院判又没怀过孩子，解释的都是医学方面的内容，他听得云里雾里的，就认为杜院判是纸上谈兵。

沈妩此刻用筷子夹着酸豆角吃得正欢，听到他这样的问题，险些喷了出来。

“其实不是每个女子有喜了之后，都会吐得这样厉害的。可能是肚子里的孩子，觉得皇上先前的表现不满意吧，在替臣妾叫屈呢！”沈妩的身子已经快满三个月了，胎也坐稳了，所以能安稳用膳之后，心情也变得大好，都有精力来调侃皇上了。

齐钰听得她如此说，脸上露出几分深思的神色，似乎已经相信了她说的话一般。他想了片刻之后，竟是毫不犹豫地点了点头，低声道：“有道理，这次是意外嘛！你吐得这样厉害，肯定是个顽皮的小子，待下回你再有了身孕，朕一定好好陪着你！”

沈妩听了他的话之后，脸上的笑意更甚。皇上最近在她面前，越来越喜欢用郑重的语气来说话，每每都让她产生错觉，似乎皇上就在向她许诺一般。

不过她也有些心酸，因为胎坐稳之后，她就该离开皇宫了。

“阿妩你说得不对啊，孩子既是要替你叫屈，怎的还让你吐得如此厉害？不是尽在折腾你吗？”齐钰皱着眉头，还在想着之前的问题，并没有注意到沈妩脸上神色的变化。

沈妩方才心中的阴郁因为他这句话，而一扫而空。她抿着红唇，不由得轻笑出声，眼睛轻轻弯起，成了月牙的形状，里头的眸子却是熠熠闪光。

齐钰转过头来与她对视，他放下手中夹菜的筷子。曾几何时，他被人伺候着吃一顿饭都是各种不爽，以无数理由责罚了许多人，此刻他却愿意饿着肚子，先将沈妩喂饱了。

现在他看着沈妩脸上温柔的笑意，心底也跟着温暖起来。下意识地倾身向前，在她的唇上一啄，又迅速地撤离。看着沈妩有些愣怔的神情，他不由得伸出舌头舔了舔。

“嗯，酸豆角的味道！御膳房的水平见长，把素菜都做得如此鲜香十足！”

“三个月的日子马上就到了，皇上何时颁布圣旨，通知臣妾一声。临走之时，臣妾想见一见婉姐姐。”沈妩轻扯着嘴角一笑，咽下嘴里的饭菜，轻声说了一句。

皇上脸上的神色有些暗沉了下去，显然在此刻温馨的时候，他十分不想提起他们即将到来的别离。

“阿妩，离开朕远离后宫，独自一人出宫养胎。日后你可会后悔？”男人沉默了片刻，才轻声开口问道。

他脸上的神色带了几分严肃，语气里也带着慎重。后宫的女人太多，眼线也太多，每人暗地里伸手使把劲儿，说不准沈妩肚子里的孩子就没了。

况且沈妩此刻身为皇贵妃，身份极其敏感，又得皇上的宠爱。不是说她不能在后宫里生，而是怕别人的手段太过阴损，她在保胎拿命生孩子的同时，根本就没有精力去阻挡那些人的手段。

这一胎，她一定要生下来，并且保证万无一失！她一定要当上母亲！

沈妩轻轻抬起眼帘，对上了皇上的眼神，目光坚定。

“臣妾不会后悔，臣妾一定会平安顺产，待臣妾归来的时候，希望皇上的心意一如此刻！”她的语气十分郑重，颇有几分掷地有声的意味。

齐钰抬手拍了拍她的额头，拿起手边的银筷子，继续往她的碗里夹菜。

沈妧的脸上虽然笑意依旧，但是掌心里已经渗出了冷汗。她十分明白皇上话里头的意思，她若是离开后宫了，皇上的新宠恐怕也不远了。不过现如今的后宫里，让皇上看得上眼的，估计没有。那明年的选秀呢？

后宫里永远不缺美人，她根本不奢求皇上为她守身如玉！更何况她这一去，时间颇久，皇上当然等不起！

五月二十二，皇上下了圣旨。皇贵妃要去朗月庵静心休养数日，两日后送皇贵妃出宫！

圣旨一下，全京都哗然一片。盛宠无比的皇贵妃，竟然要抽身去庵堂里休养？岂不是要放弃这好不容易才得来的恩宠，拱手相让？

后宫里的妃嫔，大半都是欢呼雀跃的。沈妧进宫之后，就一直霸占着皇上，此刻能够远离皇宫，真是老天开眼。当然也有几个心眼儿多的，怀疑沈妧那边肯定是出了什么状况，才要离开后宫的。可惜查来查去，却是一丁点儿头绪都没有。

锦颜殿防备得跟铁桶似的，先前的后宫又被沈妧着手梳理了一遍，所以她诸多的准备都是不动声色的，让那些人连源头都查不到！

皇上的圣旨刚下了没多久，锦颜殿就忙碌了起来，明音却是去了奇华殿，将沈婉请了过来。沈妧就靠在床头，后背倚着软垫。大皇子扶着奶娘的手，就在床边练习单腿站立。

天气变得暖和了，大皇子身上臃肿的衣裳也全部脱掉了，此刻他就挥开了奶娘的手，双手扒着床边稳稳当当地站着，瞪大了眼睛看向沈妧。

“母妃，你疼吗？”小孩子稚嫩的声音传来，眼神里带着几分疑惑的意味。他已经一岁半了，虽然一条腿不能用，不过单腿站立倒是学会了。

沈妧之前孕吐得厉害的时候，是奶娘带着大皇子睡的。这个奶娃娃倒是也知道沈妧身子不舒服，没有像往常那般缠人。此刻便轻声地询问起来，脸上的神色懵懵懂懂的，倒是异常天真。

“疼的哇奏呲鱼和饭（疼的话就吃鱼和饭）！”大皇子也不等沈妧的答案，就这么自问自答起来。他目前年纪还小，虽说已经能吃饭了，不过沈妧却只让人给他吃清蒸的东西，一般不让他碰油腻的。

而在他的眼中，鱼和饭混在一起，那是真正的美味。

沈妧被大皇子的动作逗乐了，伸出手在他的头上摸了摸。一抬头就见到沈婉站在门口，却是不进来，眼睛一眨不眨地盯着大皇子的背影，眼眶微微泛红。

“敬轩，看看谁来了？”沈妩伸出食指弹了弹他的额头，眼神向着他身后的方向示意了一下。

大皇子下意识地就要转身，身体立刻向一边倾斜，两只小手立刻就抓住了床边。周围的人都伸开双臂，下意识地要去接住他，哪知道这小家伙已经习惯了一条腿的生活，稳当地又站好了。

“咯咯——”他的脸上先是露出被吓到的神色，然后抬起头，对着沈妩傻里傻气地笑出声来。

沈妩的身上也被他惊出了冷汗，她再次出声提醒大皇子。大皇子单腿只会站立，还不会转身。所以他只好死死地抓住床边，用力地扭过头去看。

但是沈婉方才往前迈了几步，他就有些扭不过去了，也看不到有什么新进殿的人，脸上露出了几分焦急。

“没有人，母妃又骗我！母妃镇魔中式骗我（母妃怎么总是骗我）！”娇脆的声音传来，大皇子直接放弃回头找人了，面对着沈妩，扬高了语调控诉着，脸上的神色也有些不高兴。

待大皇子稍微能听懂话之后，沈妩最大的乐趣就是逗耍这小娃娃玩儿。所以大皇子也记在心里，每次沈妩都会笑得前仰后合，而他一人承受着从母妃身上散发出来的恶意！

“母妃怎么骗你了，母妃从来不骗人。让奶娘抱你过去，是你婉母妃来看你了！”沈妩有些孩子气地回瞪了他一眼，稍稍扬高了声音反驳道。

她的话音刚落，奶娘就立刻走了过来，弯下腰小心翼翼地将他抱在怀里，慢慢地走到沈婉的面前。

对于沈妩口中的“婉母妃”，大皇子显然是有些好奇的。他经常能听到沈妩提到这位婉母妃，不过在他的记忆之中，却几乎没见过沈婉。毕竟为了避免不必要的麻烦，沈婉都是躲着大皇子，以免有人来暗害这个小娃娃。

沈婉抬起双臂，有些颤颤巍巍地从奶娘的怀里接过大皇子，当怀里被小娃娃柔软的身体填满时，她的眼眶一下子便红了。手臂微微用力箍住了大皇子的腰肢和后背，鼻子酸酸的，恨不得就将他揉进自己的血肉里。

此刻在她怀里的孩子，就是从她身上掉下来的亲骨肉，可是迫于这惨无人道的宫规，她也只有将孩子拱手让人。当然她十分感谢沈妩，让她在好好地活着的同时，还能如此妥善地照料着大皇子。

大皇子不知道这位婉母妃为何会如此地用力抱他，但是从这一个动作之中，他似乎懵懂地感到了几分安心，并没有挣扎也没有哭喊，只是安安静静地待在她的怀里，头靠着她的肩膀。

沈妩一直倚靠在床头，脸上带着笑意看向那母子俩，并没有出声催促。直到沈婉的情绪平复了，将怀里的大皇子交还给一旁的奶娘，姐妹俩才坐到了一起。

周围的宫人都十分有眼色地退下了，沈婉就坐在床边上。兴许是方才刚抱过大皇子，她整个人都流露出一种温和的气息，脸上的笑意也十分恬淡，就像是得到了最好的奖赏一般。

“妹妹怎么单单地看中了朗月庵？太后可是也在里头，你还是小心为好！”沈婉轻拧着眉头，将心中的担忧说了出来，毕竟京都的庵堂众多，出名的更是不少，沈妩却是一意孤行，就看中了这朗月庵，当真是让她摸不着头脑。

“朗月庵现如今的师太月浊，为人正直，心思细腻善良。况且正因为太后在那里，我才要过去守着，免得有人帮助这位老人家东山再起！”没了外人在，沈妩所说的话就带了几分随意。

最重要的是，她根本不相信清风，一日不除清风，她这心里头就难受异常！

“姐姐呢？待我出宫之后，你可是有更重要的任务，到时候必定能在后宫掀起一番风浪。我出宫原本就会引起旁人的注意，就要靠你在宫中周旋，让那些心思腌臜的人转移视线！”沈妩想起之后的计划，脸上带着几分调侃的笑意，语调轻轻上扬着，似乎十分愉悦。

沈婉想起前些日子，皇上到了奇华殿，见到她之后只是匆匆交代了几句，便让她去了偏殿歇息，而他则躺在正殿的床上休息。临走之时，她曾回身看了一眼，床上的被褥枕头都换了新的，显然皇上去奇华殿，一切都只是为了演戏。

而她复宠，则只是计划的第一步而已，沈妩离宫是第二步，之后的计划她也只知道关于自己的那部分，其余的皇上并没有跟她说。

“说什么傻话，我一直很感激你，在这后宫里还能不舍弃我这个没用的姐姐，并且待大皇子如己出！在这件事儿上，我若能出些力，心里也好受些。只是我顶多能吸引那些人的目光，却无法帮你看好皇上。”沈婉的情绪明显比较激动，对于沈妩为她所做的一切，她十分感激。

生完大皇子之后，她才明白过来，管那些争斗做什么呢？只要自己能看着孩子平平安安地长大，那就是最美好的一件事情。

沈婉的话音刚落，沈妩脸上的神色就低落了两分，这是她无法控制的。即使皇上没有新宠，但是总得召幸女人，为了她不碰女人显然是不可能的！她已经让皇上许诺了她皇后和太子生母之位，又如何再开口让他不要宠幸旁人！

逼迫得太紧，只会引起反弹。她一向都是审时度势的女人，皇上这坏毛病得一个个来改。她先把地位和孩子抓到手再说！

沈妩这么细细想过之后，情绪又逐渐恢复了过来，嘴角带着几分柔和的笑意，她低声道："该是我的那便是我的，旁人强求不走。正好以这次离宫为一个契机，看看哪几位妹妹能入了皇上的眼！"

她的声音压得有些低沉，语气里却没有丝毫的沮丧，相反还带着几分跃跃欲试。

沈婉见她没有受到影响，心里头也松了一口气，姐妹两个又闲聊了几句，沈婉便先离开了。临走之时，还拒绝了沈妩让她再次去看看大皇子的提议。

大皇子这回也要跟着沈妩离开，她怕自己去瞧了，就舍不得让他走了。这孩子只有跟着沈妩，才会有更美好的未来，她这个亲生母亲情愿不再见他，只期盼着大皇子能一生顺遂！

沈婉临出殿门的时候，还是忍不住心底的不舍，慢慢地回头看了一眼。奶娘就扶着大皇子站在外殿，他似乎正在闹脾气，双手不断推拒着奶娘要搀扶的手，脸上的表情也带着几分气恼。

看着他皱着的脸，沈婉不由得嘴角带笑，心底满是柔软。但是当她的视线扫到孩子那条耷拉着的左腿时，她的心猛然一颤。

悔不当初的心情一瞬间在胸口处炸裂！她的孩子，终究还是被她毁了，在大皇子还没出生的时候，就被她这个亲生母亲，剥夺了许多权利。那条不能动的畸形左腿，也将成为大皇子一生的负累！

五月二十四这日清晨，后宫里几乎所有宫殿的主子都早早爬起来，梳妆打扮。今儿可是皇贵妃离宫的日子，许久未见这位皇贵妃，也不知沈妩的风采如何了。

先前就是沈妩要静心养气，免了后宫妃嫔的晨昏定省，这都两个多月过去了。本以为迟早会恢复的，没想到皇贵妃直接出宫了，看样子这晨昏定省的日子越发遥遥无期了。

当然没有人怀疑她是出去生孩子的，皆以为她是得了什么隐疾，要不怎么两三个月不见人，还把尼姑每日请进宫来，莫不是妖魔上身，要作法了？

皇上昨儿晚上是宿在锦颜殿的，因为不敢触碰沈妩，所以两人之间隔了一段好大的距离。今儿早上，这两人起得也十分晚。沈妩特地挑了一件宽松的衣裳，妆容十分清淡，不过她的身子被杜院判调理得十分好，倒是瞧不出什么不同来。

当两人的轿辇到达宫门前时，宽阔的广场之内已经站满了等级不同的妃嫔，显然都是来送沈妩离宫的。皇上为了亲自送沈妩出宫，今日辍朝一日。

所有人的视线都集中到那两人的身上，皇上先从龙辇上下来了，便立刻走到沈妩的轿辇旁，慢慢地搀扶着她下来。两人手拉手往前走了几步。

"见过皇上、皇贵妃娘娘！"立刻广场内的人都下跪行了大礼，黑压压的一片，衣香鬓影。

沈妩背对着众人，与皇上相对而立，两人都没说话，静静地对视了一眼。

“起风了，皇上，时辰差不多了，该让皇贵妃娘娘上车了！”李怀恩抬头瞧了瞧四周，大着胆子跑了过来。

一旁的明音手里捧着披风走了过来，轻轻抖开似乎要替沈妩穿上，却是直接被皇上接过去。男人亲自替她披好披风，并且灵巧地将衣带在她的胸前系了一个蝴蝶结，煞是好看。

“阿妩！”他终于开口了，但是声音却异常地沙哑，让人心颤。甚至有人怀疑这位大秦最高贵的男人，是否已经落了泪。

皇上的手指在她的脸上流连，指尖摩挲下的皮肤，无疑是嫩滑白皙的。他的手指停留在沈妩的眼角处，那双睁大的眼眸，一眨不眨地盯着他看，似乎要对他倾诉着什么一般。

“阿妩。”男人沙哑的声音再次传来，他又轻声唤了一遍她的名字，那两个字在他的舌尖上滚了一圈，流连在他的唇齿间，似乎已经与他的骨血融为一体。

沈妩抬起头，一直看着他，眼神一遍遍地在他的脸上扫过，像是要将这张轮廓分明的俊俏容颜牢牢地记在心底一般。

“皇上，臣妾该启程了！”她见眼前的男人迟迟不出声，只一直盯着她瞧，便轻声提醒了一句。

沈妩的话音刚落，齐钰便伸出手来，一把抓住了她的手腕。一双星目瞪圆了，目不转睛地瞧着她，脸上却是露出几分踌躇的神色。

男人慢慢地动了动嘴唇，一副欲言又止的神色。沈妩的视线集中在他的薄唇上，耐心地等着他未说完的话语。

“长亭外，古道边。芳草碧连天。晚风拂柳笛声残，夕阳山外山！”齐钰不再犹豫，眼神一肃，终于下定了决心，轻启薄唇却是唱出了这首《送别》。

男人的声音沙哑而惆怅，歌声绵长悠远，一字一句像是对情人的呢喃一般。他的眼眸始终都盯着沈妩瞧，仿佛此刻他的世界里只余沈妩一人而已。

周遭的人全都屏住了呼吸，在这样一个站满了人，却是死一般寂静的地方，皇上的歌声里透着几分沧桑和阴郁。沈妩整个人都愣在了原地，她就这样抬起头看着眼前比她高出一个头的男人，慢慢地抬起手抚上了他的脸。

“天之涯，地之角，知交半零落。人生难得是欢聚，唯有别离多！”齐钰轻闭了一下眼睑，似乎在享受着沈妩的手指带给他的温柔触感。

再睁开眼的时候，他的目光里多了几分不舍。男人轻缓的歌声再次传来，在歌曲的间隙，他轻轻俯下身，低头在她的嘴角落下一个温柔的亲吻。

沈妩的鼻子一酸，眼眶一下子红了。她的双手不停地流连在男人的脸上，从额头划过挺直的鼻梁，再到薄唇，一丝一毫都不放过。仿佛是重复之前男人在她脸上摩挲的动作，她要将齐钰的面容谨记心底。

“今千里，酒一杯，声声喋喋催。问君此去几时还，来时莫徘徊。”两人同时开了口，男女声混合在一起，彼此专注地对望着。

沈妧的眼泪夺眶而出，她曾经一遍遍在马车上唱的歌，如今皇上已经烂熟于心，在她将要出宫的时刻，男人温柔而沙哑的歌声，萦绕在她的耳边。这是齐钰对沈妧唱的歌，其中包含着他的不舍，他的祝愿。

“天之涯，地之角，知交半零落。一壶浊酒尽余欢，今宵别梦寒！”沈妧的声音在颤抖，显然带着哭腔，她的牙齿在发抖，舌头有些僵硬，甚至都唱不清歌词了。

这句话皇上并没有出声，只是低头注视着她泪流满面的模样，眼眶微微湿润了。眼前的这个女人，已经陪着他度过了两年的光阴，此刻就要远离他去庵堂养胎。他心里的情绪酸酸的、涩涩的，看起来好好的，但是一触及就会有些微痛。

沈妧已经唱不出来了，她的声音完全是沙哑的，连一个字都吐不出了。殷切的低泣声幽幽地响起，甚至在此刻安静的环境下，还有些回声。她这样委屈的哭泣声，让不少人都揪着一颗心，难受至极。

齐钰的眼眶猛地酸胀了一下，似乎有什么东西要从眼角里挤出来一般。他再次低下头，双手捧着沈妧的脸，轻柔的吻慢慢落下。从额头到眉头，顺着鼻梁滑下，再印上了她柔软的红唇。

他的吻始终很轻柔，不带任何情色味道，只是单纯地安抚她，也安抚着自己。最终他的嘴唇停留在她的眼角和脸颊上，薄唇轻轻吻去了她眼角的泪水，伸出舌头轻轻舔了舔，仿佛在帮她舔舐伤口一般。

沈妧的双手搂住他的脖颈，两个人贴在一起，浑然忘我地亲吻着。似乎这次别离，就再也见不到一般。四周的人都被他二人的动作吓到了，竟是忘记了低下头去，一直傻愣愣地看着这二人轻柔而细密地亲吻着对方。

“天之涯，地之角，知交半零落。问君此去几时还，来时莫徘徊。问君此去几时还，来时莫徘徊！”皇上的轻吻完毕，也紧接着唱出了最后几句，展开双臂将她拥入怀中。

男人的头埋在她的脖颈处，双臂搂着她的后背，却不敢太过用力，生怕挤到她的肚子。但是通过搂住她后背的双臂在不停地颤抖，沈妧还是察觉出皇上的紧张和不舍。

两个人一直拥抱在一起，众人已经快变成化石了，仿佛拥抱了一个世纪之久，两人才松开了彼此。

“阿妧，一路顺风！”齐钰拉着她的手，脸上的不舍已经全部退去了，恢复了往常那副似笑非笑的表情，轻声说了一句，只是略微颤抖的嘴角，还是泄露了他此刻的心情。

沈妩这次离宫，不在他的保护范围内，无论遇到任何艰难险阻，他都不可能及时到场。即使给沈妩保驾护航的侍卫都是精挑细选出来的，甚至可以说是高手如云，但是他这心里头总不是滋味。

“皇上，保重！”她反握住男人的手掌，轻轻地捏了一下，就要撤回来。

齐钰紧盯着她，却像是发现了什么不妥一般，再次抓住了她的手腕，让她停下来。伸手将她的披风帽戴好，帽檐遮住了她的额头，露出了那双黑白分明的杏眸。

皇上慢慢地松开了手，沈妩身后的明心和明音立刻走上前几步，轻轻搀扶着她转过身，一步步往宫门外迈去。外头早已停好了车驾和无数随行的人，广场上的妃嫔们见到沈妩走过来，也都分为两拨，立刻让出一条路来。

沈妩一直没有回头，她的脚步有些杂乱，心跳也非常快。外头等候的马车已经瞧清了，甚至可以感受到皇宫之外的热闹。身旁的明音、明心二人用力地搀扶住沈妩，以免她踉跄着摔倒。

齐钰的眼光也一直追随着她的背影，直到沈妩被人搀扶着上了马车。他瞧见沈妩的身形猛地顿了一下，似乎回头看了一眼宫门，里头的红墙黄瓦、帝王妃嫔，全都映入了她的眼帘里，像是要把这些繁复精致的场景刻在心底一样。

沈妩最终还是进了马车内，皇上的视线也移开了。朱红色的宫门缓缓地闭合上，大秦最得宠的皇贵妃以修身养性为借口，离宫去了朗月庵。

064

离宫之后

在沈妩离宫十日后，奇华殿的婉修媛传出有喜，皇上龙颜大悦，特地下旨封为正二品婉妃。

自此，后宫不少人的视线都转移到这位婉妃身上。本以为沈婉在生下大皇子之后，已经走到了尽头，却没想到她竟然怀上了第二个。不少人心里都没底，瞧着沈婉怀两个的架势，怎么那么像皇上的生母黎妃呢？

难不成这沈婉要再续黎妃的风光，不仅能复宠，还要一鼓作气地生下太子？

奇华殿一下子便迎来了诸多的麻烦，明枪易躲暗箭难防。不少伤天害理的事儿都跟着来了，不过让众人郁闷的是，似乎她们无论做出什么，沈婉都能轻松躲过，显然是头胎的大皇子让她有了无数的战斗经验，颇有几分刀枪不入的架势。

沈妩到了朗月庵，月浊师太带着庵堂里所有的尼姑出来迎接。沈妩接受过行礼之后，便立刻要求进入厢房休息。虽说朗月庵就在京都之内，但是她此刻也有些受不住了，两条腿只不过走了这么些路，就觉得酸痛无比。

好在这朗月庵虽然很少接待这样显赫的人，却也知道皇贵妃乃是千金贵体，自然是不能累到的。一听她说要休息，立刻就带着她往最上等的厢房里去。

先前沈妩将月浊师太召进宫的时候，就曾让人将这朗月庵修缮扩建过一次，此刻厢房内早已收拾得干干净净，明音几个先伺候沈妩坐下来，立刻带着人将里屋的床铺收拾好。直到将沈妩和大皇子的屋子都收拾妥当了，她们几个才轮流替换着回去收拾自己的。

朗月庵外头似乎一切如常，但是若有武艺高强的人靠近的话，立刻便能感到周围的气息十分与众不同。皇上派了好几个影卫躲在暗处，密切观察着朗月庵附近的动向，一旦发现不妥之处，先抓住盘问了再说。

沈妩住的厢房，像是与朗月庵前面的构造脱离开一般，独家独院。而且地方十分宽敞，毕竟要把两位主子和所有随行的宫人都安置下，并不是一件十分容易的事儿。

沈妩此刻要养胎，所以大皇子与她是彻底分开住了。一开始这小家伙还诸多不满，口齿不清地不停地抱怨，后来被奶娘哄着能吃鱼和饭，立刻就闭上了嘴巴，乖乖地跟着奶娘去了侧屋。

因为知道沈妩的身份高不可攀，朗月庵的小师父们倒是知趣儿，根本不曾凑上来，甚至把这里当成是禁忌之地，一般不会过来走动或者打探。但凡事儿总有例外！

沈妩刚到了朗月庵没几日，清风就已经在院子门口徘徊了好几次。因着外头有侍卫把守，她也不好进去，只在外头露了两回脸就离开了。

待沈妩将身子养得舒坦些了，才让人召见了清风。清风进屋来的时候，沈妩躺在床上，青帐放了下来，也瞧不清里头的景象。

见完礼之后，沈妩让人赐了座给她。沈妩不开口说话，清风自然不敢随便吱声，但是干坐在这里，又显得异常难受，颇有几分如坐针毡的意味。

“太后她老人家如何了？”沈妩总算是开口了，她的面色沉静。

清风搓了搓手，似乎有些紧张，她的脸上带着几分讨好的笑意，低声道：“太后身边几个伺候的人都是尽心职守，很少离开她的身边。贫尼费了好大的功夫才有机会能够接触到太后，您这里是单独辟出来的院子，太后那里也是，一时半会儿还没法子动什么手脚。”

沈妩又沉默了好久，清风一直凝神观察着，沈妩躺在床上就没怎么动。虽然有青帐遮掩着，却还是能依稀瞧见沈妩身体的轮廓，清风甚至都有一个错觉，里头躺着的人已经睡熟了。

“太后那边，你尽到心就行了，不用硬着来。这里毕竟是本宫休养身心的地方，为了防止有人胡乱猜测，日后你最好少来。”沈妩冷声说了一句，这话里头撵人的意思就十分明显了。

清风猛然一惊，她显然还有话要说，不过沈妩的话音落下之后，一旁候着的明音就已经走了过来，伸手做出一个“请”的动作，显然是要送清风出去了。

待明音送了清风回来之后，床周围的青帐已经撩了起来，沈妩仰躺在床上，瞪大了眼睛看向帐顶，脸上露出几分深思的神色。

“找个机会去太后那里打探一下，看看这位清风小师父，是不是真如她自己所说的，不常和太后碰面。还有六个月就要生了，本宫不想出任何差错。若是这清风和太后走得太近，能除掉自然最好！”沈妩轻声吩咐了几句，她的声音里带着几分阴冷。

前世的时候，沈妩入宫的第三年，清风就已经是朗月庵的住持师太了。后来用一些花言巧语傍上了几位世家夫人，才越传越有名，直到入宫侍奉太后和妃嫔们，她的名声越发响亮，让朗月庵一跃成为京都第一庵堂。

现在想想，离清风当上住持师太的时间不远了。如今的月浊师太身体尚佳，前几次的接触，沈妧并未发现她有立刻离世的迹象。难不成当时连月浊师太的圆寂，都是另有隐情的？

她这么细细一琢磨，还真觉得有道理。心里有些慌乱，她在朗月庵养胎产子这事儿，肯定是要惊动这里的住持师太的。毕竟生孩子那么大的动静，她不能说孩子刚生下来，就立刻准备回宫，至少得养到孩子满月的时候，她才会有回宫的打算。

小婴儿的哭闹声，肯定会惊动这庵堂里的人。如果还是月浊师太当家，沈妧还有几分把握让月浊师太保守秘密，必要的时候甚至帮她一把。但若是换成了清风，这样的人就是心狠手辣的东西，沈妧可不敢把自己和孩子的命交到她的手上。

几日之后，明音就把探查到的消息汇报给了沈妧，她边替沈妧捏着腿，边低声说道："之前跟着太后搬到朗月庵的人里头，有锦颜殿安排过去的眼线，虽然是个粗使宫女，若是留心也能看到来往的人。太后那院子，除了月浊师太偶尔会去关怀一下，几乎没有什么人进去打扰。不过这位清风小师父，在您没来之前，却是三天两头地进去，直到您要到朗月庵居住的圣旨下来了，她才收敛了些。"

沈妧秀气的眉头一下子就皱了起来，她这几日的肚子已经有些显现出来了。为了让她安心养胎，外头的人一律是不准进来骚扰她的。偏生总有人不让她如意，比如这个阳奉阴违的清风。

"许嬷嬷她们没拦着清风？一个小师父，经常跑去太后颐养天年的院落，似乎不大好吧？"沈妧的语气里带着几分犹疑，她动了动腿，明音的手便立刻停了下来。

外头的天色渐暗，将近傍晚了，天边的云朵都被夕阳染成了橙红色。几乎每日的这个时辰，沈妧都要起身扶着丫头的手，去院子里转两圈。

今日也不例外，明音立刻小心翼翼地搀扶她起来，轻声唤了两声，候在外面的明心带着两个小宫女也走了进来，四人一起替她穿好了衣裳绣鞋，才一边一个搀扶着她往外走，身后还跟着两个小宫女，颇有几分保驾护航的意味。

"有人传来消息，太后现在是谁的话都听不进去，却是唯独听清风小师父的劝。不过许嬷嬷和穆姑姑都不喜欢清风，觉得她花言巧语的，尽是一派胡言。整日都在太后面前说些鬼神之道，太后最近也变得神神道道的！不过碍于太后的面子，那院子里头的人都没有为难过清风。"明音瞧着沈妧的心情不错，便压低了声音继续着先前的话题。

沈妧如此在意清风和太后的动向，明音自然是将听来的消息悉数告诉她。

明音的话音刚落，沈妧便嗤笑出声。脸上嘲讽的神色十分明显，她压低了声音道："有些东西还真是阻止不了，狼狈为奸这种事儿，根本就无法挽救。"

沈妩所说的话，几个在她身边伺候的宫女都没怎么听懂，却没一个敢出声询问的。

至少“狼狈为奸”这四个字，所有的人都听得一清二楚。不就是说太后和清风的嘛。

第二日刚用完早膳，沈妩便派人去把月浊师太请了来。她若是想要弄懂这其中的蹊跷，自然还得从这位住持师太入手。

“皇贵妃娘娘，最近身子将养得如何？”月浊师太先是行了一礼，坐定之后轻声问了一句。

“劳师太挂念，已经好了许多。”沈妩今日没有放下青帐遮挡，身上盖着锦被侧躺在床上，并不能瞧出什么来。

两人客套了几句，沈妩才准备进入正题，她冲着一旁的明心使了个眼色。

“皇贵妃娘娘，外头太医来了，请脉的时辰到了！”明心出去了一下，又回来之后，对沈妩通禀了一句。

月浊师太听到这句话之后，立刻就站起了身，显然是要先行退下。沈妩却是立刻出声挽留道：“师太留步，本宫在朗月庵要叨扰一段时间了。随行的太医都是医术高明的人，师太整日为朗月庵劳心劳力，也该好好让大夫瞧瞧，免得有什么隐疾缠身，到时候恐怕就不大好了！”

沈妩的声音十分温和，语调也是轻柔至极，脸上的神色带着几分劝慰。对于沈妩这个提议，月浊师太明显愣了一下，她还从来没想过皇贵妃竟然让御医来帮她一个老尼姑诊脉。毕竟这御用的大夫，在月浊眼里还是十分矜贵的，不该给她这种平民百姓诊治。

“贫尼还是不用了，娘娘先请！”月浊师太连忙摆手，倒是头一回在沈妩面前露出拘谨的神色。

“师太就不用再推辞了，诊断一下，听听大夫怎么说，也好求个心安！”沈妩脸上的笑意越发温和，不过语气里却透着几分坚持。

对于月浊师太，第一步就要查探清楚，她的身上是否有什么病症。若清风是个心狠手辣的人，恐怕要在这上面大做文章。

沈妩已经说到了这份儿上，月浊师太也没再推辞。太医进来诊断了片刻，因为之前就被沈妩叮嘱过了，所以说话的时候，就显得极为小心翼翼。

待把月浊师太哄走了，太医才说出了实话。

“师太的体内阴寒之气集中在丹田以下，都是隐忍不发，像是中了剧毒。依微臣之见，她没多少日子了。寒气一旦溢满发作出来，便无回天之术！”太医抬手摸着花白的胡子，声音里带着几分低沉。

若不是他诊得仔细，把脉数年，或许也无法窥探其中的不寻常来。

沈妩的眉头皱得更紧了，没想到她的担忧竟然成了现实，月浊师太命不久矣。这事儿又是否如她所猜，是清风所为呢？

太医又替沈妩诊了脉，这回就更加小心谨慎了。他也算是随行人员之一了，每日都要替皇贵妃诊脉，并且每个月只允许回府一日，傍晚就要回来，来去的路上都有专人看守着，不允许与任何外人有接触，生怕他将这个惊天的秘密泄露出去。

“娘娘还需放宽心，整日忧思可不成。要多想一些美好的事情，多看一些漂亮的东西，这样小皇子日后出生，也会更加健康活泼一些！”那个太医收回了手，轻轻地点了点头，显然此刻沈妩的身体状况十分优良，并未出现什么大状况。

不过他的身家性命都被皇上攥住了，要他一定要保皇贵妃母子平安，所以一旦察觉了有什么不对的地方，立刻开始念叨起来。就好比方才沈妩要多管闲事儿，偏要拉着月浊师太诊脉一般。

“罗太医有心了，不过这事儿若是不解决，本宫还不安心生这胎呢！”沈妩的脸上露出几分笑意，颇有些不以为然，轻轻摆了摆手低声地说了一句。

这老头儿管得可真宽，连她的心情思想都要控制着。

明音和明语这几日都有些忙碌，总能见到她们溜出院子来，装作路上偶遇这些来往的小尼姑，紧接着就贴上去热情地搭话。这些小尼姑往往年纪小，而且未经世事，套话十分容易，三言两语就问出了不少讯息。

明音、明语二人一般提前要进行整合各自得到的信息，之后才会到沈妩跟前汇报。

“娘娘，法号在‘清’字辈儿的，都是资格较老的了。月浊师太比较看重清风和清月两位小师父，估摸着这下一位住持师太就在她们之中产生了。”明音大致说了两句，朗月庵的小尼姑一般都是心思单纯之辈，统共就这么点儿秘密，一下子就被掏空了。

沈妩正就着明心的手在吃燕窝，一听这话，便眼神示意了一下明心，明心立刻掏出锦帕替她擦干净唇角。

“清月的为人如何？怎么从来没见过她，也未曾听月浊师太提起。”沈妩的眉头皱了皱，不由得轻声问道。

既然清月与清风齐名，那么清风在太后那边如此上蹿下跳地活动着，作为强力竞争对手的清月，应该有所行动才是，不能任由清风一家独大。

“这——”明音似乎是被她问住了，与一旁的明语对视了一下，脸上露出几分纠结的神色。

“那几个小尼姑都不大说清月的事情，每每提及都是面色惶恐，似乎非常怕她。依奴婢看，这位清月小师父，性子应该不怎么讨喜。而与奴婢说话的那几个，显然都十分愿意亲近清风，并且都是在替她说好话。”明音斟酌着开了口，即使她想问，但是那些人都不说，她也没有法子。

沈妩的脸上露出几分深思的表情来，她抬起手无意识地摩挲着下巴，显然是在考量着什么。

“今儿午后，去请月浊师太和清月小师父过来，本宫想要向她们讨教一下经文！”沈妩思虑了片刻，才轻声开口吩咐道。

既然打听不出来，自然就要从正面出击！见到面了，这位清月小师父究竟是圆的是扁的，一试便知！

皇宫内，皇贵妃走了已经一月有余了，皇上明显有些心不在焉，寿康宫伺候的宫人都能察觉到。

李怀恩看着埋首在案桌前的九五至尊，不由得幽幽地叹了一口气。瞧皇上那蜡黄的小脸儿，啧啧，真不知多少日没碰过荤腥了。自从皇贵妃走了之后，皇上就一直处于神经病爆发期。

从一开始的在宫门前惊天地泣鬼神那几嗓子吼过之后，不少妃嫔已经在心底，把皇上和病入膏肓画上等号了。这还不算完，一回来皇上的嗓子就哑了。第二日上早朝，那些朝臣憋了一肚子话，上奏折嫌弃皇上昨日的行为有伤风化。

结果往常早就开骂的皇上，硬是把脸憋得通红，成了一只温驯的小绵羊，屁都没有一个。嗓子哑到无法开口的地步了！

杜院判来瞧过之后，就开了几副方子保养嗓子。不承想没过几日，杜院判又被请去了龙乾宫。原因是皇上上火严重，嘴角起了水泡。杜院判无法，只好又开了降火的方子来，还让皇上想法子泻火。

谨遵着杜院判的话，皇上当日晚上便让李怀恩拿来绿头牌，随便翻了一个。结果人坐着轿辇已经走到了半路，皇上又派人撵了回去。原因是什么，忽然就没了兴致！

前几日，皇上感觉整个人都不大对劲了，浑身提不起劲儿，总觉得心里空落落的，像是少了什么东西一样。怕死的九五至尊再次把杜院判请来了。

李怀恩到现在都记得当时杜院判诊脉的场景，杜老头儿先是把脉片刻，又瞪大了眼睛，仔细盯着皇上难看的面色狠劲儿地瞧，最终说出了皇上的病症所在：“皇上，您这病老臣治不了啊！这明显就是相思之症，老臣也变不成您心目中的红颜知己啊！”

为此这位太医院院判，历经两朝为后宫众位主子鞠躬尽瘁看病的老臣，竟是头一回被皇上下令，让人架了出去！看到杜院判被弄得衣衫不整的狼狈模样，李怀恩硬是偷笑了三声。

而今日从一早上起来，李怀恩便知道皇上这相思病又严重了。起来帮他梳洗的时候，还没洗脸，他就急匆匆地往外面冲。早膳又摔了一个碗，两次把筷子弄掉了。方才则更可笑，准备磨墨的时候，墨汁竟然溢出了砚台！

皇上真是没救了！李怀恩抬头看了看天空，一碧如洗。听闻前朝有不少没出息的皇上，都是红颜知己薄命早逝之后，皇上没扛住也跟着去了。不知当今的皇上，是不是也能把这个优良传统发扬下去。

他正想得美呢，忽然一个纸团就扔了过来，直接砸到了他的脑袋上，将他那神游的思绪拉了回来。

李怀恩扭头看过去，皇上还在埋首案中，手里拿着狼毫，显然在奋笔疾书什么。但是写了两个字又似乎不满意，直接将纸掀了起来用手揉了揉，随手一扔。

那纸团扔的方向已经变了，显然皇上方才根本不是要砸李怀恩的。

身穿黑色龙袍的男人，明显十分焦躁，周身都带着生人勿近的气息。不过眼睛却死死地盯着面前铺开的宣纸，丝毫没有气馁的神色，直接提起笔再次写了起来。

这回也还是一样的结果，那张纸最终也成了废纸。李怀恩实在是好奇那纸上究竟写的什么，又见皇上像是魔怔了一般，根本顾不上周遭的环境，他便大着胆子往皇上那边挪了几步。

直到凑近了皇上的身旁，李怀恩才轻轻眯起了眼睁瞧过去。这一看不要紧，险些把他吓出脑瘫来。

那张洁白的宣纸上，右上角赫然是两个字：阿妩！

阿妩听起来是个女人的名字，不就是皇贵妃的闺名吗？所以皇上在给皇贵妃写信！然后怎么都不满意，已经废弃了满地的带有“阿妩”两个字的宣纸了！

皇贵妃真是个妖精，要不怎么走了，还在祸害皇上呢？导致皇上的男人功能形同虚设啊，其他女人都进不了龙乾宫来了啊，完全就是影响身心健康啊！

李怀恩想到这里，又飞快地后退了几步，他害怕皇上反应过来后，头一个就对他进行折磨呢！他的眼睛下意识地扫过皇上的大腿根，脸上露出怅惘的神色，皇上这有蛋跟他没蛋的有什么区别？

李怀恩一直守在皇上身边一整个下午，从烈日当空到夕阳西下，皇上就这么伏在案前，屁股就没挪过窝。身上也不知流了多少汗又被焐干了，他的手就一直没停过，眉头紧皱。

最后扔出来的几张纸团上，密密麻麻的都是字，显然皇上有许多话要对皇贵妃说。待齐钰终于写完了信，将信笺塞进了信封里，把口封好。脸上僵硬的神色才慢慢缓和过来，他将信放到桌面上，抬手揉了揉太阳穴，疲惫的神态丝毫不掩饰。

“待会儿让人把这信传去朗月庵，交给皇贵妃。朕先去沐浴了！”他歇了片刻，脑子里才恢复了一片清明，身上些微的汗臭味马上就袭了过来，让他几乎晕厥。

李怀恩立刻找人过来，将地上的废纸团也一并收拾了，对其中一个小太监耳语了几句，便把信封和那些废纸团，一股脑都塞给了他。

朗月庵之内，沈妩正在和清月说话。月浊师太有些中暑了，不方便过来，所以只有清月一人前来，倒是方便了沈妩观察她。

清月从进来到现在，始终保持着坐在椅子上的动作，就一直没动过。腰背挺直，抬头挺胸，自是一板一眼。也不曾给过沈妩一个笑脸，始终都是肃着一张脸，像是严阵以待一般。沈妩问她问题，她便简洁明了地回答，若是不问她话，她就这么沉默着，一句话也不说，丝毫没有尴尬或者难受的模样。

“今日听得清月小师父的话，本宫算是受教了。若是下次得了闲，希望还能听你讲授经文。”沈妩轻声向清月道谢，床的周围依然被青帐遮挡住了，所以此刻她的声音就显得有些沉闷。

“娘娘客气了，方才从言谈之中，贫尼就可以听出，娘娘也是深谙经文之人。”难得清月临走之时，竟然开口夸了沈妩。

明明在寻常人看来，只是几句客套的话语，可若是从清月口中说出来，总觉得那就是真心地夸，就连沈妩也觉得心头畅快了些。

待清月的身影消失在门外的时候，明心几个立刻走了过来，将青帐撩起以免沈妩憋在里头闷出了太多的汗。沈妩的肚子这下是越来越明显了，她抬起头，目光有些失神。

这位清月初次见面，倒是给她非常好的印象。也许正因为是这样不苟言笑的性格，才导致那些小尼姑对清月退避三舍的。像清月这样的人，对周围的人要求十分严格，对自己则更加苛刻，是一个严于律己的人。

沈妩这么想着，这心思就活泛了起来。若是将这位清月扶上了住持师太的位置，总比清风要来得好，更何况她与清风还有旧账要算！

第二日清晨，沈妩正坐在小桌旁准备用膳，便见到明音和明语一脸暧昧笑意地走了进来，手里还拿着什么东西，显然是要呈给沈妩的。

“娘娘，这是宫里头传过来的东西，一封皇上写给您的信！”明音笑嘻嘻地开了口。

沈妩慢慢地抬起头来，脸上带着几分愣怔，显然没想到皇上竟然会给她写信。在她的印象里，皇上不是会做这种事儿的人。除了奏折之外，一切书信都应该与这个男人隔绝。

她伸手接过明音手里的信，立刻就撕开了信封，抽出里头的信。沈妩的目光集中到了手中的宣纸之上，她看得很快，瞳仁来回扫了两下就已经看完了，重新将信纸折好，塞回了信封之中。

明音几人都悄悄打量着沈妩，她脸上的神色淡淡，甚至原本比较期待的表情，也一下子消失了，隐约带着几分失落。原本等着看好戏的几个宫女，顿时觉得自己高涨的心情没有得到满足，此刻倒是涌出几分好奇来。

“娘娘，皇上信上不是写了好多内容吗？您怎么一点儿都不高兴，虽然离宫一个多月了，但是皇上的心里还是惦记着您的！”明语嘴巴快，还没怎么思考就把心底的疑问说了出来。

她的话音刚落，明音和明心就回过头，恶狠狠地瞪了她一眼，明心甚至伸手在她的身上使劲儿掐了一把。

沈妩这才再次抬起头来，这三人的互动恰好都落在她的眼里，脸上带着几分似笑非笑的神情看向明语，低声道：“你怎么知道这信上写了什么？”

明语这才察觉到自己说错了话，立刻吐了吐舌头，但是面对沈妩的问题，又不敢不回答。眼神有些犹疑，下意识地瞥向明音和明心，眸光里带着几分求救的意味。

“其实也没什么，就是李总管将皇上之前写的废弃的纸团都拿了过来，上头黑乎乎的一团，显然是写了不少字，明语就认为信上有许多内容。”明音有些无奈地开了口，轻声解释了一番，她十分不明白为什么明语总能如此蠢。以后干坏事儿，坚决不能把这小蠢蛋带上，几个人心里头还没乐起来，就被沈妩抓了个现行，简直就是要命。

“对对对，娘娘看字儿挺快的，一看就是博览群书！”明语听明音将话题圆了过来，急忙开口巴结着沈妩，似乎想让主子不要计较这种小事儿。

沈妩轻轻眯起眼眸看向明语，脸上的神色显然不是想象中的那样欢欣，相反还带着几分幽冷。明语立刻闭上了嘴巴，低下头盯着鞋尖看，暗想着她又是哪句话得罪了皇贵妃。

“不是本宫看字儿快，而是皇上就写了一句话。”沈妩轻叹了一口气，边说边将信从信封里抽出来，轻轻展开了往桌面上一甩。

三个人都下意识地伸长了脖子瞧过去，待看清楚上面的内容时，都是心肝一颤。“阿妩，照顾好腹中的孩子。”短短十个字就没有了，署名日期也没有，整张宣纸那么大面积，结果有字儿的地方只有巴掌大点儿，还得用大皇子的巴掌来衡量。

明音几个人都愣在了原地，都是一副受了刺激的模样，瞪大了双眸，显然不敢相信她们此刻所看到的。

“去把那些纸团拿过来给本宫瞧瞧！”沈妩不由得白了一眼，低声吩咐了一句。

明语因为先前犯错太多，此刻得到沈妩的吩咐，就像是抓了救命稻草一般，直接回身冲了出去。

片刻之后，那些纸团就被明音抱了过来，她的动作小心翼翼，臂弯里都被纸团所填满了。沈妩轻轻挥了挥手，候在旁边的几个人立刻走过来，一一替她将纸团展开铺平。

她的眼眸轻轻一扫，到处可以见到“阿妩”这两个字。有些纸上仅有这两个字，还有的纸上则是密密麻麻的字：

“阿妩，朗月庵那个破地儿怎么样？听人说，女人多的地方阴气太重，对孩子不好。早知道，当初找个和尚庙让你去休养的。太后也在里面，虽然院子隔得比较远，但是还要注意。她发起疯来，可是谁都架不住的。

孩子还有五个多月就要出生了，朕正在替他想名字。他不需要继承你的样貌，也不需要继承朕的英勇威严，他只要健健康康的就好。

杜老头儿说朕病了，你得快回来。朕等你——”最后两个字被划掉了，应该是“回来”这两个字。

沈妩的嘴角露出了几分莞尔的笑意，不得不说，皇上还是一个非常会说情话的男人。只要他想，就可以打动人心。

她将这张字数最多的和那封信摆在一起的时候，两相对比，实在是天壤之别。直接轻笑出声，让人将这些信都收好了之后，就让人把膳食摆了上来。

院子里侍候的人十分明显地察觉到，主子今日心情很好。就连早膳都多用了小半碗米粥，出来散步的时候，也都是一副笑吟吟的神色。

用完了早膳，沈妩就让人准备了笔墨纸砚，她开始着手回信。明音几个就候在一旁，一个替她磨墨，一个替她打扇，另一个帮她收拾书桌。

沈妩的眉头轻轻皱起，她坐在椅子上想了片刻，才提起笔来。她回信的速度十分快，并没有皇上那般的纠结。不过内容却很多，一旁打扇的明音，趁着沈妩将宣纸放在桌上让墨迹干掉的时候，特地偷偷瞄了一眼，娟秀的小楷字洋洋洒洒几乎快占满了整张宣纸。

皇宫之内，皇上正在靶场里练习射箭。“嗖嗖嗖——”三支箭射了出来，只有两支射到了靶子上，还有一支竟然直接向李怀恩的方向射去。

幸好李怀恩经常被皇上胁迫着当人肉靶子，此刻已经习惯性地跳到了一边。身上冷汗涔涔，皇上的眉头紧皱，心情十分不佳，这是谁都能看出来的事情。最重要的是，他这一支箭根本不是冲着李怀恩去的，只是李怀恩这衰货恰好站在了靶子附近。

皇上焦躁是因为他今早上起来，就已经问过三次信笺是否已经送达了朗月庵，虽然每次得到的答案都是肯定的，但是他这心里头总是积压着一股无名之火。

李怀恩也跟着焦躁，他这几日究竟是怎么了？每回皇上无意识的动作，最后都会冲着他来。平时那些折磨他都知晓的话，还容易对付，毕竟还清楚皇上会在什么时候对他动手。但是现如今都是一些无妄之灾，他根本无从躲避。万一要是哪一日，他一时没躲过去，不就要英年早逝了吗！想他还不到四十，男人四十一枝花，他此刻还是一个花骨朵，难道就要被皇上的相思病给连累了？

李怀恩是越想越觉得憋屈，不过还不待他抱怨完毕，那边皇上已经扔了弓箭，显然是失去了兴致。他们刚回到龙乾宫就收到了好消息，皇贵妃的回信终于快马加鞭地抵达了。

齐钰连衣裳都来不及换，就扯过那个小太监手中的信笺，直接撕开了将信纸抽了出来。

“皇上，近来可好？臣妾今日原想写信给你，没想到竟是你的信先到了。不过这信中只有一句话，并且只字未提臣妾，心中顿时郁结难耐。臣妾前几日做梦，总梦到许多许多的血，预兆十分不好。

“那些老人常说，女人生孩子就是从鬼门关走了一趟。那日皇上问我，以后可会后悔，当日我的回答十分坚决。但是今日臣妾后悔了，若是生产之日，臣妾没有挺过来，是否就会变成了阴阳两隔？

“……

“臣妾似乎写得太多，宣纸都快写不下了。期盼着皇上的回信，千万不要再只有一句话了，不然臣妾就不写了！

“阿妩敬上！”

沈妩的回信十分长，而且遣词造句间都十分轻松，像是此刻她就在皇上的面前说这些话一般。齐钰轻轻眨了眨眼，他似乎都能感受到沈妩在说这些话的时候，嘴角弯起到何种弧度，眸光狡黠。

只是他的眉头却越皱越紧，沈妩这信的一开头，也太不吉利了一点！竟然跟他说阴阳两隔这种话！只要一想起可能要面临那种险境，齐钰的眉头就紧紧皱在一起。

李怀恩一直守在旁边，因为离得近，他几乎一下子就感觉到了皇上身上气息的变化。从刚拿到信的迫切，再到现如今周身都透着一股子冷意，显然是被信上的内容惹怒了。

李怀恩不由得咽了口唾沫，用眼角的余光看向齐钰。皇上的脸色十分难看，手里紧紧握着信纸，瞪大了眼睛瞧着，似乎要将信纸瞪出个窟窿来。李怀恩更加好奇皇贵妃究竟写了什么，惹来皇上如此大的反应。

齐钰的手死死捏住信纸，几乎要将它揉碎了。好容易克制住想要撕碎的冲动，他将信纸叠好塞进衣袖里，淡淡地看了一眼李怀恩，目光森冷。

“备马出宫！”他语气坚决地说出了这么一句。

李怀恩吓得直接愣住了，不知道皇上为何会突然要出宫。他稍微一琢磨，手心里就沁出了冷汗，皇上不会是要去朗月庵吧？就为了一封信去找皇贵妃算账？

皇上虽然很急，但是李怀恩也不敢草草了事。立刻调集了十几名侍卫，因着要隐匿行踪，齐钰最终同意了李怀恩坐上马车前去。待混出了皇宫之后，李怀恩才颤巍巍地从马车上下来，在一旁好心侍卫的搀扶下爬上了马背。

他这个皇上身边内监总管出宫，自然也是要隐藏行踪的。

065

皇上来访

傍晚时分，沈妩早就赖在了床上。夏日的天气十分炎热，好在现在太阳已经落山了，周围闷热的天气也稍微变得凉爽了些。

明音就候在旁边替她打扇，一丝丝凉风袭来，沈妩倚靠在床头，手里拿着一本话本正在悠闲地看着。明心就跪坐在她的腿边，伸出手来不轻不重地替她揉捏。

主仆三人都十分闲适的模样，外头不怎么热了，大皇子就被奶娘抱到了外头戏耍。明语陪着他抓球玩儿，大皇子“咯咯”的笑声十分清晰地传了过来，孩子稚嫩的声音传到耳里，似乎一直渗透到心底，让人的心情蓦然地变好了许多。

沈妩歪在床头昏昏欲睡，正是迷迷糊糊之间，她忽然感到一阵怪异。似乎旁边的明音停下了来回扇动的扇子，明心也停下了揉捏她的腿，甚至外面孩子的嬉戏声都没了，一切太过安静。

她猛然间惊醒，一睁开眼眸就看到了齐钰坐在她的床边，正似笑非笑地看着她，一双星目带着几分复杂的情绪。

“皇上！”沈妩惊呼出口，身体立刻给出了反应，僵直地要坐起身，无奈挺着个肚子，行动就不是那么灵活了。

皇上见她如此大动作，连忙伸出手来轻轻按了一把，让她重新靠回了床头。他轻轻抬了抬手一挥，明音、明心两人就默默地退了下去，屋子里只剩下他们二人。

齐钰上下打量了她一眼，原本火急火燎赶过来的心情，稍微缓和了些。他慢慢地抬起手，放到了沈妩的脸颊上轻轻捏了一把，低声道：“胖了不少。”

沈妩下意识地看了看自己，的确是有些胖了。现在处于特殊时期，小厨房自是好鱼好肉地补着，她最近也特别容易饿，反正又不用再成日里想着以色侍君，饿了就吃，所以体重自然是增加了不少。外加离开了到处都是阴谋诡计的后宫，沈妩的心情也跟着变得开朗了，颇有几分心宽体胖的意味。

“最近吃得多，的确是有些胖了。”沈妩下意识地抬起手，轻轻地摸了摸自己的脸，露出几分不好意思的笑意，不过嘴角上扬的弧度却代表着她的心情不错。

齐钰瞧见她这副模样，不由得轻轻地眯了眯眼眸，显然有些不高兴。薄唇慢慢地抿紧，方才脸上缓和的神色也变得有些僵硬，似乎是被沈妩的话语触动着神经一般。

“爱妃过得可真是滋润啊，倒是朕瘦了！三天两头请太医，朕就想着先给你写封信，朕的信里面可是什么坏事儿都没说，倒是爱妃吃得跟头猪似的，回信的时候却像是被折磨得跟狗一样。爱妃，耍着朕好玩儿吗？”男人的语气里带着几分不善，表情也变得有些扭曲。

沈妩的眼睛陡然瞪大了，她是真的没想到，皇上会为了她的一封回信，直接来了朗月庵。因为气恼皇上在信中只写了一句话，幸好李怀恩机敏，把其他的废纸团也拿了来，否则她肯定也只回一句话。

“不是臣妾要戏耍皇上的，是他觉得该逗弄一下父皇！”沈妩的眸光闪了闪，急中生智地抬手指向了自己微微凸起的小腹。

齐钰原本气势汹汹的态度，一下子就偃旗息鼓了。他轻轻挑起眉头，冷哼了一声看向沈妩。沈妩抬起头，笑眯眯地看着他。四目相对，两人都在坚持着什么，这是经常会出现在他们之间的场景，最终还是齐钰败下阵来。毕竟沈妩现在可是有双身子的人，皇上属于单打独斗，自然赢不了。

“花言巧语，巧言令色。”皇上最终说了八个字评价沈妩，原本要找她算账的意思显然消退了。

“太后那边可还安稳，要不要再加派人手？”皇上往她的身边凑了凑，直接脱了脚上的靴子，轻声问了一句。

沈妩见他要上床来，便非常自觉地朝里面靠了靠，腾出足够的地方给他。

“都是女流之辈，要那么多的侍卫反而扎眼。”沈妩轻声说了一句，下意识看过去，却见身旁的男人刚躺下来，已经轻闭上了眼眸，显然是准备歇息的模样。

沈妩立刻闭上了嘴巴，把一旁的薄被拖了过来，轻轻盖在他的身上。手撑着侧脸，就这么仔细打量着皇上。男人真是瘦了许多，她的手指轻轻摩挲着皇上的面颊，下巴上的胡楂都有些扎手了。似乎是真的累了，片刻之后皇上的呼吸声就变得平稳了下来，显然是睡着了。

他今日练习了半日的射箭，后来又往朗月庵赶，连午觉都没歇。再加上最近几日，有些心绪不宁，也没有休息好。此刻躺在沈妩的身边，鼻尖萦绕着她身上熟悉的香味，心情顿时一松，竟就这般沉沉地进入了梦乡之中。

沈妩看他睡得这么沉，似乎也有些犯困了，直接歪倒在他的身旁，平躺着也闭上了眼眸准备一起睡。

李怀恩和明音几个就候在外头，明音刚从屋子里面出来的时候，险些被李怀恩吓得尖叫出来。堂堂内监总管，早已没了当初的意气风发，惨白着一张脸，嘴唇发紫就差口吐白沫了，整个人都异常地凄惨狼狈。

李怀恩此刻的情形完全就是验证了一种状态——被虐成狗！

“李总管，好些了没？”明心递过去一杯热茶让他漱漱口，语气里带着几分轻微的担忧。

这人不会要死在这院子里了吧？主子此刻有身孕，似乎若是遇上了死人不大吉利。要不要此刻就把李怀恩先拖出去，直接让那些小师父念念经文超度一下，再放他进来？

“我说李总管，你吐过没？若是没吐过赶紧到院子外头去，让人找个盆子等着，免得你吐了这里一地，到时候连清扫都不好弄！”明音可就没有那么客气了，一开口就要撵他出去，眼角上显然是一副瞧不起他的样子。言语刻薄，显然是最近搬到朗月庵里来，没人让明音虐，她的嘴巴就有些欠了。

李怀恩轻吸了一口气，压下心底不舒服的感觉。他向着明音甩了个白眼，气若游丝地回道：“咱家容易吗？那一路上尘土飞扬，皇上恨不得让马车插上翅膀飞到这里来。手里头那鞭子快抽断了，我也快被马给颠死了！”

李怀恩一开口就是抱怨的话语，他苦着一张脸，真的像是要不行了的模样。

明语从侧屋里慢慢地走了出来，恰好听到他这几句话，脸上露出几分不以为然的神色。轻轻压低了嗓音道：“李总管，你小声些。方才你一进院子，就把大皇子吓哭了，方才在屋里，一听到你的声音，也哭个不停呢！”

李怀恩的声音都有些哑了，偏生原本是尖声细气的，此刻即使有些哑了嗓子，也只会显得越发怪异，寻常人听了都觉得难受，更何况是小孩子。

几个人说了一会儿话，外头的天色越变越黑，李怀恩的脸上明显露出几分焦急的神色。里头一点动静都没有，难不成还要在这里睡一宿？若真是这样，皇上在皇贵妃榻上将就一晚，可是外头的侍卫和他可是没地方睡的，难道要在外头站一宿喂蚊子？

李怀恩的眉头紧紧蹙起，不耐烦的神色也越发明显，其他几个人自然也感到了他的焦躁，先前的玩笑话都收敛了起来，默默地陪着他候在外头。

“皇上，该回宫了，否则宫门就要下钥了！”李怀恩大着胆子朝里头喊了一句，他方才踌躇了片刻，又想到明日一早还要上朝，从朗月庵这边过去，显然太引人注目，万一要是遇上哪个不长眼的大臣的马车，那可真是想不引人注目都不可能了。

齐钰虽然睡得熟，不过补了一个时辰的觉，明显精神很好，警觉性也很高。李怀恩这么一嗓子喊过来，他立刻便醒了过来。慢悠悠地睁开了眼睛，下意识地扭过头看向旁边，沈妩就安然地睡在他的身边，呼吸平稳，面容恬静。

他的思绪渐渐清晰，伸出手来摸了摸沈妩的脸，动作尽量放柔放轻，不想惊扰到她的睡梦。手掌一路向下，直接摸到了她微微凸起的小腹上。掌心下面的触感是温热的，他的手掌刚搭了上去，沈妩就敏感地皱起了眉头，显然对于有人触碰她的肚子，沈妩还是非常不习惯的。

看着她难耐地哼了一声，齐钰不想弄醒她，便轻轻摩挲了一下她的肚皮，立刻就从床上下来了，动作麻利地套上了靴子，大步走了出去。

李怀恩正纠结着要不要喊第二声的时候，听到里头有动静传出来，顿时脸上的神色一松，伸长了脖子等着人出来。

“走吧！”皇上面色沉静地走了出来，语调清幽地说了一句，眼神示意李怀恩跟上。

几个候着的宫人，一下子瞧清楚皇上的模样时，整个人都愣在了当场。好在李怀恩反应快，立刻阻止了要往上面翘起的嘴角。不得了，皇上这模样简直要人命啊！

“你们几个一定要照顾好皇贵妃，知道——”齐钰似乎想起了什么，猛地回过头来，准备叮嘱明音她们。

但是未说完的话语，却一下子哽在了嗓子眼儿里，因为他看到了那几个宫女脸上的笑意，而且还是那种控制不住要痉挛的笑容。

皇上的面色一下子暗沉了下来，明音几个脸上的笑意也直接僵住了，原本偷笑的好心情，瞬间就降到了冰点。皇上的脸色好吓人，就像是抓到自己婆娘偷情的汉子一样。她们真的只是偷笑而已，没想着要怂恿皇贵妃偷汉子，真的，对天发誓！

李怀恩趁着皇上背对着他的时候，没出息地笑了两下，然后迅速地整理好面上的神情，往前挪了几步，低声开口道：“皇上，您头上的玉冠歪了，奴才帮您整一下！”

他还算是有良心地告诉了齐钰，顺带着将明音几人解救出来。倒霉催的，笑就笑呗，偏生还被这位难伺候的主子给察觉了。

李怀恩的话音刚落，齐钰就下意识地抬起手来，摸了摸头上的玉冠。当时走得匆忙，就这么来了，马车上颠簸了许久，刚过来就躺倒在床上睡了一个时辰，不乱才怪。

原本束着他的头发显得玉树临风的玉冠，此刻早已歪得不成样子，有些摇摇欲坠的架势。不过齐钰走得急，没怎么在意，现在经由李怀恩这么提醒，他才发觉这模样肯定是异常好笑的。

齐钰并没有动，只是眼神示意让他替自己重新束好。李怀恩踮起脚尖，奋力地伸长手臂去捞那玉冠。无奈这个自认为一枝花的内监大总管，偏生是个矮子。而且皇上明显是因为之前的嗤笑而感到了屈辱，就是不肯低下高傲的头颅。

李怀恩又不好蹦跳着，生怕在皇上面前失仪。看着皇上那张近在眼前的俊脸，他真想一巴掌掴上去。皇上真是混账，只不过比他多了个鸟，就立刻变成了鸟人。

最终还是明音看不过去了，推开李怀恩，踮起脚尖勉强够到了，替皇上束好了头发。她在女子中算是高个子了，虽然只比李总管高那么一点点。

齐钰依然冷着一张脸看向她们，最终冷声地说出了一句话："记住朕之前所说的话，照顾好皇贵妃！"

他一扭头便走了，李怀恩立刻小跑着跟了上去，一想起待会儿又得骑马，整张脸都拧了起来。

终于把皇上那尊瘟神送走了，明音几个才赶回了室内，只见沈妩躺在床上睡得正香，脸上的神情安宁。几个人对视了一眼，脸上露出了几分清淡的笑意，替她将薄被盖好，又将青帐夹好，明心留下来守着，其他几个都出去做自己的差使儿了。

月浊师太最近的身子似乎有些不大好了，有几次过来瞧沈妩的时候，面色也越发难看，十分苍白。沈妩每每问起她的时候，都说浑身无力，偶尔还会没来由地打战，现在明明还是夏末秋初的时节，月浊师太身上穿的衣裳也是极其厚实，根本不可能是受凉了。

沈妩每回都是宽慰她的心，实则待月浊走之后，她的眉头就紧紧蹙起，显然正如太医所说，月浊体内的寒毒已经快要爆发了。偶尔，她也会旁敲侧击地问询月浊师太，究竟看好了哪个徒弟，这位师太显然十分纠结。她本人很看好为人刚直不阿的清月，无奈寺内的其他师太似乎偏向于清风多一些，这未来住持之位就一直悬而未决。

这次沈妩和月浊师太说了很长时间，这位师太明显已经撑不了几日了，短短十几日而已，她的眼窝已经深陷下去了，面色也是极其憔悴。但是提起住持之位，却还是叹息连连，阻力太多，偏偏这位月浊师太还是个和软的性子，不想在最后的时日里因为这住持之位与其他的师姐妹闹翻。

待送走了月浊师太，沈妩的脸上露出了几分深思的神色。她还有四个多月就要生了，临盆的日子一天天靠近，月浊师太又真的不行了，真的不能再拖了，必须解决掉清风。

"明音、明心，你们过来！"沈妩轻声唤了一句，眉头紧皱，显然在愁思着什么问题。

两人立刻就放下了手中的活计，快速地走到了沈妩的床边，脸上带着几分严谨的神色，就等着她下吩咐。

"最近清风去太后那里还是很殷勤吗？"沈妩开口问了一句，脸上的神色稍微缓和了些，显然是心底有了主意。

"清风现在是明目张胆地去了，有时候隔几个时辰就要去一趟。就连一些小师父都说她会拍马屁呢！不过这庵堂里，除了月浊师太之外，其他那些老师太，似乎十分乐见其成。觉得清风是傍上了太后这样的参天大树，到时候好趁机把朗月庵也带入后宫主子们的眼里。”明音一向就是消息灵通，听得沈妩如此问，便将她事先打探到的消息全部说了出来。

提起清风这么点儿没出息的事儿来，明音的脸上露出几分不屑的神色来。明明沈妩已经事先交代过清风了，没想到这位小师父竟是觉得皇贵妃对她不够好、不够热情，直接另谋了旁的出路，而且还找了主子的死对头。这不是吃里爬外么！

“她要作死本宫自然不会拦着，你们过来，交代些事儿给你们去办。就这两日，我就要看到结果，一定要扳倒清风！”沈妩冲着她们二人轻轻招了招手，脸上露出几分坚定和阴狠的神色。

主仆三人凑到一起，小声地嘀咕了片刻。明音二人听得面红心跳的，显然这是一个十分刺激的计谋。

“这是调动外头侍卫的令牌，记住这事儿要绝对保密，除了被调用的人，其余的要一概保密！”沈妩从枕头底下摸出一枚金质的令牌，上头雕刻着一个“令”字，显然是极其重要的东西。

这还是沈妩临行前一个晚上，皇上塞给她的令牌。可以任意支配外头的侍卫，在这个尽是手无缚鸡之力的女流之辈的地方，这些五大三粗武艺高强的侍卫，实在是太好用了。随便找来一个，都足以在黑夜之时杀死这些小尼姑。可惜沈妩虽然想着如此简单地解决一个人，但是这毕竟是佛门净地，而且她现在还怀着身孕，不好再背人命债，所以她也只有另辟蹊径。

有了沈妩掏出来的这个令牌鼎力相助，明音二人简直就是如虎添翼，走路都能横着走了。她俩依照着沈妩的计划，先是去调集了四位武艺上佳的侍卫来。再把令牌一亮，那几个糙老爷们儿，也只有听她们两个宫女的话，特别是当那四个人对着令牌单膝跪地行礼之时，那感觉相当舒爽。

明心还有些不好意思，脸上带着几分和善的笑意。而明音则是轻轻扬起下巴，一脸的倨傲，暗想着这些人又拜倒在她的罗裙之下，男人什么的都不是好东西！

“两人为一组，一组去抓人，一组去放火。两人行动之时，不得有任何的交谈，以免让旁人听到了牵扯到主子头上来。你们都是皇上调集来的高手，功夫应该十分高强，想来一定能圆满完成任务，而不是中途失手吧？”明音言简意赅地分配着任务，到最后还来了个小小的口头激将法。

“放心吧，这位姑姑，一定完成任务！”那四个人从地上站起，领头说话的一脸严肃，冲着明音打包票。

不过他这一声“姑姑”着实让明音心头不快，她年纪还小呢！

用晚膳的时候，朗月庵的尼姑们总会凑在一处，不过今日左等右等，硬是缺了个清风没来。月浊师太又派人去找了，哪知道清风并不在自己的房中。

“这个清风，最近念经诵佛越发懒散了，倒是跑别的地方儿勤快得很！”就连软性子的月浊都有些看不下去了，轻轻抬手拍了一下桌子，表示心底的愤怒。

立刻就有人开口规劝，说什么太后找她，总不能不去，也不让人再去寻，免得打扰了太后用膳。

而众人口中的清风，其实早就从太后的院子里出来了，她也知道最近月浊看她不大舒服，所以尽可能地表现好一些。只是她刚出来转了个弯儿，后颈就被人猛地打了一下，直接晕了过去。那两个侍卫在她的身上点了两个穴位，确保她不会醒过来，便扛着飞奔而去。

待到夜幕降临之时，第二组侍卫早就埋伏在了太后所住的后院外面。两人的手里头都抱着干草和柴火，将这些摆放整齐之后，便站在一旁等着。第一组的侍卫也拖着人急急忙忙地过来了，两组会合之后，先是将干草往清风的身上堆，其中一个侍卫性子急，直接踩着清风的身体，在干草和干柴上面轮流滚了几圈。

清风的身上立刻就蹭满了干草的碎屑，另一个侍卫用打火石轻轻点燃了一把干草，待到烧尽了，用一旁的木柴挑了挑灰，直接往清风的脸上和衣服上抹去。

待这些事情都做完了之后，才由三个侍卫分三个地方，将干草点燃铺在木柴上。而另一个侍卫将清风头上的尼姑帽子取了下来，直接往边上一扔，那地方要确保离火场近一点，却在短时间内不能被烧着，否则一切白搭。

太后正坐在床上，拉着许嬷嬷的手不厌其烦地说着清风又跟她说了什么，总是在憧憬美好的未来，皇上很快就会来接她回宫的。许嬷嬷一直很有耐心地听她说，眼睛下意识地往外面一瞥，竟是透过窗户看到了滚滚的浓烟，脸色直接变得惨白。

太后疯疯癫癫地回了头，恰好看到外头黑烟阵阵，竟是直接赤着脚跑下了床，整个人都快要贴到窗户上了，脸上带着几分兴奋的笑意，竟是开始鼓掌欢呼。

“着火了，着火了！烧死沈妩那个狐媚子，烧死她！哈哈，要烧死她了！”太后像是魔怔了一般，忽然扬高了声音，冲着外面叫喊道。

许嬷嬷又连忙冲了回来，一把拉住太后的手就往外面拖拽。太后最近疯癫得越发严重了，都是清风那厮整日满口胡言，说起谎话来情绪激动得跟个疯子没区别。

每次只要清风过来，这院子里伺候的宫人们就都躲得远远的。这小师父疯起来，简直跟路上那傻子没什么区别。许嬷嬷、穆姑姑和春风三人却是无法逃离的，确实受不了的时候，就只好轮流看着太后。

太后之所以如此喜欢清风，正是因为太后那种期盼回宫的情绪和要将沈妩置之死地的心愿，只有清风会附和她，甚至有时候诅咒起人来，比太后还要恶毒。当然这在清风的口中不叫诅咒，而是预言。

太后对于那黑黑的浓烟，显然是极其兴奋的，即使许嬷嬷来使劲儿拉她，她也依然杵在原地不肯离开。双手还在用力扒着窗户的边缘，嘴里不停地说着“烧死沈妩”的话。

最终还是穆姑姑从外头冲了进来，与许嬷嬷齐心协力，才算是将太后拽了出来。春风已经带着人出去泼水灭火了，因着太后是被处罚着来到了朗月庵，所以她所住的院子外面，并没有多少侍卫看守着。一时之间，竟是抽调不出大量的人手去灭火。

最终还是穆姑姑跑去请求月浊师太，大半个朗月庵的尼姑冲上来，每人手里头都拿着木桶泼水，才算是浇灭了。

“呀，这里有个僧帽，是谁丢的？”其中一个小尼姑眼疾手快地将帽子从火舌中捞了出来，险些就被烧到了。方才大家都一心扑在救火上，没怎么在意这个帽子。

她的话很快就吸引了不少人的注意，春风连忙凑了上去。那个小师父正在翻弄着僧帽，见到春风凑过来，就伸出手来指着帽子的里层，柔声解释道：“这是清风师姐的帽子，我们每个人的帽子里层都绣着自己的法号，以免弄混了。你看，这里有两个字‘清风’。”

“咦，清风师姐的帽子怎么会在这里？”有人立刻就开口问了起来。

“是啊，说起来，从用晚膳的时候，就没有瞧见她。倒是把帽子丢在了这院子后头，也不知道有没有看见火是如何燃起来的？”又有一个小师父开了口，都是十三四岁的年纪，还是头一回瞧见好端端的屋子烧起来，难免有些害怕。

秋季正是干燥的天气，最容易引起火灾了，所以每到这个时候，住持师太就要带领着庵堂上下的小师父，去后山的河里挑水来，每日都要洒扫在地面上，保持着湿润。所以朗月庵还从不曾遇上大火，这还是头一回。

穆姑姑也过来了，她和春风自然不是那般好糊弄的。眼看着还有些没烧完的木柴，都是堆叠得十分整齐，显然是有人蓄意纵火。而且这清风早该回去了，听这些小师父的话，却是一直没有见到清风，那么这个清风究竟去哪儿了？

两人并没有惊动旁人，而是把这事儿告诉了许嬷嬷，三人凑在一处商量着，最终决定不告诉太后，只等着先找到清风再说。

清风是在柴房之中醒过来的，天早已黑透了，她完全是被冻醒的。待到她站起身来要往外面走的时候，四周的环境都是伸手不见五指，她直接摔了两跤才跌跌撞撞地走出了柴房。

门刚一打开，就听见不远处传来呼唤她的声音，几盏灯笼微弱的光亮，她看得十分清楚。

“我在这里呢，你们怎么都来了！发生了什么事儿，这么晚还不歇了？”清风抬起手招了招，高声喊了几句，立刻就把那几个小师父招呼了过来。

只是她这么一动，才发觉脖子后面痛得很，手臂和小腿上也隐隐作痛，不知是不是方才被摔的。

“春风姐姐，找到清风师姐了！”还有人高声向着不远处喊了几句。

待春风领着人找到了清风的时候，清风的意识还有些不清醒。几盏灯笼同时往清风的身上照过去，几个人都瞧见了清风身上狼狈的模样，脸上皆闪过几分讶然的神色。

只有春风轻轻抿了抿嘴唇，脸上的神情阴冷了几分。

“清风小师父，你这身上怎的弄得如此多的稻草？你又为何待在这柴房里头？大家找了你好久，怎么都不出来？”春风冷声开口问道，她脸上的神色有些不善，语气颇有几分咄咄逼人的架势。

原本还嘻嘻闹闹，暗自问候着清风的几个小师父，显然都被春风的突然发难给吓到了，直接闭上了嘴巴，一时不敢再多说一句话。

倒是清风被问得有些无厘头，她自己也不知道为何在这里，经由春风这么一提醒，她才低下头看了看自己。的确是满身的稻草，活像是从草堆里刚钻出来一般。

“你的脸上怎么都是草灰？你刚刚有烧过什么东西吗？”春风见她迟迟不开口，语气变得更加紧迫了几分，脸上的神色也是十分严肃，再次逼问道。

这回即使是有些闹不清楚状况的清风，也察觉到春风的不善。她本着息事宁人的态度，脸上挂上了几分温和的笑意，柔声道：“这位姐姐是怎么了？究竟发生了什么事儿？我也不知道自己为何会在这里。今儿与太后告辞之后，出来没走几步，就好像有人在背后打了我一下，然后我就晕倒了，等醒过来的时候就在柴房里了，竟然都这么晚了！”

她说完之后，还轻笑了几声，试图化解周围尴尬的气氛。不过这一切都是徒劳的，春风依然是冷着一张脸，其他几个围在旁边的小师父，也都面色不佳。她们虽然没经过什么争斗的事儿，不过眼前的情况明摆着就是清风有问题。

清风的帽子就掉落在发生火灾的附近，身上全是草屑，脸上和衣服上也都是草灰，明显就是焚烧什么之后留下来的痕迹。最重要的是，清风无法解释，她从太后院子出来之后，直到现在究竟去了哪里，又为何会待在柴房，这么久不出来，直到旁人来寻她，她才走了出来。

“哎哟，我的好师妹哟，来快告诉师姐，究竟发生了什么事儿，你们要用这样的眼光看着我！”清风的面上也有些挂不住了，她只好抓住身旁的一个小尼姑，语气里带着几分亲昵和哄劝的意味，显然想弄清楚现如今的状况。

那个小尼姑抬眼瞧了瞧对面的春风，见她没什么表示，才扭过头来对清风有些讷讷地开了口，低声道：“太后的后院着火了，火势挺大的，好多人提着木桶浇水才救过来。师姐，那火是不是你放的？”

要么说性子单纯的人就是有些直白，这个小尼姑直接将心中的疑问提了出来，还让清风无法躲避，唯有正面回答。

“当然不是！”清风先是愣了一下，根本没想到太后的院子会着火，扬高了声音急忙辩解。

只是还不待她说完，月浊师太和许嬷嬷已经带着人过来了，两人的面色都不大好看。月浊师太更是如此，看向清风的眼神里甚至带了几分失望。

清风的眼皮一跳，她立刻就跪了下来，低声道：“师父，你信我，那火真的不是我放的！太后在哪里，我要见她！”

“混账，现如今太后岂是你能见的？语气还如此随便，当真是敬酒不吃吃罚酒！太后对你那么好，你竟然恩将仇报，要放火烧院子里头的人！出家人慈悲为怀，你真是打出家人的脸！”许嬷嬷猛地出声训斥道，她的双眸瞪得鼓鼓的，看向清风，似乎要在她的身上剜下一刀般。

许嬷嬷没敢逼问究竟是谁指使的清风，毕竟这朗月庵里头，还住着另外一位主子。从火灾开始，就没有人敢惊动那边，皇贵妃那边也没派人过来，显然是不想招惹这种事儿。许嬷嬷不敢问，万一这清风真的说出了沈妩来，那可真不好收拾了。

当务之急，就是要把这个清风弄走，反正除了太后之外，也没人稀罕她。

面对许嬷嬷如此严厉的话语，月浊师太不由得长叹了一口气。她挥了挥手，低声道：“清风，你犯了这样的大错，原本应该交由太后处置，但是许嬷嬷不想让太后费神，也不想我们朗月庵丢了颜面。就把你这逆徒交由本门处理，出家人慈悲为怀，你却做出如此伤天害理的事情来，这朗月庵你是不能再待了。从此刻起，清风被逐出朗月庵，永远不许入内！”

在这样的夜色之下，月浊师太的声音显得十分低沉，或许是她也到了油灯枯尽的时候了，说话的时候还带着几分轻喘，不过听起来却更多了几分沧桑的味道。

“不，师父，不要！我要见太后！”清风还在不甘地哭闹着，早就有宫人冲上去拉住她。这可是许嬷嬷在路上就交代好了的。

066

生小皇子

终于算是解决了清风，沈妩的心情一下子变好了许多。像清风这样被逐出师门的尼姑，京都里其他的庵堂也不会收留她，除非转去别的地方。

就在沈妩的肚子到了八个月的时候，月浊师太终究没有撑住，朗月庵的住持师太毫无疑问就由清月接掌。沈妩并没有准备瞒着她，待朗月庵在清月的整顿之下，又变回了原本的清静佛门之地时，她便让人请了清月过来。

当日两人的见面，并没有放下青帐。当清月见到沈妩凸起的小腹时，脸上震惊的神色如何都遮掩不住。直到过了片刻，她才冷静了下来，慢慢地坐到了沈妩对面的椅子上，神情有些凝重地看着沈妩，似乎在等着沈妩向她宣布什么惊天大秘密一般。

“正如师太所看到的，本宫来这朗月庵是想好好生下腹中的孩子，只不过小孩子的成长肯定是要闹腾些的。而且估摸着是在年底左右出生，本宫准备明年春末再回去。”沈妩的话十分直白，她并没有拐弯抹角，甚至将自己准备回宫的时间都通知了清月。

清月的脸上闪过几分震惊，竟是一下子从椅子上站了起来。现在才十月底，到来年的春末，最起码还有五个月。孩子出生的头三个月正是最难带的时候，一个本该清静的庵堂里，若是总传出婴儿“哇哇”的哭声，指不定得被人如何笑话呢！

面对她的震惊，沈妩丝毫不以为意，依然面朝着清月侧躺着，脸上带着几分清浅的笑意，目光中却透着几分坚决的神色。

“替娘娘隐瞒，当然没什么问题。只是娘娘不带着小皇子或者小公主回宫摆满月酒吗？”清月慢慢地坐了回来，脸上带着几分难以置信的神情。

沈妩的眼眸，一直没有从她的身上移开过。显然清月脸上接二连三的表情变化，完全愉悦了沈妩的视觉，能在那张总是严肃的脸上，看到这样精彩纷呈的变化，也算使她的恶趣味得到了满足。

“都是一些虚礼罢了。师太只需替本宫守好这个秘密便可，并且约束好庵堂里的人，以后都不要再接近本宫的院子和院子里的人。即使听到什么奇怪的声音，也不要在意。只要她们不是存了不轨的心思，本宫也不会让人针对她们。这院子里的人也会尽量减少外出，还希望清月师太能够配合！”沈妩的脸上露出几分无所谓的神色，显然对那些满月酒不看重。不过越到最后，她的脸色就变得越发凝重。

距离她临盆的日子越来越近了，这院子里的人神经就越发紧张，外头的侍卫轮值也增加了人手。

待和清月达成协议之后，这位新上任的住持师太，明显是有些精神恍惚，深一脚浅一脚地走了出去，显然受的刺激不小。

待清月的身影消失之后，一旁的明音忍不住开了口：“娘娘准备春末才回去？真的要在这庵堂里过满月？”

沈妩这肚子里的孩子，不是皇子就是公主，而且依照着皇贵妃的得宠程度，这肚子里的龙种待遇自然也不会差。若是留在朗月庵之中过满月，似乎显得寒酸了些。

“主子，大皇子就是在满月的时候入的玉碟，趁着小主子摆满月酒的时候回去，不是正好正了名分？”明心也跟着来劝，况且她心里还有话没敢说出来，就这么单独把皇上放在宫里头，也不是个事儿。

那些女人成日都瞪大了双眼，就想着如何爬上皇上的床呢！

沈妩的眉头轻轻蹙起，道理她都懂，但是真正要回去的话，肯定要迎来一场腥风血雨。她慢慢地低下头，手放到了高高凸起的小腹上，前一阵子小家伙经常在里头踢她，现在倒是听话了许多，只偶尔会动几下。

孩子在她的肚子里待的时间越长，她的心底就越发舍不得，回宫的日子也被她一拖再拖。原本准备的确是按着明心所说的，要在孩子摆满月酒的时候回去。可是现在她不敢了，刚满月的孩子还那样脆弱，她却要带着孩子回到那个阴险狡诈的地方。

想到这里，沈妩不由得讥诮地勾起了唇角。原来，她也会有如此脆弱的一日。原本天不怕地不怕，要与后宫那些女人斗个你死我活的沈氏阿妩，在有了孩子之后，竟会如此心软。

“日子暂定吧。还得和皇上商量着。”沈妩丢下这句话，便轻轻闭上了眼眸，显然是不想再多说。

皇上每个月都要偷溜到朗月庵来一次，每次来了，必定要把宫人全都撵出去，只留下他和沈妩待在屋子里。两人又不能做什么剧烈的运动，大部分都是在轻声地说话，偶尔皇上也会匆匆补上一觉便立刻回宫了。

最近这两次，皇上似乎迷恋上了沈妩这大肚子，只要来了必定要趴在她的肚子上，听好长一段时间。偶尔还会对着她的肚子轻声说两句话，不过语气里却尽是威胁恐吓。

“啊，小子，你最近又闹了吧？等你出来了，父皇一定要揍你！”齐钰双手覆在沈妩的肚子上，远远地看去就像是他捧着小孩子的脸在说话一般。语气十分怨恨，就像是怨妇附身一般，脸上的表情也尽是凶相。

沈妩侧过头，恰好瞧见他这副样子，眉头轻轻挑了挑，心里产生一阵无力感。这话怎么听都不像是从亲爹嘴里说出来的，倒像是面对拖油瓶一般。

“最近肚子里的这个还闹腾得凶吗？”皇上和沈妩的肚子对话完毕了，才想起还有自己的爱妃在，便躺到了她的身边，右手仍然搭在她的肚子上，脸上的神情变得温和了许多。

齐钰也是听说，沈妩曾在睡午觉的时候被踢醒过，所以每每到了要过来的日子，他这心里头就总巴望着这几句话。

沈妩轻轻瞥了他一眼，脸上露出几分不满的神色来，轻声道：“皇上方才听了这么久，都没什么动静。稳婆说过了，这是正常现象。”

因为沈妩待在这朗月庵之中，也不好把人弄得进进出出，便早早地将稳婆请了来，就住在西边的侧屋，每日都要来瞧瞧沈妩。

齐钰说了没几句，便又睡了过去。待他下床穿鞋的时候，沈妩也醒了，睁大了眼睛瞧着他。

“无论什么时候要生了，都要派人去宫里头通知朕一声，紧急出入令牌给你留了一块。到时候不要怕不要慌，生下了孩子，你我就有共同奋斗的目标了。把我们的血脉保留在这世上，让他好好长大成人，继承朕的皇位。”齐钰穿好了靴子，转过身慢慢弯下腰，额头抵着她的额头，语气里透着十足的认真。

男人的声音温和至极，话语里也带着安抚和劝慰。他的手轻轻握了一下沈妩的柔荑，又慢慢地放开了。

临盆的日子越来越近，没想到这位小主子似乎十分贪恋沈妩的肚子，就是不出来。整个院子的人都等得快发疯了，沈妩依然没有要临盆的预兆。龙乾宫的皇上更是焦躁不已，十二月底了，眼看着年三十儿就要到了，这小家伙明显就不想让他们过个好年。

齐钰再急也没用，他十分想抽出身去朗月庵探望沈妩，无奈要忙着让人着手摆酒席犒劳朝臣，各种事务缠身，想偷懒都不可能。

后宫里的酒宴自然是德妃操持的，酒席上一片觥筹交错、歌舞升平的景象。没了皇贵妃压在头上，不少妃嫔觉得心里舒坦了许多。为了平衡后宫的势力，皇上之前又来了个大幅度的升降位。斐安茹、沈婉和许衿都爬到了妃位上，不过斐安茹变成了从一品的良妃，沈婉和许衿都是正二品，封号依旧。

出人意料的是这三位还不是最引人注目的，要说爬得最快的当数崔瑾了，她这个整日病恹恹模样的人，倒是无声无息中给了人一记闷棍，她被皇上封为正二品慧妃。

无论是前殿还是后宫的酒席，都显得热闹非凡，一年的最后总是无比畅快的。只是在朗月庵之中，沈妩却躺在床上，双手捂住肚子，痛苦地呻吟着。她竟然在大年三十有了要生的预兆，阵痛一阵阵袭来，简直要了她的命。

稳婆过来瞧了瞧，连忙吩咐人炖些燕窝过来。

“娘娘，您趁着能吃的时候，多吃点垫着。待会儿疼起来啊，是想吃都吃不了。您这才刚开始，估摸着要疼到大半夜才开始呢！”稳婆的声音尽量放缓，她边轻声劝哄着沈妩，边让人将炖好的燕窝递过来，小心翼翼地喂着她吃下。

时间慢慢地流逝，沈妩早就被挪到了先前准备好的产房里，她感到下身越来越痛，浑身已经沁出了一层细密的汗水。

“明音，快去按照本宫、先前说的，找人去——”沈妩似乎感到了什么正在往身下涌去，便立刻撑着一口气开始对着身旁的明音说道。只是她说了一半，又因为疼痛而停了下来，喊叫了两声才继续道：“皇宫见皇上！”

明音一刻也不敢耽误，立刻就冲了出去。其他几个小宫女也被撵了出去端热水，屋子里只留下两个稳婆还有明心几人。沈妩的脑子里一片“嗡嗡”声，耳边稳婆鼓励的声音都有些听不清了。

“娘娘，用点儿力啊！”稳婆的声音一句句传来，她的手在沈妩的肚子上轻轻地推着，显然是要帮助她。

沈妩的嘴里咬着一片山参，双手扯着床头的青帐，眼睛微微泛红带着水光。身上穿的薄衫已经被汗水打湿了，像是刚从水里捞出来一般。外头的寒风阵阵，天空竟飘起了雪花。屋子里的炭火并不是十分旺盛，不过所有人的身上都汗湿了一片。

下身的骨头就像是裂开一般，一点点耗费着她全身的力气，沈妩的喊叫声已经逐渐减小了，她要留着这力气将肚子里头的这块肉生出来！

马蹄声阵阵，皇上刚结束了宴席，就已经看到了拿着令牌的侍卫，心里打了个鼓。待确定了皇贵妃要生的时候，他丝毫没有迟疑，直接让人牵了马来，顾不得隐藏行踪，直接从宣武门冲了出去。

守门的侍卫原本想要阻拦，一瞧那领头的人一身黑色龙袍，连忙闪开让出了道路，询问的话语还没出口，皇上已经冲了出去。身后跟着一大群侍卫，显然神色慌张。

这是大年夜，外头的人流肯定很多，皇上就穿着龙袍出去了，想来必定会在京都的街上传出流言来。待这群人都冲出去之后，后头慢悠悠地晃着一人一马。守门的侍卫眯起眼眸来细细一打量，哎哟，这不正是大总管李怀恩吗?

外头的雪越下越大，屋顶、路面上都覆盖了一层白色，齐钰疯狂地挥舞着手中的马鞭，“沙沙”的大雪将他的头发和眉毛都染成了白色，口鼻里呼出的热气变成一阵阵白气。

他忽然想起沈妩以前回复他的信中曾经提到，若是这次临产出了什么意外，或许就天人永隔了。他眨了眨眼睑，挥散了心头不好的想法，都是被沈妩那个蠢女人弄的，他现在心底慌得很。

男人的睫毛上也落了雪花，很快就化掉了，变成了点点的水珠，最终从眼角落了下来，看起来就像是在流泪一般。

朗月庵的前院无疑是安静的，不过在沈妩的院子里，那声声呻吟却怎么都无法遮掩。

皇上终于赶到了，他直接跳下马就往院子里头冲，连自己的爱驹都顾不上理会了，大步迈进了院子里，女子低弱的呻吟声慢慢传来，让他的心头一阵揪紧。

似乎是为了迎接这位父皇，齐钰刚站到产房门外，还没拉住一个宫人问清楚，里头就已经传来了孩子响亮的啼哭声。

“哇哇——”的声音，传到耳朵里无比地清晰，稚嫩而纤细，却是带着一种要将嗓子喊哑的气势！

过了片刻，稳婆就抱着一个襁褓走了出来，满脸都堆着笑意。

“恭喜皇上，喜得小皇子！”稳婆的声音里带着几分颤抖，此刻她的怀里可真是龙子，而且这小家伙长得太好了，比一般的孩子都要重。

齐钰连忙快走了几步，直接从稳婆的怀里接过襁褓，脸上露出了难得一见的笑意。孩子已经不哭了，此刻歪着头轻闭着眼睛睡着了。

“皇贵妃如何？”他细细看了一眼怀里的孩子，睡得十分安详，便放下了心，想起了沈妩还在里头，脸上的神色肃了肃，低声问了一句。

稳婆一听皇上这句话，脸上的笑意更甚了，她稍稍扬高了声音，带着几分表功的意味，急声道：“皇贵妃也很好，母子平安！只不过小皇子的身量较足，皇贵妃损耗了些精力，直从大年三十生到了初一，才把小皇子生下来！老奴接生了挺多金贵的小主子，这小皇子是老奴见到身量最大的了！”

稳婆其实心底憋着几句话，当着皇上的面，没好意思说出来。她接生了那么多，虽说很少遇到皇家主子生孩子，不过那些个贵妇临盆，也总要遇到些事儿，甚至因为怀孕亏损得太厉害，主母生下孩子之后，身体就无法再受孕了。这位皇贵妃，明明是大秦最高位分的女人了，估摸着要害她的人数不胜数，偏偏沈妩的身体倍儿棒，生下的这个小皇子，也是虎头虎脑的，一看就是个好养活的孩子！

老天爷真不公平，这样好养活的孩子，不都出现在平民百姓家吗？皇家这些小主子就该娇弱些，反正有钱养身体！

稳婆正神游太虚，皇上的封赏已经到了。李怀恩总算是赶了过来，眼疾手快地从衣袖里摸出一大块银子递给了稳婆。

产房里头也收拾好了，齐钰就这么抱着孩子走了进去。沈妩还没睡下，相反精神不错，只是脸上露出几分疲态。看见皇上亲自抱着黄布裹成的襁褓进来，她的脸上带着几分淡淡的笑意。

齐钰将襁褓放到了沈妩的身边，拉起一旁的锦被轻轻盖上。小家伙似乎在外面冻到了，猛然接触到这样的温暖，竟是抖了一下，又安稳地睡着了。

“朕方才一高兴就直接抱了他，赶了一路身上都是积雪，恐怕很冷，冻到他了！”齐钰低声解释了几句，脸上的神色却是没有丝毫的愧色，相反还很严肃。

沈妩这才有机会近距离看到了自己的孩子，刚出生的孩子当然不会好看到哪里去，满脸的皮都是皱巴巴的，还不是白白嫩嫩的。

“他是不是比一般的孩子大？臣妾记得大皇子刚出生的时候，就这么点儿！”身为小奶娃的生母，沈妩一下子就发现了他的不同之处来。她边说还边比画了一下，的确这襁褓里的娃娃比当初的大皇子要大上一圈。

听她这么一说，齐钰再次凑了上去，认真地瞧了两眼，然后点了点头。

“方才稳婆也说了，比普通孩子身量大，又是正月初一生的，还是你生的，注定是个有福气的！”齐钰低声地说道，身体慢慢低了下去，眸光在襁褓上来回扫视着。

沈妩不由得轻声笑了出来，皇上最后的“还是你生的”，让沈妩的心里头甜滋滋的。最重要的就是这娃娃是她生的，长成什么样儿，她都不会觉得嫌弃。

“啧，你是怎么把这么大的玩意儿生出来的？”齐钰轻轻一挑眉头，眼神也完全地扫了一遍襁褓，不由得直起了腰，慢慢地坐到了床边，低声问了一句。

沈妩只觉得全身的血液上涌，冲到了脑子里。“轰”的一声，思想全部炸裂了。皇上就是属于那种不能夸的人。听听这话就知道他有多么混账！这孩子是他亲生的啊！什么叫这么大的玩意儿！你全家都是玩意儿！

“皇上，臣妾忽然感觉跟你不是处于同一个朝代的人了！”沈妩有些无力地说出这句话，以她现在这副产后用力过多的模样，根本无法对齐钰这个二狗子皇帝做出什么过激举动来。

齐钰的眉头轻轻蹙起，显然对于她的话十分不满，低声道：“你想带着儿子改朝换代？如果你敢，朕第一个就饶不过你！”

沈妩沉默了片刻，跟皇上生气的话，简直就是拉低了自己的智商，她决定聪明地转换一个话题。

脸上努力挤出几抹笑意，轻声道：“皇上，二皇子的名字想到了吗？”

她记得皇上揉烂的那些纸团里，曾经提起要给小孩子取名字的。现在问起来，应该不会尴尬，应该早就想好了吧。

“齐敬撑！”齐钰看了她一眼，又低下头看向襁褓里的小娃娃，眉头紧蹙似乎在愁思着什么。

“哪个字？称呼的称，还是称东西的称？”沈妩还以为会听到什么有特殊意义的名字，结果一听到名字的最后一个字，似乎并不是常用在名字里面的字眼儿，便有些好奇地问出了口。

齐钰摇了摇头，慢慢地抬起头来，一脸正色地回道：“都不是，是吃饱了撑的的撑字。”

两人近距离地对视着，然后皆是一片沉默。

……

“为什么？”沈妩憋了半天，才把自己要爆掉的肺保住了，残留着最后一丝希望，轻声问道。

齐钰低下头，伸手在黄色的襁褓上摸了两把，低声反问道：“不知道，看到他就觉得是吃饱了已经撑着了的感觉，你没有吗？”

沈妩深吸了两口气，才忍住心底要抬手往皇上脸上挥巴掌的冲动。混账，信里说在想孩子名字的话，都是骗人的吗！这分明就是刚想的好吗！而且看到小孩子就觉得撑了是什么逻辑，果然不是一个朝代的！有机会的话，她一定要带领儿子改朝换代啊！

“他只不过是长得胖了点，再说小孩子没个定性，等大些了才知道。若是把齐敬撑这个名字记在玉碟上，似乎不大好。”沈妩用尽全力地放柔了声音，她明明只是一个刚生完孩子的产妇而已，为什么要这么痛苦！

齐钰似笑非笑地看了她几眼，才算是放过这个名字，低声道：“行吧，那就叫原来朕想好的名字，齐敬晨，清晨的晨！”

“臣妾替二皇子谢皇上赐名了！”沈妩终于算是松了一口气，她就像在外打了一场硬仗一般，浑身发软疲累。真是太折磨人了！

“爱妃，你若是回宫之后，就把这小子送到偏殿住吧，正好和大皇子凑一处。朕已经预测到，你会因为他而冷落了朕！所以朕这是在捍卫自身的权利！咱先商量好才行！”齐钰看着她这副神情，不由得冷声开口。

沈妩身上的无力感越发的明显了，她实在是有些难以相信皇上竟然会说出这样的话来！她再一次怀疑了，皇上究竟有没有把二皇子当成是他亲生的！毕竟这孩子太小，大皇子她是带到一周岁多才放他去偏殿睡的，如今这二皇子，若是依着皇上的意思，不是几个月就得搬到偏殿去。

“成啊，那臣妾和二皇子就明年开春再回去！”沈妩伸长了脖子轻声说了一句，立刻惹来齐钰的白眼。

当日，皇上没有再回宫，就宿在了朗月庵。虽说不合规矩，不过也没人敢多提半句。

李怀恩却是急坏了，他连忙找了个侍卫回去通知龙乾宫的内侍太监，细细交代了几句。皇上若是宿在这里，还真不知什么时候回去。毕竟是大年初一，那些妃嫔主子必定是要抓住这个好机会，去龙乾宫找皇上的。

再说年初一，太后和皇贵妃都不在，皇上若是不在后宫里露个脸，当真是说不过去。侍卫连夜赶回了后宫，到了龙乾宫将李怀恩的话带到，便见到几个留守的太监宫女都是愁眉苦脸，皇上这是要他们的命啊！

皇上风驰电掣地骑马出了皇宫，这个消息很快便传了出来，后宫的各位主子原本就十分关心皇上的动向，专等着看这位九五至尊，在年三十的夜晚召幸谁，结果都等到了初一凌晨，还不见踪影。

待收到这条消息的时候，众人皆像是听了噩耗一般，心有戚戚焉。宫里头这么多娇美的宫妃，皇上竟然还是不看好，拼命地往外头冲，难不成外头还收了什么美娇娘不成？

沈妩和皇上说了几句话，皇上便去了主屋歇下了。沈妩搂着二皇子就宿在了侧屋，三人虽然没有躺在一起，却都是一阵好眠。

后宫里倒是有不少主子娘娘无法安睡，一想起皇上在年三十出去，此刻不知和哪个小妖精宿在了一起，这心里头就愤恨得紧，银牙暗咬。心里头憋着一团火气，脑子里又是一片胡思乱想，更是无法睡着了。

天还没亮，就已经有不少宫殿里头亮起了灯，显然是主子娘娘起来梳洗了。身边伺候的几个宫人都是满脸的疲态，昨儿晚上是大年三十守岁，不少人都玩儿得有些欢快，此刻就有些精神不佳。

再一瞧主子娘娘，也是满脸的疲惫，甚至眼睛下面都有一团乌青，显然是熬出了黑眼圈，但是面对早起这事儿，却是一意孤行。

德妃也没怎么睡好，毕竟皇上未跟旁人说起就这么出宫，这事儿非比寻常，一直萦绕在心头挥散不去。

她早早地起了，但是碍于身份问题，特地等天色微亮的时候才坐着轿辇过去。但是龙乾宫里却并没有什么光亮，显然里头的主人还未起来，或者说根本没有回来。

德妃的面色一冷，她轻轻眯起眼睛看过去，外头已经候着不少人。叽叽喳喳地在争论着什么，一瞧见德妃的轿辇来了，似乎都找到了主心骨一般，立刻围了过来。

“德妃姐姐，依我瞧着皇上还没回宫呢，昨日再有什么重要的事情，今日也该回来接受臣妾们的行礼才是！”其中一个胆子大的，已经轻声开了口，语气里带着几分探究的意味。

她这么一出声，立刻周围的妃嫔也跟着开了口，附和声四起。几乎都在询问着皇上去哪儿的这个问题，莺莺燕燕的声音，好不热闹。

德妃不由得皱了皱眉头，她眯着眼眸四下里瞧了瞧，并没有看到许衿和崔瑾的身影，倒是一眼瞥见了斐安茹在。斐安茹的身边并没有几个妃嫔，她身穿着月白色的披风，上头绣着一头梅花鹿，看着倒是可人得紧。只是斐安茹脸上的神色太过严肃正经，站在那里倒显得有几分孤冷的意味。

“良妃妹妹怎么来得这么早？你的身子可不大好！”德妃慢慢地走了过去，脸上带着几分关怀的笑意，声音温和，就像是姐姐关怀妹妹那般。

斐安茹轻轻挑了挑眉头，“贤良淑德”四妃之中，德妃排在最后，按照位分来，理应叫斐安茹一声姐姐，此刻却是这般自然地叫她妹妹。

“多谢关心，众位妹妹都是担忧皇上的安危。不过我怕闹得厉害了，面上不好看，待皇上回来了，肯定是要雷霆震怒的。就想着趁此刻局势还在控制范围内，多劝几句让她们回去，待皇上回来再来请安。不过看这架势，应该不会有人听我的话了！”斐安茹不紧不慢地说着，三言两语就将她为何过来的原因解释清楚了。

她和这些妃嫔的心思不同，只是为了在闹腾厉害的时候出面，让她们消停些。斐安茹的脸色一直不大好看，她从刚进宫因为受了刺激，走了自缢这条路，后来皇上震怒之下又停了她的药，所以每到寒冬的时候，她这身子就忽冷忽热，时好时坏，显然是落下了病根。

德妃一听这话，就暗自咬紧了牙关。斐安茹虽说是皇上势力那边的人，但是一直都为人低调，除了刚进宫那会儿做了几件蠢事儿之外，就像是藏起来了一般，很难让人注意。

只不过待沈妩离宫之后，她像是忽然开窍了一般，开始帮助皇上控制着后宫的势力，当然斐安茹一般只管理新晋那边的，对于世家和太后那边的妃嫔们，基本上不作理会。就连此刻，斐安茹能站在这里，都是为了督促其他妃嫔不要太过分。

“妹妹说的是。不过毕竟今日是大年初一，皇上已经出去一宿了，若是再不回宫，恐怕得派人出去寻了，以免出了什么意外！”德妃干干地笑了两声，她知道斐安茹跟她们肯定不是一条心了，而且很可能会成为其中最大的阻力。

斐安茹淡淡地看了她几眼，嘴角露出几分清冷的笑意，低声道：“希望你能明白我的意思，那么多的人跟着皇上一起出去，能出什么事儿？若是这里闹得太凶，被那些有心之人听到了，到时候这后宫里若是出了什么岔子，恐怕皇上责怪下来，德妃就是首当其冲的倒霉蛋了！”

斐安茹的声音故意压得有些低，带着几分胁迫的语气，很显然有嘲讽的意思。

德妃的脸色白了白，最终也只是咬着下唇没有说话。因着良妃和德妃都站在原地不动，这些妃嫔颇有些群龙无首的意味，最终也没闹起来。龙乾宫里头的宫人也早就暗中观察这些人的动静了，直到此刻才敢出来，说是让她们回去，今儿皇上有事儿出去了。

皇上睡了个好觉，他比平时起得要晚了许多，不过还是依照着习惯打了一套拳。沈妧醒得就更晚了，她是被饿醒的，意识刚恢复了些，下身的疼痛感就涌了上来。

齐钰就坐在一旁的椅子上，手里头拿着本书册看着，听到她轻哼的声音，便抬起头来看过去。两个人的视线交会，都带着几分温和的意味。

"饿了吗？这粥是刚端上来的，朕还没吃。"齐钰放下手中的书册，轻声问了一句，眼神示意了一下手边的粥碗。

沈妧点了点头，她正饿得前胸贴后背。此刻听他提起粥，整个人的注意力立刻就集中了起来，果然嗅到空气中弥漫着一股粥的香气，腹中似乎更加空了。

"朕也饿了！"他难得地露出了几分笑意，然后端起手边的粥，拿起勺子就舀了一口放进嘴里，一副回味悠长的模样。

沈妧不由得白了他一眼，当真是太可恶了这人！

还不待她心里头发牢骚，男人已经端着粥碗过来了，将她慢慢地扶起，轻轻地倚靠在床头。拿起勺子，一勺一勺地喂她吃粥。

明心进来的时候，就看见了这副场景，脸上露出几分惊诧的神色。原本身后跟着送饭的宫人，也都停下了脚步，就这么安静地等着，直到齐钰将一碗粥喂完了，几个人才端着杯盘进入里屋。

虽然沈妧不能吃什么，不过皇上却要伺候好的。一大桌子的菜，都冒着浓浓的香气，沈妧的精神恢复了些，胃口也好了不少。不过刚生产完毕的人，也只能瞪着眼睛看他吃。

齐钰坐到了桌旁，看着如此丰盛的菜肴，慢慢地挑了挑眉头。还没等他动筷，躺在沈妧身边的小娃娃竟是开始尖声细气地哭闹起来。候在外头的奶娘立刻冲了进来，先冲着二人行了礼，立刻就凑到了二皇子的身边细瞧了几眼。

"贵妃娘娘，二皇子估摸着是饿了。好多孩子头一次喂奶，都是亲娘上阵的，娘娘，您要不要试试？"那个奶娘的语气里带着几分不确定，毕竟这些后宫妃嫔最注重的就是谋得皇上的宠爱，恐怕对于孩子的关怀倒是少了些。

沈妧其实也想自己哺乳，但是皇上就在这里，而且当奶娘的话音落下，男人的视线就看了过来，注意力明显也集中到了这边，让她颇有些进退两难的意味。

"阿妧，怎么了？你不想喂奶吗？"齐钰看她迟迟不动弹，不由得低声问了一句，嘴巴里还咀嚼着一块鱼香茄子，脸上的神色倒是异常的严肃正经。

沈妧的心一横，直接抱起了襁褓放到怀里，当她使力抱孩子的时候，身下疼痛的感觉也越发明显。她的脸色不由得白了白，却是硬咬着牙忍着。

067

初次喂奶

奶娘在一旁指导着，沈妩不时地调整姿势，直到最后感觉身下不怎么疼了，才慢慢地开始解开衣襟。

齐钰并没有停下手中的筷子，只是嚼两口嘴里的饭菜，就会抬头看一眼沈妩。沈妩努力忽视掉一旁看过来的眼神，撩开衣襟就露出了一对酥胸。已经有些胀胀的感觉，想来是积了些奶水。

当柔软的乳头贴了过去的时候，刚碰到二皇子的脸，小家伙就张开了嘴巴，一下子含了进去。根本不用教，就开始吮吸起来。第一次喂奶的感觉很奇妙，看着小奶娃的嘴巴一动一动的，还颇有几分趣味。原先因为皇上围观的尴尬气氛也消失不见了，相反还觉得十分正常。

齐钰不由得撇了撇嘴，喂奶也就这么回事儿，并没有看到他想要的场景，顿时就觉得没了意思。

李怀恩搓着冻红的手站在屋子外头候着，马匹早就准备好了，偏生皇上现在还没有要走的预兆，难道是要继续待上一夜吗？那后宫里的主子娘娘，会把龙乾宫给翻个底朝天吧？甚至惊动娘家人，出来寻找皇上，大概京都的所有妓院都不能幸免于难了。

沈妩头一次喂奶，虽然感到十分新奇，不过甚为打击她的却是，这二皇子实在太能吃了。她的奶水根本就喂不饱他，最后还是给奶娘抱走了，挪到外屋去继续喂。

“皇上，或许前一个名字挺适合二皇子的。他方才肯定是吃饱了，一定要撑着才行么！”沈妩的语气里有些不甘心，显然是被打击到了，只不过是吃奶而已，那个小混蛋竟然那么能吃。

“朕说的话自然都是正确的，反正没入玉碟，那还是叫回齐敬撑吧！朕觉得挺好的！”齐钰恰好咽下了最后一口米饭，一旁的宫女立刻递了锦帕过来，他细细地擦了擦嘴角，脸上的神色十分认真，像是又在思考方才那个名字的问题。

“不，臣妾方才只是开玩笑，说好了叫齐敬晨的！”沈妩连忙摇头反对，她为什么又提起这名字的事情，不是找抽吗！

两人说了会儿话，奶娘就抱着吃撑了的二皇子进来了。小家伙已经睡着了，嘴巴半张着，皮肤倒是好得很。

“皇上要抱抱他吗？”沈妩从奶娘的怀里接过来，随口问了一句。

沈妩的话音刚落，齐钰就站起身走了过来，张开双臂做出要抱的姿势。倒是沈妩愣了一下，有些难以置信地看了一眼对面的男人。

皇上只抱过大皇子一次，还是为了检查大皇子身上是否有问题的时候，所以沈妩认为皇上是不喜欢小孩子的。没想到此刻面对沈妩随口一提的建议，皇上却是如此爽快地答应了，而且还直接付诸了行动。

就在沈妩愣神的时候，皇上已经弯下腰来，双手从沈妩的怀里把二皇子掐了过来。男人抱孩子的手法有些笨拙，却并不影响他脸上变得柔和的神色，显然他很享受作为父亲这个角色所带来的感觉。

不得不说，二皇子除了吃饱以外，对于其他外界环境的变化，是一丁点都不关心，哪怕此刻他睡觉的地方已经变得不是那么舒适了，小娃娃也依然没有什么动静，睡得还是那样安宁。

一家三口凑到一起倒是格外地温馨，外头的大雪逐渐停了。就在天色又开始发暗的时候，皇上的身影出来了。李怀恩等得腿脚都发麻了，才看见人出来，心里头总算是松了一口气。

赶回皇宫的时候，天色已经彻底黑了下来，远处的长街上都亮起了一片花花绿绿的灯笼，宫内也是一片灯火通明。

当齐钰裹上裘衣乘着龙辇回到了龙乾宫的时候，外头早就有宫人等候着，他刚脱下裘衣还没等净手的热水打过来，外头已经有人来求见了。自然是那些守候多时的妃嫔了。

“皇上，今日有好多位主子在外头候着，好在有良妃娘娘压着，也没几个敢闹开。后来实在等不到了，便三三两两地回去了。”李怀恩早就向轮值的宫人问过了，知道了大体的情况，连忙走到齐钰面前，将之前的景况大致说了一下。

齐钰的眉头一皱，脸上露出了几分不耐的神色，他抬起手慢慢地揉了揉眉心，原本从沈妩那里涌现的轻松心情，一下子就变得郁闷起来。沈妩离宫之后，这后宫里就找不出一个女人能让他开心的，连眼瞧着舒服的都少。

“让她们都在外殿等着吧，再派人把其他妃嫔都召集来，让御膳房摆膳。既然要见朕，那就都见一见！”皇上脸上的不耐慢慢散开了，变得极为幽冷。

他张开双臂让人替他换衣裳，又坐下来喝了一杯茶，才往前殿去。前殿的酒席早已设好，两人一张长方形的桌子，齐钰则坐在龙椅上，案桌上也摆满了精致的膳食，一阵阵香气散发出来。

虽说面对的是这些不讨喜的妃嫔，不过齐钰的食欲倒是不错。待那些妃嫔向他行完礼之后，他就大手一挥让动筷，自己先拿起筷子开始吃起来。对于下头那些美艳的妃嫔倒是没看几眼。

坐在底下的妃嫔们，难免会心生不满。这前后左右都是女人，初一晚上既然摆宴了，那现在自然该是家宴。应该换成大圆桌才是，偏生还是这样的摆桌，摆明了君臣的位置。既不好趁机讨好、勾引皇上，也无法近距离接触他，甚至连问个问题都是困难得紧。

皇上至今未说一句多余的话，只埋头专注在膳食方面，很明显皇上已经把他的意图表露无遗了。这顿晚膳，只为了吃，不谈别的！

先前那些想好要勾引皇上召幸的妃嫔，此刻大都偃旗息鼓了。没人敢问皇上昨晚上究竟去了哪里，甚至连话题都不敢往那方面引。

“皇上，姐妹们坐在一处吃得热闹，也不知此刻在朗月庵的皇贵妃姐姐如何了？”德妃稍稍扬高了声音开口道。她的声音不算低，在周围嘈杂的环境之中，倒是显得无比清晰。

方才还吵吵嚷嚷的众妃嫔，一下子便都安静了下来，纷纷看向德妃，脸上的神情晦暗不明。自从沈妩离宫之后，几乎全后宫的人都在刻意地回避提到她，没想到竟在新年初一之夜，会被德妃重新提起，而且还是当着皇上的面。

一直专注于膳食的皇上，总算因为提到了沈妩而多了几分注意力。他慢慢地抬起头，无意识地扫了一眼德妃，最终轻声道：“阿妩过得挺不错的！”

所有人的注意力再次集中到皇上的身上，因为他这句话忽然百感交集，难不成皇上已经去瞧过沈妩了？昨日没回来，是否就去了朗月庵陪沈妩过新年了？

众人的心底冒出了诸多的猜测，对于沈妩已经离宫，皇上却依然念念不忘这事儿，不少人都暗咬着银牙。

德妃在惊讶之后，很快就反应了过来，脸上努力挤出了一丝笑意，轻声道：“皇上已经见过皇贵妃姐姐了吗？臣妾也甚是想念姐姐，不知皇上可否让臣妾也去一趟朗月庵瞧瞧她？而且太后也在里头，这过年了没人去瞧，实在有些说不过去！”

齐钰的眉头一挑，对于德妃这个问题，显然是有些不耐烦，他想都没想就直接拒绝了，冷声道："不行，阿妩还有几个月就快回来了。至于看望太后的话，待皇贵妃回来之后，你们谁要去便去，爱待多久就待上多久！"

伴随着男人如此斩钉截铁的话语，众人的心底更加凉了一片。沈妩快要回来了？但是这个后宫之中，却还没有谁能够从皇上那里得到宠爱，即使有几位侍寝了几夜，估摸着沈妩一回宫，这些人就立刻可以靠边站了！

所有的人都知道沈妩是什么样的人，只要她得了宠，是绝对不会分享给其他的人。若想匀得一点宠，就必须得发展自己这边的势力。

不少人的心底已经盘算开了，要找谁来分得沈妩的圣宠？

正月十五这日，元宵节闹花灯，街上是极其热闹的。宫中也是一片热闹的场景，前后殿又摆起了宴席，御花园里也到处都是花灯，各家的贵妇和姑娘来了不少，三五成群地结伴观赏。

因着是元宵节，所以气氛比平日里要放松了许多，男女在一起，只要有大人在场，也并不十分避讳，倒的确是一桩美事。

齐钰一身常服打扮，身边跟着的人也都低首敛目，混入人群之中也不算是扎眼。不过为了避免出现意外，他尽量挑一些人少的小径走，小径上也摆满了花灯，人迹罕至倒也另有一番情趣。只是僻静的环境之中，忽然传来一男一女的争吵声。

齐钰颇为不爽地皱了皱眉头，李怀恩连忙快走了一步，便想扯开嗓子喊，让那两人退开。没想到却被皇上一挥手制止了，齐钰轻轻眯起眼眸，他常年习武，耳聪目明。一路上又有灯光照亮，视线倒是畅通无阻。

不远处的确是有一男一女，从两人的衣着可以瞧出，非富即贵，年纪却并不大。两个人不止在争吵，而且还动起手来了。出人意料的是，那个身影单薄的姑娘家，倒是比那个男的更加厉害些。

齐钰的注意力越发集中起来，那女孩子显然是会些拳脚功夫，不过在他的眼中，也顶多算是三脚猫一类。倒是那个男的比较瘦弱，歪歪倒倒的像是个久病在床的人。

"许薇然，我家已经把你买下来当我的夫人了，别再想着入宫了！"那个男人的脖颈已经被女孩子的双手掐住了，嘴里的话语却是一刻都不停下，他脸上的神情带着几分狰狞。

许薇然却是冷冷一笑，稍稍扬高了声音道："姓袁的，我原本就是该入宫的，是你家设计我爹，才让他改了主意！你这可是在跟皇上抢女人，色胆包天！"

那个男人似乎被掐得有些狠了，不停地喘着粗气，挣扎了片刻才从嗓子眼儿里憋出几句话来："我是怕你这粗鲁的女人污了皇上的眼！你的性格如此格格不入，根本就不

像是官宦之家培养出来的大家闺秀，倒像是女土匪！”

“女土匪怎么了？我就这样的性格，装不来那些弱柳扶风的！你就看我家虽然姓许，但是我爹却不爱拍许老侯爷的马屁，所以在家族之中一直不受重视，所以才来欺负我们家。总之你这副病秧子的模样，我若是嫁给你，日后迟早要守活寡，还不如先弄死你，反正又没人瞧见！你这个蠢货还敢单独约我出来！”许薇然显然有些不以为意，手上的力道越来越大，眼看着是要把人给掐死。最后要杀人的口气却是狠毒至极，显然真的存了这份心思。

齐钰不由得冷哼了一声，却是拔腿往另一个方向走去，脸上带着几分冷笑。

“那两人什么来头？”他冲着后面的李怀恩冷声问了一句。

李怀恩连忙快走了几步，凑到他的身边，低声道：“那位许薇然家世低微，虽然霸着‘许’这个姓氏，却不怎么得许老侯爷的重视。看着年纪应该是要参加今年选秀的！那位袁氏男子乃是袁老侯爷老来得子，只不过身子孱弱，哪知这两人竟会纠缠在一起。”

李怀恩的语气显得小心翼翼，谁知道齐钰究竟会不会翻脸。毕竟出来赏灯，竟然还看到男女扭打在一起，在皇上眼中，这绝对不算是什么美好的场景。

“拉开他们两个，大过年的，若是真在皇宫死了人，朕让他们两家陪葬！还有，通知那姓许的家里，过几日把她送到后宫里来！”齐钰的语气还是不怎么好，不过最后那句话却是有意要把许薇然留在宫中。

李怀恩的脚步一顿，他的脸上露出几分惊诧的神色，看样子这位许姑娘是入了皇上的眼了。也是，这后宫里花团锦簇的，却唯独缺了个如此凶悍的女人。即使皇贵妃的性子也不温软，不过跟这位许薇然姑娘比起来，显然还是温婉的。

齐钰已经迈着大步子离开了，李怀恩轻声叮嘱了两个小太监回到方才那个地方去拉架，看着前头九五至尊的背影，不由得轻叹了一口气。眼看着贵妃娘娘都要回宫了，竟然钻出个与众不同的姑娘来，皇贵妃回宫之后，看样子又得是一场好戏啊！

没过几日，后宫之中就多了位从六品的然美人。这位然美人脾性暴躁，生性好斗，头一回去斐安茹宫中请安，就把好几位妃嫔得罪了。

“然美人相貌娇艳，脾性颇为直爽，倒是和一位不在场的姐姐颇为相像。不过依我瞧着，那位姐姐学识丰富，风流体态自成一家，不是旁人能够学得来的。不要画虎不成反类犬，她能攀得高位，你瞧着可就像是个草包了！”其中一个被得罪的人开了口，她的身上是良媛品级的服饰，说话的时候声音清脆，语调高昂，似乎毫不害怕这几句直白的话所招来的风险。

殿内的众人都轻轻屏住了呼吸，虽然这几句话中，没有挑明那位不在场的姐姐是谁，可是大家都心知肚明，她方才所说的是沈妩。而说话的这人，正是当初与沈妩一起入宫的阮玉，直到现在她还是个良媛，皇上也未曾再召幸她。

好在阮家在新晋里头发展得一直不错，这位良媛的日子过得也不算差。将近三年后宫生活的历练，早就教会了她为人处世之道，不过这略显傲气和冲动的性子，却是没怎么改变。她可是从五品的良媛，比美人高了两个等级，岂是这个初出茅庐的小丫头就能欺负的！

“呵，看样子婢妾入宫时日尚浅，这位姐姐还不了解婢妾的性子。婢妾从来不会模仿别人，也不愿意做谁的影子，诸位姐姐们就瞧好了，时日久了，自然能分辨出婢妾与那位姐姐的不同来！”许薇然对于阮玉的话，倒是根本不在乎，甚至还嗤笑了一声，嘴角挂着几分嘲讽的意味。不过其中与沈妩撇清的意思，众人倒都听了出来。

看样子这位小美人，真的不愿意拿别人相提并论，这份自信倒是值得一看。

沈妩离宫之后，斐安茹就成了这帮妃嫔的领头人，她看着底下热闹的场景，脸上不禁露出几分苦笑。皇上就是喜欢性格出其不意的女人，可真是苦了底下这帮大家闺秀了。

许衿的脸色有些难看，她入宫之时，并未得到皇上太多的宠爱，即使这两年的升位，也都是为了后宫势力平衡。原本以为皇上只是在排斥许家的女儿，没想到将近三年后，皇上竟然心甘情愿地宠幸了一位姓许的女子，而且未曾听说这位许薇然侍寝的时候，闹出什么别的花样来！

同是姓许的姑娘，皇上竟然放弃她这位嫡姑娘，却去宠幸一位不知从哪个角落里冒出来的许家姑娘。或许皇上天生就爱上不得台面的？

二月初一，正是二皇子满月的日子。齐钰刚下了朝，就急匆匆地跑回龙乾宫，换了身衣裳便乘着马车出宫，直奔朗月庵。

马车到的时候，正好接近晌午，院子里也忙碌了起来，都知道今儿是小主子满月的日子，膳食都准备好了。大皇子已经两周岁多了，口齿十分清楚，此刻正单腿站在床边，看着一丁点儿大的弟弟直乐呵。

“母妃，弟弟能玩儿风车吗？可好玩儿了！”大皇子瞪大了眼睛，慢慢地凑近二皇子，脸上的神色十分兴奋。他现在的注意力已经从吃上面转移了，对街市上卖的小玩意儿兴趣十分高。

沈妩已经出了月子，脸上还有些肉嘟嘟的，不过好在衣裳映衬着，倒是瞧不出什么来。她听了大皇子的问话，不由得笑了。因着大皇子喜欢玩儿那些东西，此刻又在宫外，沈妩便时常吩咐采买的小太监带一些小玩意儿进来。毕竟日后回宫了，肯定是沾不到边的！

“他现在还小，不会玩儿！”沈妩照完了镜子，便走到了床边，搂过大皇子在他柔嫩的脸蛋上狠狠地亲了两口。

最近生孩子坐月子，对于大皇子的照料明显是疏忽了些，好在齐敬轩这孩子会自己找乐子，听话得很，平时除非沈妩让人抱他过来，其余都不会闹。

“待会儿就要用膳了，敬轩要吃什么？今儿是敬晨满月，以后敬轩要照顾他，让他听话明白事理，像你一样让母妃省心！”沈妩轻轻抱起他，将他放到腿上坐着，两人已经很久未这么亲密过了。

沈妩一口气说的话太多，大皇子的思维明显是有些跟不上，他歪着脑袋想了好久，又盯着二皇子看了看，最后才软糯糯地道：“可是弟弟只会吃，敬轩教不会！”

沈妩原本的好心情，就在这一句话之后灰飞烟灭了。不错，她生出来的儿子只会吃！这么小的娃娃就能看出来了，按理说满月的孩子应该活泼一点儿了，可是这个娃娃还是除了吃就是睡，偶尔睁开蒙眬的双眼看一下世界，便再次闭上了。

甚至大部分喝奶的时候，都是喝喝睡睡，眼皮都不稀罕抬一下！沈妩怕这孩子是有什么问题，特地找了太医来瞧，太医每日说的话都是一样：没有问题，二皇子很健康！

然后总会加一句当初稳婆所说的话：“小皇子吉人天相，如此好养活真是羡煞老臣了！”

羡煞个屁！吃货的弱点太多，全世界的美食都是他的弱点啊！以后要是被人用一个酱肘子就换走了皇位怎么办？要是因为一串糖葫芦就把媳妇卖了怎么办！吃货注定要与食物一起孤独终老了吗？

沈妩似乎已经看见了齐敬晨堪忧的未来，知女莫若母，知子莫若父！当初皇上肯定是看透了二皇子吃货的本质，才给他取了一个“齐敬撑”的名字，不能再贴切了！

“敬轩小时候也只会吃，弟弟长大了就会别的了！”沈妩怔了片刻之后，才轻声开了口，语气努力地变得坚定了几分，她还不可以放弃！

“哦，那就等到他和我一样大的时候，我再教他！”大皇子看着沈妩的眼眸，十分认真地点了点头，话音虽然稚嫩依旧，但是语气却十分坚定。

沈妩心酸地点了点头，永远没有那么一天！

两人正在说话，外头已经有人进来通传，皇上到了。桌子上的膳食已经摆好了，沈妩便抱着大皇子过去，让他坐在凳子上，她则亲自去迎接。

还没走两步，就已经瞧见了一身宝蓝色常服的男人，大步走过来。

两人相视而笑，沈妩亲自替他脱了外头的裘衣，携手进了里屋。大皇子双手背在身后，此刻端端正正地坐在矮凳上，瞧见男人进来，眼眸轻轻一弯笑开了，眉眼都变成了月牙形。

“见过父皇！”大皇子的声音稍稍扬高了些，努力做出一副中气十足的模样，显然是想引起齐钰的注意。

齐钰点了点头，他的心情显然不错，脸上的神色也不像以前幽冷无比，表情比较柔和，想来是宫里头的事情并没有像先前那般让他心烦。

沈妩和齐钰也坐了下来，大皇子已经在学自己拿筷子了，不过因为皇上在场，沈妩为了避免他失仪，便让奶娘替他换成了勺子。

齐钰的胃口不错，三人凑在一张桌上，倒是吃得一片其乐融融。

“阿妩，小撑也已经满月了，你准备什么时候带着他们两个小子回宫？”齐钰见吃得差不多了，便开口问了一句。

他已经在琢磨这个问题了，趁着孩子满月的时候回去，应该是最佳时机。况且沈婉怀有身孕这个谎言，也编不下去了，迟早是要传出沈婉流产的事情。那么到时候盯着沈婉的人就会有了空闲，想来沈妩这边的压力会增大许多。

沈妩下意识地扭过头看向床上睡得正香的二皇子，心里头也是一阵纠结。她离宫已经八个多月了，后宫的情势瞬息万变，恐怕根本不是她所能掌控的。离宫之前，被她控制住的后宫势力，也很有可能已经土崩瓦解了。虽然留了兰卉在锦颜殿打理，但是很难保证那些人的势力没有渗透进去。

一回去就要面对种种问题，而她还没有准备好，让二皇子这样的小身板，去迎战其中的艰险。

最终她还是轻笑着摇了摇头，扭过头看向齐钰，眼眸里闪烁着几分的光亮，稍稍扬高了声音道：“除了不放心皇上之外，臣妾觉得没必要这么早回宫。所以为了让臣妾和两位皇子都安心些，皇上可得时不时来看看。过几个月再说吧！”

沈妩的声音十分柔和，她的表情娇俏，在那张肉嘟嘟的脸上，显得有些憨憨的。这可是难得一见，平日里沈妩的笑容大多带着几分娇媚，此刻却像个小女孩儿一般，不由得让齐钰愣了一下。

“朕一定来！”齐钰抬手摸了摸她的脸颊，手感一如以往那般顺滑，他脸上的笑意更加明媚了。

里头男女混合的笑声时不时地传来，明心带着几个小宫女在身旁伺候。明音和李怀恩等其他轮值的宫人就守在外屋，听着沈妩的娇笑声，李怀恩的心里头颇有些苦涩。看惯了后宫妃嫔命运的起起伏伏，得宠失宠只在一瞬间。只是此刻面对皇上宠爱最持久的皇贵妃，李怀恩这心里头竟是颇觉不忍。

“你出来，咱家有话跟你说！”李怀恩伸手扯了一下明音的衣袖，脸上的神色颇有几分严肃的意味。

明音心里正得意呢，瞧瞧即使皇贵妃八个多月没回宫，每次皇上过来，对待皇贵妃的热情丝毫不减。听见李怀恩让她出去，不由得抬起头看过去，一瞧见平日里总和她们闹在一起的李大总管，如今颇有几分愁眉苦脸的神色，她的心底不由得一紧。轻声叮嘱了明语几句，便跟在李怀恩的身后出去了。

两人一前一后走到回廊的拐角处，这里没人守着，也不会听到他们的谈话，位置还算隐蔽。李怀恩沉思了片刻，才道："如果有机会，劝着皇贵妃早日回宫吧！"

李怀恩的话音刚落，明音脸上的笑意就没了。她能在皇上身边活着，并且被调过来伺候沈妩，就是因为脑筋灵活，此刻李怀恩一说，她的心底就冒出了几个想法。

"怎么，后宫里有妃嫔主子要翻天？还是有人能够威胁皇贵妃的地位了？"因着二人十分熟悉，所以明音此刻所说的话也就没什么遮掩，直接问出了口，嘴角带着几分冷笑，脸上的神色也是嘲讽十足。

后宫里的妃嫔，跟割韭菜似的，一茬割完了再长出新的一茬。生了歪心思的人，也永远都杜绝不了。除非哪一日皇上鬼迷了心窍，把后宫都遣散了，否则这争斗就永远没有停止的一日！

"总之你心里头有个数就行了，皇贵妃刚坐完月子，你也别明说，免得弄得她堵心。掂量着来就是了，若是皇贵妃实在不想回宫，也就依着她。反正有两位皇子傍身，那些人再有通天的本事也没奈何！"李怀恩见她有激动的预兆，便连忙轻声开口安慰她。

这些话若让沈妩知道，至少不能通过他们这些宫人的口，肯定得是个主子告诉沈妩，最好是皇上自己说。不过想想那二狗子皇帝，没心没肺的，认为宠幸个人没多大事儿，也不会去自讨没趣。

明音自然知道这层道理，若是她巴巴地跑到沈妩面前说，后宫里有大动静了，但是皇上今日来却一句话没跟沈妩说，这不是打皇贵妃脸面吗！

"若是没有通天的本事儿，你能如此紧张地跟我说吗？咱明人不说暗话，咱俩伺候一个主子也有五年了，我能不了解你！皇贵妃出宫了，难不成这八个多月，皇上就过着苦行僧的生活，没碰别的妃嫔？那肯定是宠幸了别人的，但是今儿你才提这个醒儿，证明这主子跟以往的不一样！我的大总管哎，你不如给我个准话儿，究竟是哪个不长眼的东西，趁着主子不在往上爬呢！"明音一下子就来火了，沈妩和皇上那些协议，她这个贴身宫女多多少少能猜到一点儿。

沈妩若是成了皇后，身边这些人可就都跟着水涨船高了。明音要求的不多，她只想着能趁着这个身份，待到了出宫年龄可以嫁个好人家，哪怕没人嫁，那总有众多的银钱傍身。眼看着这事儿就快水到渠成了，半路有人杀出来了，也不知道会不会对这事儿产生影响。她这心底如何不气！

再者说，明音跟在沈妩身边将近三年了，是条狗都能养出感情来！这捍卫的心情，就导致她说出的话十分地逾矩失态了。

“哎哟，我的祖宗哎！”李怀恩被她这突然发难吓了一大跳，连忙抬起手捂住明音的嘴巴，浑身都开始冒冷汗。下意识地转头四处看看，见没有人注意到这边，才稍微放下心来。

“不过离宫八个月，你这规矩怎么都忘了！再怎么混账，那也是主子，岂是你我能置喙的？”李怀恩的眼睛睁得老大，嘴上虽然说得惶恐，不过这脸上却没有什么害怕的神色。

最终李怀恩架不住明音的盘问，还是竹筒倒豆子一般，将目前后宫的情形说了一遍。

“你也知道，我只是皇上身边的内监总管，对于这后宫的局势，也不是把握得太准确。不过也八九不离十，你心里头有数就成。那位然美人也是刚得宠，虽说位分不高，但是皇上注意到她的方式不同，她的性子也不同于后宫的那些人。”李怀恩似乎想要解释，但是发现自己越描越黑，待到最后，明音的脸色已经暗沉如锅底了，他立刻闭上了嘴巴。

最终他抬起头看了一眼阴沉沉的天空，感叹般地说道：“唉，看老天爷喽！”

“呸，看老天爷个屁！现在主子的辉煌，都是她一步步争来的，只有你们男人才会睁眼瞎的认为天上掉馅饼！蠢得要死！”明音冷哼了一声，气呼呼地骂了几句之后，一甩手便走了。

李怀恩先是怔了一下，然后抬起右手捂着胸膛，脸上露出了几分贱兮兮的笑意。

明明被骂了，但是好高兴！后宫里头一回有人说他是男人！而且还是明音这个挑剔的丫头啊！

走到门口的时候，明音顿住了脚步，深吸了一口气，收敛起脸上愤恨的神色，才慢慢走了进去。

“大总管又向你说什么呢？”明语立刻神秘兮兮地凑了过来，脸上还带着几分好奇。

明音手一挥，脸上努力挤出几分淡淡的笑意，低声道：“还能说什么，无非就是他又被皇上如何虐了，老三套！”

恰好李怀恩也进来了，好死不死地听到了这句话，立刻向明音瞪了一眼。气哼哼地看着里屋的景象，对于自己多管闲事的行为追悔莫及。

过了片刻，沈妩便送皇上出来了。两人依然是十指紧扣，瞧着就像是恩爱的夫妻一样。不过明音瞪着那两只紧紧相握的手，眼里面似乎都能喷出火来。

待送走了皇上，沈妩面带着笑意回了屋，尽是满足的神色，显然皇上今日的表现，并没有让沈妩察觉到什么。明音看着她这副模样，好几次都想冲动地提醒她，但是每次话到嘴边又咽了回来。

沈妩是什么样的性子，明音也十分清楚。这位主子即使真的急得跳墙了，也不可能现在抱着两位皇子就杀回去。既然此刻回不去，那还是先让她多过几日快活的日子吧。

三日之后，朗月庵接到后宫里的一封书信，并不是皇上的笔迹，而是沈婉托了李怀恩让人送来的。

沈妩的心里头有些惊诧，沈婉为了避嫌，很少联系沈妩。也不知这次是为了何事，她慢慢地展开信仔细地读起来。信的内容不长，只是沈妩看完之后，脸色却是冷若冰霜。

068

佳嫔出现

沈妧的双手紧紧地攥住信纸，像是要把这一张薄薄的宣纸，硬生生地撕裂一般。她的双眸圆瞪着，眼眸里闪烁着幽冷至极的光亮。红唇轻抿着，银牙暗咬。

“阿妧，先祝二皇子长命百岁了，那条一起带过去的长命锁，就当是我这个姨妈给的满月礼物了。其实我写这封信的时候，犹豫再三，最终还是提起笔来。

三日前，二皇子满月，我派人去龙乾宫打探，得知皇上不在宫中，我就猜想皇上肯定是去了朗月庵。只是当他回来的时候，派人通知我准备传出怀孕失败的消息，我才知道你要推迟回来的日子。皇上应该没有对你说，宫里出了位美人，性子骄蛮横冲直撞，有人说她是在模仿你的手段，也有人说她不可小觑。

总之皇上这几日在宫中的心情变好，倒是大家有目共睹的。或许你该提前回来了。总得有人告诉你这件事儿，无论你心头如何想，或者日后被皇上知道了，会怪罪于我，这个坏人我还是做了。

再有一个月，选秀也就开始了，又会有无数明媚鲜妍的妹妹们涌入宫中，每当那个时候我总觉得自己老了。但是阿妧，你是不同的，快回来吧！”

看完这封信，似乎沈婉就站在她面前，殷切地说着这些话。沈妧深吸了几口气，克制住心头不断上涌的恼火。齐钰，你个混账真行！敢瞒着她这么久！若不是沈婉写信来，恐怕沈妧要等真正回宫了，才知道这后宫里又出美人了。

许衿未曾分得她的宠，斐安茹亦没有，就连以前分宠成功的崔瑾，此刻都成了病快快的模样，没有引起皇上的注意。沈妧想方设法抵挡了这么多的美人，最终竟然会栽在了一个小丫头的手上。

沈妧的眉头紧紧蹙起，脸上露出几分冷笑。不对，今日若不是有这位然美人，迟早也要出现旁的美人。沈妩入宫三年了，也得宠三年，对于御女无数的皇上，能够坚持这么久，真是不容易。恐怕他那颗想要尝鲜的心，也早就躁动不安了。

"笔墨伺候，本宫要回信！"沈妩素手一挥，脸上方才恼火的神色已经消退得干干净净，只是变得十分暗沉，彰显着主人仍然心情不佳。

明心几个宫女守在旁边，一瞧她这副模样，都下意识地低下了头，大气都不敢出。沈妩很少如此动怒，即使刚入宫的时候，皇上宠幸旁人，她也只是剪剪花枝撒气，此刻在心底恐怕是多了一分被背叛的感觉。

笔墨纸砚准备好之后，沈妩提起笔就开始回信。

"婉姐姐，我回宫的日子不仅不会提前，说不准还会推后。一个月后就是选秀的日子，肯定会有新人入宫，到时候与然美人争宠的人，不胜其数。不如等这些人决出个高下来，我再回宫去凑上一份子。

更何况，只不过是一位美人，如果我就这么火急火燎地赶回去，恐怕只会助长了这位野性子美人的气焰。无论她像不像我，这后宫之中，都只有一个沈妩！

你要照顾好自己，假孕的事儿，无论是流产还是生下死胎，都随你自己决定！怎么方便怎么来，无须顾忌我这边！大皇子一切安好，他现在口齿伶俐，聪慧有加，将来必成大才！"

沈妩写完之后，便将信纸折好塞进了信封里，将方才送信的小太监传唤了进来，把信递给了他。

"将这封信交给婉妃娘娘，顺带着告诉李怀恩一句，辛苦李总管了。这点子小事儿无须告诉皇上知晓。待本宫回宫之后，一定会好好犒赏的！"沈妩轻声叮嘱了几句，脸上的神色已经恢复了原本的和颜悦色，

那个小太监连忙轻声应承了下来，将信仔细地藏进衣袖里，才行了一礼慢慢退了出去。

明音瞧见沈妩方才那架势，心里就已经猜出来肯定是然美人的事情败露了。否则沈妩不可能如此生气的，脸上的神色直接变了。她也就不敢再凑上去询问了，只是佯装着要换茶壶的热水，拿起茶壶就退了出去。

倒是明心不知道这其中的细节，眼神不停地往沈妩那边瞥着，显然十分在意。

沈妩自然也察觉了她的眼神，最终轻叹了一口气，低声道："皇上新封了一位然美人，似乎还要继续宠她。婉姐姐不放心，便写了信过来提醒本宫。"

沈妩对于这些事儿，一般不会瞒着明心，她的话音刚落，就拿着先前沈婉写过来的信，慢慢地走到了炭盆边上，直接将信纸丢进了炭盆里。正在燃烧的炭火，忽然旺盛了一下，整张信纸就被火舌舔舐得干净，变成了灰。

恰好奶娘抱着二皇子走了进来，小家伙正嘤嘤地哭闹着，不用说又是饿了。沈妩的

奶水虽然不多，不过她却始终坚持白日里自己喂养，晚上才让奶娘上阵。

沈妩从奶娘的怀里接过二皇子，抱着他坐到了椅子上，单手搂着他，另一只手开始解开衣襟。或许是察觉到沈妩解衣襟的动静，二皇子立刻就不哭了，相反还不停地移动着小脑袋，像是在找寻奶水的根源一般。

待他终于吸到了奶水，才彻底安静了下来，全身上下只有嘴巴在动。沈妩瞧着他这副能吃的模样，心底的阴霾消散了些，不由得轻笑出声。

明心也走了过来，等了片刻才轻声问道："主子，要准备回宫的东西吗？"

沈妩想都没想，立刻就摇起头来，低声道："回宫还早着呢！若是现在回去，说不定准备那选秀的事儿，就要落到本宫的头上来。那种吃力不讨好的事情有谁愿意做，就让皇上交给她好了。后宫中又要充盈许多人进来，到时候肯定是乱得很，两位皇子都还这么小，若是出了什么意外，才叫得不偿失！"

她就不信，这次选秀中，没有皇上看中的美人，到时候又得有一场精彩纷呈的角逐。她虽然看不到，却愿意慢慢地等。反正宠都宠了，再怎么追究也改变不了这个事实。她现在才刚坐完月子，身心方面都不是最佳状态，大部分的精力都放在孩子的身上，哪里有精力去讨好皇上。

万一就这么回去了，皇上的心思还没挽回过来，两位皇子又出了意外，那才叫搬起石头砸自己的脚！

二月底的时候，后宫中传来消息，沈婉腹中的胎儿忽然就不好了，没有生出来身子反而更差。这位婉妃娘娘基本上没有在众人的视线里出现过，奇华殿也变得更加冷清了。

选秀的日子越发近了，各地的选秀活动已经进入了尾声，不少在远地方的姑娘家，已经乘上了马车前往京都。

直到三月底，当储秀宫再次被这些环肥燕瘦的美人填满之时，整个后宫似乎也跟着增添了许多活力。每一届的秀女之中，都有备受瞩目的人在。这回也依然存在，三方势力各有千秋。

当日复选的时候，皇上只留了几个，对于这些秀女，他依然没有多大兴趣。相比较十分有性格的许薇然来说，这些人实在是太不出众了。只不过当翻到这些复选留下的牌子之后，却有一个名叫刘怡的秀女，在侍寝之后升到了正五品嫔位上，并且赐封号为佳。

当这位佳嫔的封位诏书传出来的时候，后宫里一片哗然。第一次侍寝过后，能被封为正五品嫔位的女人，证明都是皇上瞧得上眼，并且觉得十分贴合心意的。

当初的斐安茹和许衿能封为嫔位，完全是靠了娘家的坚硬后台。但是这位佳嫔的家世十分普通，她爹也不过是地方的一个芝麻官，甚至连后宫中的三方势力都无法跻身其中，竟然会得皇上如此垂青。

这着实是一件让人百思不得其解的事情，刘怡长相甜美，却不是那种特别出类拔萃的，周身的气度自然也比不过世家调教出来的姑娘。唯一能说的上让人在意的优点，那就是刘怡整个给人的感觉。说话的时候语调轻盈，话不多却让人很舒服，行为做事儿上也从来不掐头露尖，与然美人简直就是完全的反比。

沈妩自然也收到了沈婉的第二封信，当“佳嫔”那两个字出现在信纸上的时候，她觉得自己的眼睛都快被刺瞎了。

多么讽刺的字眼，这位新晋的佳嫔，竟然沿用了沈妩前世的封号！沈婉久未出门，所以她了解到的刘怡这个人，也都是从奇华殿宫人的口中得知，并不全面，只是这寥寥几句话，却为沈妩勾画出了一位美人。

当沈妩想到这里的时候，忽然感到全身脱力，她想到一种可能！信纸从她的手中落下，掉到了地上，她却无力捡起。整个人瘫软在椅背上，眼眸轻轻闭起，脸上露出了几分疲惫的神色。

刘怡像一个人！她和曾经的沈妩一样，选择了去模仿当今皇上的母妃——黎妃。只不过沈妩模仿得不完全像，还保留着些许属于她自己的特性，所以并不容易让人往黎妃那方面想。毕竟性格温婉的女子太多太多。但是这位刘怡的表现，似乎要比曾经的沈妩更加合格！也只有模仿过黎妃的沈妩，才能一下子看透刘怡的心思。

这位刘怡显然也是来势汹汹，竟然想到从黎妃着手。难怪前世的时候，并没有出现刘怡这样的人物，因为沈妩当时已经占尽了先机，更何况沈妩的美貌，至今在后宫中无人能敌。可是今生，沈妩选择了不一样的路，这位刘怡就一下子翻身出现在众人的视线中。

她顶着沈妩前世的封号，有着沈妩前世装模作样的性子，或许连宠辱不惊知进退都做得十全十美。

沈妩失神了片刻，心里头忽然有些百味杂陈。对于这个模仿者，一时之间她竟然不知该如何应对。

后宫里一下子变得热闹起来，皇上的生活似乎也变得惬意了几分，然美人快人快语，从不掖着藏着，说话虽然不怎么文雅，却也别有一番风味。而佳嫔则是温婉可人，每次说话都是轻声细语，和颜悦色，让人心里头十分舒坦。

这两人一张一弛，倒是配合得恰好，让皇上颇有几分飘飘然的感觉。再加上这二人的家世门槛都不高，根本无须顾忌日后宠幸她们，会给局势带来太大的影响和波动。

佳嫔的父亲有些小才，伴随着女儿在后宫的得宠，巴结他的人自然是无数。皇上也觉得该给他升个官儿当当，否则实在是说不过去，不过佳嫔则是把无功不受禄那一套学得十成十，每回都要劝解着皇上不要升官，否则她的父亲会被戳脊梁骨的。说是靠着女儿在后宫里的宠幸而得了官。

齐钰呵呵地笑两声，他对女人的心思很少揣摩，这回自然也不例外。所以刘怡推辞之后，他就果真把刘怡父亲从升官的名额中划去了。直到现在，刘家还生活在偏僻之地。

至于这许薇然也过得不是十分称心如意，她爹的官位好歹高一些，她也不需要像刘怡那般伪装自己。甚至会朝皇上索要，齐钰见她的要求不过分，也就允了。当然这其中许家也出了力量，提携许薇然的父亲。正因为这个，才有些难以抉择。

许薇然想要投靠皇上，往新晋世家上靠拢。许薇然她爹则是惦念着许家，毕竟谁都摸不准这位然美人究竟能得宠多久。一时之间倒是陷入了两难之地。

表面上是这两位新晋的妃嫔把皇上霸占了，不过实则皇上留宿召幸的日子很少，只是会召她们去龙乾宫用膳较多，兴许是觉得一人用膳太过寂寞了。而这两位的争斗伴随着时日的长久，也变得趋于激烈化。

后宫里始终热闹非凡，天气逐渐变热了，一转眼都已经到了夏季。二皇子现如今都是跟着沈妩睡的，每日一起床，就让人把大皇子也抱过来。大皇子已经两岁半多了，沈妩吃完早膳就会抽出时间来教他《三字经》。

“人之初，性本善。性相近，习相远……”不得不说，听一个奶娃娃口齿清晰地念着三字经，传到耳朵里完全是一种享受。

仿佛回到了自己小时候，还躺在母亲怀里撒娇的时候，就开始一遍遍地念叨着这些简单的字句。

大皇子双手背在身后，腰板挺得直直的坐在矮凳上，一脸的认真，沈妩就坐在床上一遍遍教导着他。已经四个多月大的二皇子，开始被沈妩锻炼着翻身。不过这小娃娃实在太肥了，经常翻到一半，就被自己的肉所挡住了，怎么都过不去。甚至都回不去了，两边都是肉，竟然卡在那里动弹不得。

沈妩每次看到他那张肥嘟嘟的包子脸，被床挤得七扭八歪的，就笑到不行。手却是一遍遍撑着他的后背，慢慢地往一侧用力推着。肉太多果然是不方便，沈妩明明只是轻轻用力，想要他做个左侧翻就够了，可是往往轻轻一推，这被卡着的肉团子就直接翻了过去，变成了脸先趴倒在床上，摔得十分凄惨。

每到这个时候，他就开始嘤嘤地哭。肥脸撞到床上好痛，更何况现在天气热，床上铺的也不厚实，这可苦了正在学习翻身的二皇子了。每天那张脸都要被压到，之后眼泪吧嗒的模样着实可怜，沈妩往往会把事先煮好的绿豆汤舀一勺喂他，他就立刻不哭了，然后再接着被沈妩强迫性地锻炼翻身这项技能。

日子就在孩童稚嫩的背书声和婴儿吵吵闹闹的哭泣声中度过，还好有了这两个小家伙，沈妩的心思才不会专注到别的地方去。每个月的初一，皇上都会过来，即使宫中有许多新宠，这个习惯始终都未改变。

今儿是六月初一，二皇子正好满五个月了。沈妩早早地就准备好等着皇上，桌上的菜肴十分丰盛。前几次皇上过来，两人之间的互动还是一如既往，或者说沈妩故意不去提后宫的事情。

无论皇上宠幸这些人的时候，心里究竟是什么想法，哪怕认为是天经地义、理直气壮。但是当他面对沈妩的时候，总会有一丝不自然。沈妩在替他生养孩子，因为两个皇子，沈妩才躲在这朗月庵里整整一年的时间。可是皇上在后宫里，却是吃香的喝辣的，甚至是“嫖”女人！他对沈妩，会自然而然地产生一种愧疚感。

当两人在一起的时候，皇上隐瞒得越久，沈妩表面上装得越无辜，只要不捅破这层窗户纸。那皇上心底的愧疚感就会像滚雪球一般，越来越大。沈妩今日就要利用皇上这愧疚感，达到她的目的。

皇上来的时候，身着一身翠绿色的常服，头上束着玉冠，这一身显得他更加年轻了。沈妩没有出去迎接他，只是抱着二皇子坐在床边上。

齐钰进来的时候，一眼就看见了沈妩，她似乎没有发现皇上已经到了，只是紧紧搂着二皇子，掀开小娃娃身上单薄的衣襟在看着他的后背。大皇子就单腿站在她的旁边，也跟着伸长了脖子凑过去瞧，满脸的好奇。

“小撑怎么了？”皇上瞧见他们这副模样，不由得皱了皱眉头，脸上露出几分担忧的神色，也跟着走近了几步瞧过来。

沈妩这才抬起头，似乎刚发现皇上一样，一听他提起这个问题，眉头就挑了起来，显然十分纠结。

“敬晨的身上实在太多肉了，这才六月，整日就浑身淌汗。衣裳刚换过，臣妾看他背后有一块红红的地方，生怕他要起痱子。”沈妩的声音显得有些急切，她的话音刚落，手就慢慢解开了二皇子身上的衣衫，后背的那团肉上，果然有一块红红的印记。

齐钰抬起手轻轻地在上面摸了摸，小孩子的皮肤十分嫩滑，指尖都感到一阵柔软。手下的皮肤并没有什么异样，不过他又不是大夫，自然不敢妄加论断。

“待会儿请太医过来瞧瞧。从皇宫往这里运冰过来，恐怕不够用的。而且山上蚊虫多，气温又不定。你出宫也有一年了，下个月初一就是小撑满六个月的日子，就那日搬回宫中，不许再往后拖了！朕回去之后，就立刻让人着手准备你回宫的事宜！”齐钰皱着眉头细细思考了片刻，便下了决定。

沈妩脸上的神色微微愣了一下，转而有些僵硬地抬起头，脸上带着几分惊疑的神色，稍稍扬高了声音道：“这么快！臣妾离宫这么久了，对于后宫形势完全不了解了，恐怕回去之后还得有一段时日才能重新稳住那些人。可是两位皇子年纪都这么小，很容易——”

她的话未说完，不过底下的意思，皇上却是再清楚不过了。经过沈妩这么一提醒，皇上才想起此刻的后宫，恐怕比沈妩离宫之前要更加凌乱和难以掌控。

男人的眉头一下子就紧紧蹙起，脸上的神色带着几分不耐，却不是因为沈妩。他深思了片刻，才道：“七月初一早朝，朕会颁布封你为后的诏书，并且率领着文武百官迎接你回宫。待你回来，朕就确立小撑为太子！你当了皇后，六宫二十四司皆为你所用，前朝有朕在，到时候那些人自然奈何不了你！”

齐钰的语气十分坚定，他说这些话的时候，连一丝踌躇和犹豫都没有，显然之前就设想好了。他原本便已经有了这个打算，沈妩回宫之日，就是大秦有皇后之时，并且为了避免中途出什么差错，紧接着就把太子之位给了二皇子，这样也算是确立了第一步！

沈妩一直等他说完了，脸上的神色变得十分严肃正经，最终她轻轻扬起嘴角笑了笑，不过在齐钰看来，却显得有些僵硬，显然是有些紧张。

“只要皇上决定了，那臣妾就会努力地去做到！两位皇子，臣妾都会保护好他们！”沈妩边说边伸出一只手，慢慢地搂过大皇子，怀里抱着二皇子，三人紧紧贴在一起。

她低着头，遮掩住脸上得逞的笑意。身体却是止不住的颤抖，再有一个月，她就要回宫了！时隔一年，不知那些人是否还记得曾经叱咤后宫的皇贵妃，当然待她回宫之时，名分已经变成皇后了。

那些女人永远都不会明白，表面上沈妩是远离了后宫这样的是非之地，也没有争宠的机会，最后却拿到了皇后之位。实际上她为了能更好、更有资本地去争宠，已经耗费了太多的心血和时间。

“朕早就答应过你，一定会让你两者兼得，马上就是兑现的时刻。你所要做的，就是不要害怕也不要回头，一直大胆地向前冲。无论你走多远，朕都会在前面为你铺好平坦的道路！”齐钰看着他们三人凑在一起，心底顿时一软，不由得抬起手放在她的后背上，慢慢地摩挲着。声音轻柔，完全就是为了安抚她。

沈妩搂着两个皇子，脸上原本得逞的笑意，因为皇上这几句貌似情真意切的话语，而变得有些失真。皇上这些话，她已经不敢评判是真是假。在这世上，唯有一颗真心难以谋得！

待沈妩的情绪平复过来，几个人才坐到了桌边开始动筷子用膳。饭菜的香气袭来，杯盘轻微碰撞发出的闷响声，显然都吸引了独自躺在床上的二皇子的注意力。

小家伙原本是平躺在床上，右手放在嘴里啃着，此刻听到这些动静，脑袋扭了扭，却只能看到沈妩的背影，其余的根本瞧不见。他显然是有些不满足，开始扭动着身体，呼哧呼哧地要翻身。无奈身上的肉又将他卡住了，齐钰的正对着他，头一回看到小肉团子做这个姿势，当场夹菜的筷子都停住了。

“小撑这是怎么了？用完膳得赶紧请大夫来瞧瞧。”齐钰的脸上带着几分惊奇的神色，他实在是不明白这小家伙究竟要做什么。

“父皇，弟弟他在翻身！”大皇子拿筷子的姿势已经十分熟练了，此刻一板一眼的动作标准异常，听到男人的问话，他也停下了筷子，抬起头轻声向皇上解释道。

齐钰呼唤自己的二儿子，已经完全是“小撑”了，并且叫得十分顺口。此刻听得大皇子解释，他的心底也就明白了，这小肉团子真是行动不便。当初大皇子一条腿使不上力气，直到六个月才会翻身，没想到二皇子竟是因为太胖翻不过来身。想皇上这两个儿子，竟然没一个行动方便的！

“嗯——嗯——”二皇子似乎跟身上的肉置气了，浑身都在使力，就连嘴巴也没闲着，发出了两声奇怪的叫喊声。

饭桌旁的三个人，都把注意力投射到床上的肉团子身上，看着他铆足了劲儿的模样，脸上都带了几分笑意。二皇子白嫩嫩的小脸上都已经通红一片，显然是用力过度。

他总算是歪歪拽拽地翻了过来，瞧清楚了围坐在饭桌旁的三个人。只是还不待有人夸奖他，便听到“噗”的一声闷响，他再次摔成了趴着的姿势，胖脸狠狠地撞到了床上！眼前的人影，也完全变成了一片乌黑。

“呜呜——”伤心的哭声传了过来，足见二皇子的翻身，又因为肉太多而以失败告终！

“哈哈——”桌边上等着看好戏的三人都不由得笑了，沈妩的脸上露出几分意料之中的神色，她早就猜到了会变成这样！

用膳之后，皇上亲自留下来，把太医召来。让他看看二皇子背后的红印，哪知当把衣襟解开的时候，肉团子背后除了白嫩嫩的肉之外，还是肉。一点别的颜色都没有，那红印都已经消失了。

“启禀皇上，二皇子的身体十分健康。到了夏季，的确比常人感到热，容易起痱子！”那个太医干干地笑了两声，连头都不敢抬一下。

二皇子实在是比其他孩子好养活得多，太医说得十分隐晦，不过齐钰和沈妩却都是听懂了。这娃太胖，夏季的时候，他不起痱子谁起痱子！

“成了，下去吧！”齐钰轻轻一挥手，让太医下去了。他看着沈妩把二皇子哄睡着了，才离开了院子回宫。

待皇上的身影消失之后，沈妩才轻松了一口气。她连忙抱起二皇子，又掀开他的衣襟瞧了瞧，再次确定后背上已经光滑如初，没有了印记，她才彻底放下心来。

别看二皇子是个胖子，却不怎么流汗。方才后背上那块红印，是沈妩搓出来的。好在这小肉团子皮肤娇嫩得很，稍微用力捏一下，就立刻显出印记来，方才听到有人通传皇上来了，她就立刻轻轻搓了两把，果然就有了印记。

从红印引出痱子的话题，让皇上自己说出要沈妩回宫的话。沈妩再以不了解后宫局势，无法一下子掌控后宫这种话题，结合皇上心中的愧疚感，让皇上直接许诺她皇后之位。皇上也不是言而无信之人，既然皇后之位都给了，那太子之位也就顺便确立下来。

一环扣一环，其实每一处都只是一个小细节而已，沈妩却是串联起来，确保了她回宫之后的最大利益。

皇上回宫之后，便把斐安茹和崔瑾召到了身边。两个人的身体，在后宫里都是出了名的不好。特别是崔瑾，整日面色苍白，若是遇上了连续的阴雨天，总能听到她咳喘的声音。

不过这二人在后宫的地位，却是数一数二的。斐安茹正是目前后宫之中位分最高的，也是新晋那边的领头人。崔瑾这个慧妃在沈妩离开之后，也成了世家的头把交椅。此刻皇上同时召集二人去龙乾宫，足以见得肯定是十分重要的事情。

不少人已经开始着手打探了，不过与此同时，也有人开始怀疑，这是皇上要有什么针对许家人出手的大动作了。不然为何单单将许家之首的德妃落下了？

斐安茹和崔瑾一前一后进入外殿的时候，齐钰正坐在案桌前批阅奏折。两人同时弯腰行礼，声音都有些低低的。

“起来吧，朕今日找你们两位前来，是有一件重要的事情要交给你们去办！”齐钰轻轻地一挥手，示意她们二人坐下，脸上的神色十分严肃，语气也带着几分郑重。

斐安茹和崔瑾两人不由得互相看了看，脸上皆露出几分惊疑的神色。这后宫里能有什么大事儿，选秀早就结束了，宠幸的人也宠了，该封位的人也封了。这还差些什么？

“皇贵妃要回宫了！”齐钰没有理会她们两人之间的小动作，直接扬高了声音宣布道。

那两人忽然就愣住了，下意识地转过头看向他。齐钰的双手交握支撑着下巴，脸上的神色还是那样严肃，在她们看过去的时候，他也在打量着她们。

“回宫的日子就定在下个月，最迟这个月的月底，把宫中的一切都打理好了。朕不希望后宫还像现在这么乱，并且要做好欢迎的准备，排场能有多大就有多大！”皇上轻轻蹙起眉头，想了片刻又追加了一句话：“以皇后之礼迎之！”

当男人的这句话传来的时候，短短七个字，却让这两位妃嫔足足愣了两秒钟。以皇后之礼迎之？每一个字单独拆开，她们都能明白，可是一旦组合在一起，却好像怎么都听不懂似的！

没有皇后之位，何来的皇后之礼？斐安茹张了张口，似乎想要问什么，可是她一抬头就看到皇上脸上坚定的神色，话到了嘴边又咽了下去。还用得着说吗？皇上的态度已经表明了一切。

沈妩这次必定是强势归来！

任她们俩想破了脑壳，也始终都不明白。沈妩去的是庵堂，又不是神仙庙！何以一年之后不仅没失宠，还得来了皇后之位！斐安茹现在是良妃，崔瑾也到了慧妃之位，两人都认为离沈妩已经越来越近了。因为这一年的时光里，她们整日围在皇上的身边，和皇上住在同一座皇宫里，就连寝殿离得都极近。

按理说沈妩这一年的时光，在皇上的心目中，应该是静止的！可是完全没想到，沈妩已经完成了从皇贵妃到皇后的改变，这是质的飞越。与她相比，她们简直是差得远了。

"朕再说一次，阿妩是要带着皇子回来的，后宫这么乱的环境，朕不说你们心里也清楚。小孩子在这里最难养活了，朕不希望他们一回宫就出了什么差错！还有以皇后之礼相迎这事儿，你们派人弄出这场面就是了，但是一个字都不许跟旁人透露！若是在他们没回宫之前，朕就听到什么风言风语——"齐钰的口气明显是加强了许多，显然在强调这些的重要性，斐安茹二人也算是看出来了，皇上对于这次沈妩回宫，看得极其重要，根本就不容许出任何差错。

男人的话一下子顿住了，他的面色带了几分阴冷，显然是要警告她们二人。

"有了阿妩在身边，朕的性子已经被磨平了不少，可是不代表朕就不会发脾气。两位爱妃都是尝过朕折磨人的滋味儿的，想来都不会忘记，更不会想要再尝一次吧？"齐钰端起桌上的茶盏，轻抿了一口润润喉，显然是一下子说太多的话，让他的嗓子开始发干。

伴随着他话音的落下，坐在下首的两个人都不由自主地抖了一下。斐安茹至今对侍寝这种事儿都留有无比深刻的心理阴影，即使之后皇上信守诺言，不曾碰过她一根手指头，但是她心底的害怕和恐惧却是无法消散，估计日后跟其他男人都不能触碰一下。

崔瑾虽然没有亲身体会过，不过皇上让崔绣听他们欢好这事儿，可是历历在目。这个男人就是恶趣味满满，别人活得憋屈了，他才会开心。这两人每每回想起来，都会浑身发抖，自然都不会想着再尝试一次。

069

皇后回宫

“还有德妃那里，之所以没找她过来，是因为朕怕她动了歪心思。你们只要叮嘱她把许家人看好了便是，其余的不需要多透露！”齐钰最后才想起了还有个德妃在，便又立刻出声提醒道。

两人从进来几乎没出过声，就光听皇上一人说来说去，句句不离沈妩。原本高高在上的感觉，忽然一下子就没了。沈妩要回来了，这个后宫里，有谁能比得过她！还没到宫里头，皇上就已经开始处处为她着想，就连整治后宫这种事儿都提前预备好了。那种始终矮人一头的感觉又回来了，带着一种紧张的压迫感，迟迟不能散去！

“暂时就这么多了，朕若是想到什么会派人去通知的！”齐钰抬手挥了挥，脸上露出几分深思的神色，显然还在思考着是否有什么落下忘了说的。

斐安茹和许衿出了殿门，双腿都有些发软，还好两边皆有宫人搀扶着，否则恐怕已经失了态。沈妩当初莫名其妙地出宫，谁都没想到她竟然会有回来的这一日！

沈妩在朗月庵里也是忙乱得很，当初浩浩荡荡的车队运送来的物品，此刻又要一一整理好带回去。

“那个釉彩的瓶子不要了，那么重说不准路上还摔了！去把清月师太叫过来，看看她有没有要留下的！”沈妩虽然每日都待在屋子里，并不参与收拾整理，但是这些宫人来回地走动，还是非常影响她的心情。

清月师太过来之后，了解了沈妩的用意，便向她道谢。有些东西能给的，沈妩让人一并都送给了朗月庵。

在回宫之前，二皇子总算是练会了翻身，不得不说他的腰背力量要比同龄的孩子大得多，全是被身上的肉所逼出来的。

后宫里最近一片忙乱，许多宫人都被调度到旁的差事上，并且门禁等要求越发严格，甚至拿银子都不好使了。显然是斐安茹和崔瑾派人盯紧了各个大管事，一时之间后宫里倒是异常地规矩，生怕哪个倒霉蛋见钱眼开了之后，就变成头一个被宰割的人。

就连奴才都感受到了这种紧张的气氛，就更别提主子之间了。原先一些还蹦跶得厉害的妃嫔们，都纷纷收敛了起来，以多年留守后宫的经验，恐怕要迎来一场十分重要的角逐。看着后宫慢慢布置起来，回廊里甚至都挂着摘抄好的经文，不少人都猜测宫里是要举办一场盛大的祭祀。当然除了几个知情人之外，旁人都不会猜到已经淡出视线的沈妩头上。

德妃这几日却是急得如热锅上的蚂蚁，宫里头的奴才越发规矩，妃嫔们越谨慎小心，她的心里就越没底。后宫变成现如今的境况，肯定与皇上那日召集斐安茹和崔瑾两人有关，可是她们二人的口根本就撬不开，这消息也无从打听。德妃只有干着急的份儿了。

七月初一这日早朝，依然是李怀恩扯着嗓子高喊了一句："有本启奏，无本退朝！"

底下一帮朝臣，自然还是要挑出几个问题回禀的，齐钰象征性地说了几句就算完了。底下的讨论声逐渐小了下去，显然今日的朝会即将结束了。

齐钰却是迟迟没有让人宣布退朝，他的食指轻轻敲击着龙案，脸上的神色变得十分严肃。

"既然众位爱卿都没有话要说了，那么该朕说了。李怀恩，宣旨！"他扭过头冲着李怀恩使了个眼色，手轻轻一挥。

底下的大臣们都抬起头来，不知道皇上要宣什么旨意，还特地留到了朝会的最后。

"奉天承运，皇帝诏曰：皇贵妃沈氏阿妩在朗月庵为民祈福，已有一年。今日将回到宫中，这一年以来，整个大秦风调雨顺、五谷丰登，多半是因贵妃娘娘的诚心感化了上天，特地赐下这样的福音。朕念其识得大局，为民着想，特封其为皇后，从此与朕共保大秦昌盛，人民富足！"李怀恩尖细的嗓音，透过金碧辉煌的大殿，传进了众人的耳朵里。

这道封后的圣旨，可谓来得十分突然，将朝中的文武百官都打了个措手不及。一时都愣在原地，没有一个人开口说话。

"皇上，这皇后的人选是否再考虑一二？毕竟后宫之中佳丽众多，几位妃嫔娘娘都是贤良淑德的性子，日后——"许老侯爷是第一个反应过来的，他连忙向前迈了两步，声音里透着几分急切，像是要辩解什么一般。

一旦有人开了腔，后面附和的人自然就容易了许多。这回就连新晋世家之中，也有几个站出来劝导皇上三思。

齐钰没有着急开口，一直让他们说完了，脸上才带着几分讥诮的笑意，手指依然在不紧不慢地敲击着案桌，沉声道："诸位爱卿说完了？这回应该是真的说完了吧？其他妃嫔娘娘品行较好，那阿妩的品行是不是很差？"

男人的语气里带着十足的嘲讽，他的话音刚落，大部分的朝臣就连连摇头。笑话，即使这回沈妩当不上皇后，她依然是后宫中位分最高的妃嫔，谁敢指责她的品行不端正？

"既然阿妩的品行很好，那就没有什么异议了。在朕的心中，唯有她一人能做朕的皇后！"男人这句话说得掷地有声，十分有气势，根本不给旁人反驳的机会。

既然皇上都这么说了，自然没有朝臣们置喙的余地。平日里能言善辩的朝臣们，都纷纷低下头，最终一起跪倒在地直呼万岁。不过个人心中的想法不同，明显是几家欢喜几家愁。

"很好，不愧都是朕的忠臣良将。待会儿就与朕一同迎接皇后回宫！"齐钰抬起手，用力地鼓了几下掌，声音里底气十足，像是真心的要夸奖他们一般。

只是当他的话音落下，却有不少人的脸上闪过错愕，甚至是厌恶。毕竟沈妩只是庶女出身，外加她的名声一向不算好，冒头掐尖之人，在后宫中自然是不讨喜。经由那些妃嫔的嘴巴，传到朝臣耳朵里的沈妩，简直就是一个只会以色侍君、恃宠而骄的女人。

能当上皇后，已经算是勉勉强强，现在却要朝臣们一起去迎接她，不少老臣感到了一种屈辱。

"皇后乃是国母，大秦所有的子民都该敬仰她，诸位爱卿也该为外头那些平民百姓做个榜样。让阿妩当皇后，朕想了许久。让诸位亲自迎她回宫，心里也盘算了不少时日。朕不是先皇，不懂得什么是苦口婆心，朕的耐性一向都是有限度的。不知诸位爱卿能否懂得？皇后的车驾应该很快就要到了！"皇上的话语里带着浓浓的警告意味，他的眸光渐冷，一一扫过殿下所站着的朝臣，似乎只要发现一个说出反驳意见，就要让人进来对那臣子施以惩罚似的。

大殿里沉浸在一片死一般的寂静之中，没有任何一个人开口反驳。齐钰的嘴角轻轻上扬，弯起一个细微的弧度。这才是刚刚开始而已，好戏还在后头！

到了宣武门，平日里只会开侧门的宣武门，今日却敞开了正门欢迎皇后回宫，足见齐钰对于这次沈妩的回宫，耗费了不少心思。从这些细节之中，就可以猜到皇上对皇后的重视程度，如此费心费力地为她长脸。

进入皇宫之后，就有凤辇停在了旁边，沈妩弃了马车，带着两位皇子坐上了轿辇。皇上和朝臣听到沈妩回宫的消息，就在光明殿外等候。当凤辇被宫人抬着，远远地出现在众人的视线中时，朝臣们脸上的神色分为两种。一种是终于见到皇后了，轻轻地松了一口气；另一种则是沈妩又要进宫了，心底的紧张感增强。

凤辇越来越近，上头的人也能瞧见得一清二楚。不少人都深吸了一口气，惊讶得说不出话来。

沈妩走的时候，只带着大皇子一人离开，现如今却是带了两个孩子回宫。大皇子就坐在她的旁边，而她的怀里抱着一个未满周岁的男孩儿。瞧那副亲近的模样，说不是亲生的都没人相信。

“恭迎皇后娘娘、大皇子殿下、二皇子殿下回宫——”李怀恩适时地扯开了嗓子唱喏起来，他说完之后便带头跪了下去。

朝臣们虽然心底疑问重重，但是面对此刻的情形，也不得不先跪下再细想。

沈妩在宫人的搀扶下，慢慢地从凤辇上下来了，两位奶娘上前，各自抱着一个皇子跟在她的身后。

“阿妩！”皇上快走了几步，直接冲到了沈妩的面前，轻轻拉住她的手。慢慢地拍了拍她的手背，在拉着她往前走的时候，趁机贴近她的耳边，低声说道：“马上可能会出现些状况，你到时候看住了孩子，莫让他们被吓到！”

皇上的声音压得很低，语速也很快，显然是很怕别人发现他们之间的这种互动。皇上拉着沈妩的手，慢慢地走近，那些朝臣垂首弯腰地跪在面前，景象甚为壮观，她终于走到了这一步！

今生，她有了皇后之位，却不会遵循所谓的皇后之德。后宫里的一切，无论想要什么都得凭借自己的力量，争宠和往上面爬都得靠自己，别人是不会无缘无故地帮助的！

雨露均沾，在她这一生之中都不会出现，她的最终目标，就是皇上永远地属于她！

皇上拉着沈妩慢慢走到了朝臣们的前面，他轻轻一挥手，一旁的李怀恩就已经会意了，再次从怀里掏出了圣旨，轻咳了一声。

那些跪在地上的朝臣都悄悄抬起头，脸上露出几分错愕的神色，这里怎么还有一道圣旨？又是什么倒霉事儿要宣布了？几位老谋深算的老臣，心里不停地打鼓。一偏头就可以瞧见那个待在奶娘怀里的肉团子，嘴里头不停地流着口水，甚至旁若无人地将左手塞进嘴里啃着，一双明亮的大眼睛漫无目的地看着那些大臣。

“奉天承运——”李怀恩再次轻咳了一声，便扬高了嗓子准备念圣旨，只是他刚说了四个字，就停顿了一下。

二皇子对于李怀恩的声音显然十分兴奋，李怀恩刚开口，他就轻轻地“哦”了一声。

“皇帝诏曰！”李怀恩以为自己是出现了幻听，又连忙将注意力集中到圣旨上，继续念着。

哪知他刚说了这四个字，那边二皇子又跟着“哦”了一声。

“二皇子齐敬晨乃是朕与皇后之嫡子，大年初一所生，乃是大吉之兆。并且聪慧有加，甚慰朕心。遂册封其为大秦的太子，即刻起将皇后与太子的身份记入玉碟之中。钦此。”李怀恩大气都不敢喘，几乎没怎么停顿地念完了，生怕再给二皇子互动的时间。

小家伙窝在奶娘的怀里，不停地勾着头看向李怀恩，见别人没有什么特殊反应，一下子胆子就变大了许多，直接伸开双臂似乎要扑过去，奶娘连忙抱紧了他。

“唔——唔——”二皇子的行动被制止了，便不停地扭动着。

跪在地上的朝臣们先是一愣，然后才反应过来，皇上方才宣布了立太子的圣旨！而且还是把太子之位，给了这个正在流口水的胖娃娃，简直就是滑天下之大稽！

谁知道这二皇子是从哪里冒出来的？沈妡去朗月庵不是潜心为大秦祈福了吗？怎么带了个娃娃回来说是她和皇上亲生的，谁信啊？生娃娃如何祈福啊？这前后两道圣旨分明就是自相矛盾，一点逻辑都没有了！

“皇上，立太子兹事体大，不好仓促定夺。老臣敢问一句，这位二皇子的生母是哪位？”许老侯爷终于还是忍不住了，总不能什么好事儿都被沈家占了吧，先从这娃娃的身世上入手。

齐钰显然早就料到他会有此问，脸上的笑意加深了些，带着几分嘲讽的意味。

“生母当然是皇后，朕都说了，二皇子是朕与皇后的嫡子。许老侯爷是因为年事过高，耳朵不好使了吗？”齐钰根本没有兜圈子，直接将答案说了出来，并且还兴致盎然地调侃了几句。

许老侯爷的脸色一下子变得苍白了，他不禁抬起头来，一下子就对上了皇上那双似笑非笑的眼眸，瞬间他的思绪就变得清明起来。沈妡当初离宫就很突然，而且还是以修身养性这种冠冕堂皇的理由。

只不过她离宫之后，就传出了沈婉有孕的消息，所以成功转移了众人的注意力。沈妡离宫一年多，二皇子已经满了六个月，证明是在宫中坐稳了胎才去朗月庵的。

他越想越心惊，从一年半之前，皇上和沈妡就精心策划了这一场好戏。想要将皇后和太子之位都收入囊中，将整个大秦的人都耍得团团转。现如今的回归，连续两道圣旨下来，简直就是不将他们这些股肱之臣放在眼里！

“皇上，大秦老祖宗传下来的规矩，皇后之子不可立太子，太子之母不可为后！就是为了防止外戚把持朝政，这么多年的三足鼎立，从不曾改变，互相牵制互相平衡，恰到好处。皇上若是如此随意地将这规矩破了，大秦危矣！”御史大夫颤巍巍地跪行出列，他不停地用头磕着地面，“咚咚”的闷响声传来，让人心底发慌。

齐钰的眼眸轻轻眯起，眸光里带着十足的冷意。只不过是刚下了圣旨而已，这些人就开始坐不住了！

“如果坚持祖制，大秦才要亡国！三方势力互相攀咬，底下人结党营私随处可见，收受贿赂屡禁不止。处理朝事丧失理智和判断能力，只有一个信条，己方就是正确的，对方就是错误的！这些年呈到朕面前的折子，有多少是因为互相诋毁陷害起因，最

终闹得收不了场，成为当地祸害！京都之中随处可见，纨绔子弟跟着你们打架斗殴，愚蠢至极！”齐钰猛地扬高了声音开口说道，中气十足，语气坚定颇有几分掷地有声的意味。

皇上的手一直牵着沈妩的手，他在说这番话的时候，由于情绪过于激动，情不自禁地握紧了沈妩的柔荑。

他的话音刚落，那些吵吵嚷嚷的臣子们就都闭上了嘴巴，没有一个人再开口。一旦某个制度施行太久，就无可避免地出现了弊端，人只要有了欲望，就会想方设法找出这些制度的漏洞，游走在边缘捞得大把的好处。

“哦——哦——”刚消停了片刻的二皇子，再次扭动起来，显然对于李怀恩手里头的圣旨，一直是贼心不死。

这一声声稚嫩的声音，像是一个突破点般，再次让那些心虚的朝臣们找到了反驳的理由。

“皇上，您所说的也只是少部分现象，况且二皇子年纪这么小，根本就瞧不出什么。您又是正当壮年，宫里头的妃嫔甚多，日后还会有其他的皇子，不如过个三五年，细细瞧过之后再作打算！”吏部尚书也走出队列，他抬起头，脸上带着几分恳切的意思。

李怀恩手里捧着圣旨，跟拿了烫手山芋似的，二皇子那肉团子，早就咋咋呼呼地要过来抢。要不是有奶娘护着，估计这小家伙就已经扑到李怀恩身上来了。

“嗯哼！”倒是皇上轻咳了一声，眼神冲着李怀恩示意了一下，意思十分明显，要他把圣旨给二皇子。

李怀恩只好苦着脸，颤巍巍地将圣旨双手捧到二皇子的面前。看着近在眼前的皇榜，“肉团子”立刻“咯咯”地笑出了声，双手扑了过来抢走了，仔细地看了两眼，直接将拖长的口水抹了上去，然后又是一阵“咯咯”的傻笑声。

“胡闹，李总管，圣旨这样重要的东西岂能当成稚童玩耍的东西！”礼部侍郎立刻站了出来，声音严肃地斥责着李怀恩，颇有几分要参他一本的征兆。

“那本来就是给二皇子的旨意，让他拿着乃是天经地义。诸位爱卿如此看重太子之位，生怕朕选错了人。朕这心里头真不知是高兴还是难过，朕这位置是不是也要让诸位来考量一二？”齐钰冷声开口道，他的脸色逐渐阴沉下来，明显是不高兴了，语气里带着几分警告的意味。

皇上这句话说得十分重，甚至隐隐透出猜测朝臣们要造反的意味。那些原本还准备附和的臣子们，立刻闭上了嘴巴，不敢再多说一句话。一旦什么事儿和谋反搭上边，那全家的性命都得赔进去。

“臣等不敢！”所有的臣子都前额贴在地面上，俯首行大礼，脸上露出几分诚惶诚恐的神色。

“不敢？朕已经下了旨意，你们却在这里推三阻四，找出各种理由来反驳朕，可不是要谋反吗？”齐钰却不放过他们，脸上的冷笑越发明显，语气也甚是咄咄逼人。

这回齐钰没等这些朝臣说话，直接扬起手拍了两个响亮的巴掌。顿时像是得到了什么讯号一般，从四面八方涌来身穿铠甲的士兵，手拿长矛和护盾，队列整齐，步伐一致，迅速将这些人团团围住。

拿着护盾的士兵在最前面，站到位置上之后，立刻将盾牌紧紧相连，身体跟着蹲了下来。所有的护盾围成一个大圈，将那些人全部围在圈内。

待这个包围圈形成之后，那些手执长矛的士兵紧跟其后，尖锐的长矛从盾牌相连的缝隙之中伸出，除了皇上和沈妩的背后，包围圈里到处都闪烁着矛头上银白色的亮光，刺眼得很。

这还不算完，紧接着第三块方阵也冲了出来，每个人手里都拿着弓箭，弓弦被拉得满满的，箭头的方向纷纷对准了还跪在地上的朝臣们。

这支队伍显然是训练有素的，被皇上调过来专门镇压这些朝臣的。这些士兵原本就是上阵杀敌的，面对过千军万马。个个都是刀头舔血的好汉，此刻身上所散发出来的杀气，丝毫不遮掩。这么多人站在一起，那种冷硬而强烈的气息，一下子侵袭而来，让人不由得跟着神经紧绷起来。

就连把口水往圣旨上甩的二皇子，似乎都察觉了周围气氛的不同，好奇地看了看周围。眼神一下子就聚焦到了那银光闪闪的长矛上，身体直接开始扭动起来，手中的圣旨也不要了，直接丢到了地上，相反却冲着长矛的方向伸出了手，显然想要过去。

“二皇子从今日起就是太子了，还有哪位爱卿要反驳的？尽管站出来！那边的弓箭可不长眼，万一有哪个小士兵手滑了，直接射进了心脏里，那朕可管不了那么多！”齐钰轻哼了一声，脸上露出几分似笑非笑的神色，语气里却是森冷无比，显然就是一种正式的警告。

皇上的话音落下，跪着的朝臣们没有一个开口说话的。甚至有几个年纪大了，心脏承受不住，哪里想到会看见这样的场景，竟是不由自主地发起抖来。沈王爷心里则是欢呼雀跃，没想到沈家真的有可能成为第一世家！由于兴奋，他脸上的肌肉都跟着震颤起来，嘴角甚至都抑制不住地往上扬起。

当然也有几个面露不快的，牙齿死死地咬着，真没想到皇上竟然会使用这招。不同意立太子，就要让人射死他们！比土匪还要土匪！比流氓还要流氓！

“现在跪着的可都是真爷们儿，不会等到朕把这些将士们撤了，诸位爱卿就反悔了吧？朕现在就把话撂在这儿了，皇后以及太子的事情，你们只有这一个机会说了，过时不候！还有谁对朕的圣旨存在异议的，就赶紧出来放！”齐钰脸上的表情变得越发僵冷，显然对于册封皇后和太子一事，他准备用暴力镇压。

此刻四周都是红墙黄瓦的高大建筑，遥遥相对着宣武门，皇上出动了大秦的将士，那些厮杀敌人所用到的弓箭、长矛和盾牌，此刻都面对着这些朝臣，随时都有可能将某个人射杀掉。只为了让一个他曾答应过的女人登上皇后之位，同时又让他们的孩子变成太子。

几百年的祖制规矩，使这些人早就习惯了太子之母不为后。一下子要转变，显然有些困难。皇上就用他们的身家性命作为筹码，强逼着他们不能反驳。

“皇上，万万不可啊！老祖宗的规矩，正是大秦用数百年印证过的。大秦能够长盛不衰，还得依靠这规矩。一旦更改，就是变换了大秦的命格，后果不堪设想啊！”垂垂老矣的御史大夫，显然并没有那么容易接受，更没有被恐吓到。

甚至皇上使用了这样偏激的手段，给这位老臣的心里添上了不少的阴影。皇上真的为了沈妩无所顾忌了，难不成当真是魔怔了？在他的眼里，沈妩已经变成了祸国殃民的红颜祸水，皇上若是一意孤行，显然也快成昏君了。

为了一个女人和她的孩子，竟然让军队拉弓射箭瞄准全部朝臣，皇上这步是险招。他赌的就是这些臣子都把自己的命看得十分重要，不会跳出来破坏好事儿，但是偏偏有人不怕死，甚至还求速死，或许还可以成全自己的一世英名。

一旦有人真的不怕死站了出来，这股士气必将衰竭。齐钰有些不耐烦地皱了皱眉头，他若是挥一下手，这个不知好歹的老臣立刻就可以归西，但是当臣子血溅当场的时候，恐怕一顶残害忠良的大帽子就要扣到他的头上了。而且这些杀敌的将士，也不是训练来猎杀大秦的臣子的，这样只会侮辱了射出去的弓箭。

齐钰的不出声，落在旁人的眼里，明显就有了别的意思。皇上让这些军队来，只是为了吓唬他们，根本就不会射向他们的。顿时不少人的心底都有了数，那几个许家人就想着一起开口支持御史大夫，就不信皇上真的会让人放箭。

“皇上，臣妾有话要说！”眼看着那几个人在酝酿情绪，倒是沈妩提前开了口。

轻轻柔柔的嗓音传来，几乎吸引了一大半人的注意力。沈妩边说边冲着皇上行了一礼，不少臣子脸上的表情就不好看了，现在正是讨论太子之位，大秦未来将如何的时候，一个妇道人家来插什么嘴！

“皇后娘娘，后宫不得干政是最重要的，难不成你去了朗月庵太久，把宫中的规矩都忘了？”许老侯爷总算是逮到机会开口了，他的脸色阴沉，眼神犀利，看向沈妩的时候，眸光森冷，像是要在她的身上盯出个洞似的。

“许老侯爷说的是，本宫从来不敢忘了宫中的规矩，莫不是诸位忘了？方才皇上不过是传旨罢了，并没有在和诸位商讨，找来这些将士们，也不过是向大家展示一下大秦将士的威猛。但是其中却有人不停地反对皇上的旨意，甚至还有要寻死觅活的，各位是要抗旨吗？”沈妧的声音依然十分柔和，脸上的笑意也丝毫不减，明明她所说出来的话就是在指责这些所谓的忠臣良将，但是她却丝毫都不紧张。

沈妧的态度明明十分温和，但是从她说完之后，所有的人都陷入了沉默。像是狠狠地甩了两个巴掌到这些人的脸上一般，整日都把忠君爱国挂在嘴边，结果最后却成了违背圣旨的人了。

“御史大夫年岁已高，记性看样子变得极差了，竟然要做出抗旨的事情来。朕念其年迈，便不再用棍棒责罚了，剥夺其官位，回老家养老吧！”皇上脸上不耐烦的神色越发明显，他挥了挥手，立刻就有两个太监走上前来，架着御史大夫，将他拖走了。

“啪啪！”皇上又拍了两下巴掌，围在外圈的士兵们一下子就站起身来，整齐划一地往四周散开，眨眼间便已经瞧不见人影，显然都躲到了宫殿后面。

御史大夫被剥夺了官位弄走了之后，底下的臣子明显老实了不少，连大气都不敢出。沈妧方才那几句话一出口，就已经替皇上想好了如何往他们身上安置罪名，抗旨不遵这种事儿可大可小，单看皇上心情如何了。齐钰此刻眉头紧皱，眼神阴冷，一看就是处于狂怒的边缘。

他已经耐下性子，和这些人周旋了许久，方才御史大夫跪在地上反驳的时候，他就在考虑要不要直接杀了，也算是给这些大臣们一些教训。不过如果他真这么做了，估计到时候这些臣子就会把这笔账算到沈妧和二皇子的头上。

“朕累了，散了吧。如果还有人不服的话，都去吏部知会一声，把官印官服交了，就给朕滚蛋！朕从来不养给朕添堵的废物！”齐钰的声音里透着几分疲惫，不过说着说着，脸上的神色又充满了不耐烦。

他直接抓过沈妧的手腕，就往龙乾宫走去，对于那些还跪在地上的朝臣们，却是一眼都不稀罕再瞧过去！

两位奶娘抱着小皇子也紧跟其后，相隔一年多再次进入龙乾宫，虽然摆设一点都没变，但总有一种不大真实的感觉。沈妧的手从案桌上拂过，感受着指甲下冷硬的触觉，心底却是一片柔软。

这里才是她所熟悉的地方，更是她该待着的施展拳脚的地方，是属于她的地盘！

“被那些老家伙弄的，朕都快烦死了！”齐钰边说边用力地扯了扯衣襟，脸上不耐烦的神色还是那样明显，他心头的暴躁还没有消下去，看样子还有得磨了。

从某种意义上来说，齐钰算得上是直来直往型的，他崇尚暴力解决问题，而不是苦口婆心地劝说。有些时候他连讲道理的口舌都不愿意费，这次却周旋了那么久，显然已经快到极限了。

沈妧连忙将注意力从一旁的装饰上面转移过来，皇上现在正需要人安抚的时候，否则很容易功亏一篑。

她快走了几步，距离他只差了一步，慢慢跟着他的步伐往内殿走去。或许是察觉到了她的刻意讨好，齐钰脸上的神色已经缓和了些。两人相对而坐，奶娘抱着两位皇子去了偏殿，几个伺候的宫人也都十分识趣地退了下去。

“事情堆在一起做，就容易忙乱，应该让你穿上皇后的朝服回宫的！也让那些瞎了狗眼的老臣们瞧瞧！”齐钰的火气似乎已经消了，他像是想起了什么一般，脸上露出几分淡笑。

男人的口气里带着几分调侃的意味，脑子里一闪过那样的场景，脸上的笑意便多了几分满足的意味。

沈妩轻轻笑出声来，她揭开茶盏盖儿，指尖轻轻拨弄着不断沉浮的茶叶，略显透明的指甲上什么色彩都没涂。自从怀上二皇子之后，这些东西她就很少弄了。

“臣妾只怕皇上明日上朝，还会接着被念叨！”沈妩轻声说了一句，脸上透着几分担忧。

齐钰挥了挥手，一想起朝中之事，他的情绪就容易变得暴躁起来。他抬头看了一眼不远处的书桌，似乎是想起了什么，伸手拍了拍沈妩的手背，示意她在这里好好地坐着，他自己则站起身往书桌那边走去。

沈妩转过头，视线就跟着他的身影一点点地移动着，眼看着齐钰从书桌上拿起一封信一样的东西。她的眉头轻轻挑起，脸上露出几分好奇的神色。

“皇上是写了信给臣妾吗？”沈妩看着男人越走越近，便下意识地抬起手要去抢夺他手中的宣纸，哪知却被皇上轻易地躲开了。

“别动，这可是朕单独给你的圣旨。”齐钰轻轻挥开了她的手，象征性地瞪了她一眼，慢慢展开宣纸，轻咳了一声。

他似乎有些紧张，不停地伸出舌头舔舐着嘴唇，又抬起眼睑看了沈妩好几眼，才算是把情绪酝酿好了。

“沈氏阿妩入宫以来，气焰嚣张、诡计多端，先是谋得婉仪之位，之后成为朕之心头所好的修仪。后来入宫六个月二十一日，就升位成了淑妃。朕是君子，而你就是窈窕淑女！再后来你变成了风华绝代的皇贵妃，此刻朕是皇上，你是皇后。我们的儿子已经成为太子，我们是夫妻，以后将患难与共！”皇上的声音十分轻柔，他故意压得有些低沉，就像小时候听别人讲故事那般。

070

召见众人

皇上的声音带着磁性，宽厚的手掌慢慢地覆上了沈妩的柔荑。掌心紧贴着手背，温暖的温度传到彼此的身上，和皮肤下面流动的血液一起，逐渐流到心脏的位置。

齐钰的眼神从宣纸上移开，认真地注视着沈妩，眸光里带着温柔和宁静，似乎要将对面的人融化一般。沈妩与他对视着，不得不说听着皇上如此深情地说这些话，说不动心那是骗人的。但是沈妩只要想起待会儿还要去见那些妃嫔，心里头就不是滋味儿。她仰起头忽然没情调地笑了，笑声逐渐变大，她抬起另一只空闲的手抚上了额头。

齐钰原本酝酿好的感情，一下子就被她笑没了。他有些懊恼地捏了捏她的手背，手从她的手背上抬起来，似乎要撤回，却被沈妩一下子反抓住了。

“皇上，臣妾不是笑别的，只是想起当初皇上嫌弃臣妾的时候，再对比现在的样。明明是一模一样的脸，但是脸上的表情却是截然不同，就在脑海里来回绕啊绕，臣妾真的觉得好笑！”沈妩看到了齐钰满脸不高兴的神色，渐渐止了笑声，只是脸上的笑意却是如何都收敛不起来，眼角眉梢都轻轻弯起。

齐钰看着她的笑意，脸上的神色越发低沉，直过了片刻，沈妩才调整好情绪。被她这么一打岔，皇上也没有心情再想着如何煽情了，撇了撇嘴就要将宣纸收起来，却被沈妩抢了过去。

“这可是皇上给臣妾的圣旨，怎么能拿走呢！”沈妩说得一本正经，将宣纸叠得整整齐齐的塞进自己的衣袖里。只是当她低头的时候，脸上却露出了几分阴冷的神色。

她可不想在皇上宠爱新宠的时候，来与皇上演这出缠绵的戏码。她着实做不到！

“皇上，大皇子也逐渐长大了，依臣妾看，该请些匠人进宫，替他做些拐杖或者轮椅这些东西。以后他都得依靠着那些才能行动，必须早些让他习惯！”沈妩再抬起头的时候，脸上的神色已经恢复正常了，她十分自然地将话题带到了大皇子身上，将方才的尴尬揭了过去。

齐钰听到之后，不由得挑起了眉头。脸上略显严肃的神色，代表了他在认真地思考这个问题。

“敬轩的身体原因，会让他的心理产生极大的不平衡，特别是当小撑学会走路之后，这种差距感会越来越大。早些让他习惯也是好事儿，不过恐怕在他们兄弟的相处之间，还要你费神了！”皇上还是头一回如此关心大皇子的事情，并且将大皇子的心理分析得头头是道，显然皇上对于兄弟之间该如何相处，了解得十分透彻。

沈妩轻轻地冲着他笑了一下，慢慢地点头算是应承下来。

“那臣妾改日便让匠人进宫了。”她抬起手撩了撩鬓发，轻声回了一句。

“皇上，皇后娘娘的衣裳配饰送到了！”李怀恩恰好在这个时候走了进来，他特意在外头听了片刻，确定这两人没有一见到面就干柴对上烈火，这才慢慢地领着宫人走了进来。

正红色的皇后宫装就整齐地被捧了进来，齐钰先行出去了，就让沈妩在里头换衣裳。上身是绯罗蹙金刺五凤吉服，下着五色锦盘金彩绣绫裙，头上插着一支凤凰展翅六面镶玉嵌七宝明金步摇，整个人显得熠熠生辉、明媚动人。养了大半年，脸上原本肉嘟嘟的肥肉都不见了，恢复了原本尖尖的下巴，这样看过去，根本就不像是生过孩子的人！

当沈妩出来的时候，齐钰明显是愣了一下，已经许久未曾见到沈妩如此意气风发了。现在乍然见到，还有一瞬间的失神。沈妩的脸上挂着几分清浅的笑意，看向皇上的时候，眼波流转，带着几分娇媚的姿态。

齐钰冲着她抬起了手，两人十指紧扣。两台轿辇停在外头候着，沈妩和齐钰却是非常默契地走向了停放在前头的龙辇，即使身份变了，皇上与沈妩共乘同一台轿辇这个习惯还是没有变。

沈妩现在贵为皇后，所以寝殿也变成了凤藻宫。根据之前皇上的叮嘱，斐安茹、德妃和崔瑾已经率领众妃嫔在凤藻宫的偏殿候着了，专等这两位过来。

凤藻宫自皇上登基之后，就一直处于闲置的状态。不过里头都有人打扫，沈妩在锦颜殿里头的东西，也已经派人开始整理，准备搬到这里来。

当轿辇停下的时候，皇上依然先行下了轿，习惯性地伸手去搀扶着她。沈妩脸上方才娇媚的神态已经收敛了起来，带着几分严肃的意味，配上这一身打扮，显得十分端庄贵气。

齐钰瞧见她这副高贵的模样，嘴角不由得向上弯了弯，轻轻地捏了两下她的手背。沈妩冲着他露了一抹淡笑，两人的手一直没有松开，直接往正殿走去。

他二人已经到的消息，早就通传进去了。那些妃嫔们也都从偏殿内出来了，分成好几列站在殿外，恭迎他们。

“臣妾见过皇上、皇后娘娘！”一众美人全部都弯下身来，轻轻地行了一礼，声音轻柔，煞是好听。

沈妩的眸光从她们的身上慢慢扫过，前几排的面孔，她都十分熟悉。看着这些人身上的配饰，不少人已经与之前大相径庭，显然都升了位。然美人和佳嫔的位分都不算太高，所以位置靠后，她并没有在这些环肥燕瘦的美人里头找出来她们两个。

“免礼吧，进殿！”齐钰轻轻摆了摆手，丢下这句话，便拉着沈妩的手往大殿的方向走去。

那些堵在前面的妃嫔们，十分自然地从中间分出了一条路来。皇上和皇后紧紧相扣的手，一下子映入眼帘，几乎所有的妃嫔都把目光投向了那两只紧紧交缠的手上，脸上的表情各异。

齐钰目不斜视地往前走，平日里端起的帝王架子，此刻似乎没了。往常拒人于千里之外的态度，也因为有皇后在，而显得柔和了些。不过这些当然都只是对着皇后一人，与站在两旁的妃嫔们没有一丝一毫的关系。

为了方便以后这些妃嫔主子过来请安，凤藻宫的前殿，也摆满了椅子，显然都是留给这些妃嫔的。帝后两人携手走到了上座，那些妃嫔才排成了两列，鱼贯而入。

“这一期新入宫的妹妹们，看样子都很不错。姿色与气质并重，瞧着十分招人疼啊！”趁着这些妃嫔还没坐定，沈妩往皇上的身边凑了凑，低声耳语了几句。

齐钰的眉头一挑，下意识地抬起头看过去，似乎在打量她脸上的神色。沈妩始终笑眯眯的，一时倒是瞧不出她的真正情绪。

“招人疼的朕倒是没发现，如果阿妩能够调教出来几个，兴许朕还能多看几眼！”齐钰观察了片刻，始终看不出沈妩有什么不对劲的地方，索性就放弃了，只是轻轻地眨了一下眼眸，脸上露出几分无所谓的样子。

沈妩敷衍性地笑了笑，嘴角微微抽动起来。从她这次回宫之后，皇上为她所做的这一切，让沈妩意识到，皇上对她的宠爱并没有被分走多少，他还是在努力地向着她。那些新宠的妃嫔们，在皇上眼底或许只是打发时间消除寂寞的调剂品。从皇上方才的那段话里，皇上并未意识到，这些妃嫔存在着，会阻碍他与沈妩之间的感情纠葛。

当然，沈妩也不会让他发现。若是她清楚地向皇上表达了这个意思，恐怕会弄巧成拙，毕竟若是由她亲自提出对这些妃嫔们不满，妒妇这条罪责是逃不掉了。说不定还正好给了外头朝臣攻击她的借口！她所需要的，就是由皇上亲自将这些女人驱散出宫。当然这是一项极其庞大的计谋，她必须得慢慢规划，一步步来。

“皇后长得真漂亮！以前还有姐姐说臣妾像皇后呢，臣妾瞧着觉得并不像！”没等

沈妩出神太久，底下就有人开了口，声音清脆甚至隐隐震动着耳膜。

沈妩下意识地看过去，就瞧见已经靠近队伍的后半段，有一个样貌姣好的女子开了口。那个女子身着美人品阶的宫装，直接抬起头与沈妩对视，眼神不停地打量着沈妩，脸上的神色还算恭谨，并没有挑衅的意思。

沈妩不由得挑了挑眉头，对于这样的眼神打量，她已经许久没有遇到了，浑身都觉得不舒服。

“姐妹们开玩笑的话当不得真，本宫也不觉得像。本宫好像没见过你，殿内不少的妹妹们，本宫都觉得有些眼生，不如在说话的时候，先把自己的名号报上来，也好让本宫认认人！”沈妩难得没有刺回去，她知道眼前这位恐怕就是那位天不怕地不怕的然美人了。否则任谁也不会如此明目张胆地没规矩！

沈妩脸上的表情虽然是一副温柔可亲，不过这话说出来，就让然美人心里头有些不痛快。她原本是为了试探这位传奇一般的皇后娘娘，只是试探的话说出去，却像是一拳头打在了棉花上。

“婢妾是然美人。”许薇然稍微收敛了些，她站起身冲着沈妩行了一礼，便又坐了回去。方才略显嚣张的气焰已经没了，语气里倒是带着几分低沉。

毕竟皇上方才对皇后的态度，大家是有目共睹的。许薇然就算再怎么胆子大，也不敢第一次见皇后，就与她叫板。

沈妩听完之后，并没有什么特别的表示，脸上的神情都未变。眼神根本没有再停留在然美人的身上，像是根本不在乎她一般。沈妩这样的态度，落在旁人眼中，心里头自然是有了几分计较。

许薇然这样爆竹一样的性子，得理不饶人还没什么后台，瞧不上她的人自然不在少数。阮玉头一个就先笑出了声，她轻轻地睥睨了一眼许薇然，脸上带着几分嘲讽。就这种货色，还敢跟皇后娘娘叫板，真把自己当回事儿了！

“皇后说的是，还有哪位妹妹是新入宫的，都站出来报个封号，以免日后皇后认不得你们，不给你们发月俸了！”沈婉立刻接上了话头，她难得地出了一回奇华殿，此刻自然是顺着沈妩的话说下去。

沈婉的话音刚落，就有人慢慢站起身，低声地介绍自己。不过位分都比较低，又没有然美人那样突出的性格，都是些不受宠的。

皇上今年留下牌子在宫中的秀女并不多，也就那么几个，直到最后一个站起来，沈妩下意识地看过去，只见那个女子半低着头，露出比较纤长的脖颈，外头的光照进来，恰好那个角度显得尤为楚楚可怜。

“嫔妾是佳嫔，见过皇后娘娘！”刘怡的声音十分娇柔，有如小桥流水拂过心头一般，带着几分清甜。

沈妩的眸光不由得暗了暗，她的嘴角带笑，努力克制住心头异样的感觉。看到佳嫔的那个瞬间，她竟有些恍惚，好似看到自己曾经巧笑盼嫣的模样。不过那也只是一个瞬间，细细打量之后，就会清楚佳嫔与她还是不同的。

“皇上，这位佳嫔是不是像一个人？”沈妩轻声开口问道，她直接扭过头看向齐钰，脸上带着几分好奇的神色。

经由沈妩这么一开口，不少人的注意力就集中了过来。齐钰原本漫不经心的态度也一下子大转弯，他轻轻眯起眼眸看向沈妩，慢慢地挑了挑眉头，低声道：“哦，像谁？”

皇上的语气并没有多大的变化，但如果仔细听，依稀可以分辨出他并不十分高兴。

沈妩脸上的笑意不变，心里却是微微一抖。皇上显然是看出了这位佳嫔究竟像谁，但是对于沈妩如此提出来，似乎不大高兴。皇上究竟为何不高兴？

“臣妾只是一下子看到觉得有些像，佳嫔的脸长得好像您身边的大宫女听荷。当然佳嫔的气质出众，不是听荷能比的。”沈妩原本想说的话在心底绕了个圈又咽了下去，临时胡诌了一个。

齐钰面上的神色没有多大变化，却是不再看向沈妩，轻轻点了点头。

“朕没注意，阿妩这么一说，倒的确有些像！”皇上说这话的时候，眼睛始终盯着案桌上的东西看，却是一眼都不看此刻被他评判的刘怡。

沈妩轻轻笑了两下，只是她的手心里却是渗出了一层冷汗。她有些好奇，皇上对这个佳嫔究竟是用一种什么心态去面对，说他喜欢的话，自始至终都不曾对刘怡多加照顾，就连沈妩最后拿个宫女出来与佳嫔相提并论，皇上也未曾多说一句，甚至还附和着她的话。她又有些紧张，从皇上这一世如何看待刘怡，也能体现出皇上曾经是如何看待她的。

虽然她和刘怡不大相同，但是直到最后，她都没搞明白皇上究竟是如何想的。

“皇后娘娘这么说，臣妾也觉得像，不过臣妾离得近些，从这个角度看过去，佳嫔的眉眼长得和储秀宫的邢姑姑还有些像呢！”崔瑾转过头去瞄了一眼，脸上的笑意变得浓烈了些，接过沈妩的话茬说道。

邢姑姑都快出宫的人了，至少比刘怡大上七八岁，肯定是不能比的。但是崔瑾却硬是说了出来，甚至这位一向低调的慧妃竟是轻笑出声，像是发现了什么异常有意思的事情来一般。

慧妃的话音刚落，底下就有一连串附和声，甚至有几个脑袋灵光的，已经明白了崔瑾的意思。立刻也跟着说起来，全部都是在说刘怡从各个角度长得像谁，几乎每一个角度就对应一个人，甚至脸上的五官都被拆开来说了一遍。当然长得像她的人，无一例外都是宫女姑姑，身份都十分卑微，没一个是主子。

沈妩对于这些人的举动采取冷眼旁观的态度，看样子这位刘怡伪装得不怎么样，刚入宫几个月，就已经成了众矢之的。甚至比先前的然美人得罪的人还要多。

若真是温婉聪慧的性子，刚入宫的时候，知礼守规矩，位分又不高，应该正是各方势力拉拢的时候。偏偏这位刘怡，如此不得人心，倒像是过街的老鼠人人喊打。

“你们可真会想象，我怎么看不出，原来佳嫔竟是个千面人儿，一人眼里一个样儿！这可好，以后佳嫔妹妹若是换个妆容，估摸着又成了别的人了！”最后还是许衿出来总结了一下，她掏出绣帕轻轻捂住嘴，面上的笑意十分甜腻，语气里甚至带着几分调侃。

这话比起先前那些人说的，要缓和得多。不过这“千面人”三个字实在太过于刺耳，很容易引人遐想。

沈妩轻轻一瞥身边的人，皇上的面色并没有太多的波澜，他的后背靠在椅背上，整个人呈现一种放松的状态，显然对于她们所说的有些厌烦了，当然他也没有抬头看。

沈妩一扭头，又看向坐在那里的佳嫔。刘怡始终低着头，双手有些拘谨地放在膝盖上，轻轻绷直了，显然十分紧张，带着几分忐忑不安的意味。从这个角度看过去，恰好能够看见她那细瘦的脖颈，整个人微微颤抖，显得十分无助和怯懦，倒是增添了几分楚楚可怜的意味。

“本宫离开这一年的时间，诸位妹妹的口才都变好了不少。佳嫔长得像如此多的人，那可是福气，看见如此气质出众的长得像的人，都会心生好感吧。只要不是完全像就行了，免得抹杀了旁人的存在，不给人活路了！”沈妩轻笑着开了口，及时制止了殿内这些人再进行人身攻击。

不过她的话一出，底下嗡嗡吵闹的声音，就一下子停止了。沈妩这话听着就像是意有所指，不过有些人理不出头绪来，只有在心底瞎琢磨。但是有几个却是听懂了，至少许衿和德妃是懂了。

她们来自许家，黎妃也是许家的姑娘，对于这个小姑妈的事迹，虽然因为惨死而成了禁忌。但是当刘怡这号人物出来之时，许老夫人还是入宫大概提点了一番，并且暗地里恨得咬牙切齿。竟然学他们许家姑娘的行事作风，并且还得了皇上的另眼相待！

皇上处于游离的神志也一下子集中起来，他轻轻地扫了一眼沈妩，却是一句话都没说。

沈妩刚回宫就折腾了这么久，她也不愿意今儿一回来就闹得乱七八糟，见时辰差不多了，便转过头来，低声问了一句：“皇上，您还有话要说吗？不然散了吧！”

齐钰点了点头，轻轻一挥手，冷声道：“皇后刚回宫，你们有什么事儿尽量自己处理。别拿些鸡毛蒜皮的事儿过来烦她！”

“是，臣妾（婢妾）告退！”两排人纷纷站起身，对着上座的两个人行了一礼，便按照来时的队伍缓缓地退了出去。

各人脸上的表情不同，沈妩离宫一年再回宫之后，性子显然比以前沉稳些了。是她想着收敛起性子先试探各人，还是正在计划着什么？此刻这样沉稳只为了麻痹众人的思想？

沈妩离宫一年，对于后宫，她无法及时地掌控第一手资料。而且经过旁人口述的，很可能与当时的实际情况产生偏差，所以她还在试探阶段。当然这些妃嫔们也无法参透沈妩的想法。

“阿妩，你觉得两个人完全像，是一件很恼火的事情吗？如果其中一个人不在这世上了，当后人看到相像的人，不也是一种悼念的方式吗？”齐钰坐在椅子上没有动，而是用一种近乎迷茫的语气问道。

沈妩微微一愣，显然皇上还在纠结她先前所说的话。她慢慢转过头，十分认真地看着他。皇上目视前方，整个人的坐姿显得十分紧绷，双手紧紧握住椅子的把手，眉头轻轻皱着，脸上的表情显得有些僵硬。

“这个世上不可能有完全相像的人，绣嫔和慧妃还是双胞胎，两人也不是很像。臣妾不知道旁人的想法，但是如果此刻出来一个和臣妾很像的人，臣妾绝对不会有高兴的情绪，第一个想到的问题就是，这个人模仿我是要做什么？太像的人会产生危机感，皇上觉得一个像的人，就可以取代之前那个人吗？”沈妩在心底想了一下，才轻声说道。

皇上对自己的母妃偏执太深，一旦出现一个如此相像的人，就像是溺水的人抓住了浮木一般，死死拽住不想松手。前世的沈妩虽然有一些黎妃的影子，但是她那个时候，毕竟年岁还小，学不来那样四平八稳的亲和感，偶尔也有跳脱的时候。

这位佳嫔的模仿手段究竟如何，沈妩还未曾深入接触过，不过想来也只是在皇上面前学得像，到了其他妃嫔面前，就有些原形毕露了，否则许衿也不会送她一个“千面人”的称号了。

齐钰并没有回答沈妩，他只是轻声叮嘱了几句，便出了凤藻宫。皇上刚离开不久，明音几个就带着宫人开始搬东西进来，凤藻宫还需要装饰一下，锦颜殿那边也有不少东西未搬过来。

两位小皇子的偏殿也收拾好了，二皇子此刻正练习独自坐着。可惜他肚子上那一圈圈肉，总是阻碍他坐稳，稍微动几下，那几坨肉就容易从一边歪到另一边，他有时候也跟着歪两下，甚至好几次就这么摔倒在床上。

“呀呀呀！”二皇子现在会跟自己玩儿了，此刻就在自娱自乐，扬高了声音喊叫着，似乎很高兴。

对于这个新环境，他一点都不感到陌生，甚至还产生了无比兴奋的情绪。

大皇子就坐在旁边，看着身旁的肉团子来回摇晃，心底顿时起了玩闹的意思来。趁着他不注意，伸手在二皇子的身上轻轻一推，肉团子就直接往边上一倒。愉快的哼唱声一下子就没了，他整个人歪倒在床上，吭哧吭哧地挪动着，想要爬起来。

沈妩坐在梳妆台旁，铜镜里映出了那张娇艳的脸庞，嘴角微微扬起，眼角眉梢都带着笑意，显然对于今日回宫发生的这一切，还是比较满意的。只是笑意不达眼底，今日的那两位新宠，她算是见识到了。皇上虽说对她们并不算特别在乎，不过从朗月庵回来之后，再看见那两张娇俏的脸，沈妩的心底忽然就不舒服了。

人的欲望只会越来越多，曾经她只想着皇上如果能将皇后和太子都许诺给她，就已经是最大的极限了。待她真的都把这两样东西掌握在手的时候，心里头又有了新的期盼，那就是皇上以后只宠幸她一人。

皇后娘娘回宫，从皇上对沈妩的态度来讲，已经让宫里头的主子们惶惶不安了。那种沈妩又要霸占着皇上的感觉再次回来了，几乎不少人都在打探皇上今日要召幸谁，不过没费多少工夫，皇上的去向已经尽人皆知了。

这位九五至尊，状似忧愁地从凤藻宫离开之后，闭门想了很久，直到用完了晚膳，他又让人抬着龙辇重返凤藻宫。显然今儿晚上，皇上要与皇后娘娘好好欢庆今日的重聚了。

两位皇子已经被抱去偏殿了，皇上和沈妩并排躺在床上，两个人一时都没有开口说话。他们足有一年时间没有欢好了，可是当真正地躺在床上之后，如此近距离地贴着彼此，竟然不能恢复到以前的状态。在没和沈妩躺在一起的时候，皇上的整个脑海里对于沈妩，都好像魔怔了一般。可是真的到了这个时刻，他竟然下不了手了。

兴致和欲望都还在，只是他的心底突然有些怯懦，仿佛觉得他不该碰沈妩一般，心底涌起了几分莫名的焦躁感。

沈妩偏过头看了他一眼，见皇上没有要欢好的意思，心底产生了几分怪异的感觉。既带着庆幸，又有些失落。庆幸的是，她不希望在这个时候，跟皇上欢好。她怕把自己心底的芥蒂说出来，让皇上知道她的想法。失落的是，这明明是她笼络皇上的好时机，可惜就这样错过了。

“阿妩，今年要去避暑吗？”男人略显低沉的声音在耳畔响起，显然他想说些话题打破这种僵持的感觉。

“到了七八月，后宫里也是热得很，若是能去避暑行宫的话，臣妾还想着把太子和大皇子也带过去。这两个小家伙陪着臣妾在朗月庵里头，整日关在那么个小院子里，也从来不出去，想来是憋坏了，带着出去闹闹也是好的！”沈妩稍微想了一下，便轻声回道。

马上就要到最热的天气了，今儿已经是七月初一了，若是要去避暑，最好赶紧准备就绪。

“也成，小孩子身体比较弱，不过看着小撑那副样子，应该比敬轩还壮实。多带几个太医就是了，后宫里随行人员的名单就由你来列吧，依朕瞧让良妃、德妃和慧妃留下来守着就行了。”皇上稍微一琢磨，心里头便有了打算。

沈妩的眉头轻轻挑起，显然皇上选择这三个留下来，都是为了平衡后宫中的势力。不过这些后宫中的老人儿不带去，就证明皇上要带新人去了。她这么一想，脸上就露出了几分冷笑。

“臣妾可是离宫一年多了，不知道哪位妹妹是皇上的心头好，万一要是挑错了可不成。况且这宫中的妃嫔被皇上曾经宠过的妃嫔太多，臣妾挑了这个，说不定就得罪了那个。”沈妩的声音稍稍扬高了，语气里带着几分调侃的意味。

虽然齐钰看不见沈妩脸上的表情，却也猜到她方才说那番话的时候，嘴角肯定是带着几分讥诮的笑意。

“胡闹，只有你是朕的心头好。你是朕的妻子，她们都只是侍妾而已，没必要吃这些闲醋。这次要带着两个浑小子去，干脆就我们四人好了，不要那些莺莺燕燕的！”齐钰伸出左手轻轻地掐了一把沈妩的面颊，语气里带着几分责备，似乎在斥责沈妩不明白他的用心一般。

沈妩眉头再次皱了皱，她在小心翼翼地试探着皇上对那些新宠的态度。果然皇上对于这些女人，还是一如既往地没心没肺，就像是个玩物一般，可有可无。虽说没有了或许不会影响太多，但是有了自然更好。

“皇上这么说的话，那臣妾就这么宣布了。”沈妩的嘴角噙着几分狡黠的笑意，皇上的态度如此明显，她若是不利用这个机会，好好折腾那些妃嫔，当真是对不起她这刚升上来的皇后之位。

071

皇上梯子

“皇上之前就跟本宫说了决定了，这次随行去避暑行宫的名额一个不留！”沈妩冷声地宣布了这个惨无人道的结果。

四下里陷入了一片死一般的寂静，不少人都呆愣住了，一动不动地看向凤椅的方向。沈妩还是悠然地坐在上面，手里捧着一杯香茗，脸上的笑意十分柔和，像是方才所说的话只是无关紧要一般。

难怪沈妩脸上的表情，始终都保持着几分浅笑，高高在上的姿态一览无遗。也着实让人恨得暗自咬碎了牙。

好多人都是敢怒不敢言，只有怒瞪着一双眼眸，死死地盯着沈妩，似乎要用眼神将她生吞活剥了一般。

沈妩自然是无暇顾及这些人心底究竟如何想，凤藻宫里里外外已经忙得不可开交了。都在准备着去避暑要带的东西，还有两位小皇子也要跟着，准备的东西就更多了。

两日之后，避暑的队伍就踏上了路程。因着这回少了那些娇滴滴的宫妃们，只有一个皇后和两位皇子，还都是与皇上同在一辆车上，队伍行进的速度明显快了许多。

因为有两个孩子夹在中间，皇上和沈妩之间的相处倒是越发随性起来。甚至连沈妩喂奶的时候，都没有丝毫在意的情绪。

没了那些别的女人在，两人之间的关系也快速恢复着，待到了行宫的时候，皇上面对沈妩已经坦然了许多，沈妩看着皇上，心底也不会总是想着还有那些妃嫔横亘在心头。眼不见心不烦，至少在行宫的一个多月，足够他们联络感情的。

到了行宫之后，皇上就让人找来了当地非常出名的匠人，进宫来替大皇子打造双拐和轮椅。在沈妩的建议下，双拐先被打造了出来，十分精巧而且结实，甚至只到了沈妩膝盖那里。只有两岁多的大皇子，显然无法驾驭这副拐杖，他的臂力太小，而且平衡不稳，经常刚把双肩的力量交给了拐杖，整个人已经往前栽倒了。

为了能练习独自走路，那么一点儿的小孩子经常是摔得鼻青脸肿，身上也出现了瘀青。像这样的摔倒，虽说四周都有宫人在，但是摔下去的那一刻，还是有接不到的时候。

沈妩院子伺候的宫人，每天就瞧见大皇子拄着拐，锻炼自己。刚会独自坐着的二皇子，则在奶娘的怀里，咿咿呀呀说个不停，口水往下流着，却始终不肯进屋，一定得看见大皇子才行。

皇上则带着沈妩去了后山，两人身上的穿着都十分轻便，显然十分方便行动。很快便走到了山上，一股甜香很快就传来了，抬头一瞧，树上全部都结满了蜜梨，竟是组成了一片小树林。

李怀恩抬起头，天气虽然还是炎热的，但是山上的气候却是刚刚好，四周因为炎热而造成的一种略微压迫的气氛也不见了，取而代之的是浑身舒爽。这会是一个非常适合摘取梨子的季节，前提是皇上和皇后不要凑在一组。

但是这两人不凑在一起行动，完全就是不可能的。所以此刻便是齐钰亲自扶着梯子，沈妩则踩在梯子上，伸手去摘那些梨子。这些梨树长得有些年头了，又偏生长在山上，所以给人的心理压力还是颇大的。沈妩斗后宫那些女人丝毫不害怕，但是对于爬高这种事情，还是十分敬而远之的。

于是她整个人都在发抖，一只手死死地扶住梯子，另一只手去扯梨子。低头往下看了一眼，皇上为了显示自己的男子气概，将身边那些要帮他一起扶梯子的人，全部撵走了，只余他一人双手扶着。他扬起头恰好对上沈妩打量的视线，还难得地露出了一抹笑容，带着几分鼓励的意味。

“皇上，多找几个人扶着吧，臣妾害怕！”沈妩咽了咽口水，虽然她这句话有可能引起皇上的不快，她还是轻声地说出了口。这要是摔下去，说不准直接昏迷不醒了。

齐钰根本不理会，脸上的笑意多了几分安抚的神色，低声劝慰道：“没事的，阿妩。朕在下面，随时都能接住你。要是让别的人挡在这边，会碍手碍脚的！”

皇上说的理由十分充分，让沈妩无法辩驳。她总算是摘下一个梨子来，不过扯断的时候稍微用了些力，手一滑那只梨子就从掌心里掉落了。

李怀恩瞪大了眼睛，只见那梨子呈直线降落，一下子就砸到了皇上的脑袋上。“咚”的一声闷响，显然是砸得十分结实。周围那些被撵开的宫人们，都看得清清楚楚，皇后娘娘用梨子把皇上给砸了！

“皇上，您没事儿吧？臣妾害怕的时候就容易手滑！”过了片刻之后，沈妩才后知后觉地反应过来，连忙轻声询问道。

她不敢随便乱动，毕竟此刻她的脚下是梯子，而不是平稳的路面。齐钰一下子被砸蒙了，树长得比较高，沈妩摘梨子的地方也不算矮，所以那梨子砸得算是够狠了。九五至尊从小到大，还没被人碰过脑袋，更何况是这么大力地触碰。

“没事儿！你赶紧摘梨子，摘不到一筐，朕就揍你！”皇上松开一只手，轻轻地抚了抚额头，语气里带着几分咬牙切齿，显然有着威胁的意味。

沈妩轻轻缩了缩脖子，但是当她看到皇上仅用一只手扶着梯子的时候，立刻扬高了声音叫喊道：“皇上，扶梯子，梯子！”

被她这样急切的叫喊声一折腾，齐钰的心底明显是涌起了几分报复的意味，他两只手都搭到了梯子上。还不待沈妩松口气，忽然梯子开始小幅度地抖动起来，频率却是异常高。

“啊，臣妾要摔下去了！”沈妩连忙双手抓住梯子，从原本的高声呼喊变成尖声惊叫，哪里还顾忌什么仪态。

听着那一声声震耳欲聋的尖叫声，所有的宫人都站在原地，慢慢地抬起头，一脸爱莫能助地看向她。此刻的皇后娘娘早已没了原本的凤仪，整个人蜷缩着站在梯子上，似乎想要蹲下来，却又不敢，只能异常尴尬而狼狈地站在上面。

齐钰看见她惊慌失措成这副模样，不由得玩心大起，竟双手扯住梯子摇晃个不停，不过眼睛却是始终不离沈妩的身上，一直紧盯着她瞧。

“臣妾要下去了，接住我啊！”沈妩实在是不敢再站在梯子上了，一刻都待不住，直接喊了一声，就闭上眼睛往下跳。

齐钰连忙松开了梯子，脚一点地，就轻轻跃起一把抱住了她的腰，再慢慢落下。

“你怎么就这么往下面跳啊，朕要是没反应过来呢，你不是就摔到了！摘梨子的时候胆子比谁都小，往下跳倒是一副天不怕地不怕的样子！”齐钰将她放到地上，就开始扬高了声音训斥道。

沈妩倒是一副无所谓的模样，扬起头冲着他笑了笑，低声道：“艺高人胆大嘛。皇上功夫好，臣妾自然就不怕。不如摘梨子的时候，不要这梯子了，皇上帮臣妾弄上去摘吧？”

“你想让朕当梯子，给你骑着？”齐钰想都没想，就知道沈妩的意思了，冷声问出口，脸上挂着几分似笑非笑的表情。

沈妩方才虽然没有明说，不过齐钰却是一下子就明白了她话里头的意思。轻轻眯起眼眸看着她，带着几分压迫的意味。

“那皇上自己上去摘梨子吧，臣妾帮您扶着梯子，摔着碰着也不要责怪臣妾！”沈妩的话音刚落，她就抬起双手，作势要扶住梯子。

沈妩的手腕那么纤细，而且十分软弱无力，齐钰仔细瞅了一眼，就觉得那样树枝似的手臂肯定扶不住梯子，除非他想摔死。而且沈妩十分记仇，齐钰方才那般对她，到时候肯定是要被她报复的。

“好了，朕当梯子就当梯子，只此一次。你们都给朕背过身去！”齐钰最终选择了妥协，他轻声说了一句，便扭过头去，厉声吩咐着那些宫人。

李怀恩等人都非常听话地转了个身，背对着沈妩二人，脸上的神色十分惊诧，心里更是惊叹连连。皇上不会真的要让皇后娘娘骑着吧？

因为看不到身后的情形，所以各人只能在自己心底琢磨着，那究竟是怎样一幅画面。

齐钰冷着脸四下扫视了一圈，除了沈妩和他自己之外，再也不会有第三个人看到，他的心底才算是安定了些。他直接伸手一撩衣袍，慢慢地蹲下身，抬起头冲着沈妩招了招手，示意她过来。

看着平日里高她许多的男人，此刻却忽然蹲在身边，矮了一大截。这样强烈的对比反差，让她的心里产生了一种奇妙的感觉。就像此刻她已经征服了这个男人一般。

皇上很少会对着旁人弯膝盖，他一向都是高高在上的，根本就不允许自己所处的位置比别人低，此刻他却心甘情愿地蹲在沈妩的面前，并且要让她骑上自己的肩膀。

“磨蹭什么，还不快点儿，不然朕可反悔了！”皇上见身边的沈妩迟迟没有动静，不由得皱起了眉头，语气不耐烦地催促道。显然这种时刻，他很想赶紧过去。

沈妩立刻就开始行动起来，无论皇上处于什么心态，这可是千载难逢的好机会。错过了就不会再有了！所以沈妩直接抓起裙摆，还好她今日穿得轻便，底下的裤子也十分利索，直接抬起了左腿挂到了男人的脖颈上，屁股就坐到了他的后脖颈上。

齐钰见她坐稳了，便稍微使了些力气，直接站起身来。沈妩的身体摇晃了一下，显然是没想到齐钰会突然起身，双手下意识地挥舞了一下，慌乱之中就随手抓住了一样东西保持平衡。

“沈氏阿妩，你别扯朕的玉冠，头发要散了！”男人颇为咬牙切齿的声音传来，话里含着几分愤愤不平。

待齐钰站稳了以后，沈妩立刻就松开手，她才发觉自己的确是把皇上的玉冠扯歪了。她整个人都坐在皇上的肩膀上，两条腿搭在他肩膀的旁边，当皇上起身的时候，她的视线也跟着开阔了不少。稍微一伸手就可以抓到梨子，甚至可以俯看所有人，心中顿时增添了几分喜气。

“赶紧摘梨子，朕虽然把你扛起来了，却不是真的梯子。况且平日里看不出来，怎么现在才发现，原来你竟然这么沉！”齐钰见她半晌没动静，不由得再次催促道，眉头快要挤到一起了。

天知道他扛着沈妩，这心理负担超级重，感觉浑身的血液上涌，直往脑门上冲，搞得整张脸都充血了，竟是透着几分红晕。

“臣妾当然重了，因为皇上此刻肩头上扛的，对于您来说是非常重要的人！”沈妩听得他的提醒，丝毫不敢怠慢，立刻伸手去摘。不过这嘴里反驳的话语倒是一句不落，甚至还带着几分调侃的意味。

这回有皇上在身下护着她，沈妩的胆子明显大了不少。不过两三下就扯了一个梨子到手，但是一低头才发现装梨的筐子隔得比较远，沈妩要是想把梨子扔进去，还得让皇上走几步路，再走回来。

皇上自然也发现了这个问题，他不由得挑起了眉头，轻轻地“啧”了一声。

“你别动啊，朕带着你走过去，把筐子拿过来。别摔下来啊！”皇上边轻声叮嘱着，边慢慢地往筐子那边移动。

他走得比较慢，双手搭在沈妩的双腿上，明显是在固定她的位置。待到了筐子这边，他松开一只手，慢慢地蹲下身。男人的肩膀明显有些倾斜，沈妩下意识地再次去抓东西稳住自己，这回她记住了皇上方才的话，绕过了发冠，直接抓住了他的耳朵。

一只手抓住一个耳朵，其中一只手里还半握着一个梨子。姿势显得有些怪异，皇上也没管此刻他究竟有多狼狈，一下子抓住了筐子拖到了梨树下面。沈妩将手里的梨子扔进了筐中，再次直起了腰杆，开始奋力地扯着树上的梨子。

沈妩在同一个地方摘了几个梨子之后，就要动一下腿，示意皇上朝边上挪挪。不得不说，这个皇上梯子使用起来，当真是顺手得很。想往哪边移动，就往哪边移动，而且最重要的是她还不用从梯子上面下来，就能摘到她想要的梨子。

待一筐梨子满了之后，皇上才再次弯下腰来，让沈妩从他的脖颈处下来。不得不说，扛着她时间过久，脖子还是会酸的。沈妩则是一脸兴奋的神色，瞧见皇上面色阴沉，连忙讨好地凑了过去，抬起手来替他揉捏着肩膀和脖颈处。

“皇上，您瞧，那么多梨子都是臣妾摘的，收获颇丰！”沈妩抬手指着那一筐梨子，脸上的笑意越发明显。

齐钰却是阴森森地瞥了她一眼，顺带着丢了个白眼过去，也不搭理她，直接冲着那些还杵在原地不动的奴才吼道：“愣着做什么，赶紧过来摘梨子。摘完了好回去！”

皇上的话音刚落，那些人就立刻回转过身，拿起筐子就往果树下冲。不过梯子毕竟数量少，这些人不站在梯子上就都够不着梨子。眼看着皇上脸上的神色不是太好看，心底都直犯嘀咕。梯子不够，能怪谁！

最终还是明音胆子大，她直接吆喝来一个小太监，让他蹲下身来，自己骑上了那个小太监的脖子，伸手去摘梨子。两人那造型，简直就是复制了皇上和沈妩，其他宫人虽然连头都不敢抬起来，不过目光却总是往那边飘移。显然他们在脑海里，已经把明音和那小太监的脸换成了皇上和沈妩的。

齐钰的面色更加难看了，一双眼眸盯着明音的方向，连眨都不眨一下。眸光锐利而森冷，就像两把锋利的剑一般，要刺向那个方向。

明音倒是强装着镇定，她这么做，都是因为皇上着急摘梨子没有梯子，当然最重要的原因是，她没有看到皇后娘娘骑着皇上是什么样的场景，为此她要亲身试验一下。

所有的宫人都上阵，带来的筐子很快就摘满了。为此一行人又浩浩荡荡地下山，明明这摘梨子的活动是皇上提议的，结果下山的时候，却只有他一人板着脸，明显就是一副不开心的神色，沈妩倒是满脸的喜气，手扯着皇上的衣摆，不时地凑在他耳边低声说笑着。

回到了行宫里，明心见抬进来三四筐梨子，便立刻让人洗了削皮，先递给两位小皇子尝尝。沈妩倒是兴奋得紧，除了上下山那么点儿路之外，其余倒没有干什么别的，因此也不觉得累。

皇上当晚没有去沈妩那边，而是独自躲在屋子里，拿起纸笔写写画画，似乎在谋划着什么。李怀恩踮起脚尖，勾着脑袋往里头瞧了瞧。皇上的眉头轻轻蹙起，似乎是遇上了什么麻烦一般。

不用猜都知道，皇上今日丢了面子又吃了亏，肯定是在想什么计划，要从皇后娘娘那里扳回一局来。虽然在他们这些宫人的眼中，这两人无论谁想出了法子折磨对方，最后都是双方同时倒霉。不过皇上这心底的恶气还是要想法子出的。

果然，第二日皇上出来的时候，已经是一副神清气爽的模样了。他直接丢了张纸给李怀恩，低声吩咐道："按照这张清单上的内容，把东西备齐全了。朕今日就要与皇后去比试钓鱼！"

李怀恩连忙将清单捧在手里，一溜烟跑下去让人准备了。后山的山脚下有一处河塘，里头的确有许多鱼。小厨房经常会派人过去抓新鲜的鱼来做菜。钓鱼还算是文雅的比试，李怀恩的心底稍微松了一口气。

不过就是干坐在那里撒个鱼饵而已，他就不信，这每次都能整出幺蛾子的两个人，这回还能搞出什么事端来。钓鱼而已，又不会弄出花来。

当一切物什都准备好了，皇上才精神抖擞地走到沈妩的寝宫外，直接让她换了身衣裳，便把她拖了出来。

"皇上，臣妾幼时曾经与姐妹们钓过鱼的，不过足足等了两个时辰，也一条都没有。其他几位姐妹们，都是满载而归，甚至连最小的妹妹，都有两条小鱼崽上钩。为此臣妾还被姐妹们笑话，说是和鱼绝缘，受到了鱼的诅咒！臣妾从那时就想着，再也不钓鱼了！"沈妩的手腕被他攥在手里，嘴巴却是没清闲下来，不停地念叨着。

当然大部分都是在抱怨，她在钓鱼这方面，真的是十分不在行！完全可以说是鱼钓她！

齐钰听得她如此说，脸上露出了几分笑意，明显是开心的。他正想靠着钓鱼找回颜面呢，沈妩恰好不会，真是天助他也！

无论沈妩再说什么，齐钰都不作理会，只是坚定地拉着她的手腕，往后山的河塘边走去。

一行人到了山脚下之后，皇上挑了个阴凉的地方，李怀恩立刻冲着身后打了个手势。几个宫人就把钓鱼的东西放到一边，并且还把带来的两个矮凳子放在岸边，以便两位主子坐下来。

皇上将沈妩拖到矮凳上坐着，轻轻地抬头瞥了她一眼。沈妩脸上的神色还是带着几分不情愿，似乎这钓鱼是一项无比痛苦的事情。

“皇后，朕可是把丑话说在前头，谁输了谁今日就把赢家钓的鱼扛回去，而且还不许让宫人们来帮忙！”皇上老早就盘算好了，此刻这样的话语说出口，倒是极其顺嘴的。

他的话音刚落，就抬手将鱼饵挂上钩，双手握紧了鱼竿，一下子将鱼线甩了出去，鱼线在空中划过一道漂亮的弧线，一下子落入了水中。

沈妩不由得撇了撇嘴，她根本就没答应这个什么破比试，完全就是在欺负她不会钓鱼啊！

“皇上！臣妾真的——”沈妩张开口，语气十分不满，语调也跟着上扬。显然是要抗议的。但是她的话还没说完，就已经被皇上打断了。

只见身旁不远处的男人，从鱼竿上撤回一只手，抬起食指放在唇边，低声地说了一个字——“嘘”。

沈妩下意识地闭紧了嘴巴，有些无可奈何地看着他，瞪大了一双眼眸，眸光里闪烁着几分无辜和委屈。钓鱼这种东西究竟是谁发明的，她根本就不想钓鱼啊！

只是还不等她抱怨完毕，忽然皇上那边的鱼线一下子下沉了，有鱼咬饵了！皇上一下子将鱼竿提起，一条活蹦乱跳的鱼就被扯出了水面，尾巴还在不停地摆动着，一副生机勃勃的模样。

齐钰的唇角十分自然地上扬起来，脸上带着几分明快的笑意。他的手腕翻转着，将鱼线往岸边提过来，立刻就有小太监上前捉住鱼线，将鱼钩上的鱼取下来，小心翼翼地放进了一旁的水桶里。

皇上再次给自己的鱼钩上挂好鱼饵，只不过这次他没有急着将鱼线抛入水中，而是看向李怀恩的方向，眸光深邃，似乎带着几分提示的意思。

李怀恩正发呆，看见皇上的眼神示意，似乎才想起什么来，立刻抬起头轻咳了一声，扬高了嗓音唱喏道：“恭喜皇上旗开得胜！”

尖细的嗓音，高昂的语调，仿佛此刻他在光明殿上宣旨一般，十分郑重威严。沈妩明显是没料到还有这招，手一抖险些把鱼竿甩出去，她哆哆嗦嗦地才刚把鱼饵钩好。

沈妩抬起头看向李怀恩，脸上带着几分不满的神色，恼怒的情绪也越发明显。李怀恩的脸一皱，脸上露出几分苦涩的神情，他也不是故意要说话刺激皇后娘娘的，主要是这八个字都是皇上先前提点好的，让他一定要说，否则到时候有他好看的。

面对皇上的千叮咛万嘱咐，李怀恩自然不敢造次，明知道沈妩听到之后会记仇，他也只有硬着头皮上了。

两个人都把鱼线抛进了水里头，兴许是胜负欲作祟，皇上依然是全神贯注。而沈妩则随意得多，她只用一只手握住鱼竿，另一只手则撑着下巴，看着水面微微失神，显然是不在状态。

两位主子不说话，周围的宫人自然都低头敛声，甚至连呼吸都屏住了，生怕那两位把钓不到鱼的原因赖在旁人的头上。

沈妩脸上的神色越发不耐烦，平日里她并不是一个急性子的人，不过面对钓鱼却是天生就存在一种厌恶的感觉。这种刻意的沉默，让她莫名地烦躁。而皇上则恰恰相反，他平日里是一个没什么耐心的人，可是此刻却非常沉寂，似乎周遭的环境就只剩下钓鱼这一件事儿了。

皇上的鱼线再次下沉，鱼竿也跟随着动了起来，显然这回是条大鱼。齐钰下意识地舔了舔嘴角，脸上露出几分兴奋的神色。他再次举起鱼竿，由于过重，他的动作竟然显得有几分吃力。果然是条大鱼，一看就知河塘里的饵料丰富，竟然养得这么肥壮，感觉都快有个小婴儿那般大小了。

带来的水桶并不是很大，险些都装不下这大家伙了，只能让这条鱼横在里面，尾巴还弯折着。

沈妩到现在却是一点动静都没有，方才看到那样的大鱼，她的情绪更加焦躁了。却是拼命地忍着，直到皇上都钓到第三条鱼了，她还是没见到一条鱼。为此她有些气馁地提起了自己的鱼竿，却看见鱼钩上的饵料已经不见了，不知什么时候被鱼吃掉了，她竟然一点儿都没察觉。

沈妩气得直接把鱼竿扔到了一旁，明显是放弃钓鱼了。眼瞧着皇上正钓到兴头上，肯定不会允许她耍赖的。为此她直接走到了放鱼的水桶旁，头伸着仔细地看着里头的鱼，似乎在猜测着这些鱼的斤两。

“怎么了？还不快去钓鱼，朕都有三条了！”皇上这才注意到沈妩已经过来了，终于将注意力从鱼竿上转移到她的脸上，眉头轻轻蹙起，显然是不明白她想要做什么。

沈妩伸出手，直接抓住水桶的边缘，两手同时用力往上提。不得不说这水桶已经十分重了，三条鱼都不小，特别是钓上来的第二条，简直就是条肥鱼，再加上桶里面还有水，那就更重了。

皇上如此兴高采烈，估计还能再钓个十条八条，到时候让她一人提着这些鱼，不是要她的命吗？最重要的是，皇上还不许宫人来帮忙。她一个手无缚鸡之力的弱女子，若是真的提着这些鱼从后山回到寝宫，简直就是残酷的折磨。与前些日子，她想方设法折磨那些宫妃有什么区别？只不过是被折磨的对象变了而已！

“皇上，臣妾认输了。走吧，回宫了！臣妾先提着这些鱼走了！您若是还想继续，就待在这里！”沈妩决定特殊情况特殊对待，直接轻声地说了这么几句，就真的挽起了衣袖，一副提着水桶就要离开的架势。

皇上明显愣了一下，根本没想到她会这么说。连忙丢了鱼竿便站起身来，沈妩却根本不听他的，双手提着水桶就要往前走。只想着赶紧拖着这三条鱼离开，免得待会儿皇上钓了更多的鱼上来，那就算她手脚并用，也带不走鱼了。

“哎，阿妩，你回来！你走了，朕一人钓鱼多没意思啊！”齐钰连忙拦住她，从她的手中将水桶拿走了，双手抓住她的手腕，不让她再有机会乱动，一脸认真地看着她。

皇上钓鱼原本就是为了让沈妩看的，此刻这最重要的观众都走了，他钓鱼也着实没意思。

沈妩不由得翻了个白眼，抬起头来有些耍无赖地说道：“那臣妾也不喜欢钓鱼，就这么看着皇上一人开心，着实没什么意思！”

沈妩这话一出，周围的几个宫人就被吓得心惊肉跳的。也只有皇后娘娘才敢说这种话了，看着皇上开心，不是所有人都该做的吗？皇后娘娘却还是一副不满意的模样！

齐钰皱着眉头细细想了一下，觉得也对，便牵着她的手腕，将两个矮凳一前一后放置整齐，让沈妩坐在前头那个矮凳上，他则坐在她的背后，重新捡起了鱼竿。

“好吧，到时候你就提着三条鱼回去就行了。朕现在亲自教你钓鱼，就不信这个邪了！”男人不甘的声音就在耳畔响起，根本不允许沈妩挣扎，就将鱼竿塞进她的手心里。

两双手同时握着鱼竿，两双眼眸同时看着鱼线。水面十分平静，偶尔有细微的风拂过，带起细小的涟漪，然后又恢复了平静。直到两盏茶的时间过去了，水面依然很平静，却是一条鱼都没有看见。

两个人早就不耐烦了，身上渗出了细密的汗水。果然沈妩是中了鱼的诅咒，只要跟她一起钓鱼，就不会见到鱼。

最终还是齐钰不耐烦了，直接扯过鱼竿往岸边一摔，脸上的神色十分暴躁。李怀恩被他这个突然的举动吓得抖了一下，眼看着皇上的兴致没了，心底不由得叹息连连。

皇上自己钓鱼又不会少块肉，非要拉上皇后娘娘一起，这回受虐了吧！

“皇上，臣妾都说了，鱼是根本不会到臣妾这边来的。还坏了皇上的兴致！”沈妩倒是一脸平静，她显然已经习以为常了，甚至反过来轻声劝慰着皇上。

齐钰被她这么一说，脸上的神色更加阴沉，他轻轻眯起眼眸看向偌大的河塘，眉头轻蹙陷入了一片深思之中。

“李怀恩，去把那边的几条船弄过来。朕要和皇后一起，把这河塘里的鱼都给弄上来。无论是用网捕鱼，还是叉上来，或者是下水摸鱼，都要将这一河塘的鱼都放到皇后的眼前！”齐钰脸上的神色越发严肃，他的语气也是极其正经，态度坚决，显然是要马上付诸行动了。

所有的宫人都下意识地扭过头去，看了看河塘。这河塘真的挺大的，要全部把鱼弄上来，得要好几天吧！最重要的是，这样去捞鱼并不能确保没有一条漏网的，还不如直接把河塘给铲平了！

当李怀恩找人把船划过来之后，皇上就拉着沈妩上了船，他俩选择了用渔网捞鱼。好在小厨房每日都需要许多鱼，所以就会在前一天晚上将渔网撒下，当天正好来收网。此刻小厨房的人还没敢过来，就恰好便宜了皇上和沈妩二人。

这里的船不大，顶多容得下五个人，其中一个划桨，还有一个得负责指教两位主子如何撒网，只还剩一个站在船尾，仔细地盯着这两位主子，生怕出了什么差错。

沈妩原本对捕鱼的兴趣不大，但是听得皇上说要为了她整治这些不长眼的鱼之后，她的心中顿时豪气万千。想她堂堂大秦的皇后，做得了宠妃，压得了太后，降得了皇上，斗得了新宠。沈妩这回的人生之中，就没有输过，凭什么要栽在一条鱼上！

既然钓不到一条鱼，那就让千千万万条鱼陪葬！

两个人合力提着渔网，好在这河塘虽然不是专门用来养鱼的，但捞起来的数量也十分可观，好容易才把一张大网拖上来，刚扔进船内，那些鱼就开始摇头摆尾地动了起来。

看着鱼身上的鳞片，在阳光的照射下泛着些许的银光，沈妩的心里就涌起一阵莫名的兴奋感。这渔网里除了大鱼，当然也有些小鱼。沈妩蹲在边上看着，觉得这些小鱼没有带回去的必要，毕竟她还没有把鱼痛恨到要赶尽杀绝的地步。

沈妩抬起手来将渔网轻轻拨开，从里面把小鱼捏起来往河塘里扔。在皇上的吩咐之下，岸上的宫人们也纷纷行动起来，将自己的鞋子和足袋都脱下扔到了一边，把裤脚挽起来，就这么赤脚往水里趟，手里拿着叉子，双眼圆瞪一眨不眨地盯着水面，看到游过来的鱼，就立刻将手中的叉子戳过去，戳到一条算一条。也算帮皇后娘娘报仇了不是！

齐钰回过头来瞧了一眼沈妩，看见她专心致志地挑拣着小鱼，嘴角不由自主地扬起了一个细微的弧度。瞧见她如此地投入其中，便放下心来，专心致志地对付着手中的渔网。

沈妩此刻正准备去抓一条小鱼，无奈这条小鱼竟是无比地好动，稍微一碰它，就跳个不停。沈妩费了好大的工夫才抓住它，一抬头就瞧见皇上宽阔的背影，顿时玩心大起。她拿着鱼背到身后，慢慢站起来，冲着守候在船尾的那个侍卫看了一下，轻轻地摇头示意他不要声张，便小心翼翼地走到了皇上的背后。

她抬起另一只手来轻轻地戳了一下皇上，齐钰停下手中的动作，慢慢地回过头来，没想到那条活蹦乱跳的鱼近在眼前，而且几乎贴着他的眼睛，甚至鱼身上的水珠都溅到他的脸上和眼睛里了。

他下意识地闭着眼睛，抬起手来阻挡，脚步自然地往后退了几步。

“皇上，小心！”一直在船尾没有吭声的侍卫惊慌失措地喊了一句，直接站起来显然是要冲到皇上面前。

可惜侍卫还是慢了一步，九五至尊就这么落入了水中，手里还扯着渔网，然后成功地将自己变成了渔网里面的“鱼”！

发现这边情况异常的宫人们纷纷看了过来，只是当他们看见皇上在水里扑腾的时候，所有的人犹如被点穴了一般，一动不能动，身体都僵直了。

“皇上落水了！”立刻就有胆子小的宫女，惊慌失措地喊叫了起来。

完蛋了，皇上会死吗？皇上若死了，陪葬的人，是不是就是他们这一拨了？

沈妩在宫人的喊叫声里反应过来，船尾的侍卫已经冲到了跟前来了，弯下腰伸出手就要去拉皇上。齐钰已经游到了船边，对于侍卫递过来的手看都不看一眼，眼睛直直地盯着沈妩，全身都湿透了，头发也是湿答答的，所以沈妩根本不好辨别他脸上的神色究竟是怎样的。

“皇上，臣妾不是故意的。都是这条小鱼的错，臣妾拉您上来，待会儿您亲自处决这条鱼！”沈妩一下子对上了皇上那双清冷的眼眸，底气不足地说道。

边说还边蹲下身来，慢慢地伸出手，脸上带着几分讨好的笑容。

那只白嫩的柔荑近在眼前，指甲修剪得十分整齐，上面干干净净的没有涂任何颜色，一看就是一只养尊处优的手，让人心生好感。齐钰将自己淹在水中的胳膊抬了起来，抓住了她的柔荑。

沈妩稍微用力准备拉着他上来，另一只手想去拉扯着船的边缘。哪知齐钰脸上僵冷的神色，却是一下子变成了一抹笑意，带着几分诡异。

齐钰猛地一扯手臂，沈妩就顺着他的方向扑向了水面。皇上空闲着的那只手轻轻划了几下水面，他就移到了旁边。沈妩扑了个空，并没有扑到他的怀里，腥凉的河水一下子灌进了口鼻之中。

沈妩喝了好几口水，才从水中冒出头来。无奈她根本不会泅水，胡乱地扑腾着。好在齐钰一直没有放开她的手，见她这副凄惨样，再次用力一扯，就把她搂进了怀里。这对苦命鸳鸯，终于在河塘里戏水了！简称“鸳鸯戏水”！

无论是船上的人，还是守在岸边叉鱼的宫人们，都不知所措地站在原地。原本尖叫着喊下水救皇上的，也都停了下来。皇上明显是一副自得其乐的神情啊！

李怀恩慢慢地抬起手，按住了自己的胃，忽然感觉胃好痛！不过他立刻反应了过来，连忙让人回去拿衣裳。

沈妩的手臂十分大力地搂住了皇上的脖颈，她整个人恨不得都贴到他的身上，沈妩的脑袋搭在他的肩膀上，双腿缠绕在他的腰上夹紧。两个人几乎是脖颈贴着脖颈，胸贴胸，肚子靠着肚子，连一丝缝隙都没有。

“阿妩，松开点儿，朕快被你勒死了！”齐钰对于她这样热情地投怀送抱，明显有些承受不住。轻轻抬起手拍了拍沈妩的后背，声音里带着几分痛苦，显然是被沈妩给挤压的。

沈妩却是根本管不了那么多，那种快要溺水的压迫感，导致她十分紧张，根本就不敢松开一丝一毫。

“你再这样拉着朕，朕就把你按在水里了！”齐钰边咬牙切齿地威胁着，边奋力地张开双臂划水，只想着能到船上。

沈妩根本不理会他，好在两人就在船边不远处，齐钰稍微踩了两下水，就到了船边上。船上的其他三个人早就聚到了那里，连忙伸出手把他二人拉了上来。那几个人都是费了好大的力气，才让两位主子重新回到船上。

皇上和沈妩都全身湿透，狼狈至极。头发湿答答的粘在脸上，衣服紧贴在身上，还好是夏季，否则非得把他们给冷死不可。皇上伸手搂着她，两个落汤鸡一样的人，还是贴得十分紧密。毕竟沈妩现在这副样子，要是被别人看见了，估计皇上会让人抠眼睛的。

船快速地划到了岸边，拿衣裳的人还没回来。两位主子也不好大动作地走动，就只能坐在船上等着。头发上的水珠滴落了下来，有些甚至都流进了眼睛里，再顺着脸颊落下，仿佛流泪了一般。

皇上和沈妩贴得紧，彼此汲取着体温，却又因为方才的事情互相嫌弃，而产生了一场有气无力的争辩。

“皇上，你为什么要拉臣妾下水！臣妾的体质偏寒，最见不得冷水！”沈妩几乎是质问的口吻，原本因为吓唬皇上，导致九五至尊不小心落水的愧疚感，一下子全没了。

活该他落水！

她的话音刚落，齐钰就轻轻挑起了眉头，脸上闪过几分不满的神色，显然对于沈妩的控诉感到不快。

“你害得朕落了水，朕亲自把你拉下来，也算是报仇了。后来朕不是把你弄上船了吗，就算是两清了。你体质偏寒，朕的体质已经确定了是阴寒！就是上回在寒玉床上，你不让朕起身落下来的毛病！”皇上的精力显然要比沈妩好多了，控诉对方的时候，也明显思路更加清晰，理由更加充分。

沈妩被他堵得一时找不到话回，狠狠地瞪了他一眼，冷哼了一声，却是不再说话，显然是不愿意再搭理他。不过暗想着也不能就这么便宜他，便伸出一双冰冷的手，直接从他的后颈处伸进了衣襟里。

两人都不约而同地打了个哆嗦，以后再也不要抓鱼了，肯定就是鱼的报复!

拿衣裳的人总算是气喘吁吁地跑了回来，好在这两位主子也没有冻死。所有的宫人都背对着他们二人，围成了一个圈，将他俩围在里头。两个人也顾不得多少，迅速脱掉了自己身上的衣裳，手忙脚乱地一件件穿起来。

连鞋子都换掉了，用力地蹦跳了几下，才算是缓过劲儿来。

“快把捞到的鱼收拾收拾回宫了，真是晦气，朕再也不要陪着皇后钓鱼了！”皇上挥了挥手，语气坚定地说出这么一句，显然这次钓鱼事件将在他的心底，留下永远的阴影。

沈妩听他用这样嫌弃的口吻，顿时心底也来了火气，不由得冷哼了一声，低声反驳道：“明明是皇上要臣妾陪您钓鱼的！臣妾也不敢再跟您一起来水边了，往常钓鱼臣妾只是一条鱼看不见而已，现在是直接落水了！”

072

清洗后宫

两个人就这样拉拉扯扯、争争吵吵地往前走着，方才还是一副落汤鸡的狼狈模样，现在已经精神饱满、斗志昂扬了。这两人明显都不是什么好东西，却还互相指责对方，直到回了行宫，一路的嘴仗都没停下来。

“皇上，今儿晚膳吃鱼吗？”李怀恩实在是听不下去了，耳朵都快起茧了，便大着胆子问了一句。

结果走在前头的那两人，忽然停下了争吵的话语，同时扭过头来，气急败坏地冲着他吼道：“吃！煎炸炒炖都来一样！”

皇上扭头瞪了一眼沈妩，又加了一句：“朕要全鱼宴！”

李怀恩连忙挥手，让抬着水桶的宫人们，将这些鱼都送去小厨房。因为回来的路上，两位主子在吵架，所以沈妩根本就没有去提皇上之前钓的三条鱼，走在后头的宫人，偶尔有几个胆子大的，还压低了声音念叨了几句。

小厨房一见到这些水桶，马上就感到有些无所适从。整个厨房里都鱼满为患了，几个厨娘凑到一起，商量着该如何做不同口味的鱼，好让主子们不要再吃出毛病来。

因为带来的鱼实在太多，皇上和沈妩一道用膳，这些鱼用煎炸炒炖挨个来一样，都还剩下许多。为此今日随行到行宫这边的大臣们，晚膳吃的都是鱼。不少人还甚是奇怪，当得知今日皇上和皇后娘娘出去钓鱼之后，又觉得十分正常了。

皇上与沈妩二人直到进了行宫，才停止了争吵。一进门，就已经瞧见大皇子拄着拐杖在练习走路，小小的身躯在拐杖的支撑下，已经走得像模像样了，不会再像原先那样摔倒了。身上的衣衫也是整齐干净的，足以见得今日并没有摔倒。

两个人就站在院门口，静静地看着里头的景象，没有着急进去。院子里用几张椅子拼成了床的样式，上面还铺了柔软的被褥和凉席，二皇子就坐在上面，盯着大皇子来回地走动着，手里抓着一个大球，却总想往嘴里塞，好几次都被奶娘及时发现拦住了，他倒是有些不高兴了。

两个小家伙看起来各忙各的，但却隔一段时间，就要关心一下对方。比如大皇子总要从院子的另一头，走到椅子搭成的小床旁，到达目的地之后，偶尔伸手拉拉二皇子的小手，或者摸摸他的头。

二皇子则是抱着球，玩一会儿就要抬起头来看看他。兄弟两个在这么小的时候，就把兄友弟恭表现了出来。

皇上和沈妩同时收回了目光，看向彼此，脸上露出了几分淡笑，方才那样激烈的争吵，也一下子就消散了。齐钰直接伸出手来搂住她的纤腰，两人就以这样腻歪的姿态走了进去。

李怀恩几个跟在后面，不由得彼此看了看，脸上露出几分意料之中的神色。皇上和皇后娘娘现如今吵架，真的是一次比一次内容幼稚，和好的速度也令人吃惊。只是苦了他们这些尾随其后的奴才了，既要帮着自己的主子，又要哄着另一位，免得中间哪个环节出了差错，主子怪罪下来，可就吃不了兜着走了！

每回避暑的时候，都在八月十五回宫过中秋，不过今年却是例外了。那些朝臣们，有不少都跟着出来的，明眼人也不请奏回宫，谁都知道皇上把皇后当成个宝贝疙瘩。这回出来，只有皇后和两位小皇子跟出来，明显是一家四口团聚的日子，谁都不好开那个口，免得到时候被皇上整治。

中秋节到了，皇上让人简单地摆了几桌酒席，和那些一起出行的臣子们喝上几杯，就回到沈妩此刻住的行宫。沈妩直接拿了酒出来，豪气万千地要跟皇上喝酒，颇有几分不醉不休的架势。

最后是这两人都醉倒了，皇上方才和众臣就喝了不少杯，这会儿再有沈妩在一旁劝酒，便有些醺醺然了。

几个侍候在一旁的宫人，就这么看着这两位主子醉倒在桌边。两个小皇子却还在玩儿得正欢。八个多月的二皇子，正看着桌上的菜肴，手里拿着一根筷子不停地戳着，嘴里还喊叫着什么。

不过他连牙都没长出几个，还在吃着奶水，这些饭菜自然是很少吃到。奶娘手里端着碗，里头有一小块鱼肉，不过二皇子显然不满足，自己只能吃这种没味道的鱼肉。

而且桌上各式的菜肴，都是色香味俱全的，他吃的鱼肉是白水煮出来的，自然不能比。大皇子现在已经快三周岁了，所以桌上的菜只要不是太辣的，都已经能吃了。他自己拿着筷子，夹着里头的小菜吃。

二皇子就只能干瞪眼看着，最后似乎急了，就转过身要往大皇子的身上扑，显然是要将他手里的筷子抢过来。

皇上和沈妩一直睡到第二日日上三竿的时候，才慢慢地醒过来，意识刚刚恢复了些，就感到了一阵头痛欲裂，那种山崩地裂的疼痛感汹涌袭来。沈妩还是第一次尝到这种感受，直接倒回了床上，再也不肯起身。

皇上要稍微好一些，虽然他不喜欢那样拼命地喝酒，也很少醉。不过这醉的滋味还是感受过的，好在昨晚没有吐出来，否则那才叫痛苦万分。

直到八月底的时候，皇上总算让人收拾准备回宫了。这次的避暑之行，算是最惬意的一次了，不带那些妃嫔出来，也一点儿意外都没出。并且他和沈妩之间的感情，比她出宫养胎的时候还要亲密，两个人整日黏在一起，好得跟一个人似的。

用李怀恩那句话就是，每回看到皇上和皇后娘娘在一起，总觉得浑身黏糊糊的，好像被糖浆泼了一般，分都分不开。让他这种从来没体会过情爱的人，都有些心动了。

车队是九月初一到的京都，后宫里的妃嫔早就收拾妥当，等在宫门里，一起来迎接皇上和皇后的归来。

两人都穿着朝服，十分地正统。墨黑色的龙袍和正红色的裙衫，相互映衬。衣服上分别绣着双龙戏珠，还有百鸟朝凤的图纹，精致得让人移不开眼。两人手拉手，一起走了进来，接受众人行礼。那一刻，看着众多匍匐在脚边的妃嫔们，沈妩的脸上露出几分浅笑。

她这次回宫，就会开始着手处理后宫的人，一定会是大动作，只是不知道这些所谓的妹妹们是否都准备好了！

重新回到凤藻宫，沈妩稍作修整了几日，便让人把后宫的名册都找了出来。拿支毛笔在上面圈圈画画，显然是要有所作为了。别宫的妃嫔也都听闻了皇后此举，无奈拿不到她圈画过后的名册，也只有暗自着急，却又无可奈何。

沈妩倒是每日抱着那名册看得欢腾，将每一宫偏殿里没有侍寝过的妃嫔一一罗列出来，显然是在酝酿着什么。

十月中旬的时候，大秦的西南方忽然有加急奏折，大片地区发生地震现象，而且情况十分危急，房屋倒塌、死伤严重！急需各地支援，不过那里余震不断，即使筹备了粮草等物也无法安全送达。

并且边远地区的百姓都已经沿路上京，一路讨饭行乞。若是偶遇赈灾粮饷，就会上前哄抢。况且大秦周围一向有凶悍的敌人，比如突厥，马背上争得天下的人都比较好战。大秦用于安顿边疆的开销就十分大，国库并不是十分充盈。

齐钰这几日被这突如其来的灾祸弄得焦头烂额，每日待在龙乾宫里想对策，经常把朝中重臣召集到前殿商议。救灾如救火，可是朝廷分派出去的东西本来就要考虑重重，国库里拨出的粮饷也会掂量着来，免得到时候外围有敌国大难，那真可就得不偿失了。

当地震大灾害这种事儿刚传出来的时候，沈妩就立刻召集了六宫二十四司的领头人，以及各个地方的管事，首要的就是核对账本，减少不必要的开支。她手中拿着的名册，也全部看过了一遍，上面分门别类地勾画了不少人的名字。

直到李怀恩派人过来，请沈妩劝劝皇上用膳，已经好几日没睡过好觉，也没吃过一顿好饭了。沈妩才有了动作，她立刻让人把这些名册和账簿都收在箱子里，并且让人去御膳房要了一桌子菜，就坐上了凤辇。

龙乾宫门外，李怀恩正站在外头来回地踱步，他的额角上渗出细密的汗水，显然是非常着急。

皇上这边都愁成这样了，若是平日里，皇后娘娘肯定早就过来嘘寒问暖了。可是这回都已经有好几位别的妃嫔主子过来了，都没见到皇后娘娘的身影。当然那些先前来的主子们，皇上一律拒之门外。李怀恩几乎敢肯定，皇上就是在等皇后娘娘来呢！也不知这位主子最近在忙什么，凤藻宫那些宫人瞧着好像比龙乾宫的还要忙碌！成日里蹿来蹿去，比兔子遛得还快！

“李总管！”明音的声音在身后响起。李怀恩像是听到了天籁一般，脸上忧愁的神色一下子就消失不见了，再回过头来的时候，已经是满脸带着笑意，态度恭谨地迎接了。

“皇后娘娘，您可来了！”他尖细的嗓音显得有些急切，连忙快走了几步要去搀扶沈妩。

沈妩一身藕色的罗裙，略施粉黛，比平日里少了几分逼人的眼里，倒是多了些清丽。

沈妩冲着他轻轻点了点头，便搭着他的手走了几步。李怀恩头一偏，就看到身后有几个小太监抬着好几口木箱子跟在后头，里面肯定是放了不少的东西，那几个小太监憋得面红气喘，显然是十分沉重。

快到了殿门口的时候，一行人都停下了脚步，李怀恩手一挥，就让人进去通传了。果不其然，当那个小太监出来的时候，就请沈妩进殿了。

沈妩一进去，便瞧见皇上一身月白色常服，趴在了案桌旁，手中拿着狼毫正写着什么。男人的眉头紧锁，显然是在思考着什么问题。

“臣妾见过皇上。”沈妩慢慢地弯下腰行了一礼，声音放得十分轻柔，似乎是怕吓到谁一般。

齐钰抬起头来，脸上疲惫的神色十分明显，下巴上都长出了胡楂，显然已经许久未处理过了。双眼里充斥着红血丝，嘴唇都干燥得起皮了。

“阿妩来了！”男人一开口才发现自己的嗓音无比沙哑，才想起来自己已经许久未曾喝过水了。

茶盏明明就放在手边，他却对着奏折看了大半日，也没想起来喝口茶。齐钰轻叹了一口气，连忙端起茶盏狠狠地灌了两大口，干渴的嗓子猛然遇到水的滋润，还带着几分细微的疼痛。

沈妩轻轻一挥手，身后的宫人就把食盒端了过来，开始往旁边的小桌子上摆放吃食。齐钰看了一眼渐渐摆了满桌的饭菜，脸上露出了几分放松的神情，抬起手来捏了捏紧皱的眉头，疲惫尽显。

“皇上，先用膳吧。无论灾情如何严重，也得保重龙体，才能想出万全的法子来！”沈妩边说边走到了案桌前，抬起手便把男人手里握住的狼毫抽走了，直接牵起皇上的手往膳桌旁走去。

齐钰显然也是饿了，外加沈妩过来，让他整个人的状态都变得放松起来。便立刻站起身来，跟着她走到了桌子旁边坐了下来。

沈妩拿起筷子，桌上的菜式都是皇上喜爱的，她亲自取筷布菜。两个人都没有说话，一个专心布菜，另一个埋头吃饭。先前面对饭菜都觉得没有胃口的皇上，此时倒是吃得津津有味，好几日没吃上一顿好饭的结果就是这回他一连吃了两碗。

李怀恩站在一旁瞧着，皇上总算是吃饱了。他心里轻轻地松了一口气，果然还是得皇后娘娘亲自上阵，才能降得住皇上，否则其他人都招架不住！

“皇上，臣妾想了法子来节省后宫开销，以便减少国库压力！”待齐钰放下了碗筷，沈妩将毛巾递上，轻声将心底的想法说了出来。

皇上轻轻地挑了挑眉头，脸上并没有露出多少惊讶的神色，他轻轻地摆了摆手，显然对于沈妩提出来的话语并不抱多大期望。

“朕知道你这几日都待在凤藻宫里想法子，而且那些管事都被你召集过了，不少后宫的开支都被减少了。但是已经调过一次了，朕相信你的实力，如果再调整的话，恐怕会引起后宫的动荡。毕竟那些女人都是金窝银窝养出来的，吃惯了山珍海味，若是再调整得简陋了，恐怕她们身后的家族势力也要站出来啰唆了。”齐钰轻轻地摇了摇头，他抬起手摸上了沈妩的面颊，目光里带着几分专注。

男人的嘴角露出几分苦笑，那些朝臣们的嘴巴最是厉害。他可不想被冠上连女人都养不起的罪名！

沈妩已经下调过一次后宫的月例，并且找来各处管事，将那些捞油水的地方也修改了，严格把控着。现在是特殊时期，虽然不少宫人的利益都受到了损害，但是也没人敢闹出来。如果第二次下调的话，很有可能就有人跳出来了。

“臣妾自然不会再下调月例了。宫里的这些妹妹们，得不了皇上的宠，自然只能靠银子支撑着过日子。臣妾前些日子闲来无事，便整理了一下后宫妃嫔的名册，想出了一个减少后宫大笔开销的法子。”沈妩轻轻摆了摆手，脸上露出了几分故作神秘的笑意，带着几分自信的意味。

齐钰见她如此笃定，便往她的身边凑了凑，神情越发专注地看着她。

“臣妾翻过名册，才发现宫中有大大小小的妃嫔八百多人。其中被宠幸过还活着的仅有两百多人，也就是说皇上没宠幸过的人有六百个左右。甚至都没见过她们，但是她们在后宫中的开销，肯定是占据了很大一笔。臣妾想着若是将她们全部放出宫去，既可以让那些人与家人团聚，不用再空守着宫殿，又可以省下很多银子。”沈妩的语气带着几分严肃，她轻轻地挥了挥手，那几个小太监就将木箱子抬了过来，一一摆放整齐，并且把箱子盖儿都打开了，方便主子们查阅。

齐钰看着那几箱子满满的名册，立刻挑起了眉头，似乎十分不满一般。他停顿了片刻，才冷声问道：“你是说朕白养了六百个人？而且还养了七八年！”

皇上的神色显得有些激动，显然他对于自己花了大把银子养了那么多人表示难以接受。一旁的李怀恩不由得抬起头来，擦了擦额头上的冷汗。皇上从来都不好色，但是偶尔有看得上眼的女人，还是会召幸的。也有的在秀女复选的时候，被皇上挑中了，但是隔天就忘了，这一忘说不定就忘了好几年。

因此后宫中女人有多少还未侍寝的，皇上根本不可能知道，更不会去关心。就连李怀恩都记不清了，这些名册都是沈妩核对过以前的侍寝记录，一一筛选出来的，并且还将其家世背景都记录清楚，分门别类过的。

沈妩被他这种问法给怔住了，过了片刻才下意识地点了点头，脸上的表情依然是不解的。为什么皇上是一副被伤害了的表情，其实那些没侍寝的妃嫔们才是真正的受害者啊！

“这六百个人自然是不能留在宫中的，不过一下子放出去这么多人，一定会引起大骚动的，还得另想法子才是！”齐钰想都没想，就直接赞同了沈妩的想法。

花那么多银子白养女人，这种亏本买卖他都已经做了好几年了，这回趁着要缩减开销，无论如何都得把这些人弄出去！

“这个臣妾也想好法子了！”沈妩听得他如此说，脸上的笑意更加甜腻了几分，显然专门就等着他这个问题。

她这几日人缩在凤藻宫里，可不是吃白饭的，为了能将这些女人送出宫去，她可谓想了不少法子，现在正是用上的时候。

齐钰抬起头，对上她那双狡黠的双眸，嘴角轻轻扬起，更往她那边凑了凑。沈妩就靠在他的耳边，压低了声音轻轻地将自己的想法告诉了他。

“好，皇后不愧是朕的爱妻，先朕之忧而忧！”齐钰听完之后，眸光一下子变亮了，显然对这个主意十分满意。

他直接抬起双手搂住了沈妩，还大力地拍了两下她的后背，表示自己心底的满意。

沈妩险些被他给捶死，好在皇上如此高兴，她倒是也跟着得意。反正这些女人，是皇上要赶走的，日后即使觉得后宫冷清寂寞了，也坚决无法怪到沈妩的头上来。

“不过在这之前，朕觉得还得找个法子，让这些女人把在后宫里捞得的好处吐出来！朕养活了她们这么多年，估摸着敛了不少的钱财，当然也存在那些没本事的，连个宫人都能欺负的。朕要找的是有靠山的妃嫔们，等到要让她们离宫的时候，身上的财物肯定是让她们带走的。所以在这之前，就要想个法子搜刮干净！”齐钰轻轻松开了手臂，将自己心底的想法说了出来。

他半眯着眼，眸光森冷，显然对于白养活人这件事儿，还在耿耿于怀。沈妩当然明白皇上的意思，那六百个人里头，虽然都未侍寝，不过却也有经常露脸的，无非是在后宫之中找到了靠山，替自己的靠山做些伤天害理的事情，所得的好处恐怕也有不少。皇上就是不希望这些妃嫔，带着属于后宫的东西离开。

皇上方才刚冒出了个想法，便说给沈妩听，并且要她尽快施行。

当沈妩从龙乾宫出来的时候，已经快到要用晚膳的时辰了，她匆匆回了凤藻宫，连忙交代任务下去。

第二日，皇后便对各宫的妃嫔下达了指令。西南地区地震灾害严重，大秦各地志士仁人都出钱出力，为西南送去粮饷。为此后宫的众位妃嫔自然也不能落下，采取记名式捐赠财物、衣物、首饰等。等到捐赠结束之后，将会张贴榜单出来，捐赠最多的十个人和捐赠最少的十个人，都会榜上有名！

皇后娘娘这道懿旨刚下达，后宫里就是一片震动。还不待有人反驳，皇后娘娘从各宫抽出来的宫人已经摆了桌子椅子出来，显然是准备收取捐赠的物品。

沈妩为了公平起见，不会出现宫人昧下钱财的事情，所以每个宫殿都会抽出一名宫人来，相互监督，根本不好舞弊。已经有几位主子派了人来送东西，沈婉、崔瑾几个还是比较积极的，毕竟以她们对沈妩的了解，在没搞懂事情的缘由之前，还是按照沈妩所说的做，否则到时候只会沦落到丢脸的地步。

第一日捐赠的时候，不少妃嫔处于观望时段，她们不明白皇后娘娘如此行为，究竟是为何。不少人都没出去捐赠，倒是那几个位分比较高的，清楚沈妩的脾性，便都派人过来捐赠。不过德妃却没有过来。有许多妃嫔想要跟风的，一时之间，也不知究竟该向着谁。

当天晚上就公布了榜单，最重要的是用了皇榜公布。就贴在凤藻宫的大门附近，位置极其显眼，上面的名字也十分清晰。

立刻就有人把这消息传到了各宫主子的耳朵里，公布的前十名里，崔瑾、沈婉、斐安茹等人都是榜上有名。而后十名之中，德妃的封号倒是排第一，后面紧跟着就是然美人和佳嫔，显然沈妩有意拿她们三人开刀，其余的则是一些位分偏低的人。

因为后宫之中，至少有一半的人没有来捐赠，不过沈妩却只公布了十个人，除了德妃三人之外，其他七人都不曾得宠，后宫里几乎所有的人，都猜不准她是如何挑选的人。

沈妩悠哉地坐在殿内，手中把玩着一朵刚摘下来的月季，花瓣已经被她扯得差不多了，只剩下一根光秃秃的花枝。面前摊着一本名册，前几个的名单恰好与今日皇榜上放出来的七个重合。

那七个都是在后宫之中未侍寝，却傍得后台，依然过得耀武扬威的妃嫔。也是后宫里比较财大气粗的人了，所以沈妩自然要先从她们入手。

第二日请安的时候，还不待她们说话，沈妩先开口了。把各地的乡绅所捐赠的总财物一一罗列了一遍，还有京都各府的贵妇也拿了银子出来捐赠，自然是一箩筐的好话跟在后头。那些妃嫔即使真的想说些什么，被沈妩这些话全部堵住了，没一个再提出异议。

“明音，把皇榜上昨日排出来的前十名都念一遍！”沈妩自然不会给她们喘息的机会，她直接一挥手，就让明音出列。

明音手里面拿着一张纸条，上面正是那个名单，她轻咳了一声，扬高了语调念了一遍，确保大殿内的每一个人都听得到。

殿内一片寂静，有些在后十名的人，已经开始坐立难安了。就连一向神色淡然的德妃，此刻也难免冷了脸色，阴沉沉地皱着眉头，显然对于沈妩此举十分不满。

沈妩瞥了一眼德妃，嘴角露出了几分笑意，直到明音念完了前十名的名单，她才再次开口道：“昨日是捐赠的第一天，前十名和后十名的皇榜，也不过是鼓励和督促各位妹妹，本宫并没有要打各位脸面的意思，所以今日的后十名就不念名单了。还请诸位认真对待，不过明日开始，这二十个名单一个不落下，都要在大殿内念出来！并且最后都会呈给皇上过目！”

沈妩的语气十分坚定，根本不容辩驳。显然对于这次捐赠，她是铁了心了。当然这种馊主意，还是皇上亲自出的，沈妩不过是个执行者。

这些人刚散开，回宫之后就立刻派人送东西来了。显然是今天早晨读名单的时候受刺激了，不少人都铆足了劲送东西过来。五花八门的宝贝就堆到了桌子上，那些宫人有会写字的便出来记录和监督，剩下的则小心翼翼地收拾这些宝物，待会儿都是要送进仓库里封存起来的。

这场捐赠活动，被称为“全后宫总动员”，简直可以用盛况空前来形容。很难看见宫中所有的主子，都在为了一件事情忙碌，各宫的奴才火急火燎地奔波着，既要捧着东西送过来，还要仔细打听着送的东西究竟够不够，会不会上后十名的名单。

当然如果银钱足够的妃嫔，也会狠下心大放血地拿宝贝出来，只为了争得前十名，好让封号在皇上面前露一下，说不准皇上就会想起他曾经点着留下却又未宠幸过的女子。

皇榜一天天地换着，一连换了七日，榜单上的名字都是轮番替换着。当然那些真正寒酸的妃嫔，封号倒是很少出现在榜单上，偶尔有人质疑，宫人立刻就会拿出个宝贝来，说是那位妃嫔送的。当然这些宝贝都是皇后娘娘替她们垫上的，一切都为了引诱那些真正有财力的妃嫔大放血。

七日的捐赠活动结束之后，凤藻宫后面的仓库都已经塞满了，又征用了奇华殿、听风阁的仓库。好险连这些都堆满了，足以见得后宫里的女人，吐出了不少好东西，有些为了搏名声，真是将自己最喜欢的宝贝都割爱了。

沈妩立刻派人将这些东西收拾过后，全部都交给了户部，这么大一笔银钱过来，立刻就解决了不少问题。户部那些抓耳挠腮想法子凑钱的臣子们，立刻都对皇后娘娘褒奖起来，甚至户部侍郎还亲自上奏，说是皇后娘娘策划的这种活动，都带动了京都贵妇圈里的人更加积极主动地捐献。

只不过这种人人都开心的局面并没有维持多久，隔了两日早晨请安的时候，沈妩特地把众人都留了下来，说是皇上待会儿要过来。不少妃嫔立刻就抬手整理起自己的容颜来，生怕出了什么差错。已经许久未见到皇上了，自从这劳什子地震开始，皇上连凤藻宫都很少踏足了，更别提别的宫殿，根本就不见踪影。

齐钰下朝之后就过来了，沈妩当着众人的面，把那个前后十名的皇榜递给了皇上。男人低头看了看，轻声褒奖了几句，破天荒地没有责怪后十名，反而轻声安慰了两句。

众妃嫔还是头一回得到皇上如此直白的夸奖，纷纷喜笑颜开。齐钰看着那些人，脸上的神色虽然还是放松的，但是心底已经有些不耐烦了，他挥了挥手便让众人退下，显然是不想她们多待了。

那些人对于皇上这样的撵人，已经见怪不怪了，不过心底还沉浸在被褒奖的喜悦之中。倒是有几个妃嫔看到了皇上和皇后眉来眼去的动作，心底有些不舒服。特别是理解沈妩脾性的人，就更加好奇，这个捐赠的举动究竟是为何。

皇上的动作很快，第二日上朝之时，已经让李怀恩宣布圣旨了。

“奉天承运，皇帝诏曰：今西南地震严重，国库之中却无法及时转出银钱救济，幸好有皇后带领后宫众妃嫔捐赠银钱，以解燃眉之急。朕决定嘉奖后宫，凡是未受召幸过的妃嫔，皆可自愿回府，重新配人亦可！”李怀恩捏着嗓子，声音高亢地说道。

他把这道圣旨念完，底下立刻就响起了朝臣的议论声。皇上竟然会让妃嫔回府，而且还可以自行配人！这简直就是开创了先例，历朝历代都没有这个规定。

皇上轻轻眯起眼眸，看着下面议论纷纷的场景，眸光里闪过几分不耐，还不等他们商量出结果来，就再次轻声开口："若是未受宠的妃嫔，身为世家之女，必须回府！许家和新贵可以继续留在宫中！"

齐钰说完之后，面色就不怎么好看，但是神情严肃，显然是极其认真的。他这副样子落在旁人眼里，就像是对世家已经存在了诸多不满一样。许老侯爷与新贵那些臣子先是松了一口气，然后便暗自揣摩起皇上的心思来了。

世家有了皇后坐镇，再有慧妃、婉妃二人，的确是一家独大。皇上存在不满也是有可能的，毕竟三方势力平衡被打破了。

世家那些人自然是不同意，据理力争。齐钰却已经没了耐心，直接让人着手办理，并且由另外两方势力监督。

皇上刚下朝，那边就有无数的宫人前往各个宫殿拿人。只要有未侍寝过的世家女，一律通知她们整理东西，有些识时务的还可以带走自己的东西，若是有那些上蹿下跳、不依不饶的，直接就有宫人强制着架走了，她屋子里的那些东西也全部缴入国库。

不过经历了之前七日的捐赠，其实值钱的东西也所剩不多了。从午膳的时辰开始，就已经有不少宫妃陆陆续续搬离了自己的偏殿，手里拿着包袱，身后跟着一起入宫时从家中带来的丫鬟，深一脚浅一脚地往宫门处走。

前前后后都是与自己一样即将被赶出宫的宫妃，大部分人的脸都是熟悉的，整日在后宫抬头不见低头见。无论在宫中混得好不好，此刻她们的命运都是相同的，那就是被遣送回府。

到处可以听到哀切的哭啼声，大部分的宫妃已经不知道该如何面对外面的世界了，更加不知道原先的府邸是否还能容得下她们！未来的不确定，让这些宫妃们显得无比颓丧，往日精致的妆容，此时也被哭花了，根本无暇去打理。

不少还留在宫中的妃嫔们，也走到一旁瞧着，脸上露出几分同情的神色。更有一些未侍寝的属于许家或者新贵的妃嫔，心里十分惊慌，看着这些哀泣的人，心底不由得涌起了几分同病相怜的意味。或许过不了多久，她们也要这样离开后宫。完全就是一个失败者的模样，彻底地被皇上和皇后所遗弃，甚至身上都带不了什么值钱的东西。

直到夕阳落山了，属于世家那边的三百人才算是走完。当然也有自愿回府的，想着终于可以离开这个囚笼了。不过最后几位特别不愿意离开的人，还是由侍卫拉扯着，强制性地送出了后宫。

073

太子抓周

忽然一下子送走了这么多的人，后宫里瞬间就空了许多，这些被送走的宫妃，大多位分很低的，并且都是跟着其他位分稍微高一些的妃嫔一起住在宫殿里，只不过这些位分低的住在偏殿而已。

现在这些人走了，不少宫殿里就只剩下一位主子了，甚至有一些极其偏僻又年久失修的宫殿，已经空无一人了。原先那些伺候的宫人也都被沈妩派人统一召集起来，准备重新分配。

为了避免出现这些宫妃一出去，就没人收领的情况，皇上又特地下了一道圣旨，要有宫妃出宫的世家，当日必须派出车马来接，否则后果自负。

已经到了十月末，天气变得越发冰寒起来，二皇子已经开始锻炼爬行了。凤藻宫早早地点起了炭，就为了让二皇子可以穿得单薄行动方便些，原本就浑身都是肉，如果现在穿得再多，二皇子有时候甩不开手脚就开始哼唧。

身上的肉太多，二皇子只要把衣裳穿齐整了，就活像一个肉墩子，沈妩让他趴在床上，他四肢并用地撑起自己的身体，无奈手脚动不开，最后只能又趴回去。

凤藻宫的宫人，这几日都是异常忙碌，快要到大皇子三周岁了，皇后娘娘吩咐了要好好操办一番。毕竟这是回宫之后，大皇子第一次过生辰。当然大皇子生辰过后不到一个月，就是太子一周岁生辰了，正好那个时候赶上大年初一，后宫里肯定是要大肆操办的。

一想起以后两个月的日子，连续两位皇子过生辰，凤藻宫的宫人腿肚子都开始打哆嗦了。那将要忙成什么样了啊！

每日晨昏定省的时候，明显可以看出来凤藻宫的人少了些。虽说原来前来请安的人就只是后宫妃嫔的一部分，不过那些有本事、有依仗、有后台的宫妃，还是占得一席之地，现如今那些人走了，一下子就空了不少。

留下来的妃嫔，情绪也不怎么高涨，大多木着一张脸，那种议论纷纷的场景已经十分少见了。显然是上次将世家未侍寝的宫妃全部拔除，让这些剩下来的心生警惕，却又无可奈何。人心惶惶过后便是一种麻木的等待，几乎所有的人，都能猜出皇上之后还会有大动作。

果然，不出半个月，皇上上朝之后再次宣布了旨意。这次被撵出宫的自然是那剩下的未侍寝的三百多人。

立刻就有人站出来叫苦连天，新贵势力大多没有许家和那些百年世家那般财大气粗，也没有那些人脉，那些妃嫔回去了，必定会造成诸多不利的影响。

齐钰坐在龙椅上，脸上带着几分似笑非笑的神情看过去，直到那人哭诉完了，他才沉声开口道："爱卿方才所说的都不是问题，世家都已经做好了榜样，他们是如何照顾回去的姑娘，你们也如何来。况且世家究竟怎么做的，你们可都是在一旁监督的人，看得应该比朕清楚！如果做不好的话，你们也都不用上朝来了，朕直接找旁人好了！"

男人最后几句话威胁意味十足，他轻轻眯起眼眸，一一扫过殿上的众人，眸光森冷，根本不容辩驳。

皇上的话音刚落，殿内的气氛就陷入了一片寂静，除了偶尔夹杂着几声轻微的叹息，一切都是那样平静。皇上之所以让世家的宫妃先搬出去，就是为了分散朝臣反对的意见。新贵之中大多都是只认皇上一人的纯臣，所以皇上所说的话，自然都是支持，而且一开始又没有威胁到自己的利益。没想到这回皇上竟是一视同仁，后宫中未侍寝的女子一个不留！

即使他们现在想反对，都不可能了。先前倒霉过的世家，自然不会让他们得逞，一切都无法挽回了。

这次皇上让那些女子离宫的日子推迟了两日，毕竟好多户籍为外地的，也好让她们各自的府中派人来接。

这些人离宫之后，后宫里的主子则更少了。往常随便去个御花园或者什么宫殿，路上都要遇上三五个相熟的妃嫔，如今整个后宫里都安静了下来，似乎伴随着冬季的到来，也陷入了冬眠一般。

凤藻宫却丝毫没有受到影响，此刻正热烈地庆祝着大皇子的生辰。拄着拐杖已经能走平稳的大皇子，面对这么多人来祝贺他，显然还是兴奋的，他稚嫩的脸上带着几分笑意。

沈妩并没有发帖子给众人，似乎只想在凤藻宫操办了一般。当然沈婉肯定是到场的，德妃、斐安茹等人竟也过来庆祝了，手里头都带着包装精美的礼物。

大皇子脸上的轮廓已经隐隐体现出来，他长得非常像齐家人，和皇上有七分像。只是这位小皇子始终带着笑意，欢欢喜喜的模样，丝毫没有皇上那种冷脸的感觉，这也让不少人感到惊奇。

恰好二皇子也被抱出来了，众人还是头一回如此近距离地看到他，崔瑾更是直接高声说道："二皇子可就偏像皇后姐姐了，瞧瞧这双眼睛，不说话也会勾人似的！"

她的话音刚落，就有不少人笑了出来，沈妩也不停地念叨她胡说八道。德妃则凑在大皇子身边，温声地和他说着话，沈婉就坐在一旁，满脸带笑却是很少出声。

过年的气氛还是将后宫渲染得热闹起来，大年三十的晚上，设宴群臣。二皇子也被带进殿内，就坐在皇上的身侧，当酒宴开始的时候，奶娘轻声对着他说了什么。那个奶娃娃就像是得了特赦令一般，立刻就抬起手去抓最靠近自己手边的糕点。

酒宴上十分热闹，看起来像是众臣都在灌酒，实际上他们都保持着清醒。因为在酒宴的最后，将是今晚的重头戏，太子要抓周！所有人都在关心着这个环节。

女眷那边也听说了抓周的事情，便纷纷围绕着这个话题说起来，有的是说起自家小子抓周时候的闹剧，一时之间气氛就变得热烈起来。

总算是到了抓周的时辰，宫人们立刻就行动了起来。把毛毯铺上，上面摆满了各式各样的物什，宝剑、画册、锄头等一应俱全。齐钰亲自抱着二皇子走了过去，将他放到了毛毯上，轻声鼓励着让他挑选。

二皇子嘴里塞得鼓鼓囊囊的，齐钰就站在一旁看着他，小家伙只是安静地坐在那里，似乎并不急着去挑选，只是嘴里的东西，却越嚼越快，像是准备等他吃完后再抓一般。

齐钰也不催他，只是安静地看着。那些朝臣却都浑身生出了汗水来，这二皇子可真是个慢性子，怎么这么会吊人胃口！倒是赶紧抓啊，抓了也好了了众人一桩心事。

"小撑，抓东西了！"齐钰等得也有些不耐烦了，便低声唤了一句。

二皇子现在已经知道"小撑"是在叫他，便抬起头来看向皇上，满脸无辜的神色。只是当他往下咽食物的时候，却忽然噎住了，显然是噎得比较严重，他竟是翻起了白眼。

一旁的人看得都是心惊胆战，立刻就有宫人拿了茶水来，小心翼翼地喂他喝茶。好容易才缓过劲儿来，二皇子已经将嘴里的东西咽了下去，他的眼光扫视着四周，总算有要抓周的前兆了。

果然他的手抬起来，一把抓过旁边的胭脂盒，沈王爷的脸色一僵，明显带着几分焦急。难道这小家伙将来会是个好色之徒？

只是还不待他腹议结束，二皇子已经迅速地将胭脂盒送进嘴里咬了一下，似乎觉得不好吃，便扬起手臂扔了出去。"哗"的一声，胭脂盒已经落到了毛毯上，竟然滚了出去，最终盒子分成了两半，里头红艳艳的胭脂洒了满地。

沈王爷又暗自松了一口气，还好这胭脂盒不合太子的心意。

二皇子很快又抓了一个东西，竟然是个小锄头。不少人脸上的神色就有些难看了。太子以后不会是要当农民，带领着大秦的子民一起去种地吧？小家伙有些吃力地抓稳了锄头，放在手里翻来覆去地看着，似乎在认真地研究着什么。最终他又扔了出去，显然还是不合他心意。

这一次，他摸到的是一本诗经。不少人的脸上就流露出窃喜的神色，总算是抓到了一件像样的东西。到时候拍皇上的马屁也有了着落，就这样别放手！

只是二皇子却在众目睽睽之下，将书翻了开了，抱着往嘴里送，用牙齿狠狠地咬下了封面的一角。嘴巴动了两下，似乎在品尝这诗经的味道，最终舌头一伸就把那书页吐了出来，显然不合他胃口。

齐钰始终面无表情地站在一边，瞧着二皇子将这里搞得乱七八糟，却丝毫没有不耐烦的情绪流露出来。

二皇子还不会走路，只能四肢并用地在毛毯上爬着，他似乎对每一样东西都很感兴趣，有些只是拿起来看看就扔了出去，有些看过之后就往嘴里送。咬不动的就直接扔出去，咬得动的就撕下一块在嘴里嚼几下尝尝味道，不过却还是逃不过被扔出去的命运。

最后这整张毛毯上的东西几乎都被挑拣过一遍了，他的手里却依然没有拿稳一样东西，显然都不满意。

最后他坐了下来，面对着齐钰，抬起头异常认真地看着他的父皇，嘴唇轻启奶声奶气地道："糕糕！吃。"

二皇子用他现在所有的智慧，说出了这句话。他的脸上带着几分困惑的表情，显然对于毛毯上这么多的东西，却没一个能吃的而感到困惑。他第一个学会说出来的词语，不是父皇也不是母后，而是简单的叠字"糕糕"，当然后来又学会了说"吃"。

其他的大臣并没有听懂他在说什么，有些尴尬地站在那里，毕竟二皇子是第一次在众人面前说话，而且小孩子的口音还是有些模糊，所以一时之间并没有辨认出来。

齐钰和二皇子眼瞪眼看了片刻，他才轻轻地挥了挥手，一旁的小宫女眼疾手快地把桌上的盘子递了过来。齐钰就这么接到了手中，盘子里头存放的是御膳房最拿手的糕点"十全十美"。当然因为口味众多，也深受二皇子喜爱。

"糕糕！糕糕！"二皇子见到那盘糕点，一下子就变得异常激动，抬起一只手来似乎要去抓，不过皇上所站的位置，离他还有一些距离。

况且齐钰一脸老神在在的模样，明显是不会主动过去。二皇子立刻四肢并用着往皇上那边爬过去，肉墩子的速度一下子提高了，竟然比平时爬得都要迅速。

往常锻炼他爬行的时候，沈妧也会拿吃的诱哄他，不过却不敢给他吃太多，每次只拿小半块的糕点哄他，现在齐钰拿着一整盘，足以见得效果肯定是不同的。

终于他爬到了齐钰的腿边，小小的双手抱着男人结实的小腿，二皇子开始吃力地借助着齐钰的小腿站起来。

齐钰低着头，视线始终没有离开扒在腿上的小娃娃，他轻轻弯下腰，将手中的盘子朝二皇子的面前递了递。小家伙身上的衣裳穿得有些多，此刻跪在地上，正吃力地想要站起来。看到齐钰手中的盘子就在自己头顶上方不远处，眼中迸发出了无比兴奋的目光。

“嗯！”他猛地用力站起来，嗓子里还迸发出了一声清脆的语气词。二皇子两只手紧紧地抓住齐钰的衣裳才算是站稳了，他喘了两口气，小脸憋得通红。身上的肉太多，再加上又穿得太厚，他这站起来一次耗费力气太多，却丝毫不影响去寻找糕点。

当小家伙的大脑袋一抬起来，原本以为近在眼前的糕点，位置显然又抬高了，还是在他头顶上方的不远处。当他歪歪扭扭地抬起一条胳膊要去拿的时候，结果还是差了一丁点的距离，硬是碰不到。

齐钰看着他这副着急的模样，嘴角慢慢地扬起，露出了一个清淡的笑容，显然是觉得这小家伙有意思。一旁的大臣和宫人们都在围观这一场景，额头上渐渐露出些许的汗水，能瞧见皇上的笑脸当真是难得，显然太子十分得皇上的宠爱。

二皇子的双手用力抓紧了皇上的衣裳，似乎想往他的身上爬。此刻这小家伙不会走路也不会跳，只能依靠着爬，可是皇上直立的大腿岂是他能爬得上来的，最终由于用力过猛，他一头撞上了齐钰的腿，自己也摔倒了。

费了那么大的力气竟然还没有拿到糕点，二皇子明显是不高兴了，他抬起头看了看岿然不动的齐钰，又瞧了瞧那盘糕点，最终嘴巴撇了起来，开始轻声地抽泣起来。

“糕糕，糕糕！糕糕！”他再次跪在齐钰的脚边，抬高了手臂，整个身体都在表达着他要吃糕点的欲望。

小孩子抽泣的声音，夹杂着软糯糯的念叨声，显得那样委屈，让人感到心疼。齐钰却是优哉游哉地欣赏完他哭号的模样，嘴角轻轻上扬，显然还带着几分笑意。二皇子不怎么爱哭，到了半岁之后，那种声嘶力竭的号啕大哭，基本上已经离他远去了。就比如现在，他的哭声并不高，但是一抽一抽的模样着实让人不忍再刁难他。

“小撑，你站起来，父皇就把糕点给你！”齐钰总算是恶劣地欣赏完毕了，轻声地开了口，语调十分轻柔。

大殿内其余的人都看着他，脸上皆是一副看到鬼的表情。皇上这种温柔的模样，几乎从来没见过。显然这位九五至尊，对待自己的亲儿子，态度实在是好过了头，比对待那些后宫的女人和诸位朝臣，要好过千万倍，简直就是云泥之别。

二皇子似乎是听懂了他的话，再次咬着牙开始用力往上，磨磨蹭蹭了片刻，才终于再次站了起来。对于他的表现，齐钰抬手拍了拍他的头顶，脸上的笑意越发明显。

二皇子长而卷曲的睫毛上还挂着泪珠，此刻他的两只手都抓住了齐钰的衣裳，抬起头来一脸渴望地望着那个盘子。这次获得糕点的过程，应该是最艰难的了，不过有一盘糕点的诱惑，小家伙的心情显然非常不错。

齐钰低下头，冲着他弯了弯嘴角，脸上的笑意如沐春风。男人从盘子里挑出一块糕点来，先递到自己的唇边咬了一口。那糕点原本就不大，皇上咬过一口之后，就只剩下一半了。

“糕糕，糕糕！”二皇子见齐钰吃糕点，整个人显得更加亢奋了，他早就想吃了，结果皇上还在吊他的胃口。

齐钰低下头看了他一眼，将手里那半块糕点送到了二皇子的面前。二皇子愣了一下，却并不要眼前的糕点，手向着齐钰拿着的盘子方向挥舞着，显然他嫌弃这半块糕点太少了。

齐钰看着他如此精神的模样，脸上闪过几分促狭的笑意。直接将手中的盘子递给了一旁的宫女，蹲下身来把先前被他咬掉一半的糕点塞进二皇子的手中，然后猛地掐住了小家伙的胳肢窝，将他重新放到了毛毯上，迅速地后退了几步远离他。

二皇子就只能眼睁睁地看着父皇离自己远去，嘴里哼唧了几声，见周围都没人理会他，便举起手来一口咬在了那半块糕点上。付出完全超出了回报，齐钰给的这半块糕点，根本就不够他吃的！

“好了，把太子抱到皇后那边去吧！”皇上没有给他闹情绪的时间，直接挥了挥手，吩咐一旁的宫女上前。

奶娘就在偏殿等候着，此刻见到二皇子出来，立刻迎了上去。“小肉墩”的身上裹着厚厚的披风，就连头都被帽檐盖住了，全身上下不露一丝缝隙。此刻他靠在奶娘的怀里，正舔着手指，手上还残留着方才糕点的味道。

沈妩坐在位置上，看着底下两排坐着的宫妃和命妇们，她的脸上闪过几分笑意。奶娘抱着二皇子进来的时候，里头的人已经说得热火朝天了，看到这个小家伙过来，各个娇艳的女子都停下话头，看着那个被裹在披风里的二皇子。

沈妩一挥手，就立刻有宫女上前来，将沈妩面前的桌子收拾了一番，上头摆放的糕点吃食被一扫而空。直到收拾干净了，一旁的奶娘才抱着二皇子靠近。

二皇子就这么坐在沈妩的身边，眼睛四处地扫视着，面前的桌子上已经变得干干净净，只放了一杯茶。其他人显然是头一回见到这种场景，都对此感到异常的惊讶。一时反应不过来，皆傻愣愣地看着。

“吃，吃糕糕！糕糕！”二皇子憋了一路的情绪，总算在这一刻爆发了。他双手用力地拍打着桌面，扬高了声音喊叫道。

他今日都没吃饱，爬了那么久，又站起来两回，皇上竟然只给他半块糕点！一点儿都不像是他的亲父皇！

沈妩的眉头皱了皱，二皇子现如今越来越爱吃了，对于什么就近的东西，都要抓起来往嘴里送。虽说凤藻宫一向看管得严实，不过也难保不会有纰漏，这个坏习惯显然会让人有可乘之机。

二皇子刚出声，殿内的人就都屏声敛气仔细地听，这里头毕竟有好多人都是当娘的，一下子就听出了二皇子喊出的是什么，脸上的笑意更加浓烈了些。看样子大秦的太子，是个爱吃的小胖子！

德妃坐在左侧前几个的位置上，时不时地抬起头来看着二皇子，待听到小胖墩要吃的时候，脸上闪过几分冷笑。

女眷这边的酒宴，因为二皇子这么一闹，明显有些进行不下去了。毕竟身为主人家的沈妩，桌上只放了一杯茶，让底下坐着的那些人也不好再拿起筷子吃了，只是干坐在那里。又要仔细观察这位小太子的动静，所以说话的声音都压得很轻。

二皇子拍了许久的桌子，身旁的沈妩连理都不理他。二皇子最后也不拍了，将两只肉爪子聚到眼前看，显然是拍得用力了，有些疼。

“嗯嗯，哦哦！”二皇子将手往沈妩的面前伸，两只细嫩的手掌已经泛红了，显然是要让沈妩看看。

“大皇子已经回宫去了，敬晨也跟着奶娘回去！待会儿让奶娘哄你睡觉！”沈妩抓住他的手轻轻揉了两下，也不管他听不听得懂。她伸出手冲着后面招了招，立刻就有人将披风送了上来。

沈妩亲自替他裹好了披风，奶娘就走了过来要抱着他。二皇子立刻开始扭动，对于只吃了半块糕点这件事儿，始终耿耿于怀。不过沈妩的态度坚决，奶娘也只有强硬地抱着他离开。

夜凉如水，刚走出了大殿，就是一阵阴寒的北风刮了过来，刮得人面颊生疼。

二皇子就趴在奶娘的怀里，原本还闹腾得厉害，后来见没人搭理他，并且始终都蒙在披风里，视线所触及的地方都是一片黑暗，也就变乖了。

大皇子此刻正躺在床上，今儿早上起来，他的身体就有些不舒服，显然是发热了。沈妩请来太医给他开了药喝下之后，晚宴开始之前，见他的精神好些了，便带着他在众位命妇面前露了一下脸，免得这些成日里无所事事的贵妇们，又要乱嚼什么舌根子。

凤藻宫内外到处都是静悄悄的，两位皇子都住在西偏殿，只是房间隔开了。不过因为二皇子被强制性地离开母后身边之后，对这位年龄相仿的小皇兄，无论如何也放不开手，沈妩没有办法，只好把两个人安排在同一间屋子里，只是分了床睡而已。这样也有诸多好处，两位皇子的奶娘和宫人们凑在一处，也方便照顾。

大皇子此刻已经被人伺候着上床歇息了，因为是大年三十，沈妩特地让人分了差使，也好让这些宫人轮流休息一会儿。

大皇子正睡得迷迷糊糊的时候，隐隐约约听到外头有人对话，紧接着便有人进来了。

“大皇子，大皇子。”一道轻柔的女声在耳畔响起，却不是平日里伺候他的人。大皇子并没有理会，皱了皱眉头依然闭着眼睛。

进来的人并没有点灯，屋子里不时有窸窸窣窣的声音传来，大皇子有些好奇地睁开眼。外头的月光投射进来，他这个角度正好可以看到那个女子的背影。她似乎很忙碌的样子，不时地拿起屋子里的小摆件儿，背对着大皇子捣鼓了片刻，又将东西放了回去。

那人还时不时地转头看过来，显然在观察大皇子的情况。窗口的光并没有投射到床上，所以大皇子所处的位置就是一个阴影，若是不走近了瞧，很难发现他是否已经睁开眼睛。

待那个宫女终于弄完了，她再次走到了床边，床上的孩子还是闭着眼眸，好像已经熟睡了一般。她抬起手替他掖了掖被角，便退了出去。

当奶娘和几个宫女抱着二皇子回到西偏殿的时候，才发现门外站着两个小宫女，已经冻得直发抖了。

“怎么都出来了？大皇子人呢？”领头的奶娘瞧见她们没有守着大皇子，却站在外面挨冻，不由得皱了皱眉头，语气里带着几分质疑。

“大皇子已经睡熟了，奴婢们怕打扰到他，就先出来了！而且马上就要放烟花了，听说今年的烟花是好多出名的匠人一起做出来的！”两个宫女边说边笑，脸上的神色异常兴奋，显然对这次的烟花期待已久。

后回来的几个宫女一听，立刻就凑了上去叽叽喳喳地询问着，十几岁大的女孩儿，对这些玩意儿自是新鲜得紧。奶娘不由得摇了摇头，大皇子早就不需要吃奶了，二皇子最近吃些糕点，对于奶水的需求也不是那么大了。况且几个奶娘一直都小心谨慎照顾着两位小皇子，从来没出什么纰漏，所以沈妩便只留了一个，让另外两个先回家过团圆节去了。

那几个宫女凑成一堆说着，奶娘也没作理会，她也是从小姑娘家长大的，知道这些丫头的心思已经散了。便独自抱着二皇子进门，待把灯点亮的时候，才看见大皇子拄着拐杖已经走了过来。

“大皇子醒了？饿了没？奴婢先把太子抱到床上去。”奶娘看到拄着拐杖的大皇子，脸上的神色微微一愣，显然没想到他已经下床了。

奶娘抱着二皇子刚走了几步，衣裳就被大皇子扯住了。此时被奶娘抱着的二皇子，正在随处乱踢着，显然精神饱满。看着房间里他熟悉的东西，双手已经自然地伸出来，似乎要抓着玩儿似的。

“有别的人来过了。”大皇子抬起头看向奶娘，他的声音清脆，口齿清晰，一句话说得十分明白。

在回宫之前，沈妩经常在大皇子耳边念叨，不要接触别宫的人。不是身边伺候的人送来的东西，一律不许吃也不能碰。虽然他还小，不过孩子都是潜移默化出来的，经常在他耳边叮嘱着，一刻都不肯松懈，大皇子自然就谨记在心。方才进来的那个宫女，他从来没有在凤藻宫见过，所以才会拉着奶娘，第一时间就告诉她。

奶娘正诧异间，忽然听到他这么说，脸色一下子便沉了下来。或许是因为天生残疾，大皇子并没有孩子的好动，相反还很安静。而且聪慧有加，有谁教什么东西给他，如果是在他承受范围内的，必定是一教就会。所以奶娘对于他的话，就十分重视。

“哈哈——”外面不时传来宫女们的娇笑声，“咻——啪！”之后便是烟花燃起飞上天空中炸裂的声音，窗外的夜空被五颜六色的烟花所照亮。奶娘脸上的神色忽然变得难看起来，她佯装着镇定，冲着房间外喊了一声，立刻就有一个宫女回应。

烟花已经燃放起来了，前后殿的晚宴也进入了尾声，沈妩挥挥手让她们退下了。命妇和宫妃们纷纷起身，三三两两地往外走去，各自朝着自己的方向。还没待沈妩站起身来，就瞧见一个宫女跑进来。沈妩自然是认得她的，正是二皇子身边伺候的宫女。

那个小宫女俯在她的耳边轻声说了几句，沈妩的面色就变了。她一下子从椅子上站了起来，匆匆地就往回赶，周身的气息变得阴沉无比。明音几个看她这副样子，也不敢再耽搁，明心留下来指挥人收拾这里，其余一拨人则跟着沈妩一起回了凤藻宫。

到了西偏殿的时候，就瞧见门外站了一排人，都在仰头看着天空中的烟花。二皇子被奶娘抱在怀里，身上依然裹着厚厚的披风，却露出一张脸来，认真地盯着天空。大皇子身上也穿着披风，胳肢窝里夹着拐杖，看见沈妩走过来，十分自然地对她露出了一个微笑。

沈妩从奶娘的怀里接过二皇子，又腾出一只手来摸了摸大皇子的头。

“跟母后去正殿！”沈妩刚开口，才发现自己的声音有些沙哑，显然是路上走得太急所导致的。

沈妩眼神示意了一下奶娘，大皇子便被奶娘抱着，跟在沈妩的身后。明音等几个人则把那些在外头的小宫女带到别处去问话了，当然西偏殿的门也被锁起来了，只等着把太医召来，看看那里头究竟有没有问题。

当晚，两位小皇子都是在正殿睡的，沈妩派人去通知过齐钰了，所以皇上便留在了龙乾宫，并没有过来。一整个晚上，沈妩都没有怎么睡好，就守在两个孩子的身边，心里始终有些不踏实。

她已经问过大皇子了，并没有见过那个进去的宫女。方才时辰已晚，就没有去太医院找人，免得惊动了旁人，惹来不必要的麻烦。

天还没亮，沈妩便已经睡不下去了，她小心翼翼地从床上起来了。外头候着的宫女听到里头的动静，立刻就带人进来，准备替她梳洗。因着两个小皇子还在睡觉，所以宫人们的行动都十分小心谨慎，尽量不发出声音来。

沈妩的妆容化得差不多了，明音才往前跨了两步，靠在她的耳边，低声说道：“太医方才已经来了，此刻正在西偏殿里检查，娘娘要不要过去瞧瞧？”

沈妩秀气的眉头轻轻挑起，她有些不放心地看了一眼床的方向，两位小皇子此刻正躺在上面，睡得十分香甜。大皇子偶尔会半夜惊醒的现象，也没有出现，显然是到了母后身边，就有了安全感。

“本宫去看看，明心你带着人留在这里，不要再出什么差错！”沈妩的声音听起来有些清冷，显然昨晚上发生的事情，让她心有余悸。

奶娘派人告诉她，大皇子独自在房间里的时候，有不认识的宫女进去，并且还动了里头的东西。

“那几个宫女查得如何了，究竟是谁进去了？”沈妩走在路上，慢慢压低了声音问向身后的明音，脸上的神色越发难看。昨儿晚上忍耐压下的火气，此刻已经重新点燃了。

就守在西偏殿门外，竟然还会发生这种事情，简直就是不可原谅！

“问出来了，是司药司的人，和昨儿晚上守门的其中一个宫女比较熟悉，说是想瞧瞧大皇子长什么样儿。奴婢觉得蹊跷，司药司不可能有那么大胆子，敢潜入西偏殿，肯定是有别宫的主子指使。奴婢已经让人去打听那人了，估摸着要不了多久就能知道原因了！”明音快走了几步，跟上了沈妩的步伐，她的声音也压得很低，显然是怕被别人听见。

回宫也快有半年了，先前一直没有动静，还以为是那些人已经变得老实了。没想到竟是一直蛰伏着，就等着凤藻宫有纰漏的时候出手。就比如现在，明明是过年的时候，非得有人出来闹个幺蛾子，扰得众人都不得安宁！

沈妩进入西偏殿的时候，杜院判已经在里头了，今儿恰好是他当值，凤藻宫的人过来请，提起是有关于两位皇子的，他就立刻提着药箱过来了。此刻他轻轻地蹙着眉头，正吩咐几个小宫女做事儿，脸上的神色显得有些深沉。

074

宁可错杀

杜院判就站在靠近二皇子床的那边，他的手里拿着一块绢布，小心翼翼地擦拭着一个巴掌大的玉佩。他的面前是一张花梨木桌，上面放着这般大小的物什，显然皆是二皇子的玩具。

二皇子年岁还小，所以玩具不能太大也不能太小。杜院判将绢布举到面前仔细瞧了瞧，又慢慢凑到鼻尖处嗅了嗅，脸上的神色越发阴沉。

“杜院判。”沈妩看着他这副模样，想来已经有些头绪了，便低声唤出口。

杜院判回过神来，冲着沈妩行了一礼，快步走到沈妩的面前，手里还拿着绢布。他看了看四周，轻声对着沈妩说道：“皇后娘娘，可否借一步说话？”

沈妩挥手让那些宫人都退了下去，面色沉静地看向杜院判，脸上的神色非常严肃。

“娘娘，这些东西上面，都被抹了断肠散在上头。做这些事儿之人，居心歹毒，就是要太子一击毙命。兹事体大，老臣会启禀皇上！”杜院判咬牙切齿地说道，他在后宫这么多年，什么样的手段都见识过。

那些女人斗得再怎么凶狠，置别人于死地，他都没什么感觉。既然这些主子们选择了入宫，就得承受这些明枪暗箭的来袭。但是对一个孩子使这样狠毒的手段，他还是头一回听说。况且太子的身份已经确定了，那就是储君，只要查出来就是死路一条！

沈妩听到之后，整个人跟着一抖，她着实没想到背后那人下手竟是如此狠毒。断肠散都用上了，明知二皇子喜欢抓住东西就往嘴里塞，所以这就是为了让他咽下肚中。而且平常即使碰到这些玩意儿的宫人们，也不会直接塞到嘴里去，要不是大皇子机敏，恐怕二皇子那个只知道吃的小胖子，此刻已经中招了！

沈妩是越想心里越惊慌，如果那个小肉团子忽然就冷冰冰的不动了，也不再喊着吃糕点了。那样的场景她根本不敢面对，即使这样胡思乱想一下，都觉得浑身快要痉挛了，眼皮不停地跳动着。

“本宫知道了，麻烦杜院判了。还请把这里的东西都收拾干净了，不要放过任何角落！”沈妩还没缓过劲儿来，语气低弱地说着。

外面的宫人又被杜院判传唤进来了，开始将桌上那些被抹上断肠散的器具全部收起来送走。明音的面色也十分难看，她悄悄地看了一眼沈妩，眼神中带着几分焦急。

“怎么了？”沈妩边往外走，边压低了声音问道。

明音此刻这样的表情，让沈妩也跟着紧张起来。两人走出了西偏殿，挑了个僻静的地方站定。

“方才有人来回话，说是昨儿晚上来西偏殿的那个宫女死了，今儿一早奴婢派人过去，司药司的人才想起来一直没瞧见那个，便一起去她的房间里寻人。亲眼瞧见吊死在房梁上，被人弄下来之后，连口气都没有，身体早已冷僵了！”明音的语气显得有些僵硬，又是这样！线索查到了一半就断掉了，这个年过得真是不安稳！

沈妩轻轻挑了挑眉头，对于这个答案，她似乎并不感到意外。后宫里的这些主子，最擅长的就是威逼利诱使用别宫的奴才去害人，最后又让那些不起眼的奴才立刻没了，弄得死无对证。

当年沈婉被弄得早产，她屋子里的宫女，死了一个，另一个没处理干净又胆大包天让沈婉发现了，才被沈妩抓到了贤妃的把柄。直到如今，那个死了的宫女，究竟是谁派来的，沈妩一直都没搞明白。

沈妩抬起手来捏了捏眉头，脸上露出几分烦躁的神色。背后之人一日不除，二皇子的安危就始终存在隐患，她也会一直提心吊胆。

两位皇子都搬离了西偏殿，沈妩让人在内殿的侧屋加了两张床，只要旁边一有动静，沈妩就能听得到。她又把明语调到那边去照顾两位皇子，很少再让他们出凤藻宫，里里外外的警戒也明显加强了不少。

皇上得知有人用断肠散要害太子之时，顿时脸色就变了。他捏紧了手中的狼毫，“啪”的一声，笔杆竟是直接断掉了，手指的指节也变得苍白无比，脸上的神色异常难看。

“真是胆大包天，竟然敢谋害太子！还是如此阴毒的手段，当真该捉出来千刀万剐！”齐钰咬着牙恶狠狠地说道，他的面色难看至极。

“李怀恩，摆驾凤藻宫！”男人低沉的声音传来，他直接站起身来往外走。

李怀恩立刻带着人跟上，连大气都不敢出。暗想着又是哪位不长眼的人使出这丧尽天良的手段，皇上和皇后娘娘肯定不会善罢甘休。而且若是被抓出来了，恐怕这下场会无比凄惨。

皇上过来的时候，沈妩正抱着二皇子，她现在已经花心思准备，要把二皇子抓住东西就往嘴里塞的坏毛病给改掉，不过收效甚微。此刻她手里抓着一个巴掌大的圆球，那小肉爪子一下子就伸了过来，抢走了沈妩手里的圆球，直接往嘴里塞，弄得到处都是口水。

“小撑没事儿吧？”皇上站在门口静静地看了片刻，才慢慢地走进来，脸上担忧的神色十分明显。

沈妩站起身来，将二皇子递给奶娘抱着，还没等她弯腰行礼，已经被皇上一把扶住了。两人屏退了众人，开始商议着这件事儿。

皇上大体了解了，待听到那个下毒的宫女已经上吊自杀之后，俊朗的眉头一下子皱起，脸上的神色有些紧绷。

“还好是大皇子警觉，不过幕后之人不除，臣妾心底难安！”沈妩轻声开了口，她的表情也是难看至极。

“后宫之中，可有怀疑的人？宁可错杀也不可放过！”齐钰冷声开了口，他的脸上没有丝毫犹豫的神色，显然对于这件事儿是要追查到底的。

沈妩听了他的话，先是一愣，转而抬起头，对上了他那双暗沉的星目。她慢慢地摇了摇头，脸上露出几分无奈的苦笑，低声道：“此事事关重大，人命关天的，我不好胡乱猜测。况且后宫之中，妃嫔那么多，人多手杂，臣妾不敢猜也不想猜！”

齐钰轻抿着薄唇，他的目光有些悠远，显然在沉思着什么。

“这宫里只还剩下两百多妃嫔了，竟然还是如此不老实。能有本事让司药司的宫女动手，要么买通要么强逼，那些位分不高后台不硬的肯定是没法子，而能有这本事的，统共就那么几个，绝对不超过十个，你一个个查。若是遇到了什么问题，立刻派人来找朕。不过是几个女人而已，翻不了大秦的天！”齐钰的声音压得极低，相比刚开始的怒气冲冲，此刻他已经恢复了理智。

只不过最后一句话，却让沈妩暗自发笑。也不知皇上这样的口气，是在安慰沈妩，还是在自我宽慰。女人颠倒是非黑白的本事，想来皇上见过不少，太后就是其中之一。谋害太子的幕后黑手，显然也是深谙此道之人，岂是那么容易就能抓住的！

皇上走后，沈妩就显得有些心不在焉的。她靠在椅背上，轻轻眯起眼眸看向外面。明音脚步匆匆地走了进来，沈妩一抬头就看见她脸上的忧色，显然调查得并不顺利。

“娘娘，奴婢翻查了那个司药司宫女的身家档案，又仔细地问过了司药司与她交好的人。才发现这个宫女竟然人缘极好，交好的宫女太监无数，简直就是左右逢源。就连其他主子宫里头的宫女，也有不少相交甚好。良妃、德妃、慧妃、婉妃、佳嫔、然美人，这几个炙手可热的主子娘娘宫里，都能找出交情深的宫女。当然凤藻宫里头也有！”明音的语气里充满了无奈感，这个宫女显然是早就准备好了，要不然也不可能交好这么多的人，此刻探查起来就无比地费神，幕后黑手肯定就隐藏其中，却又藏得如此之深，根本无从查找。

沈妩的眉头一皱，很显然这是早就谋划好的。并且不是一朝一夕就能交好的，肯定是耗费了大量的精力和财力，才会有如此可观的人缘。想到这里，她的嘴角露出一抹冷笑，看样子她回宫这么久，并不是没人对太子动手，而是蛰伏太深、谋划太久，才弄出了这个狠毒的计谋来。

“接着查，肯定会有马脚露出来的。即使幕后黑手来这一招死无对证，但是下断肠散这种事儿，太过急功近利，显然是有些坐不住了，而且计谋歹毒疯狂，一定会留下隐患。从那个宫女的家乡背景，再到和哪个人交好，交好了多长时间都一一摸清楚。要特别注意这半年来，和这个宫女交往密切的宫人。”沈妩的眉头皱得更紧了，她仔细思考了片刻，便冷声叮嘱道。

后宫里的这些妃嫔知道太子的存在，也就是沈妩回宫之日，大概半年之前。幕后黑手若是生出了这等心思，肯定就是在那之后着手搜寻下毒之人。即使是之前就培养的人，那么从决定要下毒开始，之间的联系也会变得万分紧密。

明音得了吩咐，立刻又退了下去。她的衣袖里放着一张名单，从中抽出来打开一瞧，密密麻麻的全部都是人名儿。显然皆是那个司药司宫女相交甚好的人名单。

明音的眉头皱得越发紧了，上面有七八个宫人都画了圈，就是那些需要重点关照的宫人，皆是出自在后宫之中有头脸妃嫔的宫殿。

凤藻宫里头心思细腻的几个宫女，都被明音抓过来，和名单上的宫人说过话。并且对他们的档案也一一查验过了，从籍贯到家里人的情况。

“明音姐，这个翠柳是来自冀州的，这几个也是冀州来的，她们是老乡。”其中一个小宫女像是发现了什么，冲着明音招了招手，她边说边在重新抄写的名单上画了几个圈。

明音凑过去，弯下腰仔细地看了两眼，眉头就慢慢地皱起来了。宣纸上总共四个圈，两个圈中的人是属于德妃身边的，另外两个人分别是良妃和慧妃身边伺候的。

明音的眉头一挑，她的眼睛直直地看向手中的名单，脸色越发难看。

“冀州的，怎么这么熟悉？”明音喃喃地念叨了几句，她轻轻眯起了眼眸，显然是陷入了深思之中，像是抓到了什么线索一般。

“查查各宫的主子娘娘，我记得也有从冀州来的！”明音猛地拍了一下手掌，脸上露出几分急切的表情，难怪她觉得冀州这个地名儿十分熟悉，原来是先前就有留意过。

听到她的话，立刻就有人动起手来翻找档案，能让明音记得如此细节的宫妃，肯定是那几位经常露脸的，所以翻查起来也十分快速。

“找到了，是德妃娘娘！”其中一个小宫女捧着书册，手指着上面的一行字，脸上露出几分紧张的神色。

明音的面色越发严肃起来，她从那个丫头手里接过书册，盯着上头的字，心跳如雷。拿着书册的指尖都在颤抖，德妃虽然姓许，不过也是许侯家远支的身份，原本是冀州人，在冀州长大，直到十五岁才被许家知晓，并且召唤到许家培养了一年。十六岁的时候，恰好皇宫选秀，就把她送入宫中。只是一直未得皇上宠爱罢了。

“再找找德妃宫中的宫人，看看有多少是来自冀州的！”明音放下书册，沉声吩咐道。

这个答案呼之欲出，已经可以把德妃这边当作一个突破口。皇后娘娘说得对，如此大动作地下毒，还弄死了投毒的宫女，只要确定了目标，就好对付多了。

“德妃娘娘宫中大部分都是冀州来的，她的宫里头换人频繁，原本我还不知晓，现在也算是看出来了。这位主子总是在分配人进去的时候，先用一段时间，若是不错的冀州人总会留下来，如果不是那种特别伶俐的外乡人，她就会让人调走。”先前那个发现冀州这个地域的小宫女，有些惊讶地开了口，她仔细核对过这些宫女，甚至连以前伺候德妃的人都好好查验了一遍，最终发现了这么一个规律。

明音听到之后，不由得冷笑了一下，语气嘲讽地说道：“看样子德妃娘娘算是把大半个后宫里的冀州人都养活了，甚至连别宫的冀州人也不放过，用得甚是顺手啊！”

她叮嘱过那几个宫女之后，便匆匆出了房间，往前殿跑去。待她把这些情况报告给沈妩之后，沈妩的脸上便闪过几分阴狠之色。

“德妃娘娘的父亲，并没有真才实学，甚至还是个酒囊饭袋，所以许家即使耗费了大力气，也没能让德妃的娘家搬到京都来，依然留在冀州那里。不过宫中有个妃嫔坐镇，所以这冀州上下无一不顺着他们。冀州很显然就是德妃娘娘的老巢了，有她的家人在，她又一手把控着后宫里出自冀州的奴才，两边牵制着，倒的确有不少人不得不为她卖命！”明音此刻说话就十分不客气了，将自己先前得到的资料，在脑子里过了一遍总结地说道。

难怪司药司那个宫女上吊自缢，房间里一点挣扎的痕迹都没有，更没有发现任何可疑的状况，很显然是自愿的。说不准德妃的手中，就握有那个宫女一家老小的命脉，自然没有不服从的道理。

“哦？本宫倒是没看出来，这个德妃竟然是个扮猪吃老虎的。能想着控制住同一个地方的宫人，内外接应，倒的确是个好主意！本宫也不得不夸赞她的聪明才智了！”沈妩的柳眉倒竖，脸上露出了几分嘲讽的笑容，嘴里的话语虽然全部都是夸奖之意，但是语气却是森冷无比。

显然她是真的生气了，难怪德妃有这样通天的本事，竟然有这样的法宝护身。这后宫里只要是出自冀州的奴才，就都有可能成为德妃培养出来的死士，要多少有多少。

沈妩的双手狠狠地捏紧了椅子的边缘，她慢慢地回想着她印象里的德妃。刚入宫之时，这位德妃还只是丽妃，既没有瑞妃的性格鲜明、张扬跋扈，也没有贤妃的八面玲珑、气质高雅，相比她们二人，她明显是不起眼的。甚至连前世，这位德妃也一直是这样不高不低地混着。

可是现如今这只厉鬼忽然露出了她尖锐的獠牙，竟也让沈妩暗自心惊。这样的女人，如果不是皇上厌恶她，恐怕她能爬得比谁都高，比谁都快。

沈妩抬起一只手撑着下巴，眉头紧锁，双眼失神，显然是陷入了自己的思绪里。明音就站在一旁，也不开口催促她。

“明音，你过来，本宫有事儿要你去做！”沈妩回过神来，脸上的神色逐渐变得轻松起来，显然是心里已经想出了主意来。

明音听到她的吩咐，立刻快走了几步凑上去，慢慢弯下腰仔细地听着她所说的话。待沈妩说完之后，明音的脸上不由得露出了几分惊诧的神色，转而扭过头看了一眼沈妩，明显是有些难以置信。

“你可得找人好好装扮一番，别露馅。这可是一个绝佳的计谋，让那些心虚之人露出马脚，若是扮相逼真，多来那么几回，说不准正常人也能被逼疯！”沈妩面对她那种不相信的神情，明显有些不高兴，不由得丢了个白眼过去，没好气地说了几句。

明音见她坚持，便也不再多说，只是在出了殿门的时候，愁眉苦脸的神色就没有缓和过。

最近几日，整个凤藻宫都弄得十分紧张，太子遭暗算的事儿，沈妩并没有大肆宣扬，而是十分隐秘地只在少部分人面前提到过。所以后宫里的人，只知道皇后娘娘肯定又在预谋什么大动作，却不知道究竟是怎么回事儿。

当然也有心知肚明的，比如某位筹谋了那么久要害太子性命的人，不过没传出太子已死的消息，她还是十分郁闷的。凤藻宫如今看管得更加严实了，想要再次行动，恐怕难上加难，又要开始蛰伏起来，只是等的时间恐怕比较长。

云雁宫里一片静悄悄的，这都已经大半夜了，不当值的人早就歇下了，就连主殿里，也是异常安静，只有外殿宫女守着的屋子里，灯火通明。

宫殿最后面是宫人住的地方，西北角全部都是宫女住的。外面寒风阵阵。过年的气息还没有退去，有的窗户上还贴着窗花，看起来十分喜庆。

“咚！咚！”忽然有一扇窗户被敲响了，每间屋子两个宫女睡，此刻两张床上的宫女都是翻了个身，却没醒。

“咚咚！咚咚！”这回响声变成了四下，而且还极其富有节奏感。

“唔，谁呀？”睡在外面那张床上的宫女先醒了过来，迷迷糊糊地问了一声。外头却是悄无声息的，除了风声再听不到任何动静。

“可能是风刮的，天还没亮呢！”另一个宫女口齿不清地说了一句，翻了个身又继续睡了。

当屋子里恢复了一片寂静之后，“咚咚！咚咚！咚咚！”外面的敲击声再次响起，这回变成了六声，节奏已经开始慢慢加快。

“究竟是谁？”睡在外面的宫女猛地转过身，看向那扇被敲响的窗户，屋子里没有灯光，外头的月色也不是很好，只能依稀看见有什么影子飘过，让人心里不踏实。

“喂，好像有东西在窗户外，快醒醒！”那个宫女的脸色都吓白了，她连忙跑到另一张床上，伸手推推那人。

宫里头的人最怕晚上有人敲门或者窗户了，也不知是人是鬼，最重要的是此刻三更半夜，如果是人敲窗户的话也该出声。

被推醒的宫女年岁明显要小一些，听那个年长的这么说，睡意也早就消失不见了。她哆哆嗦嗦地坐起来，两人同时看向窗户。

“咚咚！咚咚！……”外面敲窗户的声音再次传来，一刻都没有停歇，也不知道敲了多少下才停了下来。

屋子里的两个宫女吓得直哆嗦，早就抱在了一起，嘴里开始哼唧着。

“要不要出去看看，兴许是隔壁屋的在吓唬我们？”那个年长的勉强镇定了自己的情绪，颤抖着声音问道。

两个人纠结了好久，外面敲窗户的声音再次传来。这才子时，离天亮还有好几个时辰，总这么待着也不是法子。两个人最终决定还是出去看看，相互搀扶着从床上下来，身上连件外衣都没穿，就这么哆哆嗦嗦地往门口走去。

桌上的蜡烛已经被点亮了，两个人各自鼓励了一番才打开门。

“嗖”的一下，一个身穿宫女服装的女人在门口闪过，就在她们眼前。头发披散着，几乎遮住了整张脸，只露出一条从嘴里伸出来的舌头。

“啊！”两个人同时尖叫出声，视线里的那个女人已经消失不见了，虽然只是一闪而过，但是这两个宫女也看得十分清楚了。

刚刚那个出现在门口的女人，的确像是吊死鬼。让她们二人想起了不好的人和事情来，这两位宫女一刻都不敢停留，立刻跑进了屋子里，将门一下子锁了起来。

直到这两个宫女躲进屋里鬼哭狼嚎之后，屋顶上才发出了细微的声音。原本那个女鬼，连忙将披散在脸上的头发撩到了脑后，用发带束紧了，露出那张白嫩的小脸。脸上还带着几分没心没肺的笑容，此人正是凤藻宫的明语。

“吓唬那两个人实在是太有趣了，只是腰这里被勒得有点疼！”明语的声音轻轻压低了，但是语调却是极其欢愉的，显然头一回扮鬼，心情无比畅快。

明音冲着她丢了个白眼，身后站着两个身材壮硕的太监，手里头牵着一根绳子，那绳子的另一端就系在明语的腰上，显然方才就是利用这个绳子，才把明语快速地拉上屋顶，形成一种飞走的错觉。

“啊——”屋子里那两个宫女的哭喊声就没有停下来过，对面好几间屋子里都已经有了光亮。明音慢慢地蹙了蹙眉头，立刻让那些人跟着她。几个人飞快地从屋顶上滑了下来，却是到了房子后面，然后顺着早已定好的路线，飞快地往凤藻宫赶去。

德妃的寝宫后院有人撞鬼了这事儿，很快就传遍了后宫。毕竟后宫阴气较重，而且这些宫人最信鬼神之说，不少人都曾被主子命令害死了人，手上都沾了血。所以也就最怕这些东西，此刻一听说是德妃寝宫里传出来的，不少人就在猜测一定是德妃做了什么伤天害理的事情。

德妃已经把那两个宫人抓过来问了，当听到是吊死鬼之后，心里一惊，脸上的神色虽然没什么变化，但是手心里却是沁出了一层冷汗。最近有谁是上吊死的，她的心里自然是最清楚不过。难道真是那个司药司的宫女阴魂不散？还是别人搞出来的假象，就为了逼迫她自乱阵脚？

德妃一时之间惊疑不定，有些拿不准主意。

得知了幕后黑手是谁，沈妩的心绪便安定了一些，她抱着二皇子坐在床上。周围都摆满了各式的吃食与精巧的小玩意儿，显然是想锻炼他辨别哪些是能吃的，哪些是不能吃的。

无奈这个小肉墩一概不管，随手抓住一样东西就往嘴里塞，能吃的就咬几口咀嚼几下，好吃的就吃，不好吃的就吐出来。若是碰上不能吃的，他也要涂一层口水在上面。对于辨别吃的东西和玩儿的东西，依然毫无长进。

沈妩看着他抱着个干净的砚台，啃得不亦乐乎，她的心底就涌起了一阵无力感，脸上的神色也不是太好看。即使找到了幕后黑手，这次也想法子除去了德妃的话，可是不从根源上杜绝二皇子随手爱抓东西往嘴里塞的这个坏毛病，以后就还是会有可乘之机。

即使那么多宫人在旁边看着守着，若是有心人想要找出纰漏，还是有可能会出差错的。

“明心，过来，你去御膳房要些东西过来！”沈妩朝着一旁的明心招了招手，凑在她的耳边轻声叮嘱了几句，脸上的神色十分严肃正经。

明心听了她的吩咐，先是一惊，转而有些难以置信地看着她，语气里带着几分不确定地问道：“主子，这样不太好吧？毕竟太子年纪还小，正是喜欢拿东西吃的时候。您这样做，太子会不会承受不住？”

沈妩看着怀里的小肉墩，脸上也露出几分踌躇的神色。孩子的确太小了，她刚才所说的根本就是个馊主意，心里也有些动摇。恰好二皇子抬起头来，手里抓着一个龙形的玉佩，这还是皇上送给他的周岁礼物，没想到此刻却被他含住了龙头。

仿佛那玉佩是糖块一般，二皇子吃得异常欢快，口水流了出来，从下巴上滑过直接滴落到他自己的腿上。抬起头恰好对上沈妩看过来的眼神，冲着她“咯咯”直笑。

“母后、母后！”二皇子已经会叫沈妩了，可惜嘴里还塞着玉佩，就有些口齿不清，他却自娱自乐地叫得异常欢快。

“快去，再多要一样东西过来，省得到时候整治不了太子这坏毛病！”沈妩一扭头，对上了明心无奈的眼神，异常坚定地吩咐她去做。

明心得了吩咐，立刻冲了出去，心里却是叹息连连。

二皇子见明心匆匆退了出去，又低下头去从嘴里将玉佩拿了出来，扔到了一边。伸出手再次拿起另一样东西往嘴里塞，沈妩就在一旁细瞧着，心里头的无奈感更加严重。

当明心从御膳房回来之后，沈妩就让人把这一床的玩具都收走了，只留下几块糕点。二皇子对那些小玩意儿十分的依依不舍，甚至还哼唧了两声，不过还有几块糕点放在盘子里，他也就直接去抓来吃了。

明心和几个宫女，把那些小玩意儿拿过来，旁边放着一个盆，里头装着黄色的水，看着极其怪异。几个宫人手里拿着锦帕放进盆里濡湿了，然后将那些小玩意儿的里里外外都擦了一遍。

当明心再次把玩具送上床的时候，二皇子明显很是高兴，直接扶着沈妩的肩膀站了起来，身体前倾着似乎要去触碰那些玩具。

沈妩见他这副高兴的模样，轻轻一挑眉头，直接从里面拿出了方才的龙形玉佩递给他。二皇子冲着沈妩开心地笑了笑，抓起玉佩就往嘴里塞。

他的舌头刚碰到玉佩，就有一股怪异的味道传来，直接遍布了整个舌头，异常地难受。立刻就把玉佩吐了出来，气愤地举起手来，将玉佩摔到了床上，眼眶直接红了。

沈妩却没理会他这一脸可怜兮兮的模样，再次伸手拿出了一个他最爱玩儿的球。二皇子委委屈屈地接了过来，依然是习惯地往嘴里塞，那种刺激性的味道再次传了过来。这回他直接哭出了声音来，气得把球也扔了，抬起双手抱住沈妩的脖颈，嘤嘤地抽泣着，哭得无比伤心。

这些东西的味道都变了！一点都没有原来的好！

温热的泪珠都滚进了沈妩的衣襟里，她轻轻拍了拍二皇子的后背，声音轻柔地哄着他，但是手里头的动作却是一下不停。又从那堆玩具里摸出一个来，递到二皇子的面前。

小家伙哭得泪眼蒙眬，鼻涕都下来了。看到近在眼前的玩具，他的哭声稍微停顿了一下，似乎又想起什么，再次趴回了沈妩的怀里继续哭。

沈妩拿着手里头的一个铜质人偶，又一次晃到了二皇子的面前。小胖墩的哭声明显小了下去，他有些不确定地看了几眼沈妩，似乎透着一种询问。

沈妩冲着他点了点头，脸上的笑容更甚，嘴里也不停地说着鼓励的话语。二皇子再次抬起手拿了过去，又看了看沈妩，好似确定了她的脸上并没有露出不高兴的神色，便又往嘴里送。

这回就连候在床边的明心，都有些不忍心再看了。太子殿下，您能不能长点心！那些玩具上都被抹了生姜水，而且依照着沈妩的吩咐，生姜的味道极其浓烈，就连他们这些大人都受不了，更何况是二皇子这个奶娃娃。

偏偏已经被刺激过两回了，还是不怕死地要把东西往嘴里送第三回。

“哇——”果不其然，号啕大哭的声音更加厉害，简直响彻了整个凤藻宫。

那个铜质人偶，也被发了怒的二皇子直接扔到了床下，他的哭声显然十分伤心，像是受到了莫大的伤害一般。

沈妩依然坚持不懈地拿起东西来，这回又换成了陀螺。结果刚送到二皇子的面前，那小家伙的哭号声就变得越发响亮，沈妩一直拿着陀螺在他的眼前晃悠，显然二皇子是真的生气了，抬起手开始挥打着那陀螺。

二皇子哭了好一阵子，才被哄好了，不过这断断续续的啜泣声就一直没有停过。那一堆玩具在他的眼里彻底成了禁忌之物，根本不能放到他的面前，只要他一看到就立刻抓起来，往远处扔，而且是使出了全身的力气，似乎不把那些玩意儿摔坏了，就誓不罢休一般。

面对二皇子这样的转变，沈妩显然十分满意，没想到竟能有这样的收获，她在心底感到了莫大的窃喜。直接把明心召过来，趴在她的耳边细细叮嘱了几句，脸上的神色无比坚定。

明心自知劝阻无力，领了吩咐之后，无比同情地看了看二皇子，便立刻带着人退了下去。

用了一个下午的时间，她和那些宫人才算是把沈妩交代的事情做完了。凤藻宫的里里外外，只要是二皇子曾经表现出有兴趣的东西，都得用锦帕蘸着生姜水抹一遍，而且还得抹得极其严密，最好让那东西就变成一块生姜。

自此有大半个月，凤藻宫里经常传出二皇子的哭号声，而且还是玩儿得好好的，忽然就哭了。有不少不知道原因的宫人，都感到几分莫名其妙。太子从小就不怎么爱哭，而且成日里随便抱个什么东西都能玩儿上半晌，这会子怎么老是哭哭啼啼的？

075

鬼怪作祟

每当沈妩听到那哭声，她的心情就有些复杂。孩子太小，讲道理他又听不懂，为此她才出此下策。只是前几日的时候，二皇子的确是有些凄惨。

沈妩为了让他自己改过习惯来，让他和大皇子搬到了东偏殿去，里头的器具物什早就仔细检查过一遍。当然上面都抹过味道浓厚的生姜水了，沈妩还特地叮嘱过大皇子，不能拦着不让二皇子拿东西往嘴里塞，一定要帮助他改变这个坏习惯。

大皇子也不知是不是真的听懂了，总之沈妩说一句，他就点一下头轻轻地应承下来，看起来倒是有个当兄长的样子。

在改这个坏习惯的头一天，无疑是最难熬的。奶娘抱着二皇子进入东偏殿，把他放到地上站着。二皇子此刻已经能扶着东西自己走了，所以为了方便锻炼他走路，这东偏殿的房间中间和两边都摆着一排板凳，就为了让二皇子手扶着。

小家伙脸上的泪痕已经干了，他在沈妩那里虽然是受到了极大的伤害，此刻到了新环境下也早就忘得一干二净了，更何况大皇子就在他身后，这让他感到无比雀跃。

二皇子双手扶着板凳，先是转着脑袋看了看四周，一双大眼睛扑闪着，十分仔细地观察周围的地形。待他看到板凳紧靠着的那张桌子上，全都摆满了他最爱的玩具时，立刻就“咯咯”笑出声来。

他甚至还扶着板凳，扭动着肥胖的身躯，转过来看着大皇子，抬手指了指那张桌子，嘴里不时地发出哼哈声，似乎在说些什么。

大皇子拄着双拐，停在了原地，瞧见他这副模样，咧开嘴巴轻轻地笑了。

看见大皇子冲着他笑，二皇子似乎得到了肯定一般，小腿迈得更加卖力。双手也不停地扶着板凳往前，终于到了小桌子旁，奶娘和大皇子也都跟了过来。

大皇子见他够不到那些东西，身旁的奶娘明显是有些犹豫的模样。大皇子便抬起头来，对着奶娘道："把这些都递给弟弟吧，不然他该哭了。"

奶娘看着眼前这个拄着拐杖的大皇子，在心底轻叹了一口气。太子殿下，你就认命吧，一家总共就这几口人，几乎都无比欢快地想让你改掉那毛病。

奶娘将那些玩具一一拿下来，全都放到了太子能够够到的凳子上面。果然，片刻之后，二皇子嘹亮的哭声就传了出来，而且无比伤心。明明已经脱离了沈妩的掌控，他却还是难逃生姜水的袭击。

大皇子也多了一项乐趣，那就是每回都要拿起身边的小玩意儿递给身旁的小家伙，偶尔二皇子玩得高兴忘记了，还会把东西往嘴里塞。久而久之，他便也改了过来。就连皇上每每带东西送给二皇子玩，都要在上面抹上一层生姜水，第一次看见二皇子被弄哭的时候，齐钰乐得哈哈大笑。

"阿妩，小撑这样以后会不会有什么问题？比如再也不能碰玉器了，看到这些小玩意儿就想吐，提到陀螺、人偶这些东西会不会直接就哭了？"齐钰笑完之后，似乎意识到什么重要的事情一般，连忙停下了笑声，脸上带着几分认真的神色，轻声问道。

沈妩微微愣了一下，转而连忙摇头摆手，急声道："不会的，凤藻宫几乎所有能被他往嘴里塞的东西，都抹上了生姜水。如果真的害怕的话，那这整个凤藻宫，他都要害怕了，甚至是整个皇宫！"

齐钰一想也对，便又去逗弄刚哭完的二皇子去了。

不过有些事情真不能说绝对，比如当二皇子把这个坏毛病戒掉之后，还真有了后遗症。比如一点儿生姜都不能碰，即使御膳房的菜里头稍微放了一点点，他只要吃上一口就能尝出来，必定是要大哭大闹的。甚至连生姜味都不能闻，那一阶段，他实在是被折磨惨了！

凤藻宫最近正在展开帮助二皇子摒弃坏习惯的活动，而且是异常地热闹。倒是明音和明语几人一直神出鬼没，无心关怀这个小主子究竟受了怎样非人的待遇，他们的注意力始终都放在德妃的寝宫上。

自那晚传出来遇见鬼之后，德妃的寝宫里就一直没消停过。断断续续总有宫人撞见鬼，而且全都是吊死鬼，那女鬼无一例外地都穿着司药司的宫装。很显然就是同一只鬼，甚至有一个小宫女因为心虚，想到了被害死的那个司药司的宫女，直接就吓得疯了，整日里胡言乱语，魔怔了一般。

装神弄鬼的效果明显上佳，德妃身边伺候的宫人，几乎每个人都是面如菜色，谈鬼色变，更有甚者提出要找道士来作法收妖，好让那怨念深重的鬼魂得以安息。

原本德妃是禁止他们谈论鬼怪的，甚至明言下来，若是听到谁胡说八道，就杖责二十；若是说自己亲眼看到了吊死鬼，则要杖责四十；如果是那种已经魔怔的，比如先前那一个，已经被德妃派人悄悄地弄死了，还是喂了毒药。

只不过第二日，见过鬼的人就多起来了，因为这会又多了一个女鬼，依然是披头散发遮住了脸，只不过露在外面的肌肤、脖颈、手腕等地方都泛着青黑，明显是中毒身亡的模样。

这回连责罚都抵挡不住这些流言了，而且还越传越离谱，弄得人心惶惶，无心做差事。德妃身边的几个大宫女都受到了影响，经常会做错事儿，或者失神，满脸心事重重的模样。

在这样精神紧张的环境下，自然是过不好的。更何况锦衣玉食的德妃，根本就受不了这种氛围，搞得她自己都有点胆战心惊。寝宫里无论是谁都看见女鬼了，只除了她始终没有见到一面，不免有些焦躁又胆怯。

直到贴身伺候的一个大宫女，也被吓傻了开始胡言乱语之后，德妃终于是坐不住了。身边几个大宫女，几乎知道了她所有的秘密，更何况每次做坏事儿，都要牵扯到别的宫人，所以一旦有谁开始胡言乱语，就定会把她的罪行给泄露出来，她不能自乱阵脚。

这日去凤藻宫请安过后，德妃特地留了下来，要求见沈妩。沈妩刚坐到了内殿的椅子上，手里捧着一杯热茶，听到她求见的通报，脸上露出了几分嘲讽的笑容。

“臣妾见过皇后娘娘。”德妃盈盈俯身行了一礼，声音温润。

沈妩轻轻一挥手让她起身，目光十分自然地从她的脸上扫过。德妃比原先要瘦了许多，下巴都尖了出来。即使脸上抹了厚厚的脂粉，却依然能瞧出她的黑眼圈以及憔悴的模样，周身都散发出一种疲惫感，显然她是有些受不住了。

“不瞒娘娘，臣妾的寝宫里最近有些不太平。想来皇后已经听说了，不知可否请庵堂里的师太入宫，念经保平安？”德妃并没有兜圈子，直接进入了正题，她的脸上带着几分笑意，眼睛却露出忐忑的神情来。

毕竟请师太入宫念经，无非就是超度亡魂。皇宫里根本就不允许这么做，毕竟若是没做亏心事儿，何来超度冤魂之说！

沈妩放下手中的茶盏，盖上了茶盖，脸上带着几分为难的神色，低声道：“德妃你入宫比本宫久，应该知道宫里头的规矩，不许提起冤魂这种事儿。况且那些宫人估计是做噩梦了，才会如此胡说八道。难不成德妃你亲眼见到了那东西？”

沈妩往她的面前凑了凑，语调十分自然地扬起，满脸都是好奇的神色。这回德妃就显得有些尴尬了，她低着头干笑了两声，才反驳道：“怎么会呢。臣妾一向是安守本分之人，自然见不到那东西。只不过宫里头伺候的人，三三两两都说见到了，做事儿毛手毛脚的，心思也不在差事上，让臣妾好生苦恼！”

“这好办，待会儿本宫让兰卉跟着你过去，把那些心不在焉的宫人都换掉，拿了名册给你挑几个自己喜欢的。本宫也知道这事儿不好办，不过后宫请了师太念经超度子虚乌有的东西，实在是说不过去，况且现如今又一切太平，连个借口都不好找！”沈妩的语气始终都是柔和的，说到这里的时候，脸上还露出了几分为难的神色。

德妃一听，心里头就有些犹豫。毕竟她宫中的人，可是经过好几年挑选才变成了现在的模样。若不是出了女鬼这事儿，她的寝殿根本就是有如铁桶一般安全，几乎不要她多费心思。

若是再重新挑人，也不知要过多长时间才能重新变成这样好控制。她思来想去，最后还是决定先把那几个有些神经衰弱的宫人换掉，不能再留在身边了，不然恐怕又会变成胡言乱语的。而且因为上次弄死一个宫女，第二日就多出一个女鬼来，德妃也不敢再随便弄死人，也只有先暂时调离自己的身边，待这阵风头过去，再想着是留是杀。

送走了德妃，沈妩坐在椅子上，脸上的笑意已经彻底消失了。她用力握住茶盏的边缘，里头温烫的茶水都溅出来，甚至都滴到了手上，沈妩却还是一动不动地坐在那里，眼神冰冷地看着德妃方才离开的方向，神情里透着几分阴狠。

德妃回去之后果然换了几个宫人离开，兰卉拿了名册给她。她也丝毫没客气，直接挑选了几个。

当日下午的时候，那些新选的宫人就到了，交接了差使之后，在德妃身边伺候着，明显要尽心的多。因为换了这几个新的宫人过来，寝宫周围似乎也注入了新气象一般，原本因为女鬼一事而颓靡的宫人们，精神也变得稍微好了些。

只是到了晚上的时候，那几个新来的宫人，就开始鬼哭狼嚎起来。他们只不过刚到了第一天而已，就见到了所谓的女鬼。当晚睡在附近屋子里的宫人，也都被吵醒了，却不敢推门出来，只是躲在自己的被子里，不停地发抖打战。

又来了，无论换了多少人，这些女鬼都是阴魂不散。显然根本就不是宫人们的问题，而是德妃的寝殿有问题。

德妃倒是一夜好眠，只不过当她睁开眼睛，瞧见几个侍奉她穿衣洗漱的宫女，都是一脸苍白憔悴的神色，她的心里暗暗一惊。待问清楚了，她便彻底慌了。

“你们先别怕，待本宫去跟皇后说说，要换一座宫殿住着！”德妃连忙开口出声，语调显得十分急促，也不知道是要安慰身边伺候的人，还是在自我宽慰。

去凤藻宫请安过后，德妃果然还是留了下来，跟沈妩提出要换宫殿的请求。沈妩答应她会好好安排，但是由于宫内诸事缠身，而且宫殿要适合从一品妃嫔所住的，还得收拾一番。

德妃得了她的应承，也就稍微宽下心来。只是拜托沈妩多派些人，好早日搬出去。毕竟那两只女鬼没有过来找她，再待三两日就离开那个晦气的地方，估摸着也不会来找她。

待德妃走后，沈妩便立刻把兰卉找了过来，轻声问了一句："都置办妥帖了？"

兰卉手里头拿着名册，正是昨日德妃挑选人的时候看的。沈妩翻开之后，只见上头密密麻麻都是人的名字，看得她头晕。

"确定是把我们的人安插进去了吗？别弄错了！"沈妩转过头来看着兰卉，再次追问了一遍。

早在很久以前，沈妩就让兰卉物色人选，准备到时候安插到德妃的身边。无奈德妃看管得极严，正好趁着德妃昨日来要求请师太入宫的时候，沈妩便提出这个换人的建议。但是这名册上足有上千的名字，如何能确定就是她们原先设定好的人选？

兰卉听她这么问，脸上露出几分淡淡的笑意，往沈妩的身边凑了凑，压低声音说道："那些人都是之前就预备好的，挑的是一些不起眼的宫人，经由奴婢调教了一番，也能派上用场了。至于这本名册，奴婢也动了手脚。无论德妃娘娘选了哪几个名字，进入她宫中的宫人，都是原先奴婢挑选好的那几个，不会有任何改变！"

沈妩听了之后，不由得眼前一亮，心情顿时变好了。她冲着兰卉眨了眨眼睛，语气和软地说道："不愧是兰卉姑姑，本宫受教了！"

德妃回宫之后，将沈妩承诺她的事情告知了宫中的人，那些宫人早已犹如惊弓之鸟一般，此刻听了她的话，心里头也稍微安定了些。

又是一个夜晚的到来，那些宫人根本就睡不着，几乎大部分人都在半夜起来开过门见到女鬼，也有些一直没有开门，就被不停地敲窗户，直到快要天亮的时候。每个人都被折磨得神经衰弱，躲在棉被里瑟瑟发抖，连眼睛都不敢睁开，生怕看到什么不该看的。

只是今儿晚上宫人这边的庭院始终十分寂静，明音和明语已经躺在床上睡着了。她们二人从今儿晚上开始，就彻底解放了，再也不用守着大半夜跑过去吓唬人了，特别是明音要装扮那个被毒死的宫女，还得在身上抹一些奇奇怪怪的东西，才能呈现出那种青黑的颜色。

寒风习习，德妃睡在床上，忽然感到身边冷风嗖嗖，她直接被冻醒了。脑子里晕晕乎乎的还不是很清醒，她慢慢地睁开眼睛，向周围看了看。才发觉窗户大开，外头的冷风直接吹了进来，脸颊被吹得生疼。

"来人哪！"她轻声喊了一句，才发觉自己的嗓子已经完全嘶哑了，显然是被吹得冻着了。

"来人哪！"德妃又喊了一句，这回她的语调高高扬起，声音里明显透着几分不耐烦。她的内殿里窗户大开，竟然没有人发现！喊了这么久竟然也没人理会她！

她连续喊了好几声，回答她的仍然是呼啸而过的风声。她被冻得受不了了，眼皮一抬，才发现炭火也熄灭了。德妃心底不耐的情绪越发浓烈，她发誓明日一定要把值夜的狗奴才都杖毙了，以解心头之恨！

此刻也顾不上发牢骚，她连忙下了床穿上鞋，直接冲到了窗户边上，伸出手想要去关窗户。哪知道忽然有一道身影停在窗外，与她离得很近，她看见那浓黑的头发挡在那人的脸上，只有一条舌头伸出来，无比地恐怖。

因为距离极近，她甚至都能感觉到从那人身上散发出来的冷气。还不待她喊出口，面前的人影一晃而过，直接从窗户上飞走了。德妃被吓得一屁股就坐到了地上，近乎声嘶力竭的喊叫声传了出来。

在无比寂静的深宫之中，显得尤为诡异。可惜此刻却没人来搭理她！

“娘娘，奴婢死得好惨啊！”这时候忽然外面传来一阵阵女子的哀泣声，声音颤抖有些缥缈，透着几分不真实的感觉。

德妃捂住耳朵，整个人都在颤抖着，妄想着将那声音驱逐出去。无奈那一声声的叫唤，像是有了灵魂一般，在室内响起，连一处角落都不放过。透过德妃的手掌，直接钻进了她的耳朵里。

她闭着眼睛，那种声音反而越来越大，当她睁开眼睛的时候，窗口的人影已经换成了另一个女人。依然是披头散发，只是露在外面的肌肤都呈现一种青黑色，就连指甲都是黑色的，她把双臂伸过来，仿佛要透过窗户，摸到德妃的脸一般。

“啊——”这下子德妃叫得更加疯狂了，她的腿下一热，竟失禁了。两腿发软，显然是站不起来了。

德妃叫得如此疯狂，却依然没有人过来。即使在后院有人听见了，却也没人敢出来，德妃这副模样，明显就是撞鬼了，谁敢送上来自寻死路？

待德妃喊叫了好久，连嗓子都嘶哑了，才发现周围已经没了动静。她慢慢地抬起头来，窗口已经空无一人，只有一轮算不上明亮的月牙挂在天边。

她使出了吃奶的劲儿，从地上爬起，慌忙地冲到了外屋，连鞋子掉了都顾不上捡起来。只是当她出去之后，才发现外面空无一人。因为最近撞鬼风声紧，德妃特地安排了三个宫女在外屋值夜，还有四个太监留守在屋外，可是当她冲出门外的时候，连那四个太监的身影都不见了。

整个前殿就只有她一个人！

“来人哪，来人哪！”德妃不敢耽搁，生怕再有鬼魂来找她，她直接推开了殿门冲了出去。

外头恰好有轮值的侍卫经过，看到她这样衣衫不整的模样，都下意识地躲开。德妃却拼命往人身边挤，她现在是急需有人气的地方。

看着德妃惊慌失措的背影，几个人才从屋顶上把梯子放下来，小心翼翼地往下爬。那几个人的动作很快，生怕德妃叫了人过来，刚站到地面上，他们就往事先准备好的地方跑过去。

德妃这边的动静，自然是惊动了附近的宫殿，也有人连忙赶了过来。却瞧见德妃小便失禁的模样，当时就愣在了当场。那一排侍卫距离德妃也挺远的，显然是害怕德妃靠得太近，到时候皇上责怪下来，要灭口。

毕竟德妃这副模样，实在是有失皇家体统。

“娘娘，那边出事儿了，德妃撞鬼了！”沈妩正睡得安然，就被兰卉轻声唤醒了。

沈妩一下子睁开了眼眸，听到是有关于德妃的事情，她的神志立刻清醒了。兰卉轻唤了一声，明音就带着人进来帮她梳洗。

当她赶到的时候，已经有不少人围在外面了，德妃的情况十分狼狈。她赤着脚，衣衫不整甚至可以瞧见呼之欲出的酥胸，只不过白色的里衣上，在腿间的位置已经湿透了，并且离她比较近的几个宫人，都纷纷掩住了口鼻，应该是闻见了一股尿臊味。

“还愣着做什么，快把德妃弄进殿里去，留在外面丢人现眼，你们都想掉脑袋吗？”沈妩沉声开了口，立刻就有几个有力气的太监走上前来，死死扣住德妃的手臂，要押着她进入内殿。

没想到德妃还沉浸在撞鬼的惊吓之中，根本就不肯乖乖配合，不停地大喊大叫着。沈妩的眉头皱得更紧了，一旁的兰卉连忙上前，急声催促了几句。

那些太监在后宫里也有几年了，瞧见皇后娘娘这副态度，自然明白了她的意思，立刻就使了几分蛮力，直接半拖半拽地把德妃送进了她自己的宫殿里。

一走进殿门，就在外头的庭院里看见了横七竖八地躺在地上的宫人，显然都是今晚上守夜的宫人，却不知为何躺倒在这里。

沈妩下意识地看了一眼身后的兰卉，只见兰卉轻轻点了点头，她的脸上闪过几分轻微的笑意。这些人里头显然是有兰卉之前安插进来的，这场好戏才刚刚开始罢了！

“快把这些人弄醒了，问问看究竟是怎么回事儿？”兰卉轻轻地挥了挥手，冷声吩咐道。

立刻就有宫人走上前去，将那些躺在地上的人叫醒。这些人好像只是睡过去了一般，被人拍了几下脸颊，也都纷纷睁开了眼眸，只是眼神里充满了迷茫，一副不知自己身居何处的模样。

“呀，方才还殿内烤火守夜，怎么这会儿到了地上？”其中一个宫女先反应过来，她还没有看见沈妩的身影，只是惊讶地说了一句。

“见过皇后娘娘。”待她抬起头才看见了沈妩，立刻就跪倒在地，诚惶诚恐地行了大礼。

因为她这一声呼喊，其余的刚清醒过来的宫人也都回过神来，连忙跪倒在地。

沈妩没有说话，德妃还在那里拼命地喊叫着，声音尖锐，话语也十分难听，把人的耳膜都震得生疼。

明音带着宫人从内殿出来，显然是刚刚检查过，她站到沈妧的面前，语调稍稍扬高了道："娘娘，还是别进屋里了，里头乱七八糟的，还有一股子怪味儿！"

明音虽然没有明说，但是在场的人都知道肯定是德妃失禁的味道。沈妧轻轻地点了点头，她眯起眼睛打量着这些人。

"德妃说是撞见鬼了，想必你们也听到了。你们就在外间守夜，听到有什么奇怪的声音吗？"沈妧轻声问出了口，她的语气十分冰冷，无形之中带着几分压力。

那些人皆是摇头，其中一个看起来是德妃贴身伺候的大宫女开了口："启禀皇后娘娘，奴婢不知。因为晚上冷，奴婢和三个宫女就凑在一处喝杯热茶，只是茶还没喝完就晕过去了。并不曾见到鬼，也不曾听到什么。醒来之后就在这里了！"

那个大宫女的神色有些惊疑不定，她根本不明白自己为什么会晕倒在这里。

"不不不，别过来。你们这些贱奴才，死了也只是狗命一条，不要再来找本宫！"德妃的声音再次传来，她脸上的神色都变得十分狰狞，显然已经有些神志不清了。

"先把德妃送进内殿里，好生看管着，待明日本宫与皇上商量过后再做定夺！"沈妧的眉头皱得越发紧了，她挥了挥手，轻飘飘地扔下这句话，便转身离开了。

那几个在院中清醒过来的宫人，连忙手忙脚乱地冲了上来，直接去拉扯住德妃。众人见皇后娘娘没有直接给出结果来，便也知趣地退散了。

沈妧乘着凤辇回到凤藻宫的时候，进入内殿一瞧，齐钰已经躺在床上了。他轻闭着眼眸像是已经熟睡了一般，身上的衣裳都没脱。沈妧看了看外面的天色，还是沉浸在黑暗之中，不过冬季白天短，估摸着离上朝的时辰也不远了。

沈妧将外衣脱掉，踢掉了绣鞋，小心翼翼地爬上床。因为皇上霸占了外床，她也只有往床里走，当她抬起一条腿想要跨过男人的身体时，齐钰的手臂抬了起来，一下子就握住了她那只抬起来的脚。

手掌贴着脚心，彼此的温度传了过来。沈妧刚从外面回来，整个人还透着几分寒气，皇上却已经躺在床上有一阵子了，所以手掌都是温暖的，冷热的温差对比，让彼此都不由得打了个战。

沈妧的身体晃了晃，一条腿显然有些无法平衡住身体。齐钰又抬起另一条手臂，抓住了沈妧的一只手，帮她支撑着。两人的动作有些怪异，沈妧轻轻动了动被他握住的脚，似乎想要从他的手掌里挣脱出来。无奈察觉到她的意图之后，男人的手掌贴得更加紧密了，显然不愿意她这么做。

"皇上何时来的？"沈妧终于还是放弃了挣扎，轻声问出了口。她就这么翘着一条腿站着，姿势极其怪异。

皇上的两条手臂都抬了起来，一只抓住她的脚，另一只撑着她的手掌，帮助她站稳了。

听到她的问话声，依然躺在床上的男人总算是睁开了眼睛。他的眸光里一片清明，丝毫没有寻常人刚睡醒时的那种迷茫，相反却像是早已醒了过来，专门等着沈妩回来一般。

“朕来了不久，李怀恩说有人撞鬼了，朕就赶紧过来瞧瞧。没想到你倒好，已经跑去收拾烂摊子了！”齐钰轻声说道，他的声线在如此寂静的地方，显得有些低沉和冷幽。

沈妩的脸上露出了一抹浅笑，她抬起来的那条腿已经有发麻的趋势了。她便再次动了动脚，希望皇上能松开她。无奈齐钰看着她这别扭的姿势，心里头竟是带了几分欢喜，依然死死握住不松开。

沈妩看向他，脸上带着几分嗔怒的表情，齐钰却只是回了她一个浅笑，透着几分无赖的意味。沈妩没有办法，她将自己另一只自由的手撑在齐钰的胸膛上，两条腿借助着力量慢慢弯曲下来，直接坐到了皇上的肚子上。

沈妩坐下来之后，皇上那条支撑着她一条腿的手臂就显得有些吃力。他终于还是放开了手臂，改为搭在她的纤腰上。

“臣妾到的时候，德妃在胡言乱语，看样子神志极其不清。”沈妩轻声开了口，秀气的眉头不由得挑起，面上的神色带了几分苦恼。

齐钰伸手轻轻用力一压，沈妩就趴在了他的身上。两人胸腹相贴，沈妩甚至都能感受到男人那有力的心跳声。

“扑通！扑通！”的声音让她的神经都跟着放松下来，紧贴着这具温暖的身体，她似乎都涌现出无数的安全感来。

“先禁足，如果不行的话就直接打入冷宫！”齐钰根本没有思考什么，直接下达了命令。

沈妩就这么趴在他的身上，男人身体的温度要比她的温暖许多。或许是太累了的缘故，她就直接睡着了。齐钰也闭着眼睛，却是如何都睡不着。胸口像是压了一块大石头一般，带着几分即将要窒息的感觉。最后还是他实在受不了了，才把沈妩从身上推了下去，让她平躺在身侧，才进入了梦乡之中。

第二日清晨的请安，德妃的位置已经空了出来。昨儿半夜闹得如此大的事情，今日一早肯定是要被拿出来说道的。不少人对于德妃撞鬼这事儿感到非常蹊跷，当然也有不少心下惶然，生怕下一个撞鬼的就是自己。

“皇后姐姐，德妃姐姐若是魔怔了，也是被鬼怪吓唬的。不如您跟皇上提提，请来庵堂里的师太入宫念经超度，也算是给德妃姐姐一个心理安慰。”佳嫔轻轻柔柔地开了口，她今日穿了一件藕色的裙衫，姿态怡然。

只是她的话音刚落，就有一道轻蔑的嗤笑声传来。然美人冷笑着看向佳嫔，冷声道："佳嫔这如意算盘打得叮当作响，你当皇后娘娘就要按照你说得做吗？你心疼德妃姐姐，怎么不自己去跟皇上说情呢！"

那日争抢随行出宫名额之后，这两人虽然一起闯到了第三关，且还是同病相怜之人。但是她们之间的关系越发地恶化，几乎到了针锋相对的地步。

"我不是这个意思！"佳嫔见然美人直接称呼她的封号，就好像佳嫔已经爬到她的头上一般，语气里就带着几分冷意，脸色也十分难看，僵硬十足。

"好了，都别吵了。皇上最忌讳鬼神之说。常言道：平生不做亏心事，夜半不怕鬼敲门。你们都警醒着些就成，至于德妃，依照皇上的意思，先禁足半个月，若还是疯言疯语的，就直接打入冷宫！"沈妩轻轻挥了挥手，稍稍扬高了语调打断了她们的话。

众人听到这个决定之后，都微微愣了一下。方才争论不休的大殿里，忽然就安静了下来。

依照昨晚传出来的消息，德妃被吓唬得不轻。只给半个月的时间，也不知还能不能恢复过来。而且皇上这样的决定也太令人寒心了，德妃好歹跟了皇上那么多年，说打入冷宫就打入冷宫，一点颜面都不留。

德妃果然被禁足半个月，她依然神志不清，自然不会主动传太医前来。沈妩也未作安排，再加上德妃身边伺候的宫人，有几个故意怠慢，德妃疯言疯语的症状倒是越发地严重了。

时间一到，她就被送进了冷宫。众人无不胆战心惊，德妃能爬到四妃之一的位置，而且在皇上厌恶她的情况下，依然能保持自己的地位，足以见得她必定不是笨人。可是现如今这个根基深厚的德妃，却依然被送进了冷宫，有不少人都在猜测，肯定是德妃得罪了什么人，才会遇到这种事儿。

冷宫是什么样的地方，沈妩早已见识过了，德妃在里面的日子绝对不好过。

四月的时候，二皇子已经可以独自走路了，并且十分稳妥。而随手拿起东西就往嘴里塞的坏毛病，也彻底克服了。脱了那些厚重的衣衫，他犹如一匹脱缰的野马一般，整日拖着两条小短腿跑来跑去。

当然他最喜欢做的事情，就是边跑边去拽住大皇子的手，要他一起跟着跑。这个时候奶娘就要出来阻拦他，每次看着大皇子拄着那两根拐杖，他都要好奇地盯上两眼。

齐钰坐在椅子上，看着外面的两个小家伙都已经能走能说了，脸上露出了几分淡淡的笑意。

"今年的避暑之行早些开始吧，待在外面的时间长一些，也好让他们二人见见外面的风景！”齐钰的手指在茶盏上摩挲着，声音压得有些低。

面对皇上的提议，沈妧不由得挑了挑眉头，这还没到五月，皇上就提出要去避暑，看样子是在宫中待得厌烦了。

“成啊，皇上把日子定下来，再把要随行人的名单给我。臣妾就安排人开始准备！”沈妧低声应承了下来，她的手里拿着一本画册，回复完之后又低下头去继续看着。

齐钰瞧见她这副优哉游哉的模样，不由得眉头一皱，直接顺手抽走了画册，脸上带着几分不满的神色。

“朕现在说话，皇后真是越发当耳边风了！”男人的声音有些低沉，显然带着几分恼怒的意思。

沈妧一抬头就瞧见他满脸的不高兴，连忙打起精神来，嘴角露出了温和的笑意，柔声道：“皇上这话可折煞臣妾了，臣妾其实是在想这次避暑出去，要准备些什么。虽然已经去过好几回了，不过总得换着花样来，否则还不如待在宫里头！”

齐钰听了她的解释，面色才算是缓和下来。他扬起手中的书，用书脊惩罚性地顶了一下沈妧的前额。

“后宫的名单现在就可以给你，依然不带旁的妃嫔，就我们一家四口。”皇上将书拿下来，语气温和地说道。

只不过沈妧的额头上却留下一道浅浅的红痕，显然是书脊留下来的。齐钰不由得“啧”了一声，丢开手中的书册，抬起拇指来轻轻地按着她的额头，结果那块红痕似乎跟他作对一般，越是揉捏就越明显。

齐钰挪动了两下身体，直接凑到沈妧的面前，双手捧着她的脸颊。两个人凑得极近，彼此呼吸时带出的热气都能感觉到，就连皇上脸上的毛孔，她都能看得一清二楚。

温软的嘴唇贴到了她的额头上，那样轻柔的触碰，似乎让她的心都跟着颤动了起来。沈妧入宫四年多了，前一阶段因为出了断肠散的事儿，所以她的精力基本上都放在了二皇子的身上，显然是有些怠慢皇上了。

现在如此温情的时刻，倒是许久没曾体会到了。

“你若是开始准备避暑之行的事儿，必定会引起别人的注意，上回小撑出事儿，还好避开了。最近肯定不太平，朕会增多凤藻宫外面的侍卫巡逻，后宫里的你得自己调停。朕可以替你遏制住朝堂那帮臣子，甚至也可以帮你惩处要害你的妃嫔，不过这后宫原本就是你的地盘，宫人的看管方面，不需要朕再教你吧？”齐钰的嗓音听起来还是有些低沉，他在说话的时候，嘴唇总是若有似无地擦过她的前额，温热的气息喷吐在上面，带着几分酥痒的感觉。

他的话音刚落，沈妧就轻声笑开了，似乎是真的觉得有些难受，脑袋下意识地往后撤。后脑却被男人的手掌按住了，前额依然紧贴着他的嘴唇，仿佛他在用亲吻抹掉方才留下的红痕一般。

“臣妾都明白，臣妾若是连自己养在身边的儿子都照顾不好，那也不配再做这个皇后了。皇上也更不敢把凤印交到臣妾的手中了，没有下一次了！”沈妧轻声向他保证着，语气里带着几分坚决的意味。

齐钰对她这样的担保显然很受用，似乎为了奖励她，直接伸出了舌头，轻轻舔了舔她的额头。沈妧的脖子微微一缩，像是被吓到了一般。舌头所带来的濡湿感，让她全身的毛孔都跟着收缩起来，她竟是有些紧张。

耳边传来男人的轻笑声，里面夹杂着几分欢愉，显然是被沈妧这副模样给取悦了。

“阿妧，都在一起四年了，你怎么还是如此敏感？”齐钰的语调轻轻上扬，他的声音仍然还是那般好听，带着几分蛊惑的意味。

沈妧下意识地抬起头来，眉头轻蹙着。一下子就对上了男人的笑脸，眼角眉梢都透着笑意，就跟外面的天气一样，春光融融，暖入人心。

两位小皇子并不明白二人的缱绻时刻，早已跟着奶娘出去了。

待送走了皇上，沈妧才稳定了情绪。处置德妃的时候，沈妧并没有告诉皇上，德妃就是那个意图谋害太子的人，沈妧只是使用了装神弄鬼的计谋，趁机把德妃丢进了冷宫。

如果告诉了皇上，德妃的下场或许会更惨，一杯毒酒或者三尺白绫就能要了她的命。不过沈妧情愿把她弄疯了丢进冷宫里，生不如死。让皇上还有一种没抓到人的错觉，这样对于后宫中的其他妃嫔，每一个都有嫌疑。日后若是牵扯出谁来，皇上也绝对不会怀疑。

“去把各宫妃嫔的名册拿过来，给本宫瞧瞧，还有多少人。”沈妧把明音叫到面前来，轻声地吩咐了一句，脸上的神色有些清冷，与方才温柔似水的模样判若两人。

明音立刻就走到了书架前，从里面抽出两本蓝色的册子来。这册子原本有一箱，都记录着后宫妃嫔的姓名、位分与家世背景。后来那些未侍寝的妃嫔，被皇上遣散了之后，就还剩下两百人不到，所以这名单自然也少了。

沈妧要这个名单，明音自然猜到她要做什么，所以拿到册子之后，又拐去了书桌上拿了一支毛笔。沈妧接过这两样东西，直接翻开名册的第一页，拿起毛笔就在德妃的名字上打了个叉。

名单自然只会越来越薄，真希望有一日，这名单能变成薄薄的一张纸，上头除了沈妧的名字，再没有第二个人！

沈妧轻蹙着眉头，名册在她的手中被翻动着，眼神一一扫过上面的名单。最终停留在刘怡的名字上，脸上闪过几分不耐的神色。

看着刘怡后面跟着“佳嫔”两个字，沈妧只觉得从心底流露出一种厌恶感。原本对于刘怡的出现，沈妧只是有些愕然，现如今见到刘怡那番做派和姿态，她的心底就会翻涌出极度不舒服的感觉。

明音低垂着头站在一边，看见沈妩提起毛笔，在“佳嫔”这两个字上画了个圈。她的眼睛眨了眨，暗自猜想着沈妩肯定又要有什么大动作了。

“人手都安插好了吗？密切注意刘怡的动静。”沈妩“啪”的一声，合上了名册，脸上的神色不是很好看，甚至还隐隐夹杂着几分恼火。

明音连忙应承下来，她将名册和毛笔放回了原处，给一旁的明语使了个眼色，便悄悄地退了下去。

没有外人在的话，沈妩称呼佳嫔的时候，都直接喊名字，似乎对于佳嫔的封号有些反感。沈妩把注意力放到了刘怡身上，就证明要对她有所行动。不过还不等皇后娘娘想出手段来，这位佳嫔就自动送上门来了。

“娘娘，库房那边的管事来报，说是佳嫔派人去要月锦缎，而且还要一整匹。”兰卉轻手轻脚地走进来，凑到沈妩的身边低声说道。

沈妩身边伺候的几个宫人，都知道皇后娘娘最近对佳嫔的事情十分关心，便纷纷留意了。只要自己负责的那方面有佳嫔的消息，就必定过来通报一声。

“哦？她要那么多何用？”沈妩的注意力一下子集中起来，她看向兰卉，脸上带着几分不解的神色。

这月锦缎乃是极其珍贵的布料，是西南特产，一年总共就有三匹。沈妩刚入宫被封了婉仪之后，皇上每年送来的赏赐，都会有一匹月锦缎。凤藻宫的库房里现在就堆了两匹，可是佳嫔只不过是一个小小的嫔位而已，竟然一开口就要了一整匹。按照佳嫔那样懂事儿的风格，不该如此才是。

兰卉顿了顿，眼神从沈妩的脸上扫过，似乎在打量她的神色是否高兴。

“说是前两个月，德妃娘娘撞鬼，有些不吉利。虽说未殃及旁人，但是为了图个平安，她想替宫里头的主子娘娘们做些香囊，这外头的布料自然不能差了！”兰卉的声音压得有些低，她显然是怕这几句话把沈妩惹怒了，毕竟佳嫔这理由实在是太荒谬了。

果然兰卉的话音刚落，沈妩的脸色就变得难看起来。她冷笑数声，讥讽地说道：“德妃的事情都过去两个多月了，她还拿出来当借口，存心给本宫找不痛快呢！香囊能保平安的话，还要神仙作甚！拿给她，倒要看看她能耍出什么花样来！”

沈妩挥了挥手，便让兰卉退下了，她的眉头紧锁，一副心事重重的模样。

第二日请安的时候，沈妩坐在凤椅上，刘怡还特地站出来说要给诸位姐妹们缝制香囊，并且那香囊里头除了必要的香料之外，还有她亲手抄录的佛经字条以保平安。

“佳嫔，你可得把我那一份舍掉，我不要那东西。香囊就是香囊，用来熏衣物所用的，你放了佛经在里头就能保平安，那放个金豆子进去，是不是就直接变成了金香囊了？”刘怡的话还没说完，就被许薇然打断了。

然美人上挑着眼角，脸上充满了不屑的神情，显然对于佳嫔所说的话充满了嫌弃的意思。她反驳的话语也十分不客气，根本不留余地。

佳嫔的脸色一白，然美人如此不给她脸面，按理说她该直接反呛回去的，无奈她只能生忍着。

“然妹妹不要就罢了，希望到时候其他姐妹们收了，都平安顺畅的时候，你也能一生顺遂！”佳嫔的脸上带笑，声音都是温和的，只是说出来的话语却是充满了警告的意味。

076

整治佳嫔

许薇然瞪大了眼睛看过去，眼神中带着几分戾气。只见刘怡面带微笑，神情坦然地对视过来。两个人的目光相对，一个面带怒容，另一个却十分淡然，形成了鲜明的对比。许薇然瞧见她这副模样，脸上的怒色越发明显。

“佳嫔一向以温柔贤淑、落落大方自居，从不曾见你与谁红过脸，原来也有如此针锋相对的时候。看样子平时是忍得十分辛苦啊！曾经的谪仙气质也不过尔尔，不是谁脸上带着笑一副四平八稳的模样，就能成为神仙的。野鸡就是野鸡，再怎么装模作样，也成不了金凤凰！”许薇然冷哼了一声，脸上的怒容逐渐转化为嘲讽，她的语气十分尖锐，话语刻薄而不顾情面。

在场的人都被她这种咄咄逼人给惊了一下，刘怡怔住了，待反应过来的时候，整张脸都成了绛紫色，显然是隐忍着怒气。

“好了，每回来请安，那嘴巴就不能消停点儿。总要弄出这些话来，让众人看笑话吗？那香囊也是佳嫔的一个小心意，想要的人就收着，不要的也无伤大雅。”气氛陷入了一片僵持之中，沈妧总算是开了口，缓解了些许的尴尬。

其余的人都把目光投向那两人，想着每日请安的时候，若是都能听到这样的争吵，也算是打发时间了，当个笑话看。

沈妧不愿意再看那几人，直接挥挥手让人退下了。然美人和佳嫔的矛盾越闹越大，私底下的小手段不停歇，不过只要没闹到沈妧面前，她倒是不想费这个神。

明明皇上已经不再召幸她们了，可是这两个老冤家还是关系僵硬，并且也不准备再妥协。

这几日，刘怡要做这个香囊的行动，一直都十分高调。她甚至经常把做香囊的材料拿到御花园里，偶尔有几个路过的妃嫔，也会过去坐坐，顺带着夸夸她的手巧。

每日都会有人把刘怡的情况告知沈妩，从刘怡缝制香囊开始，沈妩就一直掌控着。

“待她完成最后一步之前，替她加些东西到香囊里。”沈妩歪在贵妃椅上，天气已经越来越热了，身上的裙衫也越发单薄。

贵妃椅放在一棵杨树下，她的唇角上扬，脸上带着几分惬意的笑容，轻声叮嘱着那个前来传话的宫女，显然她要主动出手，除掉这个佳嫔。

那个宫女凑到了沈妩的身边，慢慢俯下身，仔细地听着她所说的话，不时地点头算是应承着。直到那个宫女走远了，兰卉才从一旁走了出来，脸上带着几分探究的神色。

“安草这回做得不错，事成之后，娘娘是要把她调回凤藻宫吗？”兰卉举起一旁小桌上的茶壶，慢悠悠地斟了一杯茶水。

沈妩正在闭目养神，听到她的问话之后，也没有睁开来，只是脸上的笑意却更加幽深。

“急什么！是那丫头跟你提的吗？让她不要急，扳倒了一个佳嫔，后头还有好几个人呢。明音她们年岁也渐渐大了，是该调人进内殿伺候了，以免到她们出宫的时候人手不够！”沈妩轻声念叨了几句，算是给了兰卉一个答案。

兰卉心里暗自琢磨开了，听皇后娘娘这口气，似乎并不是除了佳嫔就收手了，还得把这后宫铲除干净了？

她这么一想，心底里就猛然一惊，皇后娘娘这真是好大的志向！若是说与旁人听，妒妇罪名肯定逃不掉，说不准就连皇上那里都难以交代。

过了足足半个月，刘怡才算把这些香囊都做得七七八八了。每日跑到御花园里，虽说能和那些宫妃走得近些，偶尔还能说几句俏皮话，可就是太累。一针一线都是她自己缝制的，丝毫不能作假。

旁人在一边喝茶、聊天、嗑瓜子，就她一人手里的针线始终没停过。听闻了这些之后，就连许薇然都到场了，显然她去可不是为了让气氛变得更加愉悦，相反就是为了去看佳嫔笑话的。

偶尔许薇然嘴巴痒了，还要说上几句风凉话。御花园可不是凤藻宫，这些妃嫔们少了拘束，也有几个跟着落井下石的，着实把刘怡气得够呛。

她也不过是为了博得一个好名声，她亲自缝制的香囊，顺带着也能送一个给皇上。不过她早就准备好了，把皇上那个香囊里头的佛经，换成了情诗，兴许她就可以复宠了。

佳嫔这如意算盘打得乒乓作响，殊不知她这一切举动，都被身边的一个大宫女安草告诉了沈妩。当沈妩听到之后，不由得嗤笑出声，脸上的表情十分愉悦，就像是抓到了一只野猫一般，随时准备着上去逗弄。

“原来她的心思在这里，真是难为她了。为了能送出一个香囊，还得把全后宫人的香囊都绣制出来。以为这个样子，旁人就不会记恨她了吗？”沈妩的语气里充满了嘲讽，眼眸中闪过几分不屑的神色。

既想要得到皇上，又想着讨好别的妃嫔，这根本就是痴人说梦！

佳嫔带着做得差不多的香囊回了自己的寝殿，实在是累得够呛，就让身边几个宫女，把最后一道工序做完了。她则累得躺倒在床上补眠，这几日她都要扬起笑脸赔笑，还得注意说话时的分寸，拼命去揣摩那些人的意思，当真是疲累得很。后脑勺刚沾上枕头就睡着了，根本不知道她的那些香囊里，已经被人动了手脚。

五月中的时候，佳嫔总算是做好了所有的香囊，第二日请安时，就迫不及待地带上去了凤藻宫。

“昨日臣妾总算是把香囊全部都缝制好了，并且一一检查过了，没有任何问题。今日请安就带了过来，分给大家。香囊里头都放着抄了佛经的小纸条，有了这东西，心里也踏实些。”刘怡脸上的笑容越发天真可人，她看向沈妩，眼神里带着几分恳求的意味。

沈妩冲着她点了点头，抬起手挥了挥。立刻就有几个宫女走出来，手里都抱着一堆香囊。先是递了一个给明音，呈交给沈妩。然后就从靠近沈妩而坐的两位妃嫔开始发起，慢慢地往后走着。

崔瑾等人拿着香囊，举到面前仔细瞧了瞧。不得不说，香囊上面的针脚十分细密，图案也十分喜人，再加上这布料是难得一见的月锦缎，还真有几分收藏的价值。本以为亲手缝制那么多个，应该会有粗糙的地方，没想到只要是拿到的人，手中的香囊都几乎是一模一样，异常地精巧。

沈妩也举着香囊，仔细看了看，甚至还将其放在鼻尖处轻轻地嗅了嗅，脸上露出几分赞许的神色，柔声道：“佳嫔的针脚功夫可真不赖，都快赶上婉妃的双面绣了！味道也好闻，的确配得上诸位妹妹！”

皇后娘娘首先开口夸奖，下面附和的人自然是多。刘怡顿时觉得脸上有光，嘴角的笑意就越发遮掩不住，往常小家碧玉的神色，在此刻颇有几分破功的预兆，却也没人去拆穿她。

“的确不错，婉姐姐最近身子不好，原本还想着让她教我绣帕子，现在看来正好换个人教！”在这一群附和声之中，斐安茹算是最支持的，还煞有介事地说了几句，好像真心要讨教一般。

刘怡的脸上露出几分诚惶诚恐的神色，连忙站起身向斐安茹行礼，柔声地推辞着。

看着底下那二人互相谦让的模样，坐在凤椅上的沈妩轻轻眯了眯眼。她还真没想到，斐安茹会如此卖力地支持刘怡。

自沈妩回宫之后，除了德妃，这几位妃级的人都十分低调。沈妩想做什么，她们往往都采取配合的态度，却也不算积极掐尖那种。显然这几年，她们在后宫里摸爬滚打着，也都十分懂得处世之道。

只是这回斐安茹附和得太过于热情了，这就让沈妩的心底多了几分顾虑。斐安茹到底还是代表新贵的势力，她如此做，是她个人想要拉拢刘怡，还是皇上属意的？

好久不曾记起的势力之争，再一次让沈妩记了起来。她的眉头紧紧蹙起，显然很讨厌这样的。宫中有了皇后，三方势力若是太过猖獗，就会瓜分皇后的权力。一如她初入宫时，太后偶尔还要受人制约。

许薇然坐在椅子上生闷气，方才送香囊的时候，那几个宫女应该是得了佳嫔的命令，当真不曾在她的面前停留。整个凤藻宫的大殿上，也只有她手里空空如也，更无法加入她们的谈话之中。她看向佳嫔的眼神，就越发阴狠，像是要随时站起来，冲过去撕扯一般。

待众人散开了，沈妩进了内殿，就立刻把香囊递给了明语。

“先找个木匣子锁起来，尽量别靠近。也别让两个皇子触碰到！”沈妩的眉头轻轻挑起，那香囊里头装了什么东西，她自然最是清楚。

因着佳嫔这个香囊做得好，还真有妃嫔随身携带着，既承了佳嫔的情意，戴出来也挺好看的。当然在众妃嫔都拿到香囊的当日，佳嫔也派人送了一个去龙乾宫给皇上。齐钰并不是很在意这些，只让李怀恩收起来便是，连看都没看一眼。

只是，第二日一早起来，就有几个妃嫔出了事儿。整张脸上都冒出了红疙瘩！瞧起来甚是恐怖，根本就不能出去见人。

许衿很不幸地成为了其中之一，她对着铜镜，眼看着自己脸上的红疙瘩，心情无比焦急，根本就坐立不安。

“娘娘，还好奴婢腿脚快，把杜院判请了过来。听说还有几位主子娘娘，身上也有起红疙瘩的，都派了宫女去请。”一个小宫女推开门，就开始急声说道，尾调还带着几分气喘吁吁，显然是累得够呛。

许衿一听这话，秀气的眉头就立刻皱了起来。她看着脸上的红疙瘩，心底直发慌。这种症状，她在小时候也遇到过一次。因为春暖花开的时候，跟随着爹娘出去游玩，回来之后她的身上就都是这种红疙瘩。

“快请杜院判进来！”她的脸上很痒，手抬起来就想往脸上抓，却是硬生生地忍住了，她怕自己一抓就要留疤。

“阿嚏！”许衿一直在打喷嚏，眼睛发酸，眼眶都红了。

杜院判跟在后头进来了，一眼就瞧见了许衿脸上凄惨的模样，神色肃了肃。眼睛轻轻眯起，露出几分惊诧的神色。

“杜院判请坐，快帮本宫看看，这究竟是怎么了？”许衿也不等他行礼，连忙伸出手做了个“请”的动作，脸上的神色显得有些焦急。

杜院判也不客气，连忙坐在了她旁边的那张椅子上，两人中间隔了一张桌子。许衿将手臂搭到了桌子上，杜院判就开始认真地把起脉来。

他一直捋着胡须，眼睛盯着许衿脸上的红疙瘩，似乎有些拿捏不准。

“远妃娘娘以前可曾遇到过这样的情形？”杜院判沉声问着，他的脸上带着几分郑重的神色。

“有过一回，之后娘亲就再也不许我春季出门了，那些花朵也很少再让我碰！”许衿点了点头，将她幼时的遭遇说了一遍。她的声音有些沉闷，偶尔还打几个喷嚏，样子十分狼狈。

她的话音刚落，杜院判就转头扫视着周围。果然偌大的宫殿里，装饰物有很多，却没看到一个花瓶，更别提花了。

“娘娘这应该是花粉过敏了，可是现如今的花粉应该没有之前的多，完全不会那么厉害。可是瞧着娘娘这样儿，显然是比较严重了。”杜院判轻轻地摇了摇头，他的心底也有些拿捏不准，毕竟还没有找到确切的过敏源。

况且他在来的路上，已经看到好几个宫女往太医院去，见到他的时候，那些人都停下脚步，央求他替自家主子看病。根据她们所说的，恐怕和许衿得的是一样的过敏，只是有轻有重罢了。

“那要开什么药方就尽快，时间拖得越久，这疙瘩会不会越长越大？”许衿的神色越发地慌张，恨不得即刻就饮了药汁下去，转眼这脸上的疙瘩就好了。

杜院判听她这么说，脸上露出了几分无奈的笑容，摇头叹息道：“药方自然是要开的，不过还得保证娘娘不再接触让您过敏的东西。还要多喝水、多吃水果，少食辛辣和鱼虾等。”

许衿听了有些不好意思地笑了笑，脸上担忧的神色还未褪去，这个笑容看起来就有几分古怪。

“本宫从小就是皮肤敏感，稍微碰些东西就不行，就连衣裳的料子如果硬硬的，第二日起来，也会出现红疙瘩。所以这寝宫里，才会严防死守！几乎每日都要让人检查，会不会有不该出现的东西。之前一直好好的，也不知今儿是怎么了，本宫也不大清楚！”许衿皱着眉头，一副十分困扰的模样。

她虽然肤色莹白娇嫩，可就是太脆弱，三天两头就容易出问题。不过这么严重的恐怕也就这一次了。好在许家有的是银子，所以对这位嫡姑娘那是舍得花，吃穿都是严格把控过的，到了宫里头，她的位分一直不低，又有许家这个后台，自然不会出什么问题。

许衿实在是百思不得其解，她的眸光在屋子里四处打量着，忽然一下子停在了随意扔在书桌上的香囊，手猛地一抖。

“杜院判，听说宫里头有好几位妃嫔，都是一夜之间起了红疙瘩？”她轻声问出了口，眼眸里精光乍现。

杜院判瞧见她这副模样，猜测她恐怕是心底有了什么怀疑的东西了，便轻轻地点头，低声道：“老臣过来的路上，的确遇到两三位宫女，她们都是这么说的。不过具体情况还得等老臣亲自看过之后，才能断定是否与娘娘这个是一样的病症！”

许衿摆了摆手，她的心底涌起一股子怒火，脸上的瘙痒感越发地难受。

“不用瞧了，本宫几乎可以断定，是佳嫔那个作死的！昨日清晨请安，佳嫔给每位妃嫔都送了一个香囊，旁人都拿着了，本妃也不想驳她的面子，便收了下来。待回到寝宫，就丢到了书桌上，没想到竟变成了这样！”许衿摇了摇头，带动起的风刮过脸颊，只觉得越发地痒了。

因为整个人都处于一种焦躁的状态，所以许衿说出来的话语就有些失态。不过此刻她可顾不了那么多，只想着自己要顶着这样的脸过好久，而且还不能出门见人，她的心底就恨死刘怡了。

“可否让老臣瞧瞧？”杜院判低声问了一句，眼睛已经紧紧地盯着书桌的方向。

许衿手一挥，就有宫女将那个香囊递给了他，杜院判又要来了剪刀，直接将香囊剪开了，里头的香料露了出来，还有一张抄有几句佛经的小纸条。

杜院判将香料倒进了掌心，里头有各式的花瓣，还混杂着别的东西。许衿定睛一瞧，才发觉有些不妥。这一个小小的香囊，竟然装着如此多种类的香料，从花瓣到磨制好的香料，还有一些她不认识的东西。

“这是荨麻，这个是构树，都是一些易感染花粉症的东西。”杜院判边说边用手将这些东西挑拣出来，脸上的神色越发难看。

“唔，阿嚏！”许衿刚想声讨刘怡，又打了个喷嚏，紧接着就是喷嚏不断了，而且耳朵和眼睛异常地痒，恨不得立刻就抓出几道血口子来才好。

杜院判坐在旁边，有些尴尬。这可真是苦了这些美人们了，原本好好的一张脸被毁成这样，还要忍受这些喷嚏和瘙痒之苦。简直就是飞来横祸，不过是收了一个香囊罢了。

这件事儿立刻就闹开了，杜院判又去了别的起红疙瘩妃嫔的主厨，诊脉过后也都一一检查过昨日她们收到的香囊，皆发现了那些容易传播花粉症的东西。顿时佳嫔所缝制的香囊，成了泄愤的工具。

那些没有感染上的人，立刻登门拜访，直接冲进内殿，将香囊扔到她的脸上，就扬长而去。

只不过几日而已，来凤藻宫请安的时候，人数明显就少了许多。而刘怡的处境则更加困难，几乎成了过街老鼠人人喊打，谁都要刺上几句。

“还好我有先见之明，没有要佳嫔的香囊。原来这就是塞佛经进去保平安的啊，看看那些姐姐们脸上的红疙瘩，你真好意思说出口的！”许薇然自然是那些声讨人之中的主力，即使她根本没有拿香囊，话语出口却是比任何人都狠毒。

刘怡气白了一张脸，眼眶下面都是一片黑青，很显然这几日都没睡好。那些花粉过敏的人不能出宫，不过这些没感染上的，却是替她们出气了。刘怡如此做，不是要与全后宫都为敌吗？真是吃了熊心豹子胆！

“皇后娘娘明鉴，臣妾真的没有做那种事情，更不知道那些荨麻是从哪里来的。臣妾恳请皇后娘娘明察，一定是有人在香囊里动了手脚，栽赃给臣妾的！”刘怡实在是坐不住了，她一下子跪倒在地，冲着上座的沈妩行了个大礼，声音里透着几分坚定。

沈妩手里把玩着一块玉石，慢慢地抬起眼皮看了她一下，又轻轻地垂了下去，不置一词。

沈妩的沉默，似乎是某种信号一般。一旁的许薇然早就等在旁边了，立刻冷笑出声。

“佳嫔，您可真是贵人多忘事啊！当初这些香囊可都是你亲手缝制的，不少人都瞧见了，并没有人帮你。未经过旁人的手，这香囊里的东西自然都是你准备的，何来栽赃一说？”许薇然的声音有些尖锐，语气咄咄逼人，根本不允许刘怡有任何逃脱的余地。

“这月锦缎是在库房领的，香料和花瓣也都是宫人准备的，我缝制了那么多日子，也没得花粉过敏。那些妃嫔们凑在一起说话，那么长时间，都平安无事。肯定是最后出了什么问题！”刘怡紧蹙着眉头，她开始一点点回忆，并且有理有据地分析起来。说到这里，她忽然停了下来，似乎是抓到了什么重要的内容一样。

“将香囊封口的活计，不是臣妾做的。臣妾交给了身边伺候的宫人！皇后娘娘明察，去把她们抓来问问，是不是有人陷害臣妾啊！”刘怡并不笨，她一下子就猜到了可能是身边人搞的鬼，因为月锦缎和香料她都接触过了，而且在御花园缝制的时候，也没有人出现问题，所有的矛头都指向了最后一道工序。

她现在无比悔恨，为何当初没有再勤快些坚持一下，这样也不会让人钻了空子。

可惜她这几句话，却成了旁人攻击她的新矛头，连自己身边的人都处理不好，一切都只能说是活该了！

“佳嫔，你也真够逗的，满口胡言乱语，前后矛盾。这香囊不是你亲自完成的吗？怎么这会儿又变成了有人帮你了！谁信你哪！”许薇然依然不依不饶的，她的脸上全部都是嘲讽的表情，话语也极其尖酸刻薄。

大殿内到处都是征讨和指责的声音，刘怡颓然地跪坐在殿内，原本想要求沈妩替她翻案的想法也彻底消失了。她抬起头，扫视着殿内那些声讨的妃嫔们，一个个都急红了眼眶，嘴巴一刻都不停歇。

那些喧闹而尖锐的声音，全部都挤进刘怡的耳朵里，像是一把把剪刀戳刺到她的心底，让她的大脑变得空白起来，周遭的人影似乎都变得模糊了，只有那一声声责怪越来越吵闹。

沈妩坐在凤椅上，精巧的玉石在手指间翻转，她已经预见到刘怡以后的日子必定是凄惨无比，当然她也不会出手帮助。

“皇后娘娘。”就坐在右手边第一个位置的斐安茹轻声开了口，她面对着沈妩，声音不算高。

那几个吵闹得厉害的人自然没有听见，只有位置靠得近的才听清楚了，都把目光投射到她的身上。崔瑾坐在她的对面，听到她的声音时，脸上露出几分惊诧。很明显斐安茹是出声提醒沈妩，不要让这些人太过分。

沈妩轻轻挑了挑眉头，这已经是第二次，斐安茹想要帮助刘怡了。

“好了，都别吵了。凤藻宫不是菜市场，公道自在人心。今年的避暑之行马上要开始了，本宫也要好好准备一番。都收敛一点，别闹到皇上的面前，否则到时候本宫可不会保你们！”沈妩轻轻地挥了挥手，脸上的神色十分清冷，态度也是拒人于千里之外，显然是不准备插手这次的事情了。

沈妩这几句话轻飘飘地抛出来，不少人已经明白了她的意思。皇后娘娘不会管这事儿，不过听在众人的耳朵里，就像是她也支持这样一般，颇具推波助澜的意味。

跪坐在地上的刘怡总算是回过神来，她深吸了一口气，脸上全部都是难以置信的神色。自从皇后回宫之后，皇上就不再召幸她们这些人，即使偶尔见面，也只是说说话而已。

刘怡自认为没有得罪过皇后，沈妩整治人不留脸面的名声早就在后宫传开了，所以她虽然没有见识到，却也始终小心翼翼地避让着。却不想沈妩竟是如此态度，身为皇后遇到这种事儿，本来就该让人查清楚了再来做定夺，而不是把她一个人丢给后宫这些女人折磨。

“皇后娘娘，臣妾真的是无辜的，您若是不理会，日后将会有无数的妃嫔们遭受这样的待遇，那后宫岂不是翻了天？”刘怡就像是在水中扑腾的溺水者一般，仍然不死心地想要抓住最后一根救命稻草。

待她说完这句话之后，坐在一旁的斐安茹就长叹了一口气，沈妩是出了名的吃软不吃硬。刘怡这几句话，只会让她更反感罢了。

“本宫如何治理后宫，根本不需要你来多嘴。原本这事儿本宫真的没打算管，不过既然佳嫔已经把话说到这份儿上了，本宫要不出来主持公道，还真说不过去！”沈妩的面色一沉，眸光森冷地看向刘怡，语调渐渐抬高，显示着她的怒气。

殿内忽然就安静了下来，沈妩自从回宫之后，就做惯了上位者的姿态，已经很少当着众人的面发火了。可是这回，任谁都瞧出了她心情欠佳，而且还不准备给佳嫔留脸了。

不少人都跟着抖了一下身体，不知道是紧张的还是兴奋的。不得不说，看皇后娘娘发火，如果不是承受怒火的那人，其他人的心理无非两种：一种是同情的，另一种就是觉得畅快。此刻刘怡几乎成了后宫的公敌，当然其他人心里头是盼着沈妩发火的。

“本宫想问佳嫔一句，得成比目何辞死，愿作鸳鸯不羡仙。这是什么意思？”沈妩轻轻抬起了眼睑，若有似无地看了一眼跪在殿中央的佳嫔，声音里波澜不惊，与方才发火的判若两人，似乎已经消了火气。

沈妩的话音刚落，佳嫔的身体就跟着一抖。她浑身开始冒冷汗，心底终于开始后悔自己方才所说的最后一句话了，可是为时已晚。

对于皇后所念出来的这句话，不少人都跟着挑了挑眉头。又是比目鱼，又是鸳鸯的，都是成双成对的。不用说这是一句情话了，沈妩却拿这句话来问刘怡，难不成这是佳嫔写的？

“怎么，不敢说了？你给各宫妃嫔的香囊里，放的都是摘抄的佛经，怎么送给皇上的香囊里，却放了情诗呢？”沈妩等了片刻，依然没有听到刘怡说话，便冷声地开口揭穿。

底下立刻就是一片议论纷纷，一个个看向刘怡的眸光里，更加冰冷犀利，似乎要化成无数把刀子把她刺穿一般。

“而且杜院判特地检查过了，皇上的香囊里头，除了花瓣和香料，可是没有那些能花粉过敏的东西。你这是为了成为比目鱼和鸳鸯，要把全后宫的妃嫔都折腾没了吗？”沈妩冷笑了一声，根本不准备放过她，继续朗声说道。

她这最后一句话，就带着自己的偏向了，她也站在那些女人一边，想要向刘怡寻仇。

沈妩说出来的话语，要比许薇然的高明多了，语气还是那么平平淡淡，丝毫没有尖酸刻薄的意味。不过引起的效果，却要比许薇然的好太多。

果然她的话音落下，殿内的气氛再一次高涨起来。那些女人严阵以待，就像是准备上战场的士兵一样，见到仇人分外眼红。

“本宫的话就说到这里，凡事讲究证据。佳嫔，这可是你自己要做香囊的，没人逼着你。出了问题自然要你自己解决！”沈妩扔下这几句话，挥了挥手示意她们退下，随后站起身来先进了内殿。

沈妩的背影消失在外殿里，那些吵闹声就陡然变大了，三三两两往殿外走去。

明音留在外头看了一会子，直到送走了最后一位妃嫔，才慢慢地走进内殿来，向着沈妩汇报消息。

“然美人请了好几位妃嫔去她宫里头喝茶，估计是商量整治佳嫔的对策去了。”明音凑近沈妩的耳边说道，今天这样的局面，是沈妩早就策划好的。

佳嫔既然做好了要讨好后宫所有人的准备，就必须要明白一个道理，若是失败了，她就得接受后宫众人群起而攻之的结果。现在，也不过是刚开始而已。

许衿那几个得了花粉过敏病症的妃嫔，还未能从寝殿之中出来。待她们的身子好了，才是刘怡真正受难日的到来。

“娘娘，良妃娘娘要见您！”明语快步走了进来，轻声地通传了一句。

沈妩的眉头直接挑了起来，她对斐安茹这两次解救刘怡的行为，感到十分不解，同时也十分不满。

“本宫正好也有事儿要问她。”沈妩边说边走了出去，显然她准备在外殿接见斐安茹。

在沈妩的印象里，斐安茹一直都是聪慧的，虽说她俩曾经闹得很不愉快，不过却也都彼此克制着，桥归桥路归路，未曾再发生冲突。难不成这回因为佳嫔，斐安茹要转变了？

沈妩心中带着疑惑走到了外殿，斐安茹已经被请进来，坐在了椅子上。看见沈妩出来，便站起身来冲着她行了一礼。

“不必多礼了，究竟是什么重要的事儿，让良妃去而复返？”沈妩一挥手便示意她起身，慢悠悠地挑了斐安茹对面的位置坐下，声音依然还透着清冷，并没有丝毫的拐弯抹角。

对于她的直白，斐安茹也没有意外，只是轻轻地挑了挑眉头，手里捧着茶盏却是一口都没喝。脸上的神色透着几分严肃，可能是在思考着接下来要说的话。

沈妩一直坐在她的对面，也不催促，只是安静地等着。

最终斐安茹轻吸了一口气，像是下定了什么决心一般，轻声开了口道：“对于刘怡，我本身是不屑于关注的，只不过是在用她来试探你的态度。之前先是遣散了六百多个妃嫔，德妃又折腾进了冷宫，现在换成了佳嫔。皇后娘娘，下一个又是谁？”

斐安茹最后一句问话，声音压得极轻，像是怕吓到沈妩一般。她轻轻抬起头，对上沈妩的眼眸，目光锐利，丝毫不给沈妩闪躲的余地。

听到斐安茹的问话，沈妩明显是愣了一下，转而皱着眉头思考了片刻，才轻轻地笑出声来。

“我当你是怎么了，要冒天下之大不韪，反其道行之，就为了去帮助一个小小的佳嫔，原来你是害怕本宫下一个要对付你！”沈妩冲着她眨了眨眼睛，不得不说，斐安茹的胆色经过这几年的锻炼，是越来越出彩了。

幸好皇上不宠幸她，否则要是以斐安茹为对手，沈妩还真是有的忧愁了。

“娘娘应该明白，我虽然对良妃这样的身份不稀罕，只要过得好就行了。不过斐家却对这位分宝贝得紧，我可不想被您盯上了。我无心于争宠，只盼望着在后宫里能立足即可。娘娘如此一个个逼迫旁人，这后宫里即使还有两百人，也不够娘娘折腾的！”斐安茹见沈妩愿意跟她这样深谈，脸上稍微紧张的神色也缓和了下来。

不怕沈妩跟她摊底牌，就怕沈妩装糊涂不认账。那么斐安茹就可以断定，沈妩下一个目标恐怕就是她！

077

香囊事露

面对斐安茹这样的话，沈妩轻轻笑开了。她看着对面安静等待的斐安茹，脸上的神色还是那样宁静。与之前在大殿之中，揭穿佳嫔的皇后娘娘判若两人。

“听说林将军要带着他统领的琅魔军班师回朝了，林将军在边关一向骁勇善战，为大秦建功立业。皇上之前还跟我说，林将军都二十多了，却还是光棍一个，要我为他在世家之中选一位好姑娘呢。估摸着这次回来，就能定下人选了。有时间的话，你也帮本宫看看。”沈妩并没有继续之前的话题，相反却扯到了别人的身上。

她的话语十分轻柔，脸上的笑意越发温和，抬起头看着斐安茹，像是亲姐妹之间的谈话一般，都以“你我”相称，只在最后一句话，用了“本宫”自称。

斐安茹听到沈妩这些话之后，手控制不住地抖了一下。不用沈妩说清楚，她都明白沈妩所说的林将军是谁。

“当年，妹妹你真是慧眼如炬、心地善良，恰好救助了一个乞丐。没想到这个乞丐竟然一跃成为大秦屈指可数的将军，你也算是他的救命恩人了，到时候见到了，可要好好叙旧！”沈妩轻轻歪了歪头，脸上的笑意更甚，她甚至伸长了手臂，轻轻搭上了斐安茹的手背。

斐安茹的手背有些凉，猛地接触到沈妩的手心，竟是不由自主地抖了抖。她深吸了一口气，努力让自己的情绪变得平稳，但是一切都是徒劳，她的手指一直都在发抖。

“臣妾不怎么想见他。”斐安茹努力挤出了一抹笑意，但是脸上的肌肉全部都僵硬了，此刻笑起来就显得有些狰狞，透着十足的古怪。

沈妩看着她这副坐立难安的神色，最终将手撤了回来，眼眸里多了几分复杂的神色。

“不想见他，那你想跟他在一起度过余生吗？”沈妩的声音轻飘飘地传了过来，语调十分平静。

这回斐安茹彻底惊讶了，她猛地抬起头看着沈妩，脸上全部都是慌乱的神色。

曾经让她未及笄就写出情诗相送的人，已经从原先落魄的乞丐变成了大将军。林枫实现了他的承诺，一定会在军队中出人头地，等有了本事，就要来娶斐家嫡姑娘。

可是斐安茹却失信了，她早已嫁作皇家妇。一晃都好几年过去了，她也已经十九岁了。无论是身体，还是心灵，都不再是原先那个斐家嫡姑娘。

斐安茹的嘴唇嗫嚅了几下，却没有说出一个字。沈妩与她对视着，十分安静地等着她的回答。两人四目相对，眸光里所含有的深意，似乎在彼此交锋，等着对方落败一般。

“皇后娘娘现在说这些有何用，臣妾只能待在这深宫之中，余生都只能作为皇上的妃嫔活着。”最终还是斐安茹开了口，她慢慢地笑了，笑意未达眼底，并且显得十分无力，带着几分无可奈何。

看着这样的斐安茹，沈妩的脸上忽然露出一抹欢快的笑意。果然林枫就是斐安茹的软肋，无论使用多少次，斐安茹都会乖乖就范。

“如果，本宫愿意帮助你出宫呢？”沈妩的声音压得有些低，语气却是异常坚定。

她的话音刚落，斐安茹就彻底愣在了当场，只是傻愣愣地看着沈妩，不知该作何反应。

“你说什么？”斐安茹难以置信地问了一句，她瞪大了眼睛看着对面的沈妩。

沈妩脸上的那种自信和笃定，一下子就感染了斐安茹，竟让她的心底产生了几分迫切的希望。沈妩看着她眼眸里的那种希冀，嘴角轻轻上扬，再次把刚才的话说了一遍，并且还把日后如何安排告诉了斐安茹。让她更加笃信沈妩的话。

“只要以后你不要那么多管闲事，本宫一定说到做到！”沈妩轻轻扬起了下巴，调整了一下姿势，让自己靠在椅背上更加舒服起来。

斐安茹自然明白她的意思，有了沈妩那样的保证，斐安茹立刻就点头应承了下来：“我多管闲事，无非是想留个挡箭牌在前面，既然皇后娘娘已经许了臣妾别的东西，臣妾自然不会再出来碍眼的！”

送走了斐安茹，沈妩的心情十分高涨，明显是相谈甚欢。

以后的日子，刘怡就十分不好过了，处处都有人和她作对，弄得她诸事不顺，连晨昏定省都要小心翼翼，免得在路上出了什么差错。

不过这些事情也都是小打小闹，妃嫔们一直没出撒手锏，像是在等待某种契机一般。沈妩依然闲适地等着看好戏，正如一开始她所摆出来的态度，一丝一毫都没有出来干涉。

面对沈妩这种姿态，其他妃嫔就像得了什么肯定一般，一刻不停地骚扰着佳嫔。虽然到处都是跃跃欲试的人，却总是不痛不痒的，似乎要把撒手锏留在最后一样。

很快便到了避暑之行的时候，直到启程之前的日子，后宫里仍然没有公布随行人员的名单。有不少聪慧的人，已经猜出来，恐怕这一次皇上还是只带着皇后娘娘一人，根本就没有她们的份儿。

佳嫔则急得像是热锅上的蚂蚁一般，她还想着趁此机会，能跟着皇上一起去避暑，好远离后宫和这些凶狠可怕的妃嫔们。哪里晓得皇上和皇后，又是去过二人世界的！

启程的日子定在六月初一，即使没有别的妃嫔跟随，那随行的队伍也十分长，拖到了后面像是根本瞧不到队尾一般。

出来送行的时候，佳嫔曾经一度想弄出些动静，引来皇上的目光。无奈她周围所站着的妃嫔，似乎已经猜到了她心头的想法，无论是跪下行礼，还是站起身来，都死死地夹住她，让她不好轻举妄动，只能跟随着那些人一起同进退。

直到皇上和沈妩的身影消失在宫门处，她也没有做出什么举动来吸引皇上的眼球。倒是不停地被前后左右的人夹击着，偶尔还用力推搡几下，佳嫔的处境显然狼狈不堪。

这次皇上把行宫定得有些远，沿路的风景较多，倒是的确够两个孩子看的。沈妩和皇上成天腻在一起，倒是不觉得厌烦。到了行宫之后，她也不常出门，只成日带着两位皇子游山玩水，日子过得好不惬意。

这次，她依然把兰卉留在了凤藻宫，信件来往十分频繁。她要确保了解后宫中的第一手消息。

后宫里越发地热闹起来，这还是头一回，在皇上离宫的时候，诸位妃嫔们像打了鸡血一般，整日闲逛，三五成群地说些什么话。许衿她们几个，身上的红疙瘩也消掉了。

当太医诊断她痊愈的那一日，许衿立刻便出了寝宫，往御花园走去。果然已经能够瞧见好几个倩影或站或坐在湖心亭中，每个人的脸上都带着几分笑意，像是说了什么有趣的笑话一般。

许衿轻轻眯了眯眼眸，这是她们早先就说好了的，要聚在一起，最近几日的聚会也越发频繁了。待到许衿走近，那几个妃嫔立刻站起身来，微微弯腰冲着她行了一礼。

“不必多礼，你们继续！”许衿轻轻摆了摆手，示意她们继续方才那个话题。

许薇然也在其中，她冲着许衿轻轻地点了点头，又继续说道：“这几日刘怡身边的宫女都被折腾得七七八八了，御膳房里头送过去的饭菜都不是好的，估摸着她快要撑不住了！”

她的话音刚落，立刻就有人出声附和，还有一个面露凶相的妃嫔接话道：“依我看，像她那种蛇蝎心肠的毒妇，竟想着要把全后宫的姐妹们都害死了。就应该以毒攻毒，改日若是得了闲，一定要在饭菜里下些东西送过去才好呢！”

听这人一说，有几个妃嫔的脸上明显露出了几分怯意，还没想过要下毒。她们这几人凑在一处，就是为了商讨如何整治佳嫔，其实早在皇上刚出宫那会儿，就有人按捺不住开始了大动作。

佳嫔身边的宫女，一个个犯了大错，被别宫的宫人逮到。如今皇后娘娘不在宫中，后宫一切事宜都是斐安茹、崔瑾和许衿操持的。只要抓到了佳嫔宫中的宫人，责罚必定十分严重，新换的宫人都是许衿挑的。

许衿挑的人当然不是什么好货色，都是一些因为自身有缺陷而得不到重用的宫人。她这样的举动，旁人一下子就猜到了，是要找佳嫔算账的。斐安茹和崔瑾都不想加入其中，也就冷眼旁观，随便她折腾好了。

“远妃娘娘，您看什么时候能动手？大家有些迫不及待了！”许薇然见许衿不说话，便轻声问了一句。

她的话音刚落，所有人的目光就都投向了许衿，脸上带着几分期盼的神色。这里头大多是曾经与佳嫔有摩擦的妃嫔，后宫之中就是这样，一旦有谁失势，就都想着来踩上一脚。

许衿回过神来，眼眸里闪过几分幽冷的光亮，轻轻地笑开了，低声道：“急什么，就这几日了。皇上和皇后娘娘这回去避暑，在行宫里待的日子比较长，我们也趁此机会好好会一会佳嫔，有冤的报冤，有仇的报仇！”

众人听完之后，脸上都露出了几分窃喜。有远妃在前头顶着，皇上回来的时候，如果看到佳嫔变成了一具死尸，想来也不会责怪到她们的头上来！

佳嫔坐在寝宫内的椅子上，眼神有些呆滞地看着前方，她的嘴角上还残留着一些剩菜的残渣，地上也吐了一摊，却是没有一个宫人进来收拾。殿内散发着一股子难闻的气息，显然是她吐了，那样慌乱不堪的场景，当真让人退避三舍。

她今日刚用过午膳不久，就觉得胃部翻涌难受，直到吐出来了，才让人去请太医。可惜身边能用的人也就只剩下那一个了，估摸着是这后宫的妃嫔，还不想她此刻就死去。

“主子，太医来了。”一个小宫女撩着帘子走了进来，身后跟着一个比较年轻的太医。

佳嫔回过神来，下意识地抬起头来看过去，那个太医的面容是头一回见到，想来是太医院新提拔上来的。她始终坐在那里，一动不动。

“太医您先请坐，待奴婢打扫过后就好！”那个小宫女扭过脸来，对着太医轻声说了一句。

面对刘怡这副死气沉沉的模样，这个小宫女明显是习以为常了。后宫中的其他主子们，竟然头一回那么团结，只为了让佳嫔痛苦地倒台。她虽然进宫不久，却也隐约能察觉到各处对佳嫔的态度已经十分冷淡了。

“佳嫔这是吃了催吐药剂的症状，今日可有吃了什么奇怪的东西？”那个年轻的太医也不以为意，直接坐在了佳嫔旁边的位置上，将手搭在刘怡的手腕上，一边仔细地诊脉，一边认真地说道。

那个小宫女已经将呕吐物处理好了，此刻听到太医如此说，脸上露出几分惊讶的神色。

“我们主子这几日心情不好，食欲不佳，只午膳用了小半碗汤。还有半碗在碗里，奴婢拿给您瞧瞧！”她快速地说了几句，便立刻小跑了出去。

过了片刻就端了汤碗过来，送到了太医手边。太医接过，用筷子翻了两下，鼻尖又凑上去轻嗅了一下。

“虽然用量比较少，不过微臣还是看出来了，这汤里头混含着藜芦和夹竹桃。微臣待会儿开一个药方来，您一日三次服下即可！”那个小太医虽说是新来的，却也不多嘴多舌地瞎打听，只是走到一旁书桌边上，匆匆写了一张药方交给那个小宫女，便退下了。

佳嫔照着那药方喝了两日，呕吐的症状非但没有减轻，相反还越发严重了。到了最后，她也不再喝了，直接放弃。药停了之后，她又有了新毛病，那就是拉肚子，每日如厕都快要脱水了一般。

七月底的时候，佳嫔整个人已经形如枯槁了，瘦得快不成人样了。许衿也终于决定要对她出手了。那几个经常凑在一处讨论如何折磨佳嫔的人，一听到这个消息之后，立刻两眼冒光。显然她们等这一日，已经许久了。

对于后宫的消息，皇上一直是不闻不问的态度，所以根本就不知道此刻的后宫，早已闹翻了天。沈妧心里头有数，看了兰卉的书信也就当个消遣罢了，却每日都要与皇上厮混在一起。花前月下，只要是风景秀丽的地方，到处都有他俩的身影。

一般跟出来的朝臣，也不敢多说什么，只是每日都得细细打探，这两位主子又霸占了哪里的美景。那里就绝对成为禁区，尽量不去打扰，否则哪日皇上兴起了，说不准就来找麻烦了。

此刻大秦的后宫里，则在某一座宫殿之中，进行了一场氛围紧张的对峙。许多宫人将宫殿团团围住，由许衿带领的一帮妃嫔，婷婷袅袅地走了进来，一个个面带笑容，眉目含春，似乎是上门道喜一般。

只不过全后宫的人都知道，她们并不是来道喜的，而是来讨命的！

刘怡就坐在外殿的主位上，见到那些人进来，也没有任何动作和表示，只是愣愣地看着外面，似乎已经完全痴傻了一般。

许衿一进来就瞧见了她这副晦气的模样，秀气的眉头立刻就紧紧地蹙起。脸上不耐的神色越发明显，看向佳嫔的眼神也十分不善。

“哟，刘怡，你可真是吃了熊心豹子胆了，这里头如此多的人比你的位分高，你竟然不站起来行礼？”许薇然瞧见她这副样子，不由得冷笑着开了口，声音里充满了十足的嘲讽意味。

刘怡依然没有任何反应，还是目视着前方，身体一动不动，颇有老僧入定的意味。

许衿咧开嘴巴笑了笑，她随便挑了一张椅子坐下，看都不再看刘怡一眼，只是对着身旁那些一同前来的妃嫔说道：“行了，既然佳嫔不想跟诸位废话，那么大家也不用顾及姐妹之情了，就按照先前说好的，有冤的报冤，有仇的报仇！”

那些妃嫔一听这话，立刻就像是得了什么宝贝一样，满脸带笑。这种气势汹汹一起逼迫某一位妃嫔的感觉，实在是太爽了！平时潜藏在心底的阴暗，会在此刻被引诱出来。看着同行者脸上颇为残忍的笑容，心里只觉得有一种扭曲的舒爽感觉。

“各位好姐姐，大家想必都知道我与佳嫔不合，每日看见她一脸故作清高的表情，我这心里头就难受得要命。不如各位赏个脸给我，让我头一个来如何？”许薇然一下子站了出来，她的脸上带了几分跃跃欲试的表情。

“成，你来吧，不过我估摸着你整治过后，都不需要我们出手了！”有几个喜欢瞧热闹的，也没准备真的上去，便开了几句玩笑。

谁都知道许薇然可是后宫里唯一会些拳脚功夫的人，这要是真的折腾了刘怡，也不知能坚持多久。众人边说边笑，纷纷往后退了几步，似乎等着看许薇然如何应对。

只见她慢悠悠地走到了刘怡的面前，刘怡的脸上还是一副痴痴呆呆的神色，眼神里没有焦距，丝毫没有因为许薇然到面前来，而露出紧张的模样。

许薇然抬起双手，轻轻地将衣袖挽起，露出一双柔嫩的玉手来。她低垂着眼睑，看向眼前的人，那种俯视的态度，让她心底那种暴虐的情绪，疯狂地滋长着。

她毫不犹豫地扬起手，直接凶狠地扇了过去。“啪”的一声脆响，在内殿里回响起来。刘怡整个人都歪向了一边，上身直接扑倒在旁边的桌面上，两眼发黑，耳朵里嗡嗡作响，一时分不清东南西北。

殿内正嬉笑的众人，全部都惊呆了。她们原本只是抱着看好戏的心情，调侃几句而已，没想到许薇然竟然真的下这样的狠手。因为刘怡扑倒在桌面上，所以众人也瞧见了她那凄惨模样。

被折磨了一个多月，刘怡的面色已经十分苍白了，此刻被打了之后，整个左脸颊都红了一片，留下一个清晰的巴掌印。刘怡的嘴角上，也渗出了些许的血丝来，瞧着怪恐怖的，只不过才是第一个巴掌而已，就让刘怡吃了这样的苦头。

许薇然并没有理会旁人的反应，而是沉浸在方才打人的愉悦之中。因为方才那一巴掌几乎用了全力，她的手掌都在颤动，带动着手臂也跟着震颤起来，那并不是紧张或者害怕，而是强烈的兴奋感。

因为打了刘怡，许薇然从心理上获得了无比的满足感。她的大脑还没有分析出原因来，身体已经做出了行动，直接抬起一只手拉住了刘怡的衣领，把她拉得再次坐直，面对着自己。

许薇然丝毫都没有犹豫，再次扬起手开始左右开弓。“噼啪”的巴掌声，异常地响亮。许薇然的身体跟随着甩巴掌的节奏，左右地摇晃着，而且动作越来越快，丝毫没有要停下来的节奏。

众人看着她的背影，竟是觉得比往日要魁梧了许多。许薇然完全遮住了刘怡的身影，所以众人并没有看到，佳嫔现如今究竟变成了什么模样。但是耳朵里听着那样清脆的巴掌声，再加上许薇然来回晃动的背影，几乎所有人都胆寒了。

佳嫔一开始被打，完全蒙掉了，直到许薇然发狠地连甩了几个巴掌，她才反应过来。这许薇然真的是疯了，究竟有多恨她！照着这个架势，是要一直甩下去，不准备停下了。

刘怡也终于做出了反抗的动作，她猛地抬起手来，推了一把许薇然。哪知许薇然方才一直低着头，眼睛一眨不眨地盯着她，全神贯注地在观察着她的动作。刘怡稍微一动，她就猜到了下一个动作。

刘怡的手抬起来刚触碰到许薇然，双手就被许薇然一下子抓住了，猛地拉了起来，顺手就朝地上一摔。

刘怡还没反应过来，身体已经狠狠地撞在了地上。此时是夏季，地上连地毯都没铺，再加上伺候的人偷懒，这地上已经积了一层灰，当刘怡摔倒在地的时候，空气中还扬起一些灰尘。

许薇然看都没看她，直接扬起脚就踹了上去。

“啊！”这回刘怡叫出了声，正好踹在了她的胸口上，似乎已经把她的半边酥胸，给生生踩掉了一般，那种尖锐的疼痛感，立刻就传遍了四肢。

许薇然并没有被她这声叫唤所吓到，心里也没有丝毫同情，抬起脚就开始用力地踢过去。刘怡这回是真的没力气从地上爬起来反抗了，就这么蜷缩着身体，双手护住头，高声尖叫着承受许薇然的又踢又踩。

绣花鞋在她的裙衫上留下一个个脚印，很快就没一个干净的地方。许薇然似乎真的是踹上了瘾，她脸上的表情近乎疯狂，看着抱头躲避的刘怡，心里头似乎得到了满足，就像是完全主宰着刘怡一般。

许衿看着许薇然那副残暴的模样，眼睛轻轻眯起，闪过几分不快的神色。显然这位同样姓许的人，在她的心底留下了一个非常不好的印象。要打要杀来个痛快就好，这样亲自动手慢慢折磨别人，还如此毫无顾忌地表现出来，的确够让人惊悚的。

周围的妃嫔已经有不少面色苍白了，暗想着如果此刻躺在地上的人换成了自己，那可真是够倒霉的，恨不得即刻死去了，也不要这样地折磨。

“够了，拉开然美人！”许衿稍稍扬高了声音，语调带着几分幽冷。她素手一挥，就立刻有几个宫人走了出来，上前去拉住许薇然的手臂，将她拽到了一边。

许薇然这样又踢又踩的，自己都流下了汗水，白皙的肤色变成了淡淡的粉色，甚至在旁人拉扯她的时候，都不愿意离开。

直到她下意识地瞥了一眼许衿，才老实了下来，乖乖站在一旁不动了。

许衿看过来的眼神十分幽冷，带着几分打量的神色，她很快就撇过头去，看向躺在地上的刘怡。刘怡整个人都十分凄惨，根本就瞧不出身上裙衫的颜色，泥泞的一片，脸上也完全破了相。

此刻她就这么躺在地上，一动不动。完全没了昔日伪装出来的温和与清高，就像是一个没有生命力的布偶娃娃一般，等待着死亡的到来。

“来人，送佳嫔上路吧！”许衿手一挥，秀气的眉头紧紧蹙起。脸上的神色越发不耐，原本她也不准备赶尽杀绝的，不过刘怡活在这世上，始终是个祸害，说不准哪日就又想出了新法子折腾后宫里的人，这次只是花粉过敏，也不知下一次会不会直接丧命。

对待这样拿捏不准的人，最好的法子就是让她们永远地闭上眼睛，再也无法动弹。

有宫人端着药碗走上前来，抬起刘怡的上半身，对着她的嘴就把药喂了进去。刘怡依然没有挣扎，在她成为后宫公敌之后，这些人先是联手碾压和侮辱她的内心，让她早就神志不清，犹如行尸走肉一般。现如今又聚集众人上门逼宫，直接喂了她一碗毒药，连像样的借口都不必找，也不会有后顾之忧。

因为自从皇后娘娘回宫之后，这后宫里旁的妃嫔，就有如摆设一样，丢了一两件皇上是不会在意的。说不准还能心底窃喜一番，又替他节省了后宫开支！

许衿看着她把药喝了，让两个宫人留下来替她收尸，便站起身准备离开。刚走了两步，许衿像是想起了什么，就抬手指着许薇然，低声道：“都回宫吧，不要在这里折磨她了，死者已矣！”

她这话虽然是对众人说的，但是无论是从姿势还是神态，众人都知道她是对着许薇然说的，语气里甚至还带着几分警告。

078

皇上告白

几日之后，沈妩收到一封信，她轻轻拆开，待看到里面的内容时，秀气的眉头不由得挑起来。

佳嫔，死了。

她又看了两遍，似乎在确认着什么。沈妩的手指捏着那薄薄的信纸，一时之间愣在了当场。过了好半晌，她才回过神来，脸上的神色还有些恍惚。

无比讽刺的是，佳嫔这样的死法，与她前世竟是那么相像。同样都是好多位妃嫔上前逼宫，如果当初不是沈妩选择了自行了断，恐怕也是要喝毒药而死的。

当这个消息传到皇上耳朵里的时候，他也只是轻轻地挑了挑眉头，对着李怀恩轻声吩咐道："依照礼法下葬吧，让良妃她们几个操持一下！"

李怀恩应承了一声，便立刻去吩咐了小太监，把这话传出去。沈妩不由得抬眼看了一下，男人脸上的神色十分平静，显然是不准备为了佳嫔回宫。

虽说表面上皇上依然十分沉静，没有受到任何影响，但是他忽然看了看餐桌上的菜肴，眉头紧紧地蹙起，似乎对这桌上的菜并不是很满意。

"阿妩，我们喝酒吧？这大热的天就该好好喝几杯！"齐钰手撑着下巴，忽然就这么说了一句，而且是陈述的口吻。

他抬起手一挥，立刻就有人跑去小厨房找酒了。沈妩不由得挑了挑眉头，她偏过头看向坐在身边的男人，仔细打量着他脸上的神色。

皇上要酒过来，是想着借酒消愁吗？还是说他真的对刘怡上了心？但是刘怡死了，又不曾见他有任何伤心的地方。

沈妩沉浸在自己的思绪里，皇上对于刘怡的态度，是否就像曾经对待她那样？当然她和刘怡的得宠程度不同，不能完全相提并论。

“看什么看，朕的脸有那么好看吗？”对于沈妩那样专注的目光，齐钰自然是发现了，他抬起头来，伸出手捏了捏沈妩的鼻尖，脸上带着几分亲和的笑意。

沈妩怔怔地看着他，齐钰这副模样，倒真的不像是借酒消愁。他笑得十分轻松，眼角眉梢都带着笑意。

齐钰见她笑了笑没有回答，也不强迫，恰好酒壶被端上桌。齐钰的眼眸一亮，似乎已经等了许久一般。他亲自执起酒壶，斟满了两个酒杯，递了一杯给沈妩。

“来，举起酒杯！”男人冲着她再次笑开了，露出了一排洁白的牙齿。声音温润，就像是在哄着她一般。

沈妩闹不清他葫芦里究竟卖的是什么药，也不好私自揣摩，便举起酒杯就要与他碰杯。哪知皇上却是一下子抓住了她的手腕，轻轻地拉着她的手臂，圈过他自己的手臂。

男人的目光一直认真地盯着酒杯，似乎是怕这种大动作，会把她手里的酒洒出来一般。沈妩就这样注视着他，男人的眼睑轻轻垂下，动作一直都是小心翼翼的，直到两个人钩住了对方的手臂，他才轻轻地舒了一口气。

“男女双方成亲的时候，洞房花烛夜那一晚，合卺酒就要这么喝。阿妩做了皇后这么久了，我倒是一直都忙忘了，现在就把这杯酒补上。你是我的妻子，我是你的夫君。我们共同喝了这杯酒，就要同舟共济，不要弄得像先皇和母妃那般才是！”皇上说最后一句话的时候，声音压得有些低，脸上的笑意也僵了几分，显然是想起了什么不好的回忆。

沈妩的眸光闪了闪，心里有了几分猜测。或许皇上要酒来喝，并不是为了刘怡，而是透过刘怡的死，想起了自己的母妃。当初的黎妃，也是墙倒众人推的局势，后宫那些女人都是势利眼。

“我入宫之前，娘亲曾经带我去算过命，那算命先生说我有旺夫相。所以齐钰你不能抛弃我，当大秦的皇上是你的时候，皇后之位就只能是我，才可保大秦繁荣昌盛！”沈妩抬起另一只手握住了他的手，脸上的神色带了几分正经的意味。

皇上方才的话之中，也是以“你我”相称，这还是头一回他不再自称为“朕”。沈妩听他这么说，胆子也大了许多，直接跟着称呼起来。不过她这几句话里面，怎么听都觉得是无赖和威胁的成分较多，安慰倒是没有听出来。

齐钰微微愣了一下，转而反应过来之后，才猛地笑出声来。身体晃动了起来，就连手中的酒杯都跟着震颤着，里头的酒水来回摇晃着，险些洒了出来。

“朕已经有多久没听到本名了，齐钰，还是阿妩叫得最好听。以后没人的时候，就多叫两声吧，免得朕都不记得自己是姓齐的！”皇上总算是停下了笑声，他抬起头来，满脸欢喜地看着沈妩，轻声提着要求。

沈妩的视线仍然停留在他的脸上，或许是因为方才笑得狠了，男人的脸上竟开始泛起红晕。好像还没有喝酒，他就已经醉了一般。她的眼睛轻轻眯起，现在的皇上与平时那挑剔的模样，简直判若两人。

“好，皇上喜欢就好！喝酒吧。”沈妩点了点头，她轻轻地动了一下手腕，碰了碰男人的手臂，在示意他赶紧喝酒。

两个人端着酒杯，举了半晌，手指都跟着发麻了。

齐钰看着她，眼神异常地明亮。两人同时举起手臂，将头凑过去。酒水进入口腔之中，带着几分淡淡的桂花香，显然这是桂花酒。转而滑过喉咙，进入胃里，没有其他酒的辣味，唇齿间都溢满了清香，回味无穷。

“再来！”皇上似乎很喜欢这桂花酒的味道，杯子刚放下，他又执起酒壶替自己斟满了。

沈妩还没说话，男人已经开始自斟自饮起来。还好那酒壶并不是很大，不过皇上却是一口气喝完了桂花酒，他的整张脸都泛着浅粉色，连耳根都红了。

“都已经没了吗？”皇上晃了晃空酒壶，里面一点声音都没有，有些失望地把酒壶丢到了一边，脸上带着几分不耐的神色。

几个宫人就侍立在一边，李怀恩有些踌躇地看着桌上那空酒壶，他在考虑要不要让小厨房再送来一壶。可是瞧着皇上那副模样，如果要真是喝醉了，应该很难办吧！

沈妩在皇上喝酒的时候，并没有开口多说什么，只是偶尔让他喝得慢些。男人抬起头来看着她，眼睛亮得惊人，显然他十分清醒，甚至比平时还要兴奋许多。

“阿妩，还好你不是柔弱善良的女子，不然我一定已经失去你了！”男人手执着空酒杯，脸上的神情异常柔和，他的眼睛一眨不眨地看着沈妩，似乎是在确认着什么。

沈妩一听到这话，心跳猛地快了一下。脸上的神色有些僵，她有些犹豫地对上皇上的眼眸，男人的眸光里坦坦荡荡，方才那句话就像是偶然有感而发一般。

“别怕，我原本是喜欢柔弱善良的女子的，就像母妃一样。可是母妃太脆弱，一碰就碎了。佳嫔进宫之时，我以为能遇上一个像母妃一般的女子，是极其幸运的。不过她终究不是，画虎不成反类犬，朕连碰都没碰过她，只觉得她配不上！”齐钰以为沈妩是误会了他话语里头的意思，便再次开口安慰她。

李怀恩听着皇上这些话，知道都是掏心窝子的，他们这些奴才最好少听为妙。便抬起手挥了挥，带头走出了内室，都留在门外候着。

沈妩轻轻松了一口气，不知为什么，刚才听到皇上说没有碰过佳嫔之后，她的心里竟是产生了一种解脱的感觉。上辈子的她，和刘怡终究是不一样的。

沈妩依然没有开口，只是温柔地看着他，似乎在无声地鼓励他说下去一般。皇上所说的这些话，已经提到了黎妃。对于皇上的生母，这个话题显然是敏感的。胆敢评判黎妃的，现如今估摸着除了皇上自己以外，已经没有旁人了。

“你看，她现在跟母妃的结局一样，都是被人联手逼死了。母妃比她好上数百倍，也难逃一劫。父皇曾经口口声声说爱她，会保护她，可是最后还是无能为力。我曾经不理解父皇，现在已经有些体会了，父皇不可能每时每刻都陪在她的身边，去爱她去保护她。身在最高位，大多数时候都是身不由己。”他的声音渐渐压低，像是呢喃一般，他的双手托着下巴，这个动作由他做来，显得有些滑稽。

气氛变得有些凝重起来，皇上的精神明明十分亢奋，说出来的话也很多，可是脸上却没了笑意，相反还多了几分忧郁。

沈妩看着他那张脸，一时之间有些愣神，皇上似乎沉浸在一种伤感的氛围之中，这样的脆弱也不属于他，是沈妩从未见到过的。她情不自禁地抬起双臂，轻轻搂住他，似乎想要安慰他一般。

齐钰将头搭在她的肩膀上，双手从她的后腰穿过，最终紧紧抱住了她的身体。

“阿妩，还好你很坚强，你很聪明，手段也很厉害。不然在我没有爱上你之前，说不定你已经没了。”男人的话语断断续续地传来，他从不轻易为了女人破例，可是从沈妩入宫开始，他就一直在为她破例。

他也不明白什么是爱，可是怀里的这个女人，被人设计出事儿的时候，他都有一种心惊肉跳的感觉。现在他对那些妃嫔视而不见，整个人的眼里，就只能装得下一个沈妩！

刘怡的死，让皇上想起了黎妃，先皇没有守护好黎妃。所以齐钰也在害怕，若是沈妩也是这样的性子，或许他还没来得及明白自己的心意，沈妩就离他远去了。

沈妩和他搂在一起，耳边不时地传来皇上说话的声音，搭在她后背的两条手臂，十分用力，显然是皇上有些害怕了，似乎是怕失去她一般。

皇上还在表达着自己的意思，他在庆幸沈妩不是和他母妃一般的女子，否则定是被这后宫的妃嫔们，联手弄死。听着耳边的一声声呢喃，沈妩微微失神。没想到这一世，有刘怡的出现，也并非全是坏事儿，皇上竟然通过刘怡的死，联想到了这么多。

她抬起一只手，轻轻地顺着男人的后背，安抚性的摩挲着。不知为什么，明明沈妩已经被逼死过一回了，但是听到了男人此时所说的话，她竟然一下子平静了许多。曾经的那股子愤恨，似乎也慢慢消融了。

沈妩的掌心紧贴着他的后背，胸口处沾染了他偏高的温度，慢慢袭遍全身。就在这一个瞬间，她甚至都有些搞不清楚，重活这一世，究竟是为了复仇而来，还是为了谋取这个男人的心而来！

当皇上的口谕传到后宫的时候，不少妃嫔都慢慢放下了心。虽说刘怡的位分并不算高，但是总归是如此光明正大地弄死了人，难免会有些心虚。现在皇上和皇后根本不回来处理，只让人按着位分下葬，明显就是不会追究了。

直到八月底的时候，皇上一行人才回宫来。林枫将军率领琅麾军也即将启程，前往京都。

这一次边关将士的凯旋休整，皇上显然十分重视，刚回宫就召集了各路大臣，开始商讨着迎接事宜。

这样的大事儿，早已传遍了大秦上下，琅麾军的领将林枫将军，更是成为了街头巷尾的大英雄。这位林枫将军已经二十好几了，偏偏还是光棍一条，连个侍妾都没有。不少世家大族就开始动起了脑筋，想要将自己家的姑娘嫁给他，纷纷派人探查他的家世，想要讨好他的家中人。

哪知这不查不要紧，一查才觉得这林枫分明就是铜墙铁壁。有几家查到了林枫是在两广那边参军的，甚至也知道是两广总督斐家收留的林枫，可是这京都距离斐家那么遥远，而且也不知林枫还认不认账了，即使想去打听一些林枫以前的喜好都十分困难。

毕竟林枫离开斐家，已经有五六年了，从一个弱冠少年，成长为了一代名将。这种将领级别的人物，为了不让敌方摸透有机可乘，都会将自己的喜好掩藏起来，甚至直接抹杀掉。

沈妩回来之后，后宫里一直十分平静。因为出了刘怡那事儿，不少人还处于心有余悸之中，谁都不敢在这个时候逞能，免得触了皇后娘娘的霉头。

沈妩却是忙碌了起来，皇上让李怀恩带人抬来了好一口大木箱子，里头存放着各大世家已经及笄却依然待字闺中的姑娘名册。从家世、祖籍都陈列得清清楚楚，这么一瞧倒像是替皇上选秀那般隆重。

“皇后娘娘，皇上说上回跟您提过，要您替林将军选将军夫人。这些适龄的姑娘名单都在，皇上让您挑出几个顺眼的，再给林将军自己挑！”李怀恩行了一礼，捏着嗓音将齐钰的口谕说了一遍。

沈妩看着脚边的箱子，眉头不由得跳了跳。她挥了挥手，让李怀恩退下去，自己则坐到了椅子上，随手翻了翻名册。

她长叹了一口气，皇上还真的想要当这媒人。以前皇上在她面前提起的时候，她就没当回事儿，现在都派人把名册送过来了，足以见得对于林将军的婚事，皇上这次势在必行，一定得让他娶上了媳妇儿才能走。

“去把良妃找来吧！”沈妩丢了手中的名册，靠在椅背上，脸上露出几分疲惫的神色。

当初她和斐安茹谈条件的时候，可还是拿这位林将军来当挡箭牌的。如果沈妩就这么把将军夫人挑选出来，斐安茹非跟她翻脸不可。

斐安茹进来的时候，脚步先是顿了一下，才慢慢地走到沈妩身边，轻轻地行了一礼。

沈妩将伺候的宫人都挥退了，手指了指身旁的椅子，示意她坐下，直接开口道："皇上让给林将军选将军夫人，名册都在这里了。你有什么法子能制止？阻止得了才能想下一步，或者你有更好的方法，可以一劳永逸地出宫，与林将军双宿双飞？"

沈妩这几句话说得十分直白，她单手撑着下巴，看向斐安茹的眸光十分坦荡，显然是在等她来说。

面对沈妩如此不兜圈子的话语，斐安茹明显愣了一下。过了片刻才回过神来，她的眼神停留在那一口大木箱子上，脸上的神色忽明忽暗的。

"我也不问你是否已经跟林将军取得联系了，琅魔军很快就会到达京都，他们要在京都待上半个月，我至多帮你拖一半的时间。皇上那边催得紧，你自己看着办。如果彼此都还记挂着，你要出宫的话，我可以助你一臂之力。如果林将军不愿意了，出宫与否在你自己定夺！"沈妩看着她这副模样，知道一时半会儿斐安茹也无法给出答案来，索性就放宽了期限。

一切都由斐安茹自己定夺，在这种选择方面，沈妩是不会插手的。

斐安茹点了点头，神志看起来已经有些不清醒了，显然是心底在盘算着这件事儿。沈妩不再留她，让宫人进来送她出去。

琅魔军的速度十分快，九月初八就已经到了京都。齐钰率领文武百官，亲自于宣武门迎接这些将士。皇上对林枫更是态度亲和，当初林枫这将军的位置，还是他亲自用八百里加急的奏折选任的。

今日也算是头一回见到这传说中的将军，林枫身穿一身黑色的铠甲，皮肤晒得黝黑，眸光倒是异常地坚定。齐钰一眼看过去，心里头便涌起了几分满意的情绪来。

不愧是在边关里磨炼出来的将军，不靠家世和后台，仅凭着一己之力，慢慢地夺得这将军之位，的确是个硬汉子。

皇上并没有久留他，而是让他赶紧回府去休息。皇上早就赐了府邸给林枫，奴仆成群。

晚上便是大宴群臣的时候，因为皇上的旨意，沈妩在后宫里也开了一场内眷的酒席。不过往常总是命妇较多的位置上，却大多坐了年纪较小的少女。沈妩率领着众妃嫔到场的时候，眼皮一抬大概地扫了过去，一眼就看见了封茜带着沈灵。

她的眼眸轻轻眯起，沈灵今日打扮得十分俊俏，不知不觉间，这个小丫头也长大了，开始谋划亲事了。似乎是察觉到她的目光，封茜恰好抬起头来，冲着她轻轻耸了耸肩膀，示意她也是无奈。

酒席上依然还是那样热闹非凡，沈妩只是带着她们喝了两杯果酒，就坐在上头随便她们自己吃了。她的眼神一一扫过这些人，最终停留在斐安茹的身上。只不过几日而已，斐安茹的面色就变得憔悴起来。

她的身子从入宫之后就不大好，这几日都没有休息好，整日心里头就盘算着这些，自然拖累住了。即使脸上抹了胭脂，也遮不住面色的难看。

一个宫女从门外走了进来，沿着墙角走到了斐安茹的身后，弯下腰靠在她的身边，似乎低声说了些什么。只见斐安茹的面色倏地一变，像是遇上了什么大事儿一般。

她下意识地抬起头，朝着主位的方向看过去。恰好与沈妩四目相对，斐安茹的嘴唇张了张，似乎想要说什么。沈妩却是冲着她勾了勾嘴角，便低下头去，继续夹着盘子里的菜。

待她再抬起头来的时候，只在门口瞥到斐安茹匆匆离去的背影。

那一晚直到酒席结束了，沈妩才有机会和封茜站在一起说说话。沈灵被封茜吩咐着先往前走，在宫门口等着她。

“大嫂这是替沈灵看中了林将军这门亲事？”时间紧迫，沈妩也没绕圈子，直接压低了声音问了一句。沈王妃半死不活的，已经是一只脚跨进棺材里的人。沈王爷见封茜能干聪慧，索性就把后宅之事统统交给了她，也不再从自己那一帮姬妾之中寻找人了。

出身名门的儿媳妇，当然是料理后院的最佳人选！反正沈王府以后也是要交到沈安陵和封茜手中的。

封茜的脸上闪过几分焦急的神色，看了看周围，才急声道：“哪能啊，林将军那块香饽饽虽好，但是这么多人争，犯不上的。就算争得头破血流，沈灵有幸成了将军夫人，可是成亲之后呢？她是陪着林将军去边疆，还是留在京都守活寡？都是受罪的日子，要个好听的名头有什么用？”

封茜显然十分不赞同巴结林枫，还没回答沈妩的问题，就先解释起来。最后才低声说了一句：“爹看中了林将军，如果能拉拢成为沈王府的女婿，还可以让你在后宫中过得更好！”

沈妩的眉头一挑，封茜在帮人看亲事这方面，倒是眼光毒辣得很。显然她也是想着沈灵以后过得好，不然也不会在她面前说这么一长串。

“明日我就召爹爹入宫，劝劝他，嫂子你就放心吧。不过沈灵那边，你也要多叮嘱一下！”沈妩压低了声音说了几句，前来参加酒席的人，已经走得差不多了。

封茜也不好再多留，便提起裙摆快速地往宫门处走去。

当沈妩辞别了封茜，回去的路上，就看到有几个小太监迎面走过来，脚步匆匆，手里提着灯笼不停地搜寻着什么。

“见过皇后娘娘。”那几个小太监一瞧见是沈妩，连忙俯身行礼，尖细的嗓音在昏暗的环境下显得越发刺耳。

“起吧，这是在做什么呢，慌慌张张的样子。”沈妩轻轻挥了挥手让他们起来，声音里透着几分清冷。

“奴才该死，方才酒宴上林将军似乎喝多了，就说出去走走吹吹风，皇上也同意了。可是这会儿了还不见他人影，皇上就派奴才几个出来寻人。”那个领头的太监轻声说道，声音压得有些低。

沈妩的眉头轻轻蹙起，心里头忽然冒出了一个想法，不由得打了个颤。

“前殿的酒宴还没有结束？”她紧了紧身上的外衫，轻声地问了一句。站在身后的明音瞧见她这个动作，立刻抖开了一件薄披风，披在她的肩头上。

“回娘娘的话，皇上兴致正高，估计还有一会儿！”领头的太监斟酌着回了一句。

“再去找找吧！”沈妩挥了挥手，便转身离开了。

沈妩深吸了几口气，头有些昏昏沉沉的，便想着在外面走一走，让人将凤辇抬了回去，显然是准备徒步走回凤藻宫了。也不知是什么心态，沈妩的脚步净往一些偏僻的地方走去。明音几个跟在身后，脸上都露出了几分不解的神色，却都没有声张，静静地跟在她的身后。

“安茹，你跟我走吧。我就去跟皇上说我娶了娘子，只是身子不适，不宜出来见人！你跟我去边关，再也不回京都了，这样就没人能认出你了！”一道低沉而阳刚的男声传了过来，语气里带着几分安抚的意味。

沈妩的脚步猛地停下了，这后宫之中，对于真男人声音的分辨，可是十分容易的，毕竟除了皇上之外，其余的太监都是尖细到刺耳的声音。

“你再让我想想，我——”斐安茹的声音传了过来，沈妩和身后的几个宫女都屏住了呼吸，生怕被人抓到了一般。

“谁！”男人的低喝声传来，还不待沈妩反应过来，一把匕首已经横在了脖子上。

对于良妃娘娘私会男人，一开始的惊愕之后，明音第一个回过神来。但是眼睛一瞥，已经看到沈妩受制于人了。周围的环境很昏暗，斐安茹既然是私会，就不敢点灯，也只有明语手里拿着一盏灯笼。

微弱的烛光隐约照亮了男人的面部轮廓，十分硬朗的感觉。沈妩轻轻屏住了呼吸，她知道这就是林枫。男人的眼眸十分明亮，即使在如此昏暗的环境下，还是闪烁着凶狠的光芒，他的周身都散发出一种杀气。

沈妩脖颈处的肌肤微微震颤着，似乎只要稍微移动一下，就能被匕首刺死。

“林枫，快放开她！”斐安茹的惊呼声传来。

林枫轻轻皱了皱眉头，转过头去低声道：“你怎么出来了？没事儿，不管她是谁，杀了这几个人就没人能出去告密了！”

他虽然这么说，不过手中的匕首还是撤了回来，脸上阴冷的神色不减。斐安茹却是连连摇头，看了一眼沈妩，才低声道："她不会告密的，如果我真的要出宫，还要靠她从旁协助！"

林枫扭过头来，将信将疑地看了一眼沈妩，眼神扫过她头上的凤簪，以及身上火红色的凤袍时，脸上的神色微微惊诧了片刻。

"她是皇后？"林枫虽然没见过皇后，不过沈妩这周身都带有凤凰图纹的衣裳可不是谁都能穿的，所以他一下子就猜出来了。

"正是，皇上已经派人来寻林将军了，将军还是速速回去吧。免得皇上疑心！"沈妩轻声开口承认，她的眼神在对面两人的身上流转，不得不说，的确算是郎才女貌。

斐安茹站在林枫的身边，脸上也不再是平日里那种镇定的神色，相反眼角眉梢都透着几分柔和。

林枫没有动弹，只是轻轻握了握斐安茹的手，眼睛却一直盯着沈妩，显然在观察她脸上的表情。沈妩自然看见了他们二人之间的动作，脸上的神情淡淡，并没有露出一丝一毫的不满。

"本宫身后的两个宫女，都是贴身伺候的，林将军大可以放心。如果你们二人决定好了，也早些通知本宫，好让我和皇上解释一些，不然恐怕他要恼了，在心底记你欺君！"沈妩再次开口，时辰真的不早了，这里指不定就会有宫人找了过来，她直白地讲这番话，既是承诺也是宽他二人的心。

"皇后娘娘如果真的能助安茹一把，末将定谨记在心，若以后沈家有任何危难，末将定当报答！"林枫拉着斐安茹的手腕，就这么单膝跪地行了一个标准的礼。

待林枫走了之后，在场的人才松了一口气，明音和明语二人连忙凑上前来仔细检查，生怕她的身上有伤留下。

"你别介意，他那人就是想到什么就说什么，沈家有皇后坐镇，定能富贵荣华到底！"斐安茹走到她的面前，轻声地解释着，脸上露出几分羞怯的神色。

沈妩冲着她笑了笑，看着她脸上那抹羞涩，心里忽然变得柔软了几分。

两人各自回了宫，沈妩坐在绣床上，妆容都已经卸下了，正准备休息。兰卉匆匆走了进来，低声通传道："娘娘，皇上的龙辇到了！"

沈妩一听便立刻起身来，拿起外衫披在身上，眼睛扫向铜镜，拿起木梳先将散乱的发髻理了理。

"皇上喝醉了。"兰卉瞧见她这副匆忙的模样，不由得低声提醒了一句。

沈妩这才放松下来，裹紧了外衫便走向外室，李怀恩和几个太监已经搀扶着皇上进来了。

"朕没醉！"齐钰半眯起双眸，脸上都是红彤彤的一片，还在口齿不清地说着自己没醉。他半抬起眼皮，看着走到面前的沈妩，两条胳膊一下子甩开搀扶着他的人，直接跌跌撞撞地扑向沈妩，一把抱住她。

先是一股清冽的酒味传来，沈妩不由得皱了皱眉头。男人怀里的温度比平时还要热，双臂死死地箍住她，像是怕她逃了一般。

“阿妩，朕的阿妩在这儿！”齐钰死死地搂着她，嘴里哼哼唧唧地念叨着，鼻子就像是狗似的，不停地在她的脖颈处嗅着、厮磨着。

男人呼吸时所喷出来的酒气，带着几分酥痒，她被抱了个满怀，动弹不得。齐钰嗅了半晌，似乎认定这就是他要找的人，便再次抬起头来，用更大的力气搂紧了她，身体朝她的方向压去。

沈妩连忙后退了两步稳住自己，看样子皇上今日是真的高兴，竟然就这么醉了。

“把皇上扶到内室去！”沈妩的头还被他箍在怀里，语调虽然扬得很高，但是声音却十分沉闷，男人手臂的力量，快要把她弄得窒息了。

几个宫人得了她的吩咐，立刻就走上前来，想要扶着他往前走。哪知齐钰根本不理会那些人，还不让别人近身，只是一味地搂着沈妩。

“都退下去吧！”沈妩挥了挥手，有些无奈地说了一句。

李怀恩和兰卉对视了一眼，只留了两个宫人守在外头，便匆匆退下了。

“走，皇上，我们去内室！”沈妩抬起双臂，搂住了男人的腰肢，有些艰难地迈开了步伐。

齐钰似乎不想动，将头靠在她的肩膀上蹭了蹭，轻声呢喃道：“不去内室，这里就挺好。我就在这里睡！还有阿妩，要叫我的名字啊，不然我又忘了自己叫什么！”

男人因为醉酒的关系，说出来的话着实好笑。此刻他蹭着沈妩脖颈的动作，就跟孩子一般无害。像是要撒娇，只为了原地站着不动。

沈妩微微愣了一下，她的心头涌起一阵阵无奈。就这么站着睡？因为她的脸还埋在男人的怀里，根本无法抬头看他此刻的表情，只好抬起手来轻轻地摸到了他的脸颊。

男人脸上的温度是滚烫的，沈妩的手掌有些凉，贴上他的额头时，齐钰还嗯了一声，似乎觉得比较舒服，又移动着脑袋往她那边凑了凑。

“皇上，你进去内室，臣妾才能叫你的名字。不然被别人听见就不好了！”沈妩轻声地劝哄着他，另一只手慢慢地拍着他的后背。

哪知皇上执拗上了，就是不进去，还扬高了声音道：“不进去，阿妩叫我的名字再进去，别的人有什么好怕的，不听话都拖出去砍了！”

齐钰边说还边扶住沈妩的肩膀，将她从怀里拉了出来，低下头猛地亲了一下沈妩的嘴唇，发出一声清脆的“吧嗒”声，就跟小孩子之间的亲吻一般，不带任何情色的意味。亲完之后，他又心满意足地抱着她，手臂上的力道丝毫不减少。搂住她的时候，就像拥有了全天下一般满足。

沈妩的脸上划过几分苦笑，真希望皇上清醒的时候，也能这么坦诚，这么护着她。

“好了，我喊就是。齐钰，我们进去好不好，外面太冷了！”沈妩边说边继续往屋子里面挪动着，这回皇上比较配合了，和她一起往里面走，不过抱着她的双手却依然紧紧地箍着，根本不肯放松。

或许真的是喝多了，齐钰好几次迈错脚，两个人跟螃蟹似的横着往里面走，还紧紧相拥在一起。男人忽然踩到了沈妩的脚，两个人都踉跄了一下。好容易才把皇上弄到内殿，沈妩身上的衣衫都湿了。

079

假死出宫

当斐安茹把决定告诉沈妩的时候，沈妩的脸上露出了几分笑意，一副意料之中的神态，她低声道：“林将军不愧是大秦的好男儿，重情义。你以后若真的能跟着他，日子肯定会过得不错！”

沈妩的手撑着下巴，唇角轻轻扬起。那日第一次见林枫，便知道他是个勇于担当的男人，更何况还能想着把斐安茹带走，不介意她曾经做过皇上的女人，那胸襟定是无比宽广的。

被沈妩这么一说，斐安茹的俏脸一红，她捧着茶盏轻轻地抿了一口，眼眸里迸发出几分热切的光芒。那是一种追求未来的目光，沈妩从来没见过她露出这样的神色。

“只是你要跟他在一起，所付出的代价也着实不会轻。你不能在贵妇圈子里抛头露面，要常年装病，甚至不能与亲人相认。而且你的一切用度，甚至以后能有命活，都得建立在林枫对你的感情不变的基础上。一旦他看上了别人，你这一切都有可能失去，甚至被人发现告密给皇上，斐家株连九族！”沈妩收起了脸上的笑意，语气严肃地替她分析利弊。

林枫能接受斐安茹，并且要在皇上面前拒绝亲事的安排，的确要煞费苦心。但是斐安茹抛弃后宫之中的生活、良妃的头衔，甚至是她背后的家族，只为了和他在一起，也算是一种孤注一掷，她所要付出的勇气，也绝对不能小觑。

沈妩的话音刚落，斐安茹的脸色也变得沉静下来，她冲着沈妩点了点头，低声道：“这些后果我都知道，他为了我，年纪都这么大了，还不曾娶妻纳妾。即使是身处边疆，但是那边也有州县长官家的姑娘，要送与他做妾，他都没要。他的这份情谊，如果我再缩在宫中当个缩头乌龟，连我都要瞧不起自己了！”

斐安茹的语气十分坚定，显然她是考虑清楚了，任何话语都无法动摇她。沈妩轻轻地点了点头，算是对她的肯定。两人把具体出宫事宜商量了片刻，才算是了却了一桩心事。

从那一日起，良妃就病了。杜院判正好到了告老还乡的年龄，也不再插手这后宫中的事儿。沈妩请了别的太医去诊治斐安茹的病情，他自然不会多说什么。

皇上和皇后体恤良妃，特地派人将斐家人请了过来。老夫人在一年前已经辞世了，只有斐夫人带着斐安茹的嫂子过来了。两人坐在床头，陪着斐安茹说了一会儿话，就被太医请了出去。

“娘亲、嫂子，你们要好好的，让爹爹和大哥也好好的！”斐安茹撑着说出了这句话，泪珠滚了出来，面色极其苍白。

斐夫人和少夫人一声声地应着，却也不能久留。斐安茹擦干了脸上的眼泪，原本惨白如纸的脸上，竟然多了两道泪痕的沟壑，显然之前抹的粉被泪水所冲掉了。

与此同时，林枫也向皇上表明了心迹，说是自己看中了一位部下的姑娘，一直没好意思提亲。回了边关，就立刻上门提亲去。

皇上一听，立刻就要派人把那姑娘接来，说要亲自主持他二人的喜宴。林枫再次推辞了，说是那姑娘身体不好，不能车马劳顿，而且军队启程在即，不宜大肆操办酒席。

齐钰虽然感到可惜，不过林枫的态度十分坦荡，就连这些拒绝的话也说得直来直往，倒是让平日里听惯了欲盖弥彰话语的皇上，少了几分戒心，相反还更加欣赏他的豪爽。

军队启程前两日，良妃病逝。皇上正焦头烂额地忙着军需的事情，无心分散精力给这丧事，只让沈妩好好操持一下，莫让斐家寒了心。

当天晚上，斐安茹躺在棺木里，被一大群宫人抬着送出了宫，准备运到皇陵去埋葬。这些宫人里面，自然有沈妩以及斐安茹买通的人在，找了个机会将棺木撬开，扶着斐安茹出来了，又放了些石头进去才再次钉好。

“娘娘，您好自为之，这里是些现银和干粮。不远处就是个村庄，你找户人家先住下，林将军不日就会过来接应您！”因为这次事关重大，所以沈妩派了明音亲自跟过来，此刻她塞了一个包袱给斐安茹，轻声叮嘱了几句。

待斐安茹离开之后，明音才稍微松了一口气。

“好像有什么动静？”有个小太监的声音传来，他迷迷糊糊地走了进来，见到明音在这里，脸上的神色才安定了些。

“原来是明音姐姐啊，吓死我了，还以为是良妃娘娘半夜诈尸呢！”那个小太监抬手拍着胸脯，一脸惊魂不定的神色。

“胡说什么呢！我们主子与良妃娘娘情意深厚，让我多看着些。没事儿别瞎叨叨，赶紧回去睡！”明音佯装着发怒，冷声呵斥了几句。

待那个小太监退下的时候，明音的手心里都沁出了一层冷汗。这里是座破庙，棺木独自放在这主殿里，每晚也只有几个太监轮流着守夜看管，这才让她钻了空子，今晚守着棺木的恰好都是她安排的人。

军队的行军速度自然是极快的，斐安茹一介女流之辈，也不好混在这些糙老爷们的部队之中行进。林枫便安排了几个近卫，先送斐安茹前往边关。

斐安茹坐在马车里，风掀起了车帘，越往边关处走，风景就越发地明媚。蓝天白云，飞禽走兽，这些都是她所未见过的。以前在后宫中积淀的阴郁之气，似乎也一下子就消散了。

后宫里却是越发地慌乱起来，不少人都能猜测出皇后娘娘在暗中整顿后宫。可是现如今连良妃娘娘都没了，这就让那些妃嫔心里更加没底，暗自猜想着下一个会轮到谁。

斐安茹的离开，让后宫里一度陷入了恐慌之中，每日晨昏定省的时候，沈妩能明显感觉到气氛的低迷。那些妃嫔们的脸色都不大好看，每天诚惶诚恐的模样，都是小心翼翼地说话，生怕惹恼了沈妩。

“啪”的一声脆响，这已经是今日请安的时候，第二个妃嫔不小心将茶盏摔碎了。

“婢妾该死，求娘娘饶命！”那个人也顾不得地上茶盏的碎渣是否会伤到自己，只是连忙跪了下来，大力地磕头，恳求沈妩放过她。

沈妩不由得皱紧了眉头，让斐安茹假死出宫，没想到竟会引起这样的局面。这些妃嫔怕她虽然是一件好事儿，可是如果过头了，人人都犹如惊弓之鸟，就恐怕会有人滋生事端。

“起来吧，岁岁（碎碎）平安！”沈妩尽量将声音放得轻柔些，就像是怕吓着她一般，甚至还柔声宽慰她。

“谢娘娘！”不过显然收效甚微，那人颤巍巍地从地上爬起来，坐回自己的位置上。

大殿内再次陷入了一片寂静之中，不少人都低着头，殿内就显得有几分寂寥。

“良妃妹妹的逝世，的确让人心伤。都散了吧！”沈妩也不想再留她们，瞧着这副样子，她心里堵得慌。

沈妩抛下这句话，便站起身准备进入内殿，余光扫过去，甚至看到有几个妃嫔，因为她这句话之中提到了良妃而身体打战。她的眸光暗了暗，快步走回内殿，直接到了书架旁，将那记有后宫所剩妃嫔的名册抽了出来。

斐安茹的名字上已经画了一个叉，妃级位分的只还剩下崔瑾、沈婉和许衿，其他位分陆陆续续也还有不少，不过与先前相比已经不多了。

沈妩看着这名册暗自出神，对于后宫这些剩下的妃嫔，她并不是要赶尽杀绝。只是她不动手，就害怕那些人坐不住，会来先动手害了她！

沈妩长叹了一口气，将名册丢掷一边，眼不见心不烦。后宫如此神经兮兮的状态，只怕会出什么幺蛾子。

斐安茹离宫之后，后宫里着实惊慌了好一阵子，沈妩每日坐镇凤藻宫，对于各宫管事的职责盯得越发严了。

送走了琅蘑军，皇上明显消停了一阵，他就整日磨在凤藻宫之中，看着沈妩忙来忙去的，倒也不觉得无趣。

“整日都有这么多的事情要做，皇后快要比朕还忙了。”齐钰趁着她空闲下来，立刻挑了张椅子坐到她的身边，脸上带着几分调侃的笑意。

沈妩轻轻笑了笑，按住他乱动的手，轻声地安抚道：“臣妾也就这几日忙了点儿，哪里比得了皇上如此日理万机的！”

齐钰凑了上来，看着沈妩手里拿着的月俸手册，每一个宫妃能领到多少，上面都记录得清清楚楚。他不由得皱了皱眉头，从上面的名册看来，密密麻麻的都是小字儿，的确会让他变得不耐烦。

“这些日子宫里的妃嫔好像都变得乖巧了，朕无论去哪里，都不会偶遇上她们。即使有两次远远地看到了，她们也都回避了。是不是阿妩使了什么好法子，让我变得如此轻松，可得有赏赐才行！”齐钰像是想起了什么一般，双手揽住她的纤腰轻声说道。

沈妩压制住心底的惊疑，脸上仍是得体的笑容，直到把皇上敷衍走了，她才冷静下来。

即使皇上只宠幸皇后一人，在后宫之中已经是一件十分明显的事情了，但是那些以皇上为天的后宫女子，依然随时随地找到机会，去搭讪皇上。可是最近一段时间也不再继续了，这不得不让人警惕。

“娘娘，慧妃娘娘求见。”已经回来的明音，轻声通传了一句。

沈妩有些意外地挑了挑眉头，她还以为经历了斐安茹那件事之后，所有的妃嫔都会对她避而远之。毕竟不少人都认定了，斐安茹突然暴毙肯定与皇后娘娘脱离不了关系。

行礼完毕后，崔瑾便坐到了一旁的椅子上，她入宫也有四年多了。眼看着冬天又要到来，待到了开春她就入宫五年了。自从崔绣死后，崔瑾一下子就无心向宠了，不过这位分倒是一点儿都不低，节节攀升得让她自己都感到惊讶。

“姐姐一向可好？”崔瑾以这句话当作开场白，脸上还挂着清甜的笑容。

沈妩默不作声地打量了她片刻，似乎是在评估她一般。转而轻轻笑开了，手执着茶杯，对准了杯口吹了一口气，柔声道：“每日吃好睡好，有什么过得不好的。”

崔瑾轻轻地挑了挑眉头，脸上的笑意逐渐散去，变成了几分严肃，她看着沈妩，面色有些犹豫，似乎在斟酌着自己的说辞。

“后宫里的妃嫔，人人皆道斐安茹是被你所害，甚至有些人被鼓动要找自己的父兄在朝堂上给皇上施加压力，好好彻查你这个皇后。”崔瑾最终选择了开门见山，她直接从最近不正常的情况开始说起。

沈妩的面色忽然变得凝重起来，手中的茶盏轻微晃了晃，明显心里有些拿捏不准。崔瑾这句话之中，透露了太多的消息。她虽然没有明说，沈妩却也知道有人想要鼓动妃嫔闹事，为的就是要让她露出马脚。

“但是我却不这么认为，斐安茹和皇后娘娘都是后宫中难得的聪明人，除了当初入宫选秀的时候，你曾苛待过斐安茹，后来你们二人就一直相安无事。原本这个局面可以维持下去，可是斐安茹却突然暴毙了，当然告诉众人的是她病入膏肓没救过来！”崔瑾并没有等她开口，便再次开始说了起来。

沈妩轻轻挑了挑眼角，目光森冷地看向她。沈妩自知斐安茹诈死这事儿，并不是做得滴水不漏，毕竟时间仓促，如果有些人想要探查，还是能够查到些蛛丝马迹的。

“所以我认为斐安茹根本就没死，此刻皇陵里所存放的棺木，里面也一定不会是她的尸体。从这其中看来，你肯定是与她达成了什么协议，帮助她逃离深宫，或者是你以某样东西为要挟，逼迫她离开后宫！”崔瑾的神情越发严肃，将她的猜测一点点说了出来。

沈妩并不说话，只是冷眼看着她，崔瑾的态度十分坚决，显然是经历了一番仔细的调查，不然她不敢直接闹到沈妩这里。不过任她胆子再大，也不敢猜测斐安茹是投奔林枫去的，毕竟这太胆大妄为了。

“你说这些究竟是为了什么？要不要请皇上下旨去皇陵里开棺验尸？”沈妩的脸上带着几分嘲讽的笑意，她竖起指尖，轻轻地敲击着桌面，发出沉闷的声响，也给此时的气氛增添了几分阴郁。

对于沈妩说出这样的话来，崔瑾明显是一惊，她根本没想到沈妩会理直气壮地这么说她，仿佛就是为了刺激她一般。

崔瑾皱着眉头思索了片刻，最终才露出了几分苦笑，她低声道：“你无须误会，我并不是想拿这个来要挟你。只是——”

她说到这里，便停下了话头，过了许久才再次开口，道：“我只是想和她一样，平安出宫！”

崔瑾憋了好久，终于还是把内心深处的想法说了出来。待在这后宫里，成日地守着活寡，这也还算是能忍受的范围之内。但是后宫中的一草一木，都能让崔瑾想到崔绣还活着的时候。她甚至都不敢再走进御花园，那里有一个池塘，池塘里曾经泡着崔绣的尸体。

沈妩有些意外地挑了挑眉头，她一时有些反应不过来，崔瑾说了半天，竟是提出了这么个要求。

“说说，你能给我带来什么好处？”沈妩回过神之后，就冷声甩出了这么一句话，她抬起头直视着崔瑾，不放过崔瑾脸上任何的变化。

崔瑾轻抿了一下红唇，脸上再次露出几分犹豫的神色，最终像是下定了什么决心一般，低声道：“有人拉我入伙，想让我通知崔家，联合上书参你一本！”

崔瑾的话音刚落，沈妩就扬起头大笑出声，她整个人都跟着震颤起来，像是听到了什么笑话一般。过了片刻，她才从方才那一抹疯狂之中解脱，恢复了常态。

“参我一本？我不过是一介女流之辈，不值得那些朝臣们费心思。崔大人如果真的想凑这个热闹，自然可以试试看。到时候皇上的怒火，可不是所有人都能承受的！”沈妩的声音猛地拔高，语气里透着几分郑重和阴冷。

崔瑾看着她这般无所畏惧的模样，不由得挑了挑眉头。沈妩一开始入宫的时候，就是这般嚣张。一直到了现在的皇后之位，依然自信不减当年。因为有了皇上这个坚强后盾，所以沈妩才能在后宫里如此积威甚深。

“不过你说的话我也会考虑，这招金蝉脱壳不能经常使用，所以你至少还得等上些时日。你就告诉那位要拉你入伙的妃嫔，说你同意了。待把她们的计划详细套出来了，我就会与你合作！”沈妩这次又故意压低嗓音，显然是为了给崔瑾施以压力。

崔瑾听得她如此说，秀气的眉头再次皱起，这明显是一个不平等条约，不过她却不得不妥协。正如之前所料到的，沈妩的背后有皇上坐镇。当初沈妩带着太子回宫之时，皇上为了她甚至都把军队出动了，威逼利诱那些朝臣同意。从那一刻起，就已经奠定了沈妩的皇后之位，牢不可摧。

即使那些朝臣想当然地上奏，恐怕结果也不会好。齐钰身为男人，浑身都是毛病，但是当他身为帝王的时候，则是赏罚分明、兢兢业业的九五至尊。不说他是否有开疆拓土，就谈守着老祖宗的基业，他做得还是上乘，朝臣们根本无法从他的手中分得抗衡的权力。

“领头人是许衿！不过她精神蔫蔫的，对待这件事儿，也只是跟我提了几句，并没有积极走动。倒是别的几位姓许的妃嫔，在后宫之中，将这事儿煽动了起来，不过许薇然好像没有加入其中！”崔瑾仔细回想了一下，她尽量将这几天的情况说清楚。

崔瑾的话音刚落，沈妩的眉头就挑了起来。这后宫之中，果然不能心慈手软。她还没想着招惹别人，那些人就要来坑害她了。手段却也相差无几，前世是她们亲自上阵来逼宫，而这一世她们自觉分量不够，更是出动了各大世家，就为了把她拉下皇后之位。

“你再去多关心一下，其实这对你来说，并不是什么难事儿。毕竟崔家在世家之中，影响力还是颇大的。如果你表达了想要帮忙的意思，那些人定是非常积极地告诉你，甚至于和盘托出。在联手整治人的时候，稍微顺着些，这些妃嫔就会一相情愿地认为你是同盟者，进而毫不设防，把满脑子的坏主意都向你倾诉！”沈妩一副颇有研究的模样，甚至还轻声安慰她。

沈妩曾被那么多人联手逼宫害了，她自然会找原因，最后只总结出了这一套。在做坏事儿的时候，女人往往希望有同行者，而且越多越好！

崔瑾这事儿的确不怎么道德，拿后宫里那么多女人的身家性命，来向沈妩讨得一个平安出宫的筹码。如果这事儿成功了，她和沈妩都没有任何损失，相反还获益不少，只有那些妃嫔们要遭殃了。

对于沈妩所说的这些，崔瑾微微愣了一下，瞪大了眼睛看向沈妩，满脸的难以置信。在她的印象之中，沈妩从来都是单打独斗，不屑与人为伍。没想到对于那些善于联手使手段的人，竟是这般的了解，还整理得井井有条，似乎生怕她不懂似的。

过了片刻之后，崔瑾才像是缓过神来一般，轻叹了一口气，低声道：“我尽力，希望你也不要食言，否则我可无法在后宫之中立足了！”

崔瑾终于还是同意了，她对于后宫之中的生活，实在是没有任何留恋。与其等在这里心伤，不如彻底抛弃，换一个新环境。

送走了崔瑾之后，沈妩坐在椅子上，久久不能回神。她手中握着的茶盏，不停地抖动着，里头喷溅出来的茶水也早已冷透了，她却还不自知。直到茶水将她的绣花鞋弄湿了，她才回过神来。

后宫这些女人始终不安稳，因为沈妩既霸占了皇后之位，又夺得了皇上全部的宠爱，名利双收。所以这些人才会一而再，再而三地联手，估计不会有安宁之日了。

沈妩的手在轻轻颤抖，显然是气过了头。为这些永远不晓得停歇的妃嫔们，而气得肝颤。

“娘娘，太子殿下来了！”明心的声音刚落下，二皇子就已经冲了进来，直接扑到了沈妩的怀里。

沈妩连忙收敛起心神，伸手搂住他的后背。小胖墩又长结实不少，此刻趴在沈妩的怀里，颇有些分量。

“母后，我也要先生教，皇兄有了先生之后，就不再理我了！”二皇子边说边张开双臂要往沈妩的身上爬，显然是要她抱着。

沈妩在心底轻吸了一口气，脸上的表情已经调整了过来，嘴角微微翘起，露出一抹清淡的笑容。

“敬晨还太小，等过了两年，你就可以有先生了！”沈妩轻声劝哄着他，抬手在他后背拍了两下。

现如今已经入冬，二皇子穿上厚衣裳，立刻就成了球一样。就连跑步都不怎么方便，偏生他不怕冷，玩兴也大，整日到御花园里搞破坏。

大皇子再过年就满四岁了，所以齐钰请了人帮他开蒙。兄弟俩也不过是分开半个时辰而已，这个小胖墩就有些忍受不了了。

"母后，我想用咻——射鸟！"二皇子乖乖地坐在她的怀里，或许是因为亲生母亲熟悉的怀抱，平常总是调皮捣蛋的小家伙，此刻也变得乖巧起来，不过却是疑问多多。

他似乎怕自己解释不清楚，还抬起手臂来往上画了半圈，脸上的神情极其认真。沈妩愣了一下，有些没反应过来，就抬起头看向一直照顾他的明心。

明心自从被沈妩调到了两位皇子身边，就一直兢兢业业。大皇子性子比较沉静，也不需要她费什么心思，只是这位二皇子却是调皮得很，也不知跟谁学的。

"方才太子殿下跑去了龙乾宫，皇上逗着他玩儿了好久。就说了射箭比试的事儿，还对太子说，御花园里有许多鸟儿，让太子多去练射箭。皇上当时说的就是'咻'。"明心的脸上露出几分无奈的神色，皇上整日就出一些馊主意。

现在外面的天气那么冷，哪里能让太子殿下出去。不过齐钰想得也很简单，他就想让二皇子从小就锻炼，不能成了养在温室里的花朵。

"让明心带着你去找咻！"沈妩原本抑郁的心情，因为二皇子的几句话，彻底晴朗了起来。

"拿个弹弓给他，也别去御花园了。去御膳房要只鸡来，让他追着跑跑就是！"沈妩将他从怀里拉出来，替他理了理衣襟，便让明心带下去了。

"弹弓，弹弓，我要射小鸟！"小胖墩听懂了沈妩的话，便开心地往前跑，嘴里高声叫嚷着什么。

待耳根子清静之后，沈妩重新平复了心情，暗自思索着对策。只是她还没想出个所以然来，又有人来求见她了。这回来的是然美人，沈妩微微愣了一下，便让人传她进来。

"见过皇后娘娘。"然美人一身桃红色的罗裙，面上笑颜如花，正如她的性子一般，张扬和热情。

看着她这副装扮，沈妩不由得挑了挑眉头。难怪当时有人说许薇然的个性，与沈妩有些相似，这话不无道理。至少此刻，沈妩从她的身上感受到了一种绝不相让的气度。只不过许薇然终究还是差了一截，她没有沈妩的娇艳，以及雍容的气度。

许薇然出自许家的偏支，甚至都偏到许老侯爷不去注意的地方，这种小地方将养出来的姑娘家，很少会有像她这般咄咄逼人的气度。

"想来皇后娘娘已经感觉到了，最近的后宫之中十分不安稳，一个个妃嫔表面上虽然战战兢兢，实则内里却蠢蠢欲动，像是在谋划什么一般！"许薇然的话语更加直白，她在说这话的时候，脸上依然挂着明媚的笑意，就好像她是角逐中胜利的人一般。

这种高傲的姿态，让沈妩皱起了眉头。看样子许薇然从某种意义上来说，还真仿效了她的性子。想到这里，她又不由得失声笑了起来。先前死的佳嫔仿效她的前世，这会子许薇然又模仿她的现世。这些人当真是准备充足了而来，并且还是气势汹汹的状态。

许薇然故作高傲的态度，就在沈妩这样轻笑之中土崩瓦解。沈妩看过来的眼神，平平淡淡，就像是看着一件物品，毫无感情可言。

“然美人，是想去冷宫转转？怎么这些话说得没头没脑，而且让本宫的心里十分不舒服！无论是谁要蠢蠢欲动，只要本宫把你送进了冷宫里，那个人一定不会是你吧！”沈妩依然是一副优哉游哉的模样，似乎对她所说的话，根本不感兴趣一般。

这让许薇然有些措手不及，她一向非常关注沈妩的动态。对于皇后娘娘这几日一直心情欠佳，甚至还莫名地烦躁，心里头早就有数了。沈妩察觉出有人要对付她，这是一种敏锐的直觉，不过却一直查不出来。所以许薇然今日才冒了险，前来将此事告诉她，想要取得沈妩的信任。没想到她这态度，倒是弄巧成拙了。

“皇后娘娘见谅，婢妾有些得意忘形了。只不过是因为有十分重要的事情想跟您分享，所以一时失了理智！”许薇然连忙致歉，好在她的态度足够谦卑，让沈妩心里头的火气压了下去。

“那你就说说看，让本宫听一听，究竟是什么重要的事情！”沈妩不动声色地看了她一眼，心脏却是跳动得极快。

听着许薇然方才所说的话，她好像也要告密。

“前几日许老侯夫人递牌子入宫，和许衿说了好久，有几个许家的妃嫔也过去了。当然婢妾不被许家信任，所以并没有召唤婢妾去。但是我去打听到了事情的首末，许家准备联合别的世家向皇上进谏，要对您进行审查。许衿自己是不愿意的，别的姓许的妃嫔都走动得极其勤快，就她躺在床上装病，闭门不出！”许薇然一口气将事情说了个大概，显然比崔瑾要知道得多。

沈妩一开始以为是许衿要这么做的，现在看来是许家要对她不利。

“当然，许衿不敢掺和其中，也是因为皇后娘娘积威甚深。不过她是许家的嫡姑娘，估计最后也脱不了干系！”许薇然见她不说话，便又好声好气地加了几句，所谓千穿万穿马屁不穿。

沈妩手撑着下巴，仔细地抬起头来看着她。那专注的眼神，让许薇然的心底一阵阵发毛，她咽了咽口水，才勉强镇定下来。

“你可有什么凭证？本宫可不能听信你的一面之词，若是弄错了的话，本宫可真的要被众世家联手折磨了！”沈妩依然不咸不淡地看着她，不过这句话就已经证明，她有些相信许薇然的话了。

许薇然一脸为难的神色，她下意识地抬起左手摸着右手的手腕，这是她紧张时的习惯动作。

“婢妾真的没有证据，信不信在于您。至于婢妾为何要通知娘娘您，只因为想让您信任一点婢妾。婢妾绝对不会去做那种出格的事情，娘娘如果同意，婢妾会躲在寝宫里，不会到您的眼皮底下晃悠，只求娘娘指条明路能让婢妾活着！”许薇然显然有些激动，她猛地站起身来，手足无措的模样，像是个孩子一般。

不过她的语气倒是十分真挚，先前强撑出来的张扬跋扈也消失得干干净净，就像一个谦卑的奴才一样，在恳求着沈妩放给她活路。

沈妩轻轻挑了一下眉头，她没想到许薇然的交换条件，竟然是这样的！说起来跟后宫别的妃嫔一样，认为是沈妩害死了斐安茹。此刻拿着这种消息当筹码，换取一个苟活于后宫的机会。

“你敢把你的话再原原本本地重复一遍吗？”沈妩思索了一阵，眉头就逐渐松开了，似乎已经想到了什么好法子一般。

许薇然见她松口，脸上露出几分窃喜，连忙点头应承下来，急声道：“当然可以，婢妾现在就说！”

许薇然张开红唇，心情有些激动地想要再重复一遍。沈妩抬起手来，阻断了她此刻的献殷勤。她仰起脸，看着微微弯腰站在那边的许薇然，幽幽地说道：“不急，去龙乾宫说给皇上听！”

080

皇上发怒

齐钰正在批阅奏折，嘴里面神神叨叨地一上午了，明显是对这奏折充满了各种不满意。李怀恩就候在门边，不时有奏折被皇上扔了出来，他也不敢捡起来，只能默默地听着里头皇上的咒骂声，心里叹息连连。

恰好沈妩和许薇然带着人过来了，李怀恩一瞧见凤辇，比瞧见自己亲爹还高兴，立刻就腆着一张笑脸迎了上去。

“奴才见过皇后娘娘、然美人。”李怀恩立刻弯身行了一礼，一旁的明音眼疾手快地搀扶起他。

“皇上在里头做什么呢?”沈妩轻轻压低了嗓音问了一句，皇上这几日去凤藻宫是极其勤快的，不过一般都是在晌午之后，所以她也不清楚九五至尊在上午究竟做些什么。

“回娘娘的话，皇上在里头批阅奏折呢！”李怀恩中规中矩地回答了一句，又像是想起什么一般，左右看了看，便伸过头来凑到了沈妩的耳边，继续说道：“皇上为了晌午之后能有时间去凤藻宫，一般这会儿都是极其专心地在批阅奏折！今日也不知怎么了，似乎被什么折子给惹恼了，心情不是很好，不断地扔折子出来撒气！”

李怀恩的声音压得有些低，除了沈妩之外，根本没有第三个人听见他说了什么。然美人见他这副样子，心里越发的没底，更不知道自己该如何是好。

沈妩听清楚之后，冲着李怀恩点了点头算是答谢，她挥了挥手继续往里头走。似乎是察觉到然美人的紧张，便回过头来，低声道：“好妹妹，如果你说的都是实话，就完全不用害怕，皇上自会替我撑腰，到时候也少不了你的好处。如果你说的是假话，让皇上下了错误的决定，那到时候根本不会连累到我，相反你自己就要倒霉了。”

或许是即将靠近主殿的大门，沈妩的嗓音压得也有些低，语调透着几分清冷，语气却是十分坚定，根本让人难以置疑。沈妩这样威胁的话语，让然美人浑身颤了颤，对上沈妩那双轻轻眯起的眼眸，然美人立刻开口道：“婢妾所言一切属实，没什么好怕的。只希望皇后娘娘能许婢妾一世平安！”

然美人轻吸了几口气，或许是为了让沈妩相信，她的语气里也多了几分果敢。沈妩不由得挑了挑眉头，直接走了进去。

“臣妾（婢妾）见过皇上！”两人同时俯身行礼。

早已有小太监进来通传过了，齐钰也把手中的狼毫扔出了老远，根本不理会奏折，只等着这两人到来。虽然他对沈妩能和然美人同行这件事感到十分不可思议，不过能见到沈妩主动找他，肯定是有什么重要的事。

沈妩一路上就看到有好几本奏折凌乱地摊在地上，显然就是李怀恩先前提醒她的，皇上扔折子泄愤。她不由得皱了皱眉头，暗自猜想着难道已经有朝臣，被自己家留在宫中的姑娘给说动了，开始递折子给皇上，抵制皇后了吗？

“皇上，这次主要是然美人有很重要的事情要说。臣妾已经听过一遍了，不过有些拿捏不准主意，就带着她过来，说一遍给您听听。”得了齐钰的准许，沈妩就坐在了齐钰的左下手，许薇然却是没得坐的，只能干站在那里。不过对于这种待遇，显然她早已做好了思想准备，脸上没有一丝不高兴的神色。

沈妩的话音刚落，她就冲着许薇然轻轻使了个眼色。齐钰听得沈妩的语气郑重，脸上也露出几分严肃、认真的表情来，手撑着下巴，打量着许薇然，目光里带着几分压迫的意味。

面对着两道目光的逼视，许薇然明显有些紧张，她轻轻地伸出舌头舔了舔嘴唇，再次理清了思路，才把之前在沈妩面前所说的话复述了一遍。当然那些刚开始耀武扬威的态度，自然都没了，用词方面甚至更加卑微，显然她很害怕会惹恼了齐钰，毕竟这件事情非同小可。

往小了说，这是朝臣吃饱了撑的管皇上的家务事儿；往大了说，这些朝臣听信妃嫔所言，要联名上书，还有些造反的氛围。依照着齐钰这样的暴脾气，说不准真的会批判他们一个造反！

果然齐钰的脸色是越听越难看，待许薇然说完之后，他竟是怒极反笑。猛地扬手将桌上未批阅完的奏折都推向了地上，额角的青筋毕现。

“朕就觉得奇怪了，这帮老头子应该又是遇上什么事儿了，吞吞吐吐，说三句有两句半朕没搞明白！原来竟是藏着掖着这事儿，胆子可真不小！”齐钰显然气得不轻，他刚刚站起身来推奏折的力气也不小。

有几本放在最上头的奏折，直接砸到了许薇然的腿上，肯定是疼得很，她却一步都没敢动，生怕再惹来皇上的怒火转移。许薇然虽然是以火暴的性子入了皇上的眼，不过皇上对她就像是养了个小玩意儿在身边一样。她曾经也自以为是的和皇上要过几回小性子，只是皇上根本就不理会她。

相反她因为在皇上面前说漏嘴，说了一句沈妩不好的地方，结果皇上生气之后，直接让人扇了她的耳光。当晚她认为能够有侍寝的机会，结果也泡汤了，皇上连续两个月，就当没她这号人，自此对她也不冷不淡。所以现在她对于皇上生气这种事儿，完全是有了心理阴影，害怕得很。

“出去吧！”沈妩见皇上快要处于爆发的边缘，生怕他待会儿说漏嘴，说出一些不能听的来，就抬起手挥了挥，把然美人撵了下去。

“阿妩，你说那些老头子是不是都得了失心疯，还是会传染的那种？脑壳子里面成天都塞了些什么！朕还没管他们的后院不检点，他们倒是反过来，一个个睁大了狗眼！”齐钰越说越恼火，沈妩回宫的时候，他就该让那些弓箭手射死几个吓唬他们一下，恐怕只有见血了，那帮胆小鬼才懂得收敛一点。

沈妩一直等到皇上的火气消了，才亲自倒了杯茶递过去。两个人沉默了片刻，齐钰也已经完全冷静了下来，他手一挥冲着地上散乱的奏折指了指，立刻就有小太监走过去，一一收拾起来，重新整齐地摆到了桌上。

“许家不能再留了！”皇上喝了一整杯茶水，才把心底的怒火彻底压下去了。将茶盏放到了案桌上，闷声地开了口。

沈妩的神色有些惊诧，她不由得抬起头来，看向齐钰。对面的男人也正好看着她，四目相对时，沈妩瞧清了他眼眸里的冷漠和愤恨。这么久了，皇上是第一次在她的面前，这样赤裸裸地表现出对许家的恨意。

“当年祸害母妃的世家，只要是有错的，最后都被我抓住了把柄，一一剔除掉了，只因为大秦这去母留子的制度在，我才没废除许家。想等以后立了太子，让太子身后的世家与许家相斗，最好来个两败俱伤。不过现在看样子没这个必要了！”皇上停顿了片刻，再次悠然地开了口。

因为幼时寄托在斐家，所以齐钰的性子虽古怪，却极其坚强。少年天子，手腕了得，一边顺着许家迷惑众人，一边培养着属于自己的新贵世家，并且使用离间计，使原先那些别姓的世家，一一远离了许家，自成一派。自此，三方鼎立的局势形成。

前朝的势力分割，直接影响了后宫。这么些年斗下来，不得不说，其中许多都是皇上在暗地里推波助澜。这些沈妩当然十分清楚，曾经她也是茫茫棋子中的一枚。

现在皇上决定亲自铲除许家这个毒瘤，解铃还须系铃人。沈妩当皇后，二皇子被立为太子，虽然是打破了去母留子这个规矩，但是三方势力的局面并没有受到影响，许家凭借其盘根错节的人脉关系，依然扮演着十分重要的角色。

“前朝朕会来安排，后宫里姓许的女人，你都找人好好看管着，等到我将许家的气焰打压了下去，你就把这些姓许的女人锁到一座宫殿里，不得有任何人进去探视！”齐钰又思索了片刻，便直接下了决定，语速有些快，显然是此刻略显激动的心情影响了他的思维。

许家早已就是他的眼中钉肉中刺，只是一直没有找到合适的机会，这回也不过是个导火索而已，让皇上彻底下了决心，要收拾姓许的。

沈妩出来的时候，已经是半个时辰之后了。她的前脚刚迈出门槛来，一旁的许薇然就迎了上来，脸上都是焦急的神色。

“皇上有何打算？姐姐你会有事儿吗？”许薇然此刻的语气十分急切，脸上担忧的神色都恰到好处。

只不过在沈妩看来，却觉得刺眼得很。甚至连她那声叫得极其顺口的姐姐，都感到无比地莫名其妙。沈妩只记得自己有两个妹妹，一个待字闺中，一个嫁去了突厥当王妃，现已经成了王后。真不知道许薇然一声“姐姐”，是从何而来。

“皇上没跟本宫说前朝的事儿，只让把后宫的人看好了，不要再出差错。后宫不得议政，不需要本宫提醒你吧？”沈妩的语气有些清冷，特别是最后一句话，带着十足的警告。

沈妩丢下这几句话后就匆匆离开了，依然留在原地的许薇然，脸上闪过几分不自然的神色。

看着沈妩摇曳生姿的背影，魅惑一如以往。许薇然的脸上就露出几分嫉恨的神色，皇上的心从一开始肯定就是偏着长的，只要是沈妩的，就都是好的。无论她撒娇卖痴，还是胡闹耍小性子，皇上都极其喜欢。但若是换成了旁人，一旦有不满意的地方，绝对严惩不贷。

沈妩倒没有去在意许薇然的情绪，毕竟皇上刚才给出的命令，可是要密切关注后宫之中姓许的女人，许薇然自然逃不掉。即使她是这件事儿的功臣，沈妩也没准备放过她。

那天好多人去逼佳嫔死的时候，外头守门的宫女，自然有兰卉安排过去的人手。许薇然那天是如何狠绝地厮打刘怡的，兰卉一一写在信里头，沈妩自然不会留着一个如此危险的人物，只是此刻还不到翻脸的时刻。

第二天早朝的时候，皇上依然与往日没什么不同的。照例是谈完国家大事之后，找找碴儿骂骂人也就过去了。不少心里有鬼的臣子们，从齐钰开口骂第一句的时候，那微微忐忑的心跳就趋于平稳了，这样就证明皇上并没有发现异常。

殊不知皇上身边的近卫、影卫早就被调出去大批，许多都被派遣到京都之外，将整个大秦的领土走遍，摸清楚许家那些盘根错节的关系。只要是姓许并且当官的，也不管跟许老侯爷走得有多近，皇上都只要他们的罪证，越多越好。

皇上正在紧锣密鼓地排兵布阵，沈妩在凤藻宫里也不例外。到处开始在姓许妃嫔的寝宫里抽调人手，再补进去新的。就这么调换了几回后，那些妃嫔身边，除了一两个大宫女、大太监之外，其余的都是些生面孔。

那几人似乎是知道自己的动作太显眼了，引起沈妩的怀疑了，便也老实了许多。至于许衿那边，沈妩很够意思地给她多留了两个身边的人，不过在那种情况之下，这两个人也不过是可有可无。

当那几人消停了之后，沈妩也没有过多的动作。一时之间，前朝和后宫都十分平静，平静得有些不真实。所有的人都在蛰伏着，背地里暗暗发力，伺机而动。

皇上对于近卫和影卫的调令也越发频繁，好在这些人一向行事诡秘，那些朝臣即使想查也理不出头绪来。就这样半个月过去了，因为察觉到朝臣们最近的情绪越发激昂，像是要发动联合请愿书似的，齐钰也直接加急把还留在外面的近卫和影卫召了回来。

当晚就把沈妩招到了龙乾宫，两个人带着几个可靠的宫人，连夜整理许家的罪责。几乎是一宿没睡，才将那些错综复杂的消息理顺，并且全部抄在一张纸上，密密麻麻的让人眼花。列出大大小小的罪责，不计其数。贪污受贿、吃喝嫖赌，无一不缺也无一不精。

这个天下第一世家，大大小小的亲戚每日加起来的开销，足够养活一座城的百姓过活好几个月。其中吃穿用度的奢侈程度，让人到了咋舌的地步，就连皇上都不忍看下去。

“宣文武百官觐见——”当李怀恩尖细的嗓音划过大殿的时候，那些朝臣精神抖擞地走进大殿，满脸都带着跃跃欲试的表情，显然他们就准备在今日向皇后宣战！

几排大臣走进内殿，齐钰稳坐在龙椅上，看着这些朝臣满脸红光的模样，心底多了几分凉意。真不知这些该死的混账，是刚从哪个女人的被窝里钻出来。他再一偏头看向许家的领头人，许老侯爷虽然每日都被皇上挤兑着退休，却依然厚着脸皮站到了今日。

许老侯爷竟然也抬起头来，看向皇上，眼中的神色带了几分复杂。他知道，一旦他们这些朝臣向皇后宣战了，就等于在挑衅皇上的权威，这一场仗无论输赢，都注定了皇上绝对不会再给许家好脸色瞧。虽然齐钰从来就没有给过，不过这次过后，就是最终的决裂。

“今天诸位爱卿开口之前，朕有个消息要告诉各位。”齐钰收回了眼神，目视前方，冷声开了口。

他的话音刚落，便抬起手来冲着李怀恩挥了挥。李怀恩会意，立刻站了出来，从衣袖里掏出皇榜。

“大秦自从去年天灾开始，百姓就一直没有大丰收，朕心里始终不踏实。就一直派遣官员秘密调查，现已查清京都之外狗官五十余人，其余党羽三十余人，总计八十九人。罪责如下。”李怀恩的声音还是那样高昂，他轻轻扬了扬下巴，一口气念了出来。

读到这里之后，他又将皇榜放到了一旁的龙案上，再次从袖子里摸出了一张叠得十分厚的宣纸，上面正是昨晚帝后带人整理出来的罪状。

“许继，宜州人士，官居正三品。查出其贪污财物六十万两，绞刑。许纵，邵阳人士，官居正三品，贪污受贿五十七万两，绞刑。许……”李怀恩不紧不慢地念着，这八十九人里面，有位高权重的，也有末品小官，甚至是那些在地方的恶霸，只要是许姓的，通通都被念到了名字，刑罚也各不相同。有死刑，也有杖责。

当李怀恩念完之后，朝堂上一片寂静，实际上李怀恩早已口干舌燥了。他轻轻眯起眼看了看殿外，看样子今日要比平时下朝的时辰要晚上许多。文武百官的脸上皆是一片死灰，他们完全没有料到皇上竟然会来这招儿，一次性宣布了这么多人的罪责，最重要的是这些还都不是京都的。

从这份名单里面，所有的人已经看清了，皇上对拔除许家这个毒瘤的决心究竟有多大。而且这等于是杀鸡儆猴，警告其他想要支持许家行动的世家，态度要放明确了，不然就把脖子洗干净了，随时等皇上来取走肩膀上的头颅。

李怀恩看着那些久久不能回神的朝臣，在心底轻叹了一口气，他把名单叠好塞回了衣袖里，再次将圣旨从龙案上取了过来。视线投注到上面，轻咳了一声继续尖着嗓音念道：“名单之上的人物罪责已定，无法开脱。此份名单已经加急送往各州县，钦差大臣不日即到，对有罪官吏行刑。如有包庇、藏匿罪犯的，一律采取同罪责罚制度！钦此！”

这是齐钰登基以来，发布的最长的一道圣旨，也是最雷厉风行的一次。当然这也只是开端而已，住在京都的许家人还没有动。皇上是否只留着缓冲的时间，准备以后一锅端，还是留着许家的香火，让这剩下的苟延残喘地活下去，一切还是未知数。

“皇上，皇上，许家何错之有啊！”许老侯爷总算是反应过来了，他一下子跪倒在地，声音颤抖地问着齐钰。

如果皇上的态度没有这么坚决，或许许老侯爷还可以倚老卖老，发动朝中相交甚好的官员，同他一起据理力争。但是方才那么长的名单之下，就已经显示了齐钰的决心有多么坚定，根本就不是旁人能够动摇的。这位老者，自然不敢硬碰硬，生怕齐钰等不了就直接召唤了外面的近卫队来，把许老侯爷给灭了。他也只有跪下来，苦苦哀求着齐钰，心里万分惊恐，不知道自己究竟是哪里得罪了皇上。

可惜齐钰连眼神都不丢给他一个，直接直视着前方，冷着声音开了口：“朕这次并不是针对许家，只是树大招风这个道理，想来诸位爱卿都明白。当初朕为了皇后和太子，敢出动军队来用弓箭指着你们，那是为了给大秦一个更稳定的未来。而今日大刀阔斧地清理贪官污吏，更是为了大秦现阶段能好！”

男人的声音越发响亮，颇有几分振聋发聩的意思，只是其中的警告意味，也越发明显。这是在敲山震虎，并且话语里重新又提起了皇后和太子，就证明他已经知道了这些臣子在底下搞的小动作。

“皇上息怒，臣等该死！”这些文武百官好歹跟着齐钰也将近十年了，此刻更是纷纷跪下来，开始高呼万岁。

“至于你们心底的那些不情愿，或者觉得朕做错了，那不妨等朕入土为安了，太子登基之后，你们还有谁活着的，就睁大狗眼瞧瞧。朕之前要改变去母留子这祖制，究竟是对是错！如果错了，你们不妨去皇陵里挫骨扬灰，只要你们的狗胆够大，朕也不怕死后的龙体如何！”齐钰再次冲着这些朝臣吼道，他的眼眶有些泛红，显然是激动得情绪外露了。

原本昨晚熬了一宿，他的精神状态十分不好，眼睛下面都是一片乌青。他看着这些蠢蠢欲动的臣子，心底的暴虐因子不断地往外冒。

“皇上，臣等知错了，您千万要保重龙体啊！”齐钰的话音刚落，底下立刻传来了一片纷杂的磕头声，显然都是被他吓唬的。

皇上都在这里要死要活的，如果齐钰真的因为这事儿，被气死了，估计死前一定会下道圣旨，让朝中的臣子都去陪葬吧！此刻，这些臣子早把先前谋划好的事情丢之脑后，而且永远都不敢再提起，甚至连想都不敢想。

“朕不想再重复，皇后之位、太子之位既定，就没有再改的道理。况且阿妩是我的妻子，你们若有谁再敢打她的主意，朕就判你们谋逆之罪，到时候午门斩首，可别怪朕无情！”齐钰冷冷地看着他们磕头，声音逐渐归于平静，只是其中的坚定和幽冷，却是所有人都听懂了。

081

劫持皇后

“好了，朕的话说完了。诸位爱卿还有什么事儿吗?”齐钰瞧着底下的人，再没一个敢吭声，颇有些满意地冷哼了一声。

僵直的身体也放松了下来，斜斜地倚靠在龙椅上，眼角轻轻上挑，冲着李怀恩打了个手势，便优哉游哉地坐着等了。

“有本启奏，无本退朝！”李怀恩立刻往前迈了一步，尖细的嗓音划破大殿，震得人耳膜发疼。

殿内跪了满地的朝臣，却是一丁点儿声音都没有。谁都不敢说话，连呼吸都死死地屏住了，就这么一动不动地匍匐跪在地上，生怕有一点声响，都会惹来皇上的注意力。

“怎么，诸位爱卿往日最喜欢跟朕拉扯，今日怎么一句话都没有？朕瞧着你们刚进光明殿的时候，明明是一脸跃跃欲试的表情，是在商讨着怎么谋反吗？”齐钰看见他们现在这副软骨头的模样，心里又起了凌虐之心。

君君臣臣，父父子子。简单的一句话，却总有人搞不清楚自己的位置。这些朝臣一而再，再而三地挑衅，早就让他失去了耐性。这一次齐钰并不准备接受他们的投降，相反还要让他们永远记住这次教训。

当“谋反”两个字从九五至尊的嘴里冒出来时，不少臣子已经开始身体打战，膝盖也跪不住了，手臂发软有些撑不住匍匐的姿势了。

“臣等不敢，吾皇万岁万万岁！”那些朝臣再次开始哆哆嗦嗦地求饶，肠子早就悔青了。怎么就忘了当今的帝王，是个眼里揉不得沙子的人。

“不敢？万岁？”齐钰也再次被这两句话给惹恼了，他一下子举起手臂，伸出食指指向那些跪在殿中的人。

“朕敢活到万岁吗？不敢，那不是要被你们气一万年！呸，做你们的春秋大梦去吧！你们心里在想什么，朕都一清二楚，睁着眼睛不晓得去看塞外河山，关心天下事儿，却整日盯着朕的后宫，管朕的家务事儿！长着耳朵不知道去耳听八方，了解百姓之苦，却没日没夜关心后宫里又哪个主子出事儿了！你们，可真是朕的好臣子啊！”齐钰的手指的方向，每转换一次，跪在那边的朝臣就要缩起脖子，头更加往下低，生怕皇上那手指戳着他们的脸。

“朕告诉你们，这事儿没完！朕的家务事也不需要你们操心，哪怕明日朕都让后宫的妃嫔搬去庵堂里，替大秦求佛诵经，你们要是敢在朕的面前，多放一个屁出来，朕灭你们九族！”皇上因为心情太过于激动了，所以这一张嘴，说出来的话就不大好听。

皇上如此狂怒的发言之后，殿内连呼吸声都听不见了。有几个胆子小的，身体抖得跟筛糠似的，还有几个年老心脏不好的，也是面色苍白，摇摇欲坠眼看着就要摔倒了。

“退朝！”齐钰不想再看见这些臣子狼狈的模样，直接丢下一句，站起身就往内殿走。

“退朝——”李怀恩尖细的嗓音再次传来，不过这回却是宣布今早上的噩梦，终于结束了。虽然还有明天，以及以后无数个清晨，不过至少能让这些朝臣缓和一下了。

皇上的身影走了好久，才有朝臣反应过来，颤颤巍巍地站起身来，慢悠悠地往殿外走。往常退朝之后，总会三三两两聚集在一起，偶尔有几个相熟的朝臣，还能相约着小酌一杯。今日那些寻花问柳的闲情逸致全都消散得干干净净，都弓着腰缩着脖子，独自走在路上，到了自家马车前，立刻钻上车，头也不回地走了。

当然还是有例外，比如元气大伤的许家。朝堂上姓许的官员纷纷聚拢到许老侯爷的身边，盼望着能够想出什么锦囊妙计，即使无法帮助许家那些京都之外的人脱身，也要保住许家在京都之内的地位。

毕竟许家这么一大家子，盘根错节的，走哪里都能有亲戚帮衬着，那才叫威风凛凛。可是现如今估计都快成为人人喊打的老鼠一般了，所有的别姓官员都避之不及。曾经到哪里都能横霸一方，现在都变成了任人欺凌的对象。

许老侯爷的脸色十分苍白，看着那些聚拢在自己身边的人，大多数都是他的侄子、外甥一辈的，但是即使是他，也回天无力了。皇上这次动真格的，他已经是半截身子走进棺材的人了，不可能再有什么行动，只能期盼皇上手下留情了。

前朝的朝会刚散，皇上便命人把消息传到了凤藻宫。沈妩一刻都没耽搁，直接按照原先的计划，将后宫中姓许的女子都拘管到一处。沈妩原本就没想隐瞒，所以拘管这些人的时候，还是引起了不小的轰动。

那些被许家宫妃说动了的妃嫔们，瞧着她们都被关起来了，顿时就变得六神无主起来。因为心里怕得很，所以立刻躲进自己的寝宫里头，再不敢冒头出来。一时之间，后宫里显得更加惶惶不安。

“我要见皇后，不可能！为什么把我也关起来！皇后答应我的，会保我在宫中一生平安！”许薇然惊慌失措的声音传来，她看着来拉扯她的这些宫人和内监，急忙上蹿下跳，显然是要逃脱他们的掌控。

许薇然的确会些功夫，还真有两个宫女被她给踢晕了。明音亲自过来监管她的，瞧见许薇然如此不配合，秀气的眉头紧紧蹙在一起，显然是有些不耐烦了。

“然美人，您还是听奴婢一句劝，就算你今日把这些奴才们都弄晕了，你也进不了凤藻宫。依奴婢说，你还是乖乖地跟着去，到时候让人在皇后娘娘面前美言几句，说不准她还愿意抽出空来见你一面！”明音的声音有些清冷，显然是见不惯许薇然这副德行。

明音的性子在宫女之中，算是够狠厉的，所以她能知道狠性子的人，都不是好招惹的。这位然美人凶狠的美名早已传出去了，沈妩也不得不防。

似乎是明音的话起了作用，许薇然还真的乖乖束手就擒了。她跟着这些宫人走到了玉兰殿，殿内已经站了五六位宫妃，都在望着门口，此刻看见她进来，脸上闪过几分不自然。

许衿也在里头，不过她却是一脸安然地坐在椅子上，身上的衣裳还是那样地光鲜，并不曾受到影响，显然她早就做好了这个心理准备。方才有人追问过许衿，为什么对付沈妩的这件事情，会传得尽人皆知，而且还知道得那么详细。许衿就分析了有内鬼，许薇然的出现，也吸引了不少人的目光。

明音把许薇然送进去之后，就回了凤藻宫。玉兰殿由明语带人看着，都是一些穷途末路的妃嫔了，也没什么可畏惧的。

只是没想到才过了一个晌午，明语就派人回来禀报，要撑不住了。

“娘娘，玉兰殿那几位主子都闹开了，一开始只是小声地争吵，后来就动起手来了。奴婢瞧见，是有几个妃嫔一起围攻然美人，说她是什么奸细，现在就打起来了！”那个小宫女显然是一路小跑回来的，说话的时候还直喘着粗气。

沈妩的眉头一皱，这些人永远都不晓得消停，这都什么时候了，还能闹得开！

“许衿在做什么？”沈妩放下手中的毛笔，沉声问了一句。在她印象之中，许衿应该会出来主持大局，不可能让许家陷入更加困难的境地。

“远妃娘娘就坐在主位上喝茶，不出声也不动作，就像跟她没关系似的！”那个小宫女勉强喘匀了气，低声回道。

“还有然美人处于下风，被打得挺惨的。但是她边被打，还边恳求着要见您，说您一定要见她一面，她有十分重要的事情要说！不然您会后悔的！”那个小宫女又猛然想起了什么，急声补充道。

沈妩的脸上闪过几分不解的神色，这许薇然还真是会吊人胃口，都到了这会儿，还想着用秘密交换利益？她轻轻蹙了蹙眉头，下意识地抬起头来，就瞧见了明音也正好看过来，主仆二人交换了一个眼神。

“罢了，就把她带过来，本宫听听她究竟有什么话要说！”沈妩挥了挥手，脸上露出几分和软的神色，口气里也带着几分妥协的意味。

许薇然被带进来的时候，样子十分狼狈，发髻散乱，目光有些空洞，就像是一具行尸走肉一般。和先前那个张扬跋扈的然美人差距甚大。

“扶着她坐下吧！”沈妩看到她这个样子，也没有多想什么，就伸出手让跟在许薇然身后的两个宫女，去扶着她坐下。

哪知沈妩的话音刚落，已经走得靠近的许薇然，却忽然抬起头来。两个人四目相对，许薇然的眸光里阴冷异常，像是一条吐着红芯的毒蛇一般，无比怨毒。沈妩暗自心惊，刚想叫喊，许薇然的手腕一转，就从衣袖里摸出一把匕首，直接两步冲到了沈妩的面前。

冰冷的刀刃一下子架在了沈妩的脖子上，那种坚硬而幽冷的触感，让沈妩的头皮一阵阵发麻。匕首上传出的寒气，似乎已经渗进了骨髓里一般，让血液都跟着停了下来。

“你们都别过来，别想耍花招，去把皇上找来，去把皇上找来！”许薇然的口气十分阴冷，她高昂着声音喊叫道，脸上略显丧心病狂的神色，明显是有些失去了理智。

面对这样的许薇然，众人都有些惊慌。一开始被那些人打得奄奄一息的模样，早已消失得干干净净，相反还面目凶狠、力气十足地制住了沈妩。很显然这位然美人之前是装的，故意扮成一副被暴打后无力反抗的模样，让众人放松警惕，然后再猛地掏出匕首来威胁沈妩。

已经有两个小太监冲出去找人了，明音此刻离得最近，她瞪大了眼睛看着许薇然手里的匕首，发亮的刀尖停留在沈妩细弱的脖颈上，形成一种绝对的反差，让人暗暗心惊。

“后退，后退，都别过来！”似乎是察觉到身边围着的宫人太多，许薇然的情绪再次变得紧张起来，她一只手握住匕首，另一只手钩住沈妩的肩膀，慢慢逼迫着她一起后退。

明音生怕再刺激到她，连忙挥手让周围的宫人都往后退，逐渐给许薇然和沈妩留出了很大的空间来。

那匕首离得极近，沈妩就连说话都不敢，生怕声带的震动会把自己弄伤。她的脑子里有点乱，完全不明白许薇然为何要这么做。即使沈妩将她同那些许姓的女子一起关起来了，但是许薇然能得到的待遇，肯定要比那些人好的。

“皇后，你平时不是最会花言巧语的吗？现在怎么都不说话了？说话！”或许是周遭安静紧张的气氛，让许薇然有些接受不了，她又再次把匕首朝着沈妩的脖子上移动了两下。

周边传来一阵吸气声，很显然对于许薇然这样的举动，感到无比的害怕。万一那匕首再接近一点，或许皇后娘娘就交待在这里了，到时候等皇上来了，他们这些人肯定都是要陪葬的。

“那就说说你为何要拿匕首劫持本宫？”沈妩轻声开了口，她每张开一次嘴巴，就能感受到那匕首贴近一次自己的喉咙，带着独有的冷硬气息。

她的话音刚落，许薇然就笑了起来，带着几许疯狂。

“皇后娘娘，你先别急啊！这个答案得等到皇上过来之后，我再揭晓。放心，绝对不会是一个无聊的答案，我可以保证皇上知道之后，脸上的表情一定会很精彩！”许薇然说到最后，又是一阵花枝乱颤地狂笑，她体内的疯狂因子，在这一刻一览无余。

等了片刻，外面终于传来太监尖细的通传声：“皇上驾到——”

齐钰一身黑色的龙袍，显然还未来得及换下。他的脚步声十分沉稳，脸上的表情也比较平静，他背着光站在门口，眼睛轻轻眯起看着室内的景象。

许薇然整个人都十分狼狈，裙衫上还残留着被人摔打的痕迹，污泥的印记也十分明显。只不过她握住匕首的手臂却十分稳妥，看向齐钰的眼神也非常明亮，像是已经等了他许久似的。

“朕来了！”齐钰一步步走进殿内，慢慢凑近了她们二人，嗓音带着几分低沉。只是短短的三个字，却让人莫名的安心。

齐钰的出现，对许薇然显然是个刺激。沈妩能明显感觉到脖子上的匕首在轻微地颤抖，身后的许薇然也跟着在抖动，不知是紧张还是别的情绪。

“皇上还记得敏妃吗？”许薇然抖动了片刻，似乎才缓过神来，她努力使自己平静下来，稍稍扬高了声音问道。

她的话音刚落，齐钰的眉头就紧紧蹙了起来，沈妩也跟着一惊。敏妃是先皇的妃嫔，虽然伴随着黎妃的死，那些事情都成了后宫的禁忌，但是沈妩也费了心力去查，自然是了解一二的。

“当然记得，背叛朕的母妃，和后宫别的女人联手害死了她，后来朕登基了，便逼死了她，并且让她身后整个家族都跟着遭殃。朕如何不记得！”齐钰清冷的嗓音传来，他抬起眼睑，和沈妩的眼眸对上了，眼神里流露出几分坚定，似乎在让她坚持一会儿。

许薇然嗤笑了一声，不知是嘲讽还是别的，她再次冷声开了口：“姑姑若是泉下有知，想来也会欣慰的。皇上连自己的妃嫔都记不清名字，却能记得她的。我这个做侄女的，也感到脸上有光！”

许薇然的话音刚落，就有不少人惊讶地看过去。她称呼敏妃为“姑姑”，难道她不是许家的姑娘？

“我当然不姓许，我姓牧。牧家当时被判抄家，男人发配边疆，女人全部充为军妓，只有我和姐姐逃了出来。姐姐入了宫，当然也被你们给弄死了，就是之前的云溪。我被许家远房收留了，因为聪慧伶俐，他家也缺个姑娘，就当嫡姑娘这么养着。”许薇然的目光越发怨毒，她想起了以前世家优渥的生活，想起了和姐姐在一起的玩闹，最终这一切却都变成了泡影。

当然也都拜眼前这个尊贵的男人所赐，一夜之间，牧家什么都没有了。只剩下两个手无缚鸡之力的懵懂幼童，却都折损在这后宫之中。

听到许薇然这番话之后，沈妩控制不住地僵了一下身体。当初被她误打误撞发现了云溪的不妥之处，皇上直接把云溪给弄死了。现在没想到又冒出一个云溪的妹妹来，原来是为了替云溪、替牧家报仇来的。

“朕已经知道了。是朕让人把牧家一锅端了，也是朕让人把云溪给毒死了。你应该来找朕，而不是去威胁皇后！”齐钰的眼神轻轻上移，总算是看向了许薇然，眸光里不带任何一丝感情。

“皇上武功盖世，我一个小女子自然不会是你的对手。自从皇后娘娘回宫之后，你就只宠幸她一人，足以见得皇后在你心目中的地位。反正我也活不了，不如就带着大秦的皇后一起去死，也让皇上尝尝重要的人死在自己面前的感受，如何？”许薇然边说边把匕首往沈妩的脖子上移了一下，细嫩的肉终于被划伤了，一滴滴殷红的血珠子，顺着洁白的脖颈滑下，渗进衣领里。

“住手！”看着那一滴滴血流出来，齐钰的头皮一阵阵发麻，几乎控制不住地喊出了声。

他的声音里透着十足的焦急，英气的眉头紧紧皱拧在一起，脸上惶恐的神色一闪而过。

“哈哈，皇上果然很在乎皇后，我可算是抓对了人。当着皇上的面，可不能让皇后娘娘死得太快，最起码要让她多遭点罪是不是？当年牧家可是死了不少人！血债血偿！”许薇然看着齐钰外露的那抹情绪，像是发现了什么有趣的游戏一般，匕首越发凑近沈妩的脖颈，往外流淌的血珠子又变快了。

沈妩压住嗓子眼儿里的痛呼声，毕竟脖颈处实在是太脆弱了，被匕首抵住，那种压迫感让她的脑子一阵阵发晕。

或许是沈妩的面色太过苍白，齐钰脸上的表情也越发难看。他用眼角的余光朝身后看了一眼，李怀恩还没有出现。他再次皱了皱眉头，就证明外头还没有布置好。

“母后，母后！我要见母后！”稚嫩的童声传来，让沈妩全身的神经都跟着紧张起来，显然二皇子过来了。

“太子殿下，您不能进去！”好在外头有宫人阻拦，二皇子明显是被拦在门外无法进来。

“哦，太子来了！皇上，快让他进来，让他进来看着他母后是如何死去的！太子殿下就是性子太跳脱了些，就该让他见见这些血光之灾，成熟些的好！”许薇然听到二皇子的声音，却是满脸的兴高采烈，甚至扬高了声音要求齐钰放他进来。

“许薇然，你够了！太子还那么小，你……”因为许薇然这几句话，沈妩的脑海中一下子就变得急切起来，也顾不得脖子上的疼痛，扬高了声音就想呵斥。

可是许薇然又怎么会让她说完，手中的匕首再次加深了几分。看着沈妩因为疼痛而扭曲的脸，许薇然再次得意地笑了出来。

“皇后娘娘，你还是老实点儿吧，要不然你可见不到太子的最后一面了！快把太子带进来，不然我现在就杀了皇后！”许薇然用匕首轻轻挑起沈妩的下巴，匕首划过的地方，立刻就出现了一道血痕，触目惊心。

齐钰的额角青筋毕现，他抬头看了看沈妩，最终挥了挥手。过了片刻之后，两位皇子都出现在大殿里了，显然大皇子也来了。应该是进来之前，有人在太子面前说过什么，这会子“小肉墩”也不再吵闹了，就这么扬起头看着那边被控制住的沈妩，眼眶泛红，似乎要哭出来。

“哈哈哈，你们看，大秦的太子要哭了。就这副没出息的样儿，还能——”许薇然终于看到了她想要的场景，扬起头狂笑起来，带着一种得意，整个人都跟着颤抖起来。

“皇上。”李怀恩已经小跑了进来，只是他的话音还没说完，前面穿着龙袍的男人已经猛然动了起来。

许薇然还没笑完，手中的匕首就被人一下子抓住了。她下意识地用力想要戳刺过去，却发现皇上不知什么时候，已经到了她的面前，赤手抓着她的匕首，刀尖划破他的掌心，他却连眉头都没皱一下，也没有任何要松开的预兆。

“嗖嗖嗖——”三声闷响传来，从后窗射进三支短箭来，全部射中许薇然的后心。齐钰另一只手揽过沈妩的纤腰转了一圈，抬脚就把许薇然用力踢了过去。

当沈妩靠在皇上的怀里时，后背贴到温暖的触感，整个跳动不安的心，才变得安定下来。僵硬的身体渐渐舒缓下来，放任自己倚靠在男人的胸膛上，跟随着他的脚步而动。

许薇然直接被踢开了，立刻就冲上来一堆人，有的去制伏许薇然，也有的冲过来帮助皇上和沈妩。太医早就候在了一旁，此刻见皇上和皇后都受了外伤见血了，连忙吩咐人来止血包伤口。

齐钰的右手掌心整个都被划破了，而且伤痕非常深，显然当时他使了全身的力气去控制住匕首，防止许薇然能够挣脱开。替皇上包扎伤口的小宫女，看着皇上那血肉模糊的掌心，再加上齐钰身上正散发的幽冷气息，足以把这个小宫女吓到手脚发凉。

皇上对于跪在他脚边包伤口的宫女，根本就没怎么在意。他的左手牵住了沈妩的柔荑，一直不肯松开，始终紧紧地抓着，似乎怕自己一放松，掌心里的玉手就会溜走一般。

对于皇上这样患得患失的表现，沈妩自然也能明白他的意思。也有小宫女凑过来，替沈妩包扎脖子上的伤痕。脖子方才被匕首抵住的时候，不停地流血，看着比较吓人，实际上伤口并不是很深，至少对比着齐钰手掌上的伤口，那真是小巫见大巫了。

“把太子和大皇子抱过来！”沈妩轻轻侧着头，方便宫人们帮她包扎伤口。却是朝向两位皇子的方向抬起手，轻轻地挥了挥。

明心立刻一手搀着一个，送到了沈妩面前。这两个孩子还呆愣愣地看着沈妩，似乎没有从刚才那种紧张的氛围里抽离出来。沈妩的一只手还被皇上握着，她也没抽出来，就用单手搂住了两个孩子。

“母后，母后！”二皇子这才哭出声音来，他自动地伸开手臂，死死地抱住了沈妩的脖颈，小声地呜咽着。

小家伙的力气比较大，似乎是怕沈妩消失一般。只是沈妩的脖子上还带着伤，被他这么一搂，难免龇牙咧嘴地皱起了眉头。大皇子虽然没哭，却也伸出手来死死地拉住了沈妩的衣襟，显然对于刚才的惊险一幕，这两个孩子都被吓到了。

许薇然被按在地上，一动都不能动。她开始剧烈地咳嗽，感到身上那种得意渐渐消失，一阵阵冰冷侵袭而来。她的全身上下都带着疼痛感，特别是后背，感觉就像是有马车在上面狠狠地碾轧过一般。也许是因为太过痛苦了，她的意识有些不清醒。

对于现在的状况还有些搞不清，她刚刚还劫持着皇后，怎么这会子已经成了阶下囚了。许薇然咬着牙动了动，但是她的肩膀和四肢都被人按住了，根本就无法动弹，相反只要稍微一动，就立刻引来周身的疼痛感。

齐钰将握住沈妩的手轻轻放到颊边，让她的手背贴在脸上，对方的温度传到自己的身上来，似乎在确认彼此都还好好地活着一般。

“李怀恩，去她的身上搜搜看！”齐钰的脸色终于恢复了过来，不再像原本那么苍白，他稍稍扬高了声音吩咐道。

李怀恩得了吩咐，立刻就小跑了过去。周围的宫人让开了些道路，李怀恩蹲下身来，看了一眼还有一口气的许薇然，伸手就往她的身上摸去。

“皇上，找着了！”李怀恩从许薇然的衣袖里摸出了一块方帕包裹的东西，他轻声知会了一句，便立刻站起身来，走到了齐钰的身边，将那方帕递了过去。

齐钰二话不说，直接扯开了帕子，正是另一半白脂玉制成的牡丹花，莹润欲滴。许薇然一直偏着头看向这边，她做这个动作的时候，已经显得十分吃力了。张了张嘴似乎想说些什么，但是却一个音节都没发出来，一切都是徒劳。

她开始剧烈地咳嗽起来，一口口鲜血跟随着喷涌而出。就这么瞪大了眼睛，看着皇上手里的半块牡丹花。过了片刻之后，有个小内监捧着另外半块玉佩走了进来，皇上将两个半块玉佩拼合到一起。

许薇然的眼睛陡然睁大，喉咙里发出几声呜咽。手臂上抬，似乎想去争抢皇上手里那块被拼合在一起的玉佩。

齐钰冷眼看着她，脸上愤恨的神色更甚，他冲着沈妩怀里的二皇子招了招手，柔声道："小撑，过来！到父皇这里来！"

二皇子显然已经哭累了，睫毛上还沾着泪珠，听到皇上哄劝的声音，便乖乖地从沈妩的怀里退了出来，小跑着走向齐钰。

"小撑，看着父皇啊！咚！"齐钰一手搂住二皇子这个肉疙瘩，另一只手接过李怀恩递来的锤子，冲着二皇子晃了晃锤子。在确定小奶娃的眼神是盯着锤子之后，齐钰猛地用锤子砸向那朵拼合成的牡丹花玉佩。

"啪！"的一声脆响，桌上那玉佩应声而碎，原本莹润欲滴的牡丹花，此刻早已不见了踪影。

"咯咯——"二皇子似乎是发现了什么有趣的游戏一般，爽朗地笑出声来，他从齐钰的手里夺过锤子，就用力地去锤那玉佩的碎渣。

"不！"许薇然张开嘴巴，显然想要抗议，但是她的声音太小，几乎听不见。

殿内响起的都是二皇子砸玉佩的声响，"咚咚啪！"异常地富有节奏，还有"小肉墩"脸上那挤在一起的笑容，真让人以为他是吃上肉了。

那块玉被砸得稀巴烂，许薇然的生命也走到了尽头。直到呼吸停止前的最后一秒，身上的疼痛都在折磨着她，还有心底那股浓浓的不甘。到头来她终究什么都没有得到！

不仅搭上了一条命，甚至直到死了之后，都没有人知道她的真实姓名。

然美人劫持皇后娘娘，这个消息不胫而走，众妃嫔都吓得胆战心惊。一个个躲在自己的寝宫里，根本不敢出来，生怕被心情不愉快的帝后二人当靶子。

皇上当天晚上又是一夜没睡，原本他还想让许家喘息几天，不过出了许薇然这事儿，则再次将他心底的怒火引了出来。

第二日的朝堂上，自然又是一番腥风血雨。齐钰坐在大殿之上，看着底下跪着皱缩成一团的朝臣们，脸上的表情始终都是阴冷的，比外面寒冬腊月的天气，还能冻伤人。

"李怀恩，宣朕旨意！"齐钰将身体后仰，倚在了龙椅上，冷声吩咐了一句。

李怀恩往前挪了两步，从衣袖里掏出圣旨，一下子展开，轻咳了一声。他的眼光扫视了朝堂一圈，有不少朝臣的脸上都露出了几分绝望的神色。从这道圣旨还没被念起的时候，就有不少人猜到，许家，倒矣！

“奉天承运，皇帝诏曰：许家一族欺上瞒下，族人大多不检点，欺男霸女更是寻常所见。罪责众多，在此不一一列举。没收许家全部财产充入国库，革掉所有许姓官员。许家二十年之内，不得出仕。京都之中，如有罪责严重许家人，一律依法处置！处置之后还有命活者，迁出京都，十年之内不得再入京！”李怀恩的声音依然那样尖细，明明是听惯了的声音，此刻传到耳朵里，就像是催命符一般。

皇上对许家的责罚十分严重，即使留了几条命活，却也十分艰难。所有家财悉数散尽，这些奢侈惯了的第一世家之人，如何能过得了青菜馒头的日子。当然前提还得是许家能拿出银子来买青菜馒头！

李怀恩的圣旨刚读完，齐钰就大手一挥，从殿外立刻冲进来数十个带刀侍卫。他们自动站到了大殿里那些许姓官员的旁边。又有三两个小内监走了过来，将那些官员的乌纱帽等都一一收了。

“请吧！各府的轿子还在外头候着，卑职跟随着诸位老爷回府！”待这些臣子被去了乌纱帽，收了玉牌，才有一个领头模样的侍卫开了口。

仅仅片刻而已，风光一时的许家，已经退出了大秦的朝堂。没有留下只言片语，就这么消失了。而且以后二十年内，都不会再有许姓的人出仕，皇上这是从根本上要断绝许家在朝堂中的势力。

即使这一次许家还能留些气力在朝堂之上，但是二十年后，风云变幻。他许家早就被别的世家所替代了！

“不相干的人终于清理干净了，诸位爱卿就再听朕的第二道圣旨！”齐钰看着殿外，那些许家人佝偻的背影已经瞧不见了，他的心情也跟着放轻松了不少。

他的话音刚落，那些因为许家人离开，而觉得事情已经结束的朝臣们，再次胆战心惊起来。这回又是什么事儿，皇上最近勇猛无比，谁都挡不住，只期望不是将别的世家也都撵出京都去。

“奉天承运，皇帝诏曰：朕为万民苍生着想，还有爱卿们体恤。皇后回宫以来，一直兢兢业业、勤勤恳恳，公平地对待后宫里头的每一位妃嫔，但是总有那些不识好歹的鬼迷了心窍，做出让人心寒的事情来。遂从今日起，诸位爱卿将后宫里的自家姑娘领回府，采取自愿原则！”李怀恩轻咳了一声，继续扯着嗓子高声念着。

念完之后还觉得十分嫌弃，皇上这道圣旨上的因果关系，弄得十分勉强。其实皇上只是为了撵人，但是没有理由又不大好看，所以就现编了一个。

082

皇后跳舞

李怀恩尖细的话音刚落下，朝堂之上就掀起了一场轩然大波。皇上这意思已经十分明显了，要把别的女人全部撵走，只留着皇后一人在宫中，这是在正式地宣布独宠的意思。

这些朝臣憋了一肚子反对的话，偏偏一抬起头，就对上了皇上那张似笑非笑的脸，原本豪气万丈的状态，也立刻就变㞞了。朝堂之上一片低低的探讨声，可就是没人敢站出来多问一句话。

笑话，连盛名一时的许家都被连根拔起了，其他世家自然更是无法与皇上抗衡。

“诸位爱卿好像对这道圣旨存在异议？”齐钰清幽的声音传来，他单手撑着下巴，嘴角轻轻上扬，弯起一个好看的弧度来。

“臣等不敢！”立刻又是一片跪拜声。

齐钰低垂着眼睑，扫了一下朝堂之中的重臣，脸上闪过一丝兴味。他低声开口道：“圣旨上说了，是自愿原则。朕说话算数，也不是养不起那一百多个妃嫔，当然能接回府是最好的。朕给你们三日时间，要接回府的最好趁早！”

皇上扔下这几句话之后，就站起身来往内殿走了。李怀恩扬高了嗓音高喊了一句：“退朝！”

一波未平一波又起，不少朝臣是丈二和尚摸不着头脑，皇上怎的要撵走那些妃嫔？国库里又不是养不起！几个朝臣走在一处细细探讨着，最终也只憋出一句话来：皇后娘娘管教得太严！

皇上这道圣旨，很快便传遍了后宫，自然又是引起了无数的惊慌。那些许姓女子也没有处置，皇上只让沈妩派人看好了她们，显然是不准备让她们出宫了。

“把许衿留在宫中，至少可以给许家一个忌惮的地方。虽说翻不出风浪来，但是能有个保障也是好的。至于其他妃嫔，如果真的有人来领出宫的，就多给些银钱送出去。其他不愿意走的，到时候单独修缮一所大宫殿，全部都看管在一起！”齐钰刚下朝就过来了，此刻他正霸占着贵妃椅，闭目养神。

一旁是跑来跑去的二皇子，嘴里碎碎念着什么。自从上一次齐钰想要绝了许薇然最后的念头，用锤子砸了那牡丹花玉佩之后，二皇子就迷上了砸东西。此刻他手里就拿着把锤子，欢快地挥舞着，似乎在寻找什么东西来砸似的。

许家很快就迁离了京都，直到最后，许老侯夫人递进宫的牌子都被驳回了。许衿并没能见到老夫人最后一面。许家的凄凉收场，给众世家敲响了警钟。自然也有世家来接回自家的姑娘，崔瑾也是其中之一。

临走之前，这位慧妃特地来了凤藻宫，和沈妩话别。

“世人都羡慕后宫的妃嫔，极尽奢华，享有这天下最尊贵男人的宠爱。实际上那都是眼瞎之人所看到的，皇上的宠爱总共就那么一丁点儿，给了皇后娘娘，就给不了别人了！”崔瑾已经褪去了慧妃的行头，只是用一根碧玉簪子斜斜地插在发髻之中，身穿藕色的袄衫，靠在榻上，脸上带着几分淡然的笑意。

只是这几句话，虽然语气平静，不过却道尽了后宫女人的辛酸。

“出宫之后想做什么？无论做什么都别留在京都，走得越远越自由！”沈妩并没有接她的话，最后的胜利者，无论如何安慰失败者，都是一种炫耀。

“出宫之后想做什么？”崔瑾无意识地重复了一遍，她轻轻偏过头看向窗外，已经到了年关，外头大雪纷飞，她们这些宫妃却要在这热闹的气氛之下，永远地离开大秦的后宫。

“我想找个爱我的男人，好好过一辈子！”崔瑾猛地转过头来，收回渐渐飘远的思绪，声音稍稍扬高了些，语气无比镇定，不知道是在向沈妩表决心，还是替自己下定决心一般。

面对崔瑾如此直白的回答，沈妩微微愣了一下，着实没想到会是这样一个答案。她就端着茶盏，笑得花枝乱颤。

“成啊，我也想！这后宫的女人哪个不想！”沈妩举起茶盏，轻抿了一口热茶，温烫的茶水滑过喉咙，带着几缕茶香。

送走了崔瑾，沈妩有些晃神。她入宫快五年了，这几年间，后宫的势力起起伏伏。不少妃嫔都已经化成了枯骨，有些是别人陷害的，有些是她亲手送葬的。

腊月二十八的清晨，天边还是黑沉沉的，后宫里已经有不少地方亮起了灯笼。宫人们站成了一排，送着这些妃嫔们离开。原本以为会住一辈子的地方，原来也不过几年而已，就瞬息万变。

今日起了大雾，湿漉漉的让人身上异常难受。崔瑾的脸上戴着一层面纱，身上披着宝蓝色的厚披风。朱红色的宣武门就在不远处，她一步步往前迈着。身后还跟着十几个宫妃，来接人的府邸还是少数。

崔瑾上了马车，马车里面铺得厚厚的，还燃着炭盆，十分暖和。伺候的人也跟了不少，她按着先前说好的，揭开毛毯拿出一个方帕，里头裹着数张银票，这些都是崔夫人替她准备的。她并没有回崔家，马车一路摇晃，直接出了京都往南。

她是崔瑾，曾经有个双胞胎姐姐，她们姐妹相亲，一起入宫。没想到世事变化，只剩她一个人出了宫，她现在要去江南，实现曾经小姐妹间的约定，找个好男人，疼爱她一生一世！

沈妩起得很晚，她已经不需要早起，去接受那些女人的请安了。问过离开妃嫔的事宜，她就开始着手处理这些剩下的人。

为了避免夜长梦多，所以二十八当日，沈妩就找了宫殿，将那些剩下的妃嫔都聚到一起。宫里头现如今能住在自己寝宫里的，只有沈婉一人了。皇上也曾考虑过要让大皇子认沈婉，不过却被沈婉一口回绝了。

她只是想留在后宫里，看着大皇子长大就好！

因为后宫中就那么几位主子了，今年倒不用那么忙乱了。按照惯例置办了内外两个宴席，就算犒劳过众人了。再加上今年发生的事情太多，众人的情绪都不是十分高涨，所以宴席早早地就散了。

去年大年三十的时候，正好出了德妃派人来谋害太子的事情。今日回来得早，两人都喝了酒，有些微醺的感觉。两个人站在凤藻宫的庭院里，看着头上那片星幕，开始嘴里说胡话。

“齐钰，我告诉你，其实我不算是一个好宠妃！”沈妩显然是偏向于醉的方向了，所以此刻她就靠在皇上的胸膛上，抬起头来眼神迷离地看着他。

一旁候着的几个宫人，听到之后都开始浑身冒冷汗。皇后娘娘这是怎么了？难道是因为后宫里别的妃嫔都被看管起来了，所以太过于开心，就导致开始胡说八道了？宠妃那都是一年多前的事情了。

皇上原本也有些晕，不过站在外面冷风一吹，他的神志又恢复过来了。此刻瞧见沈妩这副模样，脸上带着几分莞尔的笑意。

“你们都下去吧，朕和皇后有话要说！”皇上饶有兴味地挥了挥手，显然对于沈妩这难得的失态，他只准备独自欣赏。

那些宫人就像是得了什么特赦令一般，立刻一缩脖子就走了。这样的画面，他们虽然好奇，却也没胆子看下去。万一皇后娘娘明日清醒了，知道自己丢人了，那到时候可就是他们倒霉了。

“皇上你知不知道，我哪一点不像个好宠妃？”沈妩根本没有在意那些宫人的去留，相反两只胳膊一下子缠绕上了齐钰的脖颈，眼神里依然只有皇上一人。

齐钰被她这副样子逗笑了，抬起手来捏了捏她柔嫩的面颊。因为喝了酒，此刻被他这么一捏，沈妩的双颊立刻就变得粉红，煞是好看。

“阿妩已经是皇后了，不过要说当宠妃不合格的地方，应该是爱耍性子吧？”齐钰伸出双手揽住她的后腰，生怕她摔倒了，头轻轻低着，就靠在她的耳边，低声呢喃着。

男人温热的气息喷吐在耳边，带着一种细微的酥麻感。沈妩原本就不怎么清醒的神志，此刻更有些晕晕乎乎的。她猛地抬起手挥了挥，似乎要将齐钰挥开一般。

“我来告诉皇上，臣妾原本身为宠妃的时候，竟连一个才艺都没有在皇上面前展现过。人人皆道宠妃乃是红颜祸水，可是臣妾那么乖巧，都没跳过舞！臣妾可是学过舞的，现在就跳给你看！”沈妩连话都说得有些不利索了，不过这不妨碍她要跳舞的决心。

或许是真的太高兴了，皇上之前撵走了别的宫妃，就已经完全取悦了沈妩。从此后宫里，只有她一人可以留在皇上身边，这也是一种变相的承认与肯定。

沈妩的话音刚落，她就挣脱了皇上的怀抱，一个人跌跌撞撞地后退了几步。齐钰也没有跟过去，沈妩这样摇摇晃晃的醉态，倒是越发娇媚。

“皇上可要看好了，我跳的舞绝对是天下第一舞！”沈妩转过身来面对着他，眼神依然是迷离的，她稍稍扬高了声音，像是在说什么宣言一般。

齐钰看着沈妩那兴致颇高的模样，脸上也露出了几分笑意。就连外面吹拂的冷风，到了脸上都觉得变成了轻柔的触感。他环视了一下四周，恰好庭院之中就有铺着羊毛毯的躺椅在，他直接三两步走了过去，歪倒在上面，惬意地看过去。

沈妩噘着红唇，看到男人终于安稳了下来，才满意地扯了扯嘴角。她一甩云袖，做出个旋转的姿势，只是因为脚步不稳，导致整个人都变得歪歪斜斜。沈妩的动作并没有停下，她似乎感到了自己此刻有些吃力，便省了那些花里胡哨的动作，直接抬起手来解开自己的衣带。

肩上的披风滑落在她的脚边，沈妩的动作却并没有停，她轻低着头手指在解着前襟，但是晚上的光线不大好，她的手指似乎有些不灵活，解了片刻却越弄越乱。

“今儿衣裳怎么这么不听话？我还想跳脱衣舞，然后宠幸皇上来着！”沈妩有些不满地嘀咕着，对于衣带变得如此混乱，感到了十分不开心。

齐钰身上裹着厚厚的裘衣，单手撑起上身，看着在庭院中忙乱的沈妩。她方才所说的话，一个字不落地都传进了他的耳朵里。男人轻轻眯起眼眸，忽然感到身上的裘衣，竟然是如此的厚实，明明还吹着风，他的身体却变得有些燥热起来。

沈妩有些气愤，身上精致的外衣，也被弄得皱成了一团。她直接从发髻里拔下一根簪子，在外衫上划了一道口子，然后猛地用力将自己的衣裳撕开来了。等到她将外衫脱下来的时候，原本火红色的裙衫，却已经被弄成了一条一条的形状，显然都是被她用金簪给划开了。

沈妩喝了酒之后，就觉得有些热。此刻终于脱了外衫，还觉得一身轻松。她手里扯着中衣，脚步摇晃地向着皇上走去。齐钰显然已经等她很久了，看着她慢慢走过来，眸光里也变得更加炙热。

沈妩的面色潮红，酒永远是最好的催情剂，沈妩现在这个模样就十分诱人。她的眼神始终都是迷离的，似乎无法对清焦距一般。待走到躺椅旁边的时候，沈妩身上的中衣已经被扯掉了。只穿着一件里衣，这回沈妩似乎真的感到冷了，不由得打了个哆嗦。

不过这点寒冷很快就被她抛之脑后了，她还记得此刻过来究竟是为了什么。当务之急，就是要来宠幸皇上。沈妩轻轻摇了摇脑袋，让思绪变得清明起来，她直接凑了过去，坐上了齐钰的大腿，毫不客气地就抬手往他的腿间摸去。

过完年之后，皇上召集了大批的匠人进宫，专门修建了一座占地面积甚广的宫殿，不过位置比较偏僻，里面的陈设也十分简单，与后宫中一贯奢华的风格相去甚远。

不过帝后二人对这座宫殿，明显十分关注，众人纷纷猜测着这宫殿究竟有何用处。待宫殿完工之日，皇上亲自题字，让人将匾额挂上。“热宫”两个字，再次让这座宫殿火了一把，京都上下对热宫的关注简直能称之为空前绝后。

帝后二人也没有让这些人的期待落空，这个热宫刚修建完毕，皇上就下了一道圣旨来，让那些原本留下的宫妃们统一搬到热宫里来。原本这些宫妃们就已经住在了一处，现在又重新建了宫殿，不少人都觉得皇上这是多此一举。

可是当那些人真的搬进去之后，就知道不是多此一举了。热宫这个名字，完全就是嘲讽的意思，和冷宫相反的含义，不过里面所过的生活与冷宫无二。只不过她们在吃穿用度上面稍微好一些，身边伺候的奴才全部被削减了，只留两个宫女、两个太监，统一标配。这四个伺候的人里头，最起码有两个是凤藻宫里的兰卉姑姑指派的。

而且热宫里里外外看守的宫人，都比她们身边伺候的人还多。显然她们已经彻底失去了人身自由，帝后两人都不愿意再见到她们，从某种意义上来说，这热宫不过又是一个冷宫的翻版。

因为皇上下了圣旨，上头写得明明白白，没有传召不得擅自出宫。热宫里头的占地面积十分广阔，所以也建了一个袖珍版的御花园，这也算是皇上仁至义尽了。

过着这样暗无天日的生活，不少妃嫔早就后悔了，当初真应该出宫回府，绝对不能留在后宫里头，府上的日子绝对比后宫里要自由得多。但是现在后悔，显然为时已晚，她们早已失去了与外界联系的机会。

有姑娘在后宫的臣子们，因为得不到确切的消息，迟迟不敢向皇上进谏，就纯当自己倒了血霉，白搭了一个姑娘在后宫里头。

后宫里越发稳定起来，沈妩头一件事情，就是把明音放出宫去。这丫头还真赶上了好人家，出宫没几日就上了花轿，直接嫁给了带刀侍卫当夫人，上头还没有婆母压着，那日子过得滋润极了。

当然沈妩破例给她宫牌，随时可以递牌子入宫来看看。待明音新婚后进宫的时候，已经过了大半个月。初为人妇的明音早已脱了当初小姑娘的青涩，肤色白里透红，看起来养得极滋润。

“坐吧，现在好歹也是个夫人了，不用那么拘谨！”沈妩看到她显然也十分高兴，让人赐了座。

明音推辞了几句，见沈妩真心让她坐，也就顺势挨了半边屁股上去。

“娘娘，您这身子不是已经大好了吗？怎么气色看起来还是如此差？”明音见四周伺候的宫人都被沈妩撵了下去，便伸长了脖子压低声音问了一句。

大年三十那晚，皇上和皇后娘娘都喝醉了，把他们这些宫人撵走了，两人就在庭院里欢好了大半夜。李怀恩躲在外头只听了开头，便知道下面要把持不住了，就和兰卉商量了一下，轮流排班让宫人退下去一半先休息。

哪知第二日一早，皇后娘娘竟是直接病倒了，发热不止。好几个太医轮番上阵诊治，才有了起色。后来因为沈妩已经大好了，明音才安心出宫的，这大半个月不见，沈妩的气色瞧起来似乎还是很糟糕。

听到她略显担忧的神色，沈妩竟是笑了，脸上满是欢愉的神色，原本没有神采的眸光，也一下子变得清亮起来。此刻的沈妩瞧着倒是精神十足，除了面色还是十分苍白之外，一点儿都瞧不出异样来。

“连你跟着本宫这么多年，都瞧不出来，那本宫可就放心了！”沈妩边说边伸出食指，用细长的指甲在脸上轻轻刮了一下，立刻就有脂粉落进指甲缝里。

明音这下子算是明白了，沈妩这是装病。脸色不好看，全部都是化出来的妆容，显得比较苍白。

“娘娘这是要作甚？宫里头又有哪位妃嫔主子不老实了？不应该啊，臣妾临走之前，这些人都老实得很啊！”明音一下子就来了精神，十分好奇地问道。她的身份变了，称呼自然也变了。不再是当初那个满口奴婢的小宫女了。

她的眼神发亮，像是发现了什么有趣的东西一般。每次只要沈妩发难整治人，后宫里总有好戏可看。可惜现在她已经不在宫里头了，消息就不是那么灵通了，好容易逮到沈妩这么个正主，无论如何她都要问清楚了，否则心里头肯定是难受得很。

沈妩看着她这副模样，有些好笑地摇了摇头。冲她招了招手，明音便立刻会意地凑近了些。

“在你的眼里，本宫是一个什么样的女人？我要实话啊，恭维的那些什么善良端庄就不用摆出来了，免得把你我都恶心到了！”兴许也是因为被明音调动了兴奋感，沈妩的口气已经变得十分随意了，就连称呼都直接变成了“你我”。

明音皱着眉头思索了片刻，看着沈妩一脸期待的表情，不由得咽了咽口水，似乎有些踌躇。最终还是大着胆子道：“那臣妾就实话实说了。皇后娘娘手段了得，而且心胸也不怎么开阔，对于得罪您的人，您会一直记在心上，无论隔多久，只要逮到机会，您一定会连本带利地反击回去。所以臣妾曾不止一次地庆幸，曾经的我只是一个小小的宫女，而不是那些妃嫔主子！”

明音这一段话，显然是她的真实想法，对于她这段还算中肯的评价，沈妩的脸上也没露出什么不高兴的神色来。相反对于明音这几句话，还感到颇为高兴。

“本宫就说你看人的本事，真是长进了不少。我的心眼比针尖还小，这后宫里头亏欠我的人，都已经偿还得七七八八了，却唯独还有一人，让我恨不得恼不得。但是现在我却想出了好法子，来治治那人身上的臭毛病！”沈妩轻轻抬手点了点她的鼻尖，脸上带着几分亲和的笑意，就像是一个长姐对待妹妹那般亲近。

但是伴随着她这几句话，明音只觉得浑身冰冷。聪明如她，一下子就听出了让皇后娘娘恨不得恼不得的那人是谁。这后宫里，除了皇上之外，还有谁有本事让皇后娘娘吃瘪却无法反击。

“虽然连他的臭毛病，都是本宫所喜欢的。不过之前他冷落本宫的账还没算清楚，现在他绝了自己的后路，我不妨反击一下试试看！”沈妩没有理会明音脸上那一副见了鬼的表情，而是继续自信满满地说道。

她的话音刚落，就抬起手来撩了一下额前的碎发，举手投足之间都是上位者的高贵和典雅。当初那个张扬跋扈的姝婉仪，已经被这后宫的奢华与皇上的宠爱，滋养成了大秦的国母。那周身的气度，是任何女人都比不上的。

“娘娘，您要三思啊！当初您让明语哄骗皇上吃遍辣菜，导致皇上吐了许久。这不算反击吗？”明音愣了半晌，才轻声开口道。

捉弄皇上无异于虎口拔牙，九五至尊被皇后娘娘捉弄了还不止一次。这些辣菜还可以称为情调，还有不少大事儿，明音没敢说出来。比如皇后娘娘亲自帮助斐安茹出宫，把良妃和林将军凑成了一对，鼓励崔瑾出宫后远离京都。这些可都是大逆不道的事情，皇上也都被蒙在了骨子里。

“得了得了，知道你心里想的。又在腹议本宫身在福中不知福是不是？我说你呀，还是向着前主子，不像话！我自有分寸！不出这口恶气，我心里头实在难以平息！”沈妩快速地挥了挥手，明显是一副不想让明音深究的神色。

这手底下的人太精明，虽说用的时候十分顺手，可是一旦嫁出去了，就不大好了。原本要替她出主意陷害旁人的，现在竟然担心她会作死！

“总之最近若是传出本宫一些什么奇怪的消息，都别相信！本宫这次可是铁了心的，连两位皇子都被我撵出凤藻宫了！”沈妩为了展现她能获胜，把自己的决心都表明了。

明音一听，脸上惊骇的神色更甚。皇后娘娘这次是玩儿真的，把两位皇子都算计进去了！

明音前脚刚走，后脚宫里头就传出了皇后替太子和大皇子重新找了宫殿的事儿。两位皇子刚下了课，还没进凤藻宫，就被各自伺候的人拉走了。从今儿起，他们就过上了难以见到母后的日子。

大皇子还好，太子却是哭闹不止。他并不是为了沈妩而号哭，而是因为要与皇兄分别了。大皇子这个当哥哥的也没让他失望，当他赖在大皇子的思善宫不走时，当晚两人还睡一张床。这一整宿，太子殿下都没能合眼。每当他快要睡着时，大皇子就用他完好无损的右腿猛地踢他下床。

经过这一夜非人的折磨，太子殿下的恋兄情结一下子就没了。乖乖地去了自己的东宫，自此再也不提与哥哥一起了。他那颗幼小的心灵，实在是伤不起。

沈妩就这么过上了足不出户的日子，当然贴身伺候的几个宫人都知道她是在装病，每日好吃好喝地供上，脸上的妆容更是不能少。

因为两位皇子不能随便出入凤藻宫了，后宫其他女人也不能从热宫里出来，沈妩可算过上了清闲悠哉的日子。她此刻就躺在躺椅上，手里拿着削好皮的苹果，啃得异常欢快。

“娘娘，娘娘，皇上的龙辇已经快到了。”明语慌慌张张地冲了进来，无论再过上多久，对于明语来说，她都是无比惧怕着皇上。齐钰在她的心中，始终就犹如洪水猛兽一般。

沈妩吓得手一抖，连苹果都滚落到地上了。一旁的小宫女连忙快跑过去捡了起来，就见沈妩已经快速地起身了，快步地跑向内殿的床上，连鞋子都来不及穿。

齐钰大步走了进来，为了不惊扰到沈妩，所以他并没有让宫人通传。男人的眉头轻轻皱着，似乎被什么烦心事儿所困扰了一般。待他站到绣床旁边的时候，只见沈妩面色苍白地躺在那里，瞧着那副病怏怏的神情，就带着几分我见犹怜。

“阿妩，你好些了吗？”齐钰慢慢地坐到了床边，十分自然地抬起手搭到了沈妩的额头上，小心翼翼地试探着沈妩前额的温度。男人的动作十分熟稔，显然他之前已经做惯了。

沈妩装病也有了一段时日，断断续续，时好时坏。皇上只能干着急，他几乎每日都来探病，而且一日好几次。足以见得他对沈妩放不下心来。沈妩半睁着眼眸，悄悄看过去，待瞥见皇上脸上担忧的神色，沈妩的心底一软。

不得不说，当九五至尊露出心忧的表情时，还是十分抓人心的。沈妩看了好几次，差点儿就要不管不顾地从床上起来，准备放弃装病，但是一想起她躺在床上的初衷，她就狠下心来，继续涂脂抹粉，把自己扮成一副弱柳扶风的模样。

“皇上，我浑身都难受，虽说不痛，但就是使不上劲儿来！”沈妩有些喘息地道。这几日装病成了每日必备，这种柔弱到奄奄一息的模样，对于她来说，简直就是信手拈来，容易得很。

“快宣太医来瞧瞧！那帮没用的废物，朕养的不是饭桶！皇后这几日都是这种症状，却都说不出个所以然来，是想让朕整治他们吗？”齐钰猛地一挥衣袖，立刻就让身边的小内监去找太医来。

男人的面色铁青，显然十分不快。沈妩没有买通那些太医，她原本就是装病，所以无论是哪个医术高超的太医过来，都诊治不出毛病来。可是皇后娘娘整日喊着痛，他们自然不敢怠慢，却迟迟交不出结果来，连药方都不敢乱开。

沈妩这样有恃无恐，就是仗着杜院判离开了京都，而她是皇上心尖儿上的人。这些太医查不出毛病来，也不敢往别的方面想，更不会在皇上面前直说。

过了片刻之后，就有三个太医走了进来，他们都是一副低头弯腰的模样，显然不敢挺直了腰板。虽说无法看清他们脸上的表情，不过想来也是一副愁眉苦脸的样子。这几日太医院的人，一听说要去凤藻宫，脸上的神色立刻就垮了下来。

当然三人轮番上阵，诊脉之后的结果还是一样，根本无法给皇上一个确切的答案。回答的内容都是含糊其辞，大堆的医用术语堆砌而出，让皇上额前的青筋毕现，就差暴跳如雷了。

“给朕滚！皇后最近身子不适，朕不想杀生！滚出去！”齐钰阴沉着一张脸，狭长的眼眸轻轻眯起，眸光里带着几分危险的眸光，显然他的忍耐是有限度的。

那三个太医也不敢辩驳，立刻连滚带爬地走了。沈妩轻轻抬起手臂，慢慢地抓住了齐钰的手腕，似乎在安慰他一般。

“皇上，臣妾这副样子，估计一时半会儿也好不了。以后就不能伺候皇上了！”沈妩轻喘着开了口，面上的神色依然十分苍白。

齐钰一听她说这种不吉利的话，就眼皮直跳。脸色变得更加难看了，他抬起手来轻轻地摩挲着沈妩的脸颊，往常温暖的掌心，此刻竟然显得有些凉意。

“别胡说，你一定会好的！”皇上的话音刚落，他就低下头来，与沈妩额头贴着额头，动作无比亲昵。

之后的几天里，皇上广发皇榜，召集民间神医，想要替皇后治病。沈妩这才觉得自己这招似乎有些过了，便立刻把脸上的脂粉抹得匀称些，脸色一日日变得好看了。

那些所谓的神医，也全部都被堵在了宫门外，理由则是沈妩不喜欢人多。齐钰也没法子，只能依了她。

待沈妩痊愈之后，皇上的心情才变好了，只不过他很快就发现了沈妩似乎有了另一个毛病。那就是不能与他欢好了，始终都找不到状态似的。而且面对他的挑逗，沈妩总是四处闪躲，总是一副不愿意的神色，齐钰也就不愿意逼她了。

欢好一次两次不成功也就罢了，可是次次都如此，难免让人抑郁。更何况从沈妩真病，到装病期间也隔了好长的时间，皇上这可如何憋得住啊！

“皇上，您不要着急，我顶多也就再有两三个月就好了。日后若是我再怀上了孩子，不是也不能欢好吗？你就当提前试验一下，看看究竟如何能撑过去！”沈妩轻声细语地劝哄着，虽然她的语气极其温柔，但是这些话让齐钰听来，简直快要吐血了。

她的话音刚落，就扭过头来冲着齐钰眨了眨眼，慢条斯理地将身上的衣裳一件件穿好。是的，就在方才皇上又一次不甘心地想要与她欢好，可是结果还是不尽如人意。她这几个月装痴卖傻，其实就是为了让皇上看得到却吃不到，活活憋死最好。

齐钰光着上身躺在床上，他的身下已经是一片肿胀了，血液还不停地往腹部聚集。没法子，已经好久不碰女人了，他自然是招架不住。

他的眼睛看向青色的帐顶，眼神有些空洞，他会不会是史上第一个因为皇后不能欢好，抑郁而死的皇帝？

“对了，齐钰，我一直想跟你说几句话！”沈妩将身上的衣裳全部穿戴整齐，似乎又想起了什么一般，轻声说道。

她边说边抬起一条腿绕到男人的腰部，直接骑在了他的身上。正好就坐在了齐钰的小腹上，立刻又是惹来男人的几声闷哼。

“皇上，我发现女人的独占欲也是很可怕的。其实之前几个月的一个晚上，我做了一个噩梦。梦见皇上宠幸了别的女人，然后等到你若无其事地要来抓我的手时，我竟然吐了。这种难受的感觉一直持续到梦境之外，后来我就一病不起了。”沈妩边说边俯下身，慢慢凑近男人的脸，但是目光却始终紧紧地盯着他的眼眸。

沈妩的语气有些冰冷，声音故意压得有些低，隐隐带着几分压迫。这是齐钰第一次听见她用这样的口吻跟他说话，如此的大胆放肆，而又超过了界限。

齐钰轻轻眯起眼眸，紧紧地盯着她越靠越近的脸，脸上的神色带着几分审视的意味。

“你不会要告诉我，现在我一碰你，你就躲，就是因为那个梦境吧？”男人的口气里带着几分危险的意味，显然他根本就不相信沈妩所说的话。

沈妩眨了两下眼睛，似乎觉得憋了皇上几个月之后，再用这种欠扁的语气跟他讲话，是有些不妥。脸上带着几分讨好的笑意，抬起身就要挺直腰板。哪知她的后背却被一只手掌猛地按住了，明显是皇上不愿意她离开，就让她保持着这种趴伏的姿态。

“敢情你之前是骗我的？就为了要我不睡别的女人？那些女人都已经被关起来了，你还怕什么？”齐钰手掌上的力道越发加大，似乎要将沈妩的后背按碎一般，他明显是猜出了几分沈妩之前的把戏，语气里也有了几分幽冷的意味。

沈妩垂下眼睑，不敢对上他的眼神。心里早已懊悔无比，再叫自己多嘴，就不能等几日再说这个话题吗？现在正好被他抓了个正着。

齐钰却不管那么多，直接伸手按在她的后颈上，掌心贴在她的脖子后面，似乎还有慢慢收紧的预兆。

“沈妩，回答我！”男人的追问声紧接着而来，含着一种让人害怕的感觉。

“是啊，我一想到以后如果你宠幸了别人，我就浑身不舒服！不止身体病了，心里也病了，现在就怕你碰我，只有你确保了不碰别的女人，我才能痛快地让你碰啊！”沈妩已经自暴自弃了，她稍稍扬高了声音，将早就憋在心底的话说了出来，脸上的神色也从畏缩变成了无所谓。

反正她现在有太子傍身，皇上再怎么生气，也不能把她打进冷宫里！即使从某种意义上来说，她已经犯了欺君之罪！

“啧，真不知你脑子里想些什么。既然是这样就痛快地说出来，让我给你个承诺。不必要兜那么多的圈子，每次用手解决，都要累得半死啊！”齐钰搂着她猛然翻了个身，变成了他在上，紧紧地压住她。

“当初你向我要皇后之位，以及让小撑当太子的时候，可没这么犹豫！我告诉你，那些女人朕也觉得恶心！以后如果你再怀了孩子，朕不会去找别的女人，只会来找你！”齐钰边说边迫不及待地扒她的衣服，眉头紧紧皱起，语气里带着十足的埋怨。

沈妩听到前半句，还感到无比的开心，皇上终于肯给了她这个承诺。君无戏言，既然他能说到就一定会做到。不过当她听到最后一句话的时候，整个人脸色都变白了。

“齐钰，你还有没有人性，如果我怀了孩子，你也要如此欢好吗？那孩子不是就——”沈妩原本顺从的态度，立刻又变成了挣扎，她奋力地扭动着身体，显然是不愿意让男人碰她了。

齐钰根本就没管她那么多，直接一口咬在了她的脖颈上，慢慢地用牙齿撕磨，仿佛要将她拆骨入腹一般。

沈妩立刻就不敢动了，连高声喊叫都停了下来，只敢慢慢地吸着冷气。生怕男人嘴下一狠，她就丢了小命！

齐钰终于从她的脖颈里抬起头来，冲着她眨了眨眼，手伸进她的衣领里，低声道："哪里会，我当然不会对孩子那么狠毒。阿妩不是也有手吗？帮我摸摸宝贝又不是第一次！"

男人略带着几分恶劣的语气，在耳边响起，他半抬起头，眼眸习惯性地眯起，带着几分狡黠。但是在他这样炙热的眸光下，沈妩却只觉得无比的欢欣，萦绕在心头的最后一个心结，也就这么被解开了。

沈妩轻轻抬手搂住他，亦如曾经欢好时那样亲密无间。她的脑海里只有一个念头，这个男人不止是君临天下的帝王，还是与她同床共枕一辈子的夫君！